일제 말기 파시즘에 맞선 혼의 기록

일제 말기 파시즘에 맞선 혼의 기록

식민주의와 문화 총서 9

일제 말기 파시즘에 맞선 혼의 기록

이 상 경 편

도서출판 역락

머리말

　한때 '암흑기'로 부르면서 문학사의 공백으로 남겨두었던 일제 말기에도 작가들은 작품을 쓰고 발표했다. 그리고 최근에는 특히 탈식민주의 담론의 유행에 힘입어 이 시기 작품들에 대한 연구 논문도 많이 쏟아져 나오고 있다. 매우 반가운 일이지만 어떤 면에서는 이 역시 이 시기 문학의 어떤 부분을 또 다른 '암흑'으로 남겨두려는 것은 아닌가 하는 우려도 생긴다.

　여기에 모은 작품들은 그런 시대를 견디고 그 시대에 맞섰던 빛나는 작가 정신의 기록이다. 내선일체라든지 대동아 공영이라든지 하는 달콤한 이론의 이면을 꿰뚫어 보고 일제의 총동원 정책에 협력하기를 거부했던 정신의 기록인 것이다. 이들 작품을 통해 그 엄혹했던 시대를 상상하고, 그런 시대를 견디며 살아갔던 작가의 고통에 공감하면서, 그런 시대에 맞서고자 했던 강한 의지와 투명한 정신을 만날 볼 수 있었으면 한다.

2009년 3월

이 상 경

‖ 일러두기 ‖

1. 맞춤법이 아직 보편화 되지 않았거나 현행 맞춤법과는 다를 때 쓰인 글들을 현대의 독자들에게 내보낼 때 편자는 항상 고민이 크다. ‘원문 그대로’라고 하는 것은 전문 연구자에게 의미가 있을 뿐이고 게다가 요즘은 영인 기술이 엄청나게 좋아져서 웬만한 신문 잡지는 발표 당시보다 더 선명한 모습의 영인본을 만날 수 있을 정도이다. 그러므로 편자는 현대에 과거의 작품을 활자화시킨다고 한다면 일반 독자들이 그 시대의 문장과 정신을 가장 효과적이고 효율적으로 만날 수 있는 방법으로 이루어져야 한다고 생각했다.

2. 바탕글의 경우는 현재의 어문 규정에 따르는 것을 원칙으로 하되 그 작가만의 특이한 말이나 사투리, 속어는 살려두고자 했다. 대화의 경우는 방언이나 특수한 어휘와 발음은 인물의 특별한 성격을 나타내는 것으로 간주하여 가능하면 살리는 쪽으로 했다.

3. 현재 우리의 출판물이 기준으로 삼고 있는 국립국어원의 『표준국어대사전』뿐만 아니라, 한글학회의 『우리말 큰사전』, 북한 사회과학원 언어연구소의 『조선말 대사전』 세 곳을 모두 살펴, 어느 한 곳에서라도 표제어로 올라 있으면 그대로 살렸다. 독자들이 우리 말을 좀 더 풍부하게 만났으면 하는 생각에서 지금은 ‘옛말’이나 ‘방언’이라고

되어 있는 경우도 고치지 않고 그대로 둔 경우가 많다. 낱말 풀이도 마찬가지이다. 이 세 가지 사전 어디에도 올라 있지 않은 말은 편자가 문맥을 살펴서 풀이하되 '~뜻인 듯'이라고 붙여 구별했다.

4. 문장 부호는 현재 쓰고 있는 것을 원칙으로 하고 당시 남용된 불필요한 생략부호나 이음부호는 읽기에 편하도록 조절했으며 관용어가 아닌 외래어는 현지음에 가깝게 표기하고 덧붙은 여러 부호는 뺐다.

5. 출판 과정에서의 오식, 오류가 분명한 것은 특별한 주석 없이 바로 잡았고, 그 작가만 특수하게 쓰고 있는 것으로 보이는 방언이나 옛말 같은 것은 필요한 경우 주석에서 원문을 밝히는 방식을 취했다.

6. 주석도 그 자리에서 바로 확인할 수 있도록 미주가 아닌 각주로 처리했다. 번잡해 보일 수 있지만 가능하면 독자의 이해를 돕고 앞서 살았던 사람들의 생각에 좀 더 쉽게 다가갈 수 있도록 한다는 차원에서, 이런 방식이 독자들이 읽기에 더 편하다고 생각했기 때문이다.

김사랑

풀숲 깊숙이(草深し)

김사량(1914~1950)

평양에서 태어났다. 1931년 평양고보 동맹휴교 사건으로 퇴학을 당하고 일본으로 가서 1936년 도쿄제국대학 독문과에 입학했고 1939년 돌아왔다. 1939년 일본어 소설 「빛 속으로」로 활동을 시작하여 일본에 사는 조선인의 삶과 식민지하의 조선의 삶을 그린 작품들을 발표하였다. 1945년 5월 '조선출신 학도병 위문단원'으로 중국에 파견되었을 때 중국 화북 태항산으로 망명하였다. 이 망명의 여정을 기록하여 해방 후에 발표한 것이 「노마만리」이다. 해방 후 고향 평양으로 돌아와 활동하다가 한국전쟁 때 사망하였다. 소설집 『빛 속으로』(1940), 『고향』(1942), 『풍상』(1948)을 내었다.

풀숲 깊숙이(草深し)*

첩첩하게 몇 겹이나 깊은 산에 둘러싸인 이런 벽읍(僻邑) 회당에서, 옛 스승인 코풀이 선생을 다시 보게 될 줄은, 박인식(朴仁植)은 꿈속에서도 생각지 못했다. 군수인 숙부가 한 자리에 그러모아 놓은 산사람들을 앞에 두고, 이른바 색의장려(色衣奬勵)[1] 연설을 하기 위해 위엄을 잡고 연단에 나타났을 때, 그의 뒤쪽에서 굽실굽실 바람에 불려오듯이 따라 나온, 통역을 담당하는 목이 기다란 오십 영감은 틀림없이 중학생 시절의 코풀이 선생이었던 것이다. 인식은 의외의 놀라움에 숨을 죽이고 눈을 부릅떴는데, 어쨌든 그 순간에 오싹오싹 가슴에 와 닿는 무언가와 부딪쳤다. 역시 선생님은 예전 그대로 한 손에 한케치[2]를 들고 벌건 코를 연신 훔

---

* 이 소설은 원래 일본어로 발표되었다. 곽형덕이 번역했다. 이 작품의 원제는 「草深し」이다. 한국에서 '풀이 깊다', '덤불 헤치기' 등으로 소개 및 번역되었는데, '풀숲 깊숙이'가 원 제목과 가장 부합하며 문학적인 뜻도 함유하고 있다는 번역자의 판단 하에 새롭게 제목을 정했다. 이하 주석은 번역자의 것이다.

1 짙은 색으로 염색한 옷을 입을 것을 장려하는 운동. 흰옷의 경제적 비효율성을 지적하는 논의는 대한제국기부터 있었는데 1930년대 생활개선운동이 본격화되면서 백의에 대한 탄압이 구체화 된다. 백의 폐지는 농촌진흥운동 및 자력갱생운동의 주요 목표가 되어 '색복 장려회' 등의 별도의 조직이 결성되었다. 이런 조직이 백의 폐지를 주도하고, 도지사 부윤, 군수, 면장 등의 조선 총독부 관료 조직이 적극 개입했다.

2 '한케치(ハソケチ)'는 '한카치(ハソカチ, 손수건)'가 조선에서 변용된 형태로 불렸던 것으로 보인다. 이 작품은 이러한 '언어유희(풍자)'가 가득해서, 이러한 원문을 간단히 '손수건'으로 번역할 경우, 원문 텍스

쳐냈다. 다만 그 손수건이 예전보다 훨씬 더러워져 있을 뿐이었다. 숙부는 한 군(郡)의 수장으로서 조선어를 사용하는 것은 위신에 관련된 일이라 확신하고 있었기 때문에, 그가 내지어(內地語)[3]로 말하면 코풀이 선생이 대신해서 조선어(朝鮮語)로 통역했다. 인식은 숙부가 내지어 같은 것을 전혀 모르는 젊은 첩을 향해서조차 너무나 득의양양하게 또한 그게 대단한 내지어라도 되는 양 청산유수로 떠들어대는 것을 몇 번이고 봐왔기 때문에, 여기에 이르러서 숙부가 누구 하나 내지어를 알 바 없는 산사람들을 향해, 굳이 통역자를 대동해 실로 애처로울 정도로 괴상한 내지어 연설을 하고 있다는 사실에 대해서는 특별히 놀라지도 않았다. 하지만 인식은 뚱뚱하게 살이 오른 숙부 옆에서 코풀이 선생이 주뼛주뼛 서서는 얼굴을 붉히거나, 코를 손수건으로 누르거나 하는 광경을 보고는 역시 참기 힘들어져서,

"저런 그 선생님이……. 실로 비극이로다."

하고 중얼거렸다. 인식에게는 자신과 각별한 인연이 있는 옛 스승을 이런 곳에서 발견한 것은 큰 놀라움일 뿐만 아니라, 확실히 뭐라 말할 수 없는 슬픈 일임에 틀림없었다. 중학교 시절에 있었던 일들이 여러모로 뜨거워진 그의 머릿속에 빙글빙글 소용돌이치기 시작했다. 입술을 꼭 다물고 팔짱을 끼면서 그는 물끄러미 연단을 바라봤다. 코풀이 선생은 한 손으로 손수건을 말아쥐고 약간 눈을 감은 채로 군수가 하는 말을 한 마디도 놓치지 않겠다고 힘을 줬다.

"에에 그러니까, 요오컨대 오인(吾人)은 흰옷을 폐지하고, 색을 들인 옷을 츠악용(着用)하지 않으면 안 된다 이 말이올시다."[4] 하고 숙부는 가슴

트에 나타나있는 '반식민주의적 기획'을 전부 지워버릴 위험성이 있다. 특히, 이러한 과정은 이 작품을 쓰기 전의 르포르타주 등과 비교해 보면 더욱 일목요연해 진다. '한케치'는 이후 독자의 편의를 위해 '손수건'으로 번역한다.

3 내지어 : 일본어.

4 이 작품에서 군수의 말은 번역이 불가하다. 김사량은 군수가 'つまり'를 'ちゅまり'로 발음하게 하는 등,

을 펴고 태연하게 뒷짐을 지고 자랑스럽게 변설(辯舌)을 늘어놓았다. "죠센징(朝鮮人)이 궁핏(窮乏)해진 것은 흰옷을 입었기 때문이올시다. 갱제적(經濟的)으로도 시갠적(時間的)으로도 갱제적이지 않다 이 말이올시다. 즉 흰옷은 빨리 더러워져서 돈이 들고, 씻는 데도 시간이 든다 이 말이외다."

허리를 구부리고 납작 엎드려 있던 초라한 행색의 산사람들은 입을 떡 벌리고, 무슨 소리를 하는 것인지 모르겠다며 신기한 듯 바라보고 있었다. 숙부는 한 단락을 말하고 나서 의기양양하게 일동을 둘러보고 잠시 콧수염을 쓰다듬어 보였다. 그러자 이번에는 코풀이 선생이 콧물을 연신 훔쳐내면서 조선어로 통역을 시작했다. 그 목소리는 오륙 년 전에 비해 확실히 떨림을 띠고 있었고 안절부절 못하고 있는 것처럼 보였다. 하지만 그러한 것에 대한 감상은 차치하고서, 인식은 혼자만의 앙분(昂奮) 때문에 숨이 가빠진 탓에 가슴속이 두근두근 떨려서 잠시도 견딜 수 없을 만큼 고통스러웠다. 본래 그가 이 산읍에 들어온 것은, 각 산마다 깊숙한 곳에 살고 있는 화전민(火田民)[5]들의 질병을 조사하기 위해, 목적지인 양부산(兩斧山)에 가는 길에 들른 것일 따름이다. 하지만 그는 이곳에 온 후로는 매일 불가사의한 느낌이 들어서 어찌할 바를 몰랐다. 옛날이야기 속에 나오는 무언가 구제받지 못하는 사람들의 나라에 잘못 들어온 것 같았다. 사실 여기 모인 사람들에게는 옷이 흰색이든 검은색이든 어느 쪽이라 해도 아무 상관없지 않은가, 정말로 어처구니가 없다, 하고 인식

군수가 사용하는 일본어를 통해 피식민자의 '모방'이라는 문제를 날카롭게 드러내고 있다. 군수의 일본어는 이런 식으로 조선어의 억양과 틀어진 발음으로 점철되어 있다. 이러한 부분을 번역에서는 제대로 옮길 수 없지만, 이를 감안하고 읽어줄 것을 부탁드린다. 이러한 점을 맛보게 하기 위해 번역자 또한 '김사량'의 이러한 시도를 군수의 대화를 한국어로 옮기는 과정에서 '모방' 및 '재현'해 보기로 하겠다. 이러한 모방과 재현 없이는 본 텍스트는 원본에 나타나있는 반식민주의적인 기획을 모두 지워버리는 결과를 초래하기 쉽다.

5 화전민(火田民)은 산에 불을 놓아 들풀과 잡목을 태운 뒤 그 곳에다 농사를 짓는 사람들이다. 화전민은 1936년에 28만 2천호, 152만 명에 달했다고 한다. 이 시기 조선인 전체인구가 2천 100만 명(1930년 조선총독부 국세조사 통계) 정도 였던 것을 감안해 보면 상당한 수임을 알 수 있다(통계로 보는 광복이전의 경제 사회상(통계청, 1995)).

은 강한 반발심을 느꼈다. 물론 그가 경제적인 견지에서도 또한 위생상의 문제에서도 색의장려라고 하는 방책에 찬성하지 않는 것은 아니었다 해도, 얼핏 봐도 거기에는 흰옷을 걸친 사람은 한 사람도 없으며, 그들의 후줄근하고 너덜너덜한 복장은 몇 년을 줄곧 입어낸 것인지 죄수복처럼 흙색이 아닌가. 게다가 회당 안에서 눈에 띄는 흰옷이라고 한다면, 연단 옆 의자에 반듯하게 앉아있는 내무 주임(內務主任)의 린네르[6] 하복(夏服) 정도뿐이었다. 제 아무리 상부 관청의 명령이라고는 하지만, 숙부는 이처럼 내일 먹을 양식도 없는 사람들을 모아놓고 도대체 무엇을 말하려고 하는 것이란 말인가. 한 사람은 득의양양하게 가슴을 쑥 내밀고 내지어로 마구 떠들어대고 있는가 하면, 또 예전에 중학교에서 자신을 가르쳤던 선생님은 몸둘 바를 몰라 하며 통역을 하고 있다. 참으로 산사람들에게 잔혹하다는 생각이 들어서 어찌할 바를 몰라 했다. 마침내 인식은 자신을 지탱할 수 없을 만큼 숨이 막혀오는 기분이 들어 자리를 박차고 일어나 모두의 시선을 한 몸에 받으면서 회당을 나갔다. 풀 길 없는 미움과 한없는 비탄에 어찌해야 좋을지 몰랐던 것이다. 그는 바로 뒤편 언덕에 있는 숙부의 관사로 걸음을 옮기면서 이런저런 감개에 빠져들었다.

'그렇다. 생각해 보면 저 코풀이 선생이 이런 깊은 산속의 비참한 말단 관리가 된 것도 그다지 놀란 말한 일은 아니야.' 하고 그는 마음을 진정시키듯이 자신을 타일렀다. 하지만 어찌됐다 해도 이 옛 스승의 현재에 이르는 운명에 대해, 적어도 자신이 다소 간섭과 책임을 갖고 있다고 생각하자, 역시 어딘가 쓴 잔을 마시고 있는 듯한 기분이었다. 그것이 아니라고 해도 그는 때때로 이 옛 스승을 떠올리고는, 요즘 어떻게 지내는가 하고 가엾다고까지 생각했던 것이다. 사실 중학교 오학년 이학기 때 전교생이 들고 일어나 동맹휴교에 들어갔을 때, 인식과 친구들은 이 코

---

6 프랑스어 '리넨(linen)'의 일본식 표기이며 일제시대 당시 '린네르'로 통용되었다. '린네르'는 '아마직물', 여기서는 흰 남방 정도인 듯.

풀이 선생까지 함께 배척했다. 그것은 무엇보다도 그를 측은하게 생각했기 때문이었다. 코풀이 선생은 그들에게 조선어독본(朝鮮語讀本)을 가르쳤다. 하지만 본디 조선어 선생이라고 하면 가장 빛나지 않는 존재이다. 그래서 학교의 늙은 소사조차도 시골에 있는 고향에 돌아가서 술이라도 한잔 걸치면 자신이 조선어 선생이었노라고 사방에 퍼뜨리고 다닌다는 소문마저 있을 정도였다. 코풀이 선생은 마치 비참한 선생의 표본을 몸소 보여주겠다는 듯이, 아무튼 매일 아침 제일 먼저 등교하고 어둠이 내리고서야 비로소 퇴근을 했는데, 수업 시간에 교단 위에 섰을 때도 그렇고, 또한 교원실에서 몸을 앞으로 웅크리고 일을 하고 있을 때에도, 하루 종일 얼굴이 새빨개서는 코만 훌쩍훌쩍 풀어댔다. 다른 젊은 내지인 선생들은 딱 한 사람뿐인 조선인 선생인 그를 바보 취급해서, 자신들의 이런저런 일을 넌지시 명령한다든지 부탁하고는 했다. 본래 자격이 없는 선생으로, 십오 년 간 모교인 이 중학교에서 조선어를 가르치고 있었지만, 관등(官等)도 가장 낮고 어디까지나 판임관(判任官) 칠급[7]이었다. 그에 비해 내지인은 아무리 젊은 나이에 건너왔다고 해도 봉직만 하면, 삼사 년도 지나지 않은 사이에 임관을 하게 되고, 판임급(判任級)에 있을 때도 가봉(加俸)을 합치면 거의 코풀이 선생의 몇 배를 받는 것이었다. 그래서인지 모두 코풀이 선생을 하인 정도로 밖에 생각하지 않았다.

"뭘로 하실깝쇼."

하고 코풀이 선생은 점심시간이 되면 한 사람 한 사람에게 물으며 다녔다.

"아 그런가 벌써 점심시간인가. 나는 냉면으로 하겠네."

"난 오야코[8]로 해주시게."

"난 됐네."

---

7 조선왕조시대 관품제도는 당상관(堂上官), 당하관(堂下官), 참상관(參上官), 참하관(參下官)으로 부르다가, 1894년 갑오경장을 계기로 칙임관(勅任官), 주임관(奏任官), 판임관(判任官)으로 변경되었다. 칙임관은 2품 이상의 고위 관직이고, 주임관은 3품 이하 6품까지이고, 판임관은 7품 이하로 말단 관직이다.

8 오야코 : '오야코돈부리(親子井)'의 준말로 '닭고기 계란덮밥'이다.

"우동."

　이런 형편인지라 인식과 친구들은 무언가 잘못을 저질러서 교관실에 야단을 맞으러 가더라도, 이 나이든 코풀이 선생을 보는 것이 더욱 더 참을 수 없을 정도로 마음이 괴로웠다. 하지만 젊은 선생들에게 굽실굽실 물으며 다니며 주문을 다 받고 나서도 정작 장본인인 그는 한구석에 있는 자신의 자리에 돌아와서 점심을 거르고 다시 부스럭부스럭 일을 계속했다. 언젠가 어떤 생도가 칠판에 조선어로 '우리들은 ×× 이 아니다'라고 쓴 적이 있다. 교실에 들어서면서 그것을 언뜻 본 코풀이 선생은, 사지를 격렬하게 떨면서 어여차 교단 위에까지 왔지만, 한동안 얼굴이 하얗게 됐다가 시뻘개져서는 손수건으로 땀을 훔쳐낼 따름이었다. 그러고 겨우 마음을 가다듬고 교과서를 펼치고 분필을 손으로 집어 칠판을 향해 손을 올렸는데, 그 손은 와들와들 떨려서 무언가 글자를 열심히 떠올리려고 하는 것만 같았다. 하지만 어찌된 일인지 그 손은 낙서와 똑같은 ×× 라고 하는 글자를 쓰고 말았다. 이런 일을 미루어 생각해 보면, 지금 코풀이 선생이 더욱 더 가련하게 생각되어서 참을 수 없었다.

　인식은 그 길로 관사에 들어가 모든 상념을 물리치기라도 하듯이 벌렁 드러누웠다. 하지만 희미한 새벽빛이 비치듯 동맹휴업을 단행했던 날의 광경이 떠오르기 시작한다. 부르짖는 소리가 들려온다. 몹시 호통치는 소리가 울린다. 전교생이 이층 각 교실에서 농성하며 서로 야단법석을 떨고 있는 가운데 코풀이 선생이 눈이 새빨갛게 부어서 숨을 헐떡 헐떡거리며 올라왔던 것이다. 모두가 격분해서 위로 뻗은 숲속의 나뭇가지들처럼 주먹을 휘두르며,

　"×× 꺼져라. 꺼져라!"

하고 부르짖었다. 코풀이 선생은 이미 혼이 나간 것처럼 학생들 속으로 밀어 젖히며 들어왔다. 그런 북새통 속에서 인식은 누군가가 자신의 양 어깨를 있는 힘껏 부둥켜 안는 것을 느꼈다. 놀라서 올려 보니 콧물을

잔뜩 흘리며 울고 매달리는 코풀이 선생이었다.

"나까지 몰아내서, 나까지 몰, 몰아내서."

하고 그는 헐떡헐떡 대며 목이 잠긴 목소리로 신음했다.

"어, 어찌할 생각입니까."

그러고 목에 매달려서 큰 소리를 내며 울음을 터뜨렸다.

"내게 무슨 원한이 있는가. 원한이 있다면 나를 때려주시게! 우리 집에는 아이들이 구더기가 들끓는 것처럼 잔뜩 있다네. 좀 봐주시게!"

인식과 친구들은 바보 취급을 당하고 고통 받고 있는 이 비굴한 동족 선생을 보는 것을 단 하루도 참을 수 없는 심정이었다. 그래서 이참에 노회(老獪)한 교장과 그 밖의 선생 한둘과 함께 그를 배척하기로 했다. 결국 학생 오십 명 가까이가 교문 밖으로 추방되었고, 코풀이 선생도 면직 처분이 됐다. 그러나 얼마 지나지 않아 교장은 경성 쪽으로 전근되어 갔고, 그 밖의 선생들은 각기 임관을 했다. 그로부터 실로 오륙 년이라고 하는 세월이 지났는데 뜻밖에도 이 늙은 선생을 이런 곳에서 다시금 발견한 것이다. 코풀이 선생은 어찌된 영문인지 인식을 특별히 아꼈던 것 같다. 그에 비해 자신은 너무나도 배은망덕한 태도로 그를 대했던 것이 아닌가. 오늘 다시 옛 스승의 너무나도 비참한 모습을 보았을 때, 그는 정말 뭐라고 형용할 수 없는, 울고 싶어도 울 수 없는 기분이었다.

이렇게 홀로 괴로운 생각 속에 잠겨있을 때, 드디어 숙부가 목덜미의 땀을 훔쳐내면서 의기양양하게 들어왔다.

"넌 어째서 도중에 나갔느냐?"

"워낙 무더워야 말이죠."

인식은 몸을 일으키면서 짜증난다는 듯 조선어로 투덜거렸다.

"무시아쯔캇타?"[9]

---

9 원문 : "蒸し暑かつた？" 뜻은 "더웠다고?"이다.

그는 그렇게 내지어로 말을 받고는,

"흐음, 그래 대에학생(大學生),[10] 내 연설하는 모습이 어떻더냐."

하고 싱긋 웃고는 대답을 기대하는 얼굴로 닭과 같은 눈을 하고 응시했다.

사실 아까도 군수는 자신이 연설하는 모습을 보아달라며, 억지로 인식을 회당으로 끌고 갔던 것이었다.

"네……."

하고 인식이 대답할 말이 없어서 횡설수설하자,

"헤, 어떻더냐, 훌륭하지 않더냔 말이다. 허, 이 녀석 보거라. 내 연설로 치자면 사앙관(上官)[11]들도 인정하고 있단 말이다. 즈윽 나를 웅변가라도 모두가 말하고 다닌다 이 말이다."

그러고는 갑자기 목을 쑤욱 내밀고 허허허 웃고 나서 이번에는 조선어로 목소리를 죽여가며 말했다.

"저 여우같은 낯짝을 하고 있는 내무 주임은 말이다. 연설만은 나를 당해낼 수 없어서 두 손 두 발 다 들었단 말이렷다. 제가 아무리 내지인이고, 상관인 나보다 실권이 있고 수입이 많다 해서 잘난 척을 해도, 연설하는 것을 보면 내가 월등한 점을 일목요연하게 알 수 있는 것이니까 말이다. 우하하하."

하고 배를 흔들어대며 웃는 것이었다.

하지만 숙부가 이렇게 자기 앞에서 대단한 척을 하고 있지만, 인식은 이미 그의 흉중을 꿰뚫어 보고 있었다. 사립대 전문부를 나온 후 문관 자격도 없어서, 사십대도 반을 넘기고서야 겨우 이 깊은 산속 군수로 임명된 그였다. 하지만 군수로 말할 것 같으면 급료도 낮고 나가는 돈은

---

10 원 발음은 '다이가쿠세(だいがくせい)'이지만 원문에는 '타이가쿠세(たいがくせい)'로 표기되어 있다. '숙부'의 일본어는 이런 식으로 '내지어'를 모방하고 이를 자만하고 있지만, 실제로 그가 뱉어내는 내지어는 '표준어'와는 거리가 먼 '이질적'인 것임을 알 수 있다.

11 원문에는 'ぞうかん'으로 틀린 음이 달려있다. 원래는 "じょうかん"이다. 그 외에 "つまり"는 "ちゆまり"로 되어있다. 이 부분을 대화에서 재현해서 표기한 것으로 오식이 아님을 거듭 밝혀둔다.

터무니없이 많은 존재로, 실권 또한 언제나 부하 직원인 내무 주임이 갖고 있었다. 인식이 본바, 군수는 정해진 작은 사무실에서 쿨쿨 낮잠을 자거나, 시도 때도 없이 차나 마셔대거나, 하품을 하면서 그날그날을 보내고 있었다. 모든 행정은 주임에게 맡겨놓고 모든 일이 틀림없다고 생각하지 않으면 안 된다. 때때로 부하가 결재를 요청해 오면 커다란 도장을 쾅쾅 찍는 것이 낙이었다. 다만 한 가지 중대한 역할이 있다고 한다면, 그것은 도(道, 縣) 등 상부 관청에서 누군가 출장이라도 올 때면, 굽실굽실 그 뒤를 졸졸 따라가며, 밤에는 군청 간부를 그러모아서 요정에서 성대한 연회를 열어 극진하게 접대를 하는 일이었다. 특히 그와 같은 어정잡이 군수는 목이 잘리는 날이 뻔히 보이는 만큼, 이러한 유일한 역할에 한층 충실해지기 마련이어서, 백 엔[12]도 되지 않는 월급으로는 매달 생활을 하기도 힘들었다. 그래서 부채가 막중해져 유산으로 받은 전답을 팔게 됐다는 이야기를 인식은 고향에 있는 정실(正室)인 숙모에게 들어서 잘 알고 있었다. 군수 자신도 다만 봉건적인 관직 욕심에서 마차를 끄는 말처럼 길들여졌다고는 하지만, 매일매일 밤이 유쾌할 리가 없었다. 수입으로 봐도 부하인 내무 주임 쪽이 가봉까지 합치면 오히려 훨씬 많은 정도였고, 또한 연회비만 해도 내무 주임은 쩨쩨하게 호주머니를 딱 닫고 있어서, 물론 숙부 자신도 이러한 자신의 지위에 매우 불만이 많을 터였다.

"하지만 연설이 아무리 훌륭하다고 해도……."
하고 인식은 젊은 대학생에 걸맞게 분개한 태도로 밉살맞다는 듯 소리쳤다.
"그게 도대체 뭘 하는 것입니까. 실제 거기서 흰옷을 입고 있던 사람은 오직 숙부님 부하인 내무 주임뿐이었어요!"

---

12 당시 일본에서 일용직 노동자의 하루 일당이 1엔 97전(1939년)이었으므로 100엔은 적지 않은 돈이지만 일본과 그 이외 지역의 물가차이 등을 고려한다 하더라도 군수 월급으로는 그다지 많지 않은 돈임도 알 수 있다.

　　"그렇지. 그렇고말고."

하고 숙부는 옳거니 하고 말하는 듯 무릎을 내밀고 자연스레 조선어로,

　　"그래서 곤란하단 말이다. 내무 주임은 내지인이라는 구실로 스스로 나서서 모범을 보이는 일을 하지 않는단 말이다. 괘씸하다 이 말이야. 정말로 괘씸해."

　　"그건 그렇다 치고, 거기 모인 사람들의 옷은 모두 훌륭한 색의(色衣)였어요."

　　그는 자기 목소리가 떨리는 것을 느꼈다.

　　"모두 흙색의……. 그 흙투성이가 돼서 닳을 대로 닳은 옷이 어쨌다고 하는 겁니까."

　　"아니 그렇게 말해선 안 되지."

하고 숙부는 넥타이를 풀려던 손을 멈추고는, 다시 급변해서 내지어로 말했다.

　　"그놈들은 교오활(狡猾)해서 일부러 그런 옷차림으로 나타난 것이야. 대에학생(大學生)의 눈으로는 알 수 없어. 하지만 오늘 내 연설로 그 놈들도 완전히 가암복(感服)했을 것이야. 즈윽 이걸로 다시 색의를 입는 사람이 늘었단 말이다. 시일제(實際) 이걸로 내 업적도 올라가고 말고. 어떻게든 그 스웃자(數字)를 늘려놓지 않으면 군수를 해먹을 수가 없다니까. 너와 같은 대에학생은 알 길이 없겠지만. 관청에서는 뭐든지 스웃자 스웃자란 말이야. 이제 조금이나마 우리 군의 업적도 올라가려나. 내일이 장이 서는 날이라 직접 또 장에 가서 자앙려(獎勵)할 테니까 말이야."

　　그러고는 갑자기 후후후, 후후후 하고 웃어대기 시작하고는 인식의 소매를 끌면서 창문 쪽을 가리켰다.

　　"저걸 봐라. 저걸 보란 말이다."

　　창을 통해 손가락으로 가리키는 곳을 바라보니, 방금 회당에 모여 있었던 것이 틀림없는 남자나 여자들이 놀랍게도 등에 먹물로 ○나 △ 또

는 ×라는 표시가 하나씩 찍힌 채로, 한 사람 두 사람 맥없이 지나쳐 간
다. 제 아무리 숙부라 할지라도 마음이 약간 켕겼는지, 이 순간을 얼버무
리듯 한결 더 후후후, 후후후 하고 연신 웃어댔다.

"대체 무얼 하는 겁니까? 저 사람들에게……."

인식은 일시에 핏기가 사라진 듯 새파랗게 질린 채로 일어서서, 의분
에 몸부림치며 와들와들 떨면서 격렬하게 외쳤다. 그리고 엄한 얼굴로
숙부의 얼굴을 응시했다.

"너야 말로 어찌된 일이냐. 그런 눈초리를 하고서."
라고 말하고 군수는 다소 기가 질려서 몸을 돌렸다.

"아까 그 녀석들이 내 연설에 가암복(感服)해서, 돌아가는 길에 출구에
서 색의로 바꾸겠다는 증표로 먹물로 표시를 해달라고 한 것이야."

"대체 누가……."

"요컨대 내 부하들이 하고 있다 이 말이야."

"통역하고 있던 그 노인도요?"
하고 인식은 갑자기 휘청휘청거리며 무언가가 두려워 주저하는 듯이 희
미한 소리로 물었다.

"그렇지. 그 사람은 예전에 내 중학 선생이었는데, 지금은 군청에서
교화주임(敎化敎化)이니까 물론이고말고."

"……제 선생님이기도 했습니다."

"나도 알고 있어. 네 녀석들이 쓰을데없는 짓을 해서 저 선생이 쫓겨
나서 곤란해 하고 있기에, 부하로 쓰고 있는 것이야. 붓글씨를 잘 써서
정말 여러모로 쓸모가 있다니까."

"……."

두 사람은 각기 생각에 잠겨, 저편 좁은 골목으로 사라져가는 사람들
을 멍하니 바라보고 있었다. 다시금 그들의 눈앞에는 먹물로 된 표시가
칠해진 사내들이 대여섯, 죄수처럼 묵묵히 이어서 가는 뒷모습이 나타났

던 것이다.

"교화 주우임이 널 만나고 싶다던데. 좀 있다 찾아온다 하더라……."

"……제가 와 있는 것을 알고 있습니까?"

"네가 도중에 나가는 것을 본 모양이구나."

*

인식은 마침내 내일 아침 일찍 목적지인 양부산으로 가리라고 결심했다. 더 이상 부질없이 이곳에 한시도 머물 수 없을 것 같은 초조함에 어찌할 바를 몰랐다. 게다가 같은 대학에 적을 둔 다른 학우들은 이미 벌써 양부산 화전민 집단 지구에 도착해서 각자 분담된 일에 따라 산사람들의 경제(山民經濟)나, 종교 신앙(宗敎信仰), 문자 해독 정도, 질병 상태 등의 조사에 착수했음이 틀림없었다. 아무튼 그 무렵은 대학생을 비롯해서 중학생에 이르기까지, 모두가 젊디 젊은 정열을 안고서 여름방학을 이용해서, 농촌으로 어촌으로 산간으로 파고 들어가던 시절이었다. 야학을 열어 문맹에 빛을 안겨주기 위해, 또는 구석구석까지 그 생활을 조사해서 그들과 호흡을 함께 하기 위해서. 인식 자신도 자기네 대학 유학생 반으로 참가하여, 의학도의 한 사람으로서 양부산을 중심으로 산사람들의 위생을 조사면서 또 동시에 간이 치료를 실시하기 위해서 떠나왔던 것이다. 오랜만에 돌아와 보니 한줌의 흙, 한 웅큼의 풀에게조차 마음에 새로운 떨림을 느끼는 그였다. 하지만 본디 극히 소박한 감수성이 넘치는 젊은 인식으로서는, 조사라고 하는 직무보다도 오히려 쫓겨 가는 화전민과 함께 통곡을 하고 싶은 어쩌면 감상적인 기분이, 부질없이 앞섰던 것이었는지도 몰랐다. 또한 어떤 면에서는 이러한 가장 황폐한 고향의 품에 돌아와, 무언가 알 수 없는 맹렬하게 사나운 자연에 연약한 마음을 질타 당하고 채찍질 당하는 것을 원했는지도 모르겠다. 경성에서 삼백 리 동쪽으로 이 오지까지 가파른 고개나 협곡 사이를 합승 버스로 들어오면서, 그는 자신의 감정이 얼마나 고양되었는지를 기억하고 있다. 몽땅 불 태워버린 험준한 산언저리에 있는 화전민의 간이 움집을 바라봤을 때, 자신의 가슴의 붉은 피가 그곳에 튄 것 같은 고통마저 느껴졌다. 이 뭐라 해야 하는 고향의 비참한 모습이란 말인가. 그것을 아는 것이 도리어 무시무시한 기분마저 들었다. 우선 우리들의 생활을 알지 않으면 안 된다는 데 공감해서 따라온 그가 아닌가. 하지만 오늘처럼 또 너무나 비극적인 광경에 직면하게 되니, 마침내 자기조차 가련한 산사람들 무리 속으로 내쫓기고 있는 듯했다. 그는 자신의 그러한 기분을 헤아릴 여유는 없었다. 하지만 역시 일종의 체념과 통해 있는 감상이라고 해야 할 것인가, 그저 다만 모든 의욕을 잃고 빈궁 속에 시달리는 화전민들 안으로 들어가기만 하면, 자신의 마음만이라도 가벼워질 것이라고 생각했다. 그렇다고 정작 자신이 그들을 어떻게 할 수 있다고 하는 것도 아니다. 다만 자신도 그 가운데 한 사람이라고 생각할 때, 곧 자신은 구제될 수 있다고 생각하는 것이다. 이것이야말로 감상적인 에고이즘인가고 인식은 눈물을 글썽이며 생각했다.

어찌 됐든 준비가 덜된 자질구레한 물품들을 이 읍에서 마지막으로 두루 갖추지 않으면 안 되겠다고 생각했기 때문에, 저녁밥을 물리고 인식은 코풀이 선생이 찾아오기 전에 어두운 읍내로 내려갔다. 산간 지방인 만큼 날도 일찍 저물어, 한여름인데도 밤은 현저하게 추워진다. 작년에 겨우 들어오게 되었다는 전등도, 길거리 점포에조차 그리 많이 켜져 있지 않고, 가게 앞에는 대개가 석유램프를 흐릿하게 밝히고 있다. 길가 곳곳에 멍석을 깔고 모깃불 연기를 피우면서, 너댓 명씩 배를 깔고 길게 드러누워 있다. 시커먼 조선 개가 멍멍 하고 요란스레 짖어대곤 했다. 이 발소의 젊은 사내들이 창가에 두셋 기대서 괴이한 듯 그가 지나가는 것을 바라보고는 했다. 그는 우선 어딘가 약방이라도 없을까 하고 찾아 돌아다녔다. 경성을 떠나기 전에 돈복약(頓服藥),[13] 위장약, 키니네,[14] 안약 등을 일단 갖추고, 또한 선배 의사에게 여러 가지 주사약 등을 받아서 떠나오기는 했지만, 이 산읍에 와서 처음으로 화전민에게는 무엇보다도 피부약이 가장 필요하리라는 것을 떠올렸던 것이다.

거기서 겨우 고약(膏藥)을 조금 발견하고 양말과 타월 등과 함께 사서, 뒷골목을 터벅터벅 걸어 돌아올 때였다. 조금 전부터 어쩐지 앞 쪽 어딘가에서 시끄럽게 부부가 아우성치는 소리가 들린다 싶더니, 마침 그곳을 지나가면서 보자니 생각했던 대로 어떤 그을린 작은 초가집 앞 어두컴컴한 곳에 대여섯 사람의 선 그림자가 있었고, 그 안에서는 살림살이가 팽개쳐지거나 깨지는 듯한 소리가 악다구니를 써대는 부인의 소리와 함께 울렸다. 그런가 싶더니, 더러운 옷차림의 사내애가 도망치듯 쪽문을 뛰쳐나갔다.

"히히히."

하고 아이는 백치처럼 웃었다. 어둠 속에서 눈 쪽이 커다랗고 새하얗게 빛나 보였다.

"어, 어무이가 아부지를 때리고 있다요."

"그려? 왜 그런다냐?"

하고 모두가 모여들었다.

"모른다요. 히히히. 들어와 보면 안다 안 하요. 들어와요. 들어오라 안 하요."

하고, 아이는 선두에 서서 연신 손짓을 하면서 다시 들어갔다. 두세 명의 사내가 겁먹은 듯이 줄줄 쪽문 안으로 따라 들어갔다.

초가집 안은 살기등등한 여자의 새된 소리로 울려댔다. 당황해서 두세 마디 신음하듯 말하는 코풀이 선생의 코맹맹이 소리도 들려왔다. 그런데 그와 동시에 방금 전 패거리들이 허둥지둥 뛰쳐나왔다. 그 뒤로 살찐 한

---

13 돈복약 : 한꺼번에 다 먹는 약. 설사약 따위를 이른다.
14 키니네(Quinine) : 항말라리아 약 이름.

부인이 미친 듯한 모습으로 키가 큰 코풀이 선생을 밀어내면서 튀어나왔다. 선생은 쓰러질 듯한 자세로 비명을 내질렀다.

"꺼지라요. 홍 이 늙다리 영감. 꺼지라지 않소! 이 미친 놈팽이, 빌어먹을 영감!"

"왜 이러오. 왜 이러냐니까."

하면서, 옛 스승은 팔을 휘둘러 자신을 때리는 것을 필사적으로 피하려 하면서 신음했다. 뚱뚱한 부인은 산발을 하고 어찌하면 마음이 후련해질까만을 생각하며, 코풀이 선생의 등을 때리거나, 목덜미를 할퀴고, 허리띠를 쥐고 물거나 덤벼들고 있었다. 사람들이 가까스로 그 사이를 파고들어가서 두 사람을 떼어놓았다. 그렇지만 부인은 아직 성이 차지 않았던 것인지, 계속해서 덤비려고 하면서 한바탕 연설을 하기 시작했다. 인식은 그곳을 재빠르게 벗어나서 관사로 가는 작은 골목길로 서둘러 가면서 은근슬쩍 엿들었다.

"자 여러분들일랑 들어들 보드레요. 이 늙어빠진 영감이 하나밖에 없는 흰 치마에 먹칠을 해댔다 안 하오. 이 빌어묵을 영감탱이야. 니 놈이 나한테 흰 비단 치마 하나라도 해줬더나 말이다! 고것이 아니면 돈이라도 남겨서 가져왔더나 이 말이다? 매일 밤 지 주제에 술이 다 웬 말이드레요. 에, 연회라꼬요? 내일 처먹을 쌀도 없는 살림에 당췌 연회가 뭐이드레요? 내 흰 치마를 우짤 참이오. 어찌 할 것이냐고. 군청 사람들만 해도 지 집에 있는 옷은 수단 좋게 잘 간수한다 안 하던가배……."

"이제 그만들 하드레요. 그만 하드레요."

하고 사람들이 달래려고 했으나, 이번에는 부인이 작정을 하고 아이고 아이고 곡을 내는 것이 들려왔다. 뭐라 형언할 수 없을 정도로 슬픈 기분에 인식은 터벅터벅 걷고 있었는데, 갑자기 무슨 기척이 나서 뒤를 돌아보니, 옛 스승이 숨이 차오르는 듯 숨을 후우후우 쉬면서, 도망치듯 자신의 뒤를 따라왔다. 이렇게 해서 결국 몇 분간 두 사람은 나란히 길 위를 터덜터덜 걸으며 걸음을 재촉했는데, 갑자기 코풀이 선생이 그를 알아보고는 급히 멈춰 서서는, 이것이야말로 일 년에 한두 번밖에 없는 일이라는 듯, 진심으로 기쁜 듯이 쉰 목소리로,

"박 군이신가."

하고 미소를 띠고 말하면서 다가왔다. 방금 전에 벌어진 꺼림칙하고 부끄러운 사건을 인식이 알 리가 없다고 생각한 것인가, 아니면 스스로 이미 까맣게 잊어버린 것일까.

"이야 선생님이십니까."

인식은 당혹한 기색을 숨기고 아무렇지 않게 보이려 노력하면서 그렇게 중얼거렸다.

"내 지금 마침."

하고 말을 걸면서 선생은 손수건에 코를 풀었다. 소매가 차마 볼 수 없을 정도로 찢어져 있었다.

"관사로 자네를 찾아가던 길이야."

"그 일 뒤로 별일 없으셨나요."

인식은 이번에는 오히려 침통한 기분으로 말했다.

"학창시절에 정말 제멋대로 굴어서."

"아니야. 이미 난 그런 옛날 일은 생각하지 않기로 했다네. 그런데 도쿄에 있는 대학에 다니고 있다던데."

"예."

"정말 훌륭하네. 정말 여러분이 학교에서 추방 당했을 때는, 전도유망한 젊은이들이 이제부터 어찌 될 것인가 하면서 걱정을 했단 말이지."

어느새 그들은 좁은 골목을 벗어나 개천을 끼고 풀밭 위를 조용히 걷고 있었다. 맑고 차가운 물을 가득 채운 물살이 졸졸 소리를 내고 있었다. 먼 산기슭에 숨어있던 달이 서서히 얼굴을 드러내고, 황금색 같은 달빛은 빠져들 듯이 물살에 잠겨, 수면을 스치는 미풍에 흔들거려 야릇하

게 아름다웠다.

"선생님이야말로 정말로 저희들 때문에……."

하고 인식은 마음속으로부터 동정을 금할 수 없는 기분으로 말했다. 이렇게 둘이서 무심코 걷고 있자니 코풀이 선생이 그저 가련해서 견딜 수가 없었다.

"정말 난처해지셔서 어찌해야 할지……."

"무슨 소릴 하시는가. 어차피 그리 될 일이었소. 나도 좋아서 했던 일은 아니었지요."

그는 마치 인식과 함께 동맹휴업이라도 했다는 듯한 어조로, 시종 콧물을 훌쩍거리며 중얼거렸다.

"……전공은 무슨 과신가."

"의과 쪽입니다."

하고 대답하면서 인식은 무심코 나이든 옛 스승의 얼굴을 올려다봤다. 희미한 달빛을 받아 약간 대머리진 얼굴이 빛나 보였고, 예전에 혈색이 감돌던 흔적도 없이 양 볼은 검게 그림자를 드리우며 주름이 졌으며, 그 전부터 선명하지 않던 눈은 한층 더 흐리멍덩하고 탁하게 변해 있었다. 코가 이상할 정도로 희미한 색으로 빛나고 있었다.

"호오 자네가, ……그거 정말……."

하고 말하며 그는 얼굴을 들어 빛나는 코를 손수건으로 닦았다.

"인식 군은 분명 정치과가 아니면 법과에 가리라고 생각하고 있었지요……. 법과였다면 고문(高文)15을 치는 게 제일이지요. 뭐든 전부 자격을 따지게 되는 것이니까 말이지요."

"……."

"군수님도 자격 없이 벼락출세를 했기 때문에, 이런저런 일로 참 딱한

---

15 고문 : 고등 문관 시험의 준말.

일에 처할 경우가 이만저만 해야 말이지요……. 군수님은 내 제자였지요."

"네, 중학교 때입니까."

"그렇지요. 군수님은 그래도 실로 명관이시라서."

라고 말하면서, 인식의 심사를 살피는 듯한 시선으로 비굴하게 그의 얼굴을 살짝 보았다.

"그래서 윗사람에게도 평판이 좋고 아랫사람에게도 인기가 있지요. 실로 대단한 수완을 갖춘 분이시지요."

인식은 듣고 있는 것조차 민망해서 엉겁결에 얼굴을 돌렸다. 이제 그림처럼 둥근 달은 완전히 산기슭을 나와서 소리도 없이 빛을 내려 비추고, 아름다운 수증기가 달빛에 반짝반짝 빛나는 가운데를, 이슬은 조용히 내려와서는 무성한 풀밭을 적시고 있었다. 걸을 때마다 구두는 쓸쓸한 소리를 울리며 젖어들고, 방울벌레[16]가 주변 일대에서 따르르 따르르 하고 매우 낮고 힘없는 음으로 울고 있었다. 멀리서 희미하게 들려오던 부인의 곡성도 더 이상 들리지 않았다. 옛 스승도 무언가 깊은 근심에 빠져있는 듯, 코도 훌쩍이지 않고 잠시 동안 입을 굳게 다물고 있었다. 부드러운 은색 달빛이 녹아든 개울의 물살을 물끄러미 지켜볼 뿐.

"난 자네와 만나서 오늘 밤은 학교에 있을 때 가르치던 달 노래(조선의 와카)[17]를 떠올렸다네. 사학년 교과서에 있었지요. 좋은 노래였지요."

"예, 그랬었지요……."

인식도 문득 회고적인 쓸쓸한 기분이 되어서,

"선생님"

---

16 방울벌레 : 메뚜기목[直翅目] 귀뚜라미과의 곤충. 몸길이 16~18mm이다. 몸빛깔은 암갈색 또는 흑갈색이다. 한국·일본·타이완 등지에 분포한다. 방울벌레는 귀뚜라미와 달리 '찌르르르' 하고 울지 않고, '따르르르' 하고 운다.

17 원문에는 '달의 시조(月の詩調)'라고 되어 있고 시조 위에 '노래(うた)'라는 토가 달려있다. 그리고 괄호 치고 '조선의 와카(朝鮮の和歌)'라는 부연 설명이 있다. 이는 일본의 독자에게 생소한 부분을 설명하기 위함인데, 번역시에 이것을 우리말로 부연설명 없이 바꾸면, 원작이 창작된 배경 및 의도를 느낄 수 없기에 그대로 번역한다.

하고 입을 열었다.

"이제 여기서 헤어지시겠습니까? 저는 내일 아침 일찍 떠나야 합니다만……."

"어느 쪽으로."

하고 코풀이 선생은 인식의 얼굴을 의아한 듯이 바라봤다. 그 눈에는 젊은 제자에 대한 애정 어린 쓸쓸한 눈빛이 깃들어 있었다.

"예, 군(郡)의 경계를 넘어서 H군(郡)에 있는 양부산 쪽에 가려고 생각합니다만……."

"그건 또 대단히 힘든 일을……. 길도 없는 험한 곳인데."

"예, 산에 오르는 것을 좋아해서요."

"오호 역시. 젊은 사람들은 힘이 넘치는군요. 자네도 역시 브나로드(당시의 문자보급운동)입니까. ……하지만, 무엇보다 몸을 소중히 하셔야 하네." 하고 코풀이 선생은 진심으로 말했다. "하지만 관사까지라도 함께 가시려나. 나도 군수님께 마침 용건이 있으니……."

두 사람은 다시 침묵하고 걷기 시작했다.

"또 언제 다시 만날 수 있으려나."

하고 옛 스승은 슬픈 듯 멈춰 서서 중얼거리곤 했다.

잠시 후에 관사에 도착해 문으로 들어가자, 창문을 활짝 열어젖혀 놓은 밝은 객실 한 가운데에 유카타(浴衣)[18]를 걸친 숙부가 등의자에 몸을 젖히고 턱 버티고 앉아서, 쑥 내민 커다란 배에 부채로 바람을 보내고 있었다. 코풀이 선생은 현관으로 들어가려고 하지 않고, 창문 쪽으로 가면서 숙부 쪽을 보고는 정중하게 허리를 굽혔다. 군수는 전혀 눈치 채지 못한 것인지, 조금도 몸을 움직이려는 기색이 없었다. 인식은 마침내 참을 수 없을 것 같은, 게다가 예전에 가르치던 제자인 군수 앞에서 늙은

---

18 유카타 : 기모노의 일종으로, 주로 평상복으로 사용하는 간편한 옷으로, 목욕 후나 여름 축제시에 즐겨 입는다.

옛 스승의 비참한 모습을 보는 것은 잔인할 것 같은 기분이 들어서, 앞서 총총걸음으로 현관에 들어갔다. 하지만 객실 뒤쪽 복도에 접어들었을 때,

"인조쿠"[19]

하고 숙부가 변함없는 내지어로 부르는 것을 듣고는,

"네."

하고 대답하며 멈춰 섰다.

"들어 오거라."

미닫이를 열더니,

"정말로, 너는 결국 내일 떠어날 생각이더냐."

"네 내일 아침 떠날 생각입니다."

보아하니 코풀이 선생이 창문 밖에서 창가에 기대듯이 서서 이쪽을 바라보고 있었다. 아마 이 옛 스승이 그가 내일 떠나는 것을 군수에게 말했던 것이리라.

"그러냐. 그러면 H군이나 F군 쪽으로 가는 것이 좋을 것이야. 시일제(實際) 화전민이라는 자들은 내 관할 군에는 조금 밖에 없단다. 즈으윽 내 정책이 좋아서 거의 모두를 평지로 내려 보내 노옹민으로 만들었단다. 저 선생도 알고 있는 일이지. 그렇지 않나?"

코풀이 선생은 순간 당황한 듯 고개를 끄덕끄덕 해 보이고는,

"전임 군수님 때보다 오분지 일도 안 된다 이 말씀입죠. 헤헤."

하고 극히 격조가 낮은 내지어로 추종하는 듯이 낮은 소리로 중얼거렸다.

"화전민이라면 다른 군이 좋을 것입죠. 그래서 인식 도련님도 H군에 있는 양부산으로 떠난다고 말씀입죠."

"그게 좋아. 그곳은 관청에서도 대놓고 화전민이 사는 것을 허용하는 지구(地區)니까."

---

19 인조쿠 : 주인공 '인식'의 일본어식 읽기. 원문을 보면 '植' 위에 '조쿠(ぞく)'라는 토가 달려있다.

라고 말하고, 목에서 그르렁그르렁 넘쳐나는 가래를 밖으로 뱉어 내려 코풀이 선생 머리 위쪽으로 몸을 내미는가 싶더니,

"이거 큰일이군!"

하고 갑자기 소리를 질렀다.

"앗 산불이얏. 산불!"

그 말에 놀라 인식도 창가에 달려가서 바라봤더니, 동쪽 먼 산악지대 위로 약간 붉은 저녁놀과 같은 연기와 안개가 그 일대에 자욱이 끼어있는 것이었다. 옆쪽으로 길게 끼어있는 권적운이 마치 불타고 있는 것 같고, 그 위에는 또 이상하리만큼 붉게 달아오른 달이 둥실 떠올라 있었다.

"이런 빌어먹을. 재수없게시리."

하고 숙부는 이를 갈면서 법석을 떨었다.

"아직까지 저런 곳에 화전민 놈들이 숨어 있었단 말이냐!"

"저건 분명 H군에 틀림없습죠."

하고 코풀이 선생은 갈팡질팡하며 중얼거렸다. 그러고는 갑자기 어찌해야 좋을지를 몰라서 허둥대더니 네다섯 걸음 문 쪽으로 뛰어갔다.

"이봐 선생!"

하고 군수는 당황해서 큰 소리로 불러 세웠다.

"아니지. 교화 주임상. 얼른 모두 군청에 모이도록 손을 쓰시오. 산림 감시원도 어서 불러 모아야지 않겠소."

"예엡, 예엡."

하고 몇 번이고 허리를 굽히고서 코풀이 선생은 어둠속으로 사라졌다.

그 뒤를 숙부도 뒤쫓아서 허둥지둥 방을 뛰쳐나갔다. 인식은 창가에 기댄 채로 가슴이 격렬하게 떨리는 것을 느끼면서, 점차 거세져 가는 불 길을 바라봤다. 들 주변에는 안개가 껴서 산들이 바다처럼 부침하고 있는 것처럼 보였고, 다만 동쪽 산 능선 주변만이 흐릿한 붉은 색으로 희미하게 타오르고, 때때로 숲이 타오르면서 딱딱 튀어 바람에 휘날려 오

는 것일까, 지금이라도 천둥소리를 우르르 쾅쾅 울릴 것 같은 번개처럼 하늘이 새하얗게 일그러져 보이거나 했다. 달은 화염에 가려 희미해져서 이미 빛을 잃었고, 무언가 흉조(凶兆)라도 보여주듯 어슴푸레하게 떠 있었다. 그러는 사이에 주위도 어수선해졌다. 사람들이 언덕 위쪽으로 이 처참한 광경을 구경하러 온 것이다. 산 속으로 산 속으로 쫓겨나기만 하는 화전민들은 경지를 얻기 위해서 그렇게 바람이 없는 백주 대낮에 산에 불을 붙였다. 하지만 갑자기 바람이 불거나 해서 산불이 잇따르면 이렇게 또 관청에까지 알려지게 되는 것이었다. 게다가 이곳 산사람들에게는 그러한 산불이 번지는 광경이 무엇보다 아름다우며 저주 받은 볼거리임에 틀림없었다.

"잘 타오른다!"

"대단히 큰 산불이 아닌감. 저래서는 며칠 밤낮이고 계속될지 모르겠구면."

등등 저마다 소리치는 소리가 들려왔다.

"H군에 틀림없드레요. 분명 H군이드레요."

"그래 내일은 저쪽으로 가보자."

하고, 인식은 자신에게 중얼거리는 것이었다. "그곳을 통과해서 양부에 가는 거다."

*

다음날 아침 일찍 일어나서 바라보니, 지난 밤 화염이 치솟았던 동쪽에 연이은 산들 위로는, 안개처럼 보이는 하얀 연기가 엷게 뭉게뭉게 하늘로 빨려 들어가듯이 자욱이 끼어 있었다. 이제 점차 바람도 그쳐서 불기운이 약해져 가는 걸까. 하지만 그는 여행을 떠나는 준비를 마치자, 어쨌든 타고 갈 수 있는 곳까지는 승합 버스를 타고 가려고, 하루에 한 번밖에 운행하지 않는 버스에 늦지 않으려고 차부(車部)[20]로 서둘러 떠났다.

그날은 마침 장이 서서, 이미 거리 양쪽에는 천막이 삐라를 뿌려놓은 듯이 세워졌고, 잡화나 포목, 포리, 밤 그리고 건어물, 다시마 등이 그 아래로 놓여있었다. 두건을 쓴 검게 탄 장돌뱅이 사내들이 큰소리로 기운 좋게 떠들어댔다. 그 천막 사이를 산읍 사람들과 깊은 산 속에서 장을 보러 나온 사내들이, 왁자지껄 소란을 피워가며 분주하게 오가고 있다. 인식은 이 극도로 초라한 시장 안을 누비기라도 하는 것처럼 바삐 지나 갔다. 아낙네 두세 명이 천막 아래에 쪼그리고 앉아서 빗을 고르거나, 천 조각을 대보는가 하면, 또 어느 곳에서는 노파에게 밤떡을 사먹는 사내 들이 있었다. 그때 문득 그는 이 사람들 사이에 어제처럼 등에 먹물로 표시를 한 사람들이 있는 것을 보고 깜짝 놀랐다. 그것은 막 칠해진 것 처럼 먹물이 방울져 떨어지는 것처럼 생생했던 것이다. 과연 또 한 구석 에는 새하얀 저고리를 입은 아낙네들이 두셋 서로의 등에 찍힌 표시를 마주 보면서 한스러운 듯 소리치고 있었다. '어 어렵쇼 이상하군.' 하면 서 여기저기 주위를 살피면서, 거의 시장을 다 빠져나올 무렵, 건너편 광 장에서 승합버스가 갑자기 부우부우 하는 경적을 울리며 지금이라도 떠 나려는 듯한 태세여서, 그는 서둘러서 그쪽으로 뛰어갔다.

차는 낡고 조그마했는데 예상대로 사람이 적어서, 쉽게 탈 수 있었다. 그리고 그는 가솔린이 내뿜는 매연과 악취 가운데 웃도리를 벗고는, 손 수건으로 목덜미에 배인 땀을 닦아내면서 무심코 창밖으로 눈길을 가져 갔다. 그런데 그 순간 그의 눈은 얼어붙은 듯 꼼짝하지 못했다. 거기서 얼마 떨어지지 않은 시장 입구에 해당하는 포플러 나무 밑에, 두세 명의 군청 직원과 함께 먹통과 붓을 손에 든 키가 껑충 큰 코풀이 선생이 서 있는 것을 발견했던 것이다. 그 뒤로는 숙부와 내무주임이 대기하고 부 채질을 하면서, 싱글벙글 유쾌한 듯 지휘하고 있다. 아무것도 모른 채로

---

20 차부 : 자동차의 시발점이나 종착점에 마련한 차의 집합소를 뜻하는 옛말이다.

시장에 들어오려는 남자와 여자를 젊은 사내들이 잡아 오면, 코풀이 선생이 그 지저분한 옷에 먹물로 표시를 했다. 모두 키들키들 웃어댔다. 하지만 코풀이 선생은 얼굴의 땀과 코를 연신 훔쳐댈 뿐이었고, 먹물이 칠해진 남자도 또한 입을 다물고 땀을 목덜미에서 닦아내면서 사라졌다. 과연 한 여자가 손을 휘저으며 비명을 내질렀다. 그러자 군수를 비롯해 사내들은 더욱더 기분이 좋은 듯 소리를 내서 마구 웃어댔다.

인식은 조용히 눈을 감고 부들부들 떨리는 마음을 진정시켜보려 했지만, 가슴속에서 부글부글 치밀어 올라오는 분노를 어떻게 하면 좋을지 알 수 없었다. 차가 움직이기 시작했을 때, 결국 그는 아이처럼 양손에 얼굴을 묻고 잠시 동안 꼼짝도 하지 않았다.

*

산속 종점에 도착해 차에서 내려서, 조운령(鳥雲嶺)이라고 하는 산을 넘어 드디어 H군 경계에 들어가게 되었다. 연기가 치솟고 있는 방향을 향해 가는 것인데, 전방에는 거대한 산의 연봉이 병풍처럼 앞을 가로막아서, 연기도 뚜렷하게 보이지 않고 다만 조운령 위에 하얀 구름이 피어오르고 있을 뿐이었다. 깎아지른 협곡 위를 오르면서 멀리 바라보니, 산중턱에서부터 정상에 이르기까지 화전민 손에 황폐해져서 검푸르게 변한 산들이 서로 으르렁대고, 적송과 낙엽송, 상수리나무 등으로 이뤄진 숲은 휘어질 정도로 흔들거리고, 아래에는 한강 백 리 상류가 검게 보일 정도로 푸른 물살이 도망치듯이 흰 물보라를 일으키며 흘러가고 있다.

심산 속으로 깊이깊이 들어가니, 바람은 차고 햇빛 또한 희미해져 갔다. 게다가 산들이 황폐해진 정도도 갈수록 심각해, 만신창이라고 해도 좋을 만큼 벌거숭이가 되어 있었고, 버려진 화전이 고약을 붙인 상처처럼 군데군데 검게 그을린 채로 착 달라붙어 있었다. 협곡을 사이에 둔 맞은편 낭떠러지 산 위에는 누가 살고 있는 것인지, 노란 귀리밭 물결이 바람에 나부끼고, 한 쪽으로는 간이 움집이 새의 시체처럼 걸려있었다.

깊어가는 산 속을 몇 시간이고 걸어가는 동안, 드디어 좀 높은 산자락 사이에 움집을 발견했다. 움집은 숨듯이 납작 엎드려 있었고, 뒤로는 적송 세 그루가 서 있었다. 그 아래쪽으로는 널따란 화전이 경작되어 있었는데, 그것은 신기하게도 새파란 것들로 뒤덮여 있었다. 당장이라도 날아갈 것 같은 움집 안은 쥐죽은 듯이 조용해서 말을 걸어봤지만, 대답이 없다. 토방을 엿보니 깨진 항아리와 더러운 사발 몇 개가 놓여 있고, 작은 바구니 옆에는 지게가 하나 세워져 있었다. 어두컴컴한 방안을 살펴보았는데, 거기에도 또한 이렇다 할 가재도구는 없다. 무언가 상한 듯 악취가 풍기는 가운데 파리가 윙윙 소리를 내며 날아다니고, 흙에는 먹으로 쓴 수상한 부적이 더덕더덕 붙어있었다. 야릇한 기분으로 그것을 바라보고 있을 때, 갑자기 방안에서 아이들의 날카로운 울음소리가 들려와서, 인식은 흠칫 놀라 우뚝 선 채 꼼짝도 하지 않았다. 보자니 과연 어두운 구석에 두 아이의 그림자가 벽에 딱 달라붙은 채로 겁에 질려서 울고 있었다.

"이런 꼬마들이 거기 있었구나."

묘하게 숨이 막히는 듯한 소리로 그는 입을 열었다.

"난 무서운 사람이 아니란다. 아버지와 어머니는 어디에 가셨니."

아이들은 나오기는커녕, 점점 더 불에라도 데인 듯이 마구 울어댔다. 부모는 멀리서 그가 오는 것을 보고, 분명히 산림감시원이라고 확신하고 아이들을 남겨둔 채로, 어딘가로 황망히 도망쳐 숨어버린 것에 틀림없었다.

"난 조금도 무서운 사람이 아니란다."

하고 말하면서, 인식은 허리를 굽히고 배낭을 어깨에서 내려놓았다.

"꼬마들아 자 이리 오렴. 울지 않아도 된단다."

하지만 배낭에서 단 것을 싼 보자기를 꺼내려던 그의 손은, 지레짐작 탓인지 격렬하게 떨렸다. '자 뭣들 해, 맛있는 것을 줄게.'라는 소리가,

어찌해도 이어져 나오지 않았다. 이렇게 산에 사는 아이들에게는 장난감을 줘도 노는 방법을 모르고, 또한 과자를 줘도 먹을 것이라는 사실을 모른다는 이야기를, 그는 갑자기 떠올렸기 때문이다. 아이들은 점점 더 무서워졌는지 구석에서 서로 꽉 껴안은 채로 뒷걸음질을 쳤다. 그런데 갑자기 울음소리가 그쳤다고 생각돼서 돌아보자, 살금살금 생쥐처럼 두 아이가 토방 쪽을 빠져나가, 바깥쪽으로 모습을 드러내고 다시 으앙 하고 울음을 터뜨리면서 도망쳤다. 인식은 저도 모르게 털퍼덕 그곳에 주저앉고 말았다. 등줄기에 흥건히 땀이 배어 나오는 것을 느꼈다. 몸을 움직일 수조차 없었다. 아이는 둘 다 윗도리를 입지 않았고 게다가 맨발이었다. 큰 아이는 여자아이 같았는데, 머리는 엉클어져서 까치집을 짓고 있었고, 연신 작은 사내아이의 손을 잡아끌면서 내달려 갔다. 사내아이가 넘어지려하자 그녀는 아이를 앞으로 껴안듯 해서는 다시 자갈 위를 달려가는 것이었다. 산바람은 격렬하게 치불어서 그들을 넘어질 듯 말 듯한 갈지자걸음으로 만들고, 태양은 바로 위에서 그러한 시커먼 벌거숭이 상반신을 붉은 구리처럼 내리쬐고 있었다.

　"엄마, 엄마."

하며 작은 사내아이는 마구 울어댔다. 그 소리에 놀란 듯 근처 바위 그늘에서 커다란 매 한 마리가 날아올랐다.

　인식은 할 수 없이 말없이 일어나 배낭을 짊어지고, 반대 방향으로 산을 타고 올라갔다. 그는 지금 받은 인상이 너무나도 강렬한 나머지, 뭔가에 자신이 쫓기고 있는 듯한 기분이 들었다. 아무래도 나 같은 사람이 올 곳이 아니다. 정말 어째서 이런 여행을 떠나온 것인가 하고 자문도 했다. 이것이야말로 내 감상벽(感傷癖)을 요령 좋게 만족시키기 위한 여행이 아니란 말이냐. 비참하다 비참하다 하고 내가 외치고 다닌다 해서, 그게 도대체 그 사람들에게 무슨 도움이라도 된단 말인가. 그는 제대로 난 길도 없는 산속을 도망이라도 치는 듯 서두르면서, 자신을 한없이 가책

했다.

이렇게 다시 산속을 헤매며 걷는 사이에 두세 칸의 움집을 발견하기는 했지만, 모두 빈집으로 아무도 살고 있지 않았다. 어쨌든 화전민은 산에 불을 지른 뒤 그 타고 남은 재를 거름삼아 산중턱이나 산꼭대기를 경작해서, 감자나 콩, 귀리, 도토리 등을 먹고 연명하는 사람들이다. 하지만 한 곳에 이삼 년 정도 살다 보면 거름이 더 이상 효과가 없어져서, 다시 움집을 버리고 더 깊은 산속 처녀지를 향해 불을 지르면서 들어간다. 방화는 쫓겨나는 그들이 세상을 향해 보여주는 저주라고 할 것인가. 군청에서는 또 자신들이 관리하는 구역에서만큼은 화전민들이 살지 못하게 하려고, 여기저기서 화전민을 쫓아낼 뿐이었기 때문에, 그들은 마치 치번책(治藩策)[21]에 걸려든 야만족처럼 어쩔 수 없이 전인미답(前人未踏)인 산속 깊숙이 도망쳐 들어가는 것이었다.

그런데 가까스로 조운령 한 봉우리에 이르러 그걸 넘어 H군 쪽으로 내려가려고 할 때, 우연히 오후 햇볕을 받아 건너편에 잘 경작해 놓은 화전 슬로프가 눈이 번쩍 뜨이도록 반짝이고 있는 것을 보았다. 그는 깜짝 놀라서 마치 누군가가 끌어당기기라도 하는 듯이 그쪽으로 지팡이를 짚으며 서둘러 갔다. 바위 위에 서서 내려다보니, 역시 생각했던 대로 부채꼴로 퍼진 경사 전체가 정말 구석구석까지 빈틈없이 경작되어 있고 아직 덜 익은 곡초로 일대가 뒤덮여 있었다.

먼 곳 바위 그늘이나 또는 대수롭지 않은 나무 아래에 띄엄띄엄 화전민 움집이 산재해 있어서, 금빛을 받아 반짝반짝 빛나 보였다. 그래서 그는 이미 저녁때도 되었고 해서, 아무쪼록 이 동네에서 재워달라고 해야겠다고 생각하고는 산을 내려가기 시작했다. 그런데 그때 먼 곳에서 누군가가 큰 소리로 무언가를 소리친 것 같아서 급히 걸음을 멈추고 섰다.

---

21 치번책 : 오랑캐를 다스리는 정책.

역시 누군가가 자신이 오는 모습을 재빨리 발견하고, 같은 동네 사람들에게 급하게 소식을 전하려고 소리를 지른 것에 틀림없었다. 갑자기 여기저기 움집에서 두세 명의 남자와 여자가 기어 나오더니, 맞은 편 산비탈 쪽을 향해 도망치는 작은 그림자가 보였다.

인식은 표연히 발길을 돌렸다. 역시 그만두리라 생각했던 것이다. 그래서 다시 산 위로 올라가고 있을 때, 이번에는 문득 저 멀리 동북 방면으로 몇 개의 산을 넘은 건너편에, 저녁노을의 반사를 받고 거무스름한 연기가 뭉게뭉게 피어올라, 아름답고 맑은 하늘에 바림질[22]을 하듯이 멀리 퍼져가는 것을 보았다.

"그렇지, 바로 저기야. 꽤 가까이 왔군."

하고 그는 저도 모르게 기쁜 듯이 외쳤다. 그리고 마치 자신은 그곳에 어떻게 해서라도 꼭 가지 않으면 안 되는 용건이라도 있다는 듯, 서둘러 그 방향을 향해 내려가기 시작했다. 그런데 도중에 가는 끈 같은 모양의 지름길을 발견하고 그 길을 타고 가다가 깊은 소나무 숲속에 들어갔는데, 얼마 멀지 않는 곳에 물소리에 귀가 먹을 정도로 높은 곳에서 떨어지는 폭포가 있었고, 그 암벽 위에는 육층 탑이 날개를 펼치고 서 있는 것을 보았다. 그래서 분명히 무슨 사찰이라도 있는 것이 틀림없다고 생각하고, 폭포 옆을 지나서 어스레한 숲속을 헤치면서 들어가자, 절이라고 하기보다는 오히려 무슨 사당이라고 할 법한 기와로 된 움막이 세워져 있었다. 거기에는 극락전(極樂殿)이라고 하는 낡은 현판이 걸려 있었다. 석양이 이끼 낀 기와지붕과 풀이 자란 처마 끝을 비춰, 쓸쓸해 보이는 그림자가 낡은 주춧돌이 남아있는 마당에 살며시 떨어지고 있었다. 기거하는 스님을 찾으니 번들번들한 대머리에 덩치가 큰 노승이, 장지문을 열고 눈을 껌뻑거리면서 얼굴을 내밀었다. 그는 지나던 길에 날이 저물

---

22 바림질 : 색칠할 때에 한쪽을 진하게 하고 다른 쪽으로 갈수록 차차 엷고 흐리게 하는 일. 그러데이션. 선염. 이 단어는 김사량이 「토성랑」(문예수도(文藝首都), 1940년 2월호)에서도 쓰던 단어이다.

었으니 하룻밤 재워달라고 말했다. 노인은 수상쩍다는 듯 아무 말도 하지 않고 빤히 인식의 행색을 위에서부터 아래까지 훑어보고는, 갑자기 몸을 움츠리고 잠시 동안 안에 있는 사람과 무언가를 숙덕숙덕 상의하는 것 같더니, 턱을 치켜 올리면서 들어오라는 시늉을 했다. 법당 앞을 지나가면서 보자니, 목조 불상 하나가 어두컴컴한 가운데 외로이 놓여 있을 뿐, 향은 물론 염불 읊는 소리조차 하나 없는 버려진 절이 분명해 보였다.

음산한 방안에는 노승 말고 얼굴이 갸름하고 새하얀 옷을 걸친 서른 정도의 사내가 쭈그리고 앉아서, 찐 옥수수를 먹다가, 몸을 일으켜서 흘끗 인식을 노려봤다. 실로 날렵하고 사나운 무서울 정도로 번쩍번쩍 빛나는 눈이었다. 한구석에는 연적이 놓여있고 그 옆에는 방금 전 화전민 집 벽에서 보았던 것과 똑같은 먹 글씨로 마구 써 갈긴 부적이 가득 겹쳐 있었다. 이 두 사람이 무지한 화전민들에게 이 부적을 팔아서 먹고 살고 있는 것이라고 그는 생각했다. 순간 불안한 마음이 들어서 표정이 어두워졌다. 두 사람은 경계하는 듯이 서로 눈짓을 주고받으면서, 인식에게 두런두런 여러 가지를 물어보았다. 그러고 그가 단순히 여행 중인 학생인 것을 확인하고는 겨우 안심하는 눈치였다. 사내는 자신의 이름이 아무개라고 말하고, 이 고찰에 백일기도를 올리기 위해 와 있노라고 사칭했다. 노승은 간사하게 눈을 번득이면서, 이 사람은 아무개 선생의 이름난 제자로 이미 신선과 매한가지인 분이므로, 그를 믿기만 하면 무병무재(無病無災), 불로장생(不老長生) 할 수 있다고 말하는 것이었다. 그때 사내는 얼굴을 들더니 눈을 뻔적이며 노승을 노려봤다. 그러자 노승은 당황해서 헤헤 하고 침을 흘리며 웃고는, 갑자기 놀라서는 서둘러 입을 다물어 버렸다. 인식은 어쩐지 등에 냉수를 끼얹은 것처럼 오싹해졌다. 조금 있다 사내가 무언가 볼일이 있어 나갔을 때, 노승은 인식에게 그 사내에 대해 좀 더 자세하게 알려주고 싶었던 모양인지, 소매를 당기면서 목소리를 죽여서 말하는 것이었다.

“저분은 말일세. 열흘 동안 아무것도 먹지 않고 사신다네.”

그 때 남아있던 햇살마저 사라져서 방안은 갑자기 어두워졌다. 어디선가 뻐꾸기가 울고 있었다. 그 날 밤은 신기하게 바람도 멎고 청명한 달빛이 방안으로 흘러 들어왔다. 인식의 마음속은 다만 어둡고 큰 구멍을 뚫어놓기라도 한 듯, 축 늘어진 피로감에 감정도 감각도 공허함 속을 부유하고 있는 것 같았다. 육체적인 피로도 심했던 것이다. 인식은 다만 한 구석에서 몸을 앞으로 웅크리고 노승이 퍼온 맑은 물만 몇 번이고 들이켰다. 희미한 등불 아래 두 사람이 이상한 맛이 나는 빵을 걸신들린 듯이 게걸스레 급히 먹고 있었다.

“당신네들.”

하고 인식은 기분 나쁜 듯이 물어봤다.

“그렇게 수행을 해서 어찌하시려는 겁니까.”

사내는 잠시 뒤돌아보더니 껄껄대며 웃었다.

“불쌍한 창생(蒼生)을 구제하는 겁니다.”

“창생을?”

“그렇습죠. 우리 큰 선생님의 가르침을 믿으면, 가까운 날에 물의 심판이 있어서 세상의 중생이 모두 물에 빠져 죽어도 우리들만은 금강산 피수궁(避水宮)에 인도되어 신선이 되는 것입죠. 불의 심판이 내리는 것도 머지않았습니다.”

“헤헤헤, 정말 지당하신 말씀을.”

이라고 말하고 노승은 추종한다는 듯 사내 쪽으로 눈웃음을 던졌다.

“그래서 이 근처 산에 사는 사람들은 말입죠, 이분을 신선으로 따르고 있는 겁니다요. 기도로 병을 고쳐주시기도 하고, 게다가 감사한 것은 열성적인 신자에게는 앞으로 먹지 않고도 살아갈 수 있는 비법을 가르쳐준다 하지 않나 말입쇼. 헤헤, 정말, 정말로…….”

인식은 이런 산간에 가지각색의 사교(邪敎)가 발호해서, 무지한 산사람들의 비참한 생활 속에 기생하고 있음을 알고 있었다. 이치들도 분명 그러한 일당에 틀림없다고 생각하자니, 인식은 으스스해진 듯 순간 얼굴이 굳어져서, 사내를 가만히 바라보았다. 사내는 당황한 듯 갑자기 낯빛이 변해서는, 다시 기묘한 목소리를 내면서 껄껄껄 웃어댔다.

"우리 흰옷을 입는 조선동포는 누가 뭐라 해도 정감록(鄭鑑錄, 고래(古來)의 요서(妖書))에 의지하지 않으면 구원받지 못한단 말입지요. 분명히 책 안에 백의동포가 나아갈 길과 운명이 예언되어 있습죠."

"정감록?"

"낄낄낄 어려운 것일랑 없다요. 흰옷을 입고 ××××××××××[23]라고 외우면 그걸로 구원을 받는다고 정감록에 써 있으니까 말이야. 케케케……."

산간으로 쫓겨난 사람들은 무언가 하늘로부터 기적이라도 일어나기를 너무도 기원한 나머지, 언젠가는 행복한 나라로 인도받아 간다고 생각하고 몸을 잔인무도한 자들에게 맡기는 것이었다. 그것을 생각하자 인식은 가슴이 세게 짓눌리는 것 같아서, 다만 이러한 끔찍한 현실에서 눈을 가리고 싶다는 생각이 들 뿐이었다. 이 사내들은 조선인은 백의를 벗어서는 구원받을 수 없다는 교의를 갖고 있는지도 모르겠다. 문득 그의 눈앞에는 그것과 대조적으로 시장 입구 포플러 나무 아래에 서 있던 숙부와 코풀이 선생의 모습이 어른거렸다. 그러는 사이에 사내와 노승은 누워서 쿨쿨 코를 골아대기 시작했는데, 인식은 도무지 쉽게 잠이 들지 않았다. 전전반측하다가, 밀려들어오는 상념에 신음하면서.

공중의 날짐승을 보라. 씨 뿌리지도 아니하고 거두지도 아니하며 곳간에 모아들이지도 아니 하되. 너희 하늘 아버지께서 먹이시나니 너희는 날짐승보다 훨씬 더 귀하지 아니하냐(마태전, 馬太傳).[24]

들의 백합이 어떻게 자라는가 생각해 보라. 수고도 아니 하고 길쌈도

---

23 원문에는 '복자'가 ×자가 아닌 공백으로 표시되어 있다. 전집에 실리면서 이 공백이 ×자로 바뀌었다.
24 「마태복음」 6장 26절.

아니 하느니라.[25]

하물며 너희들이랴. 하지만 여기에 힘들여서 씨뿌릴 토지도 없고, 거둘래야 거둘 것도 없고, 먹을래야 먹을 것이 없으니, 하늘을 나는 날짐승보다도 '오늘 있다가 내일 아궁이에 던져질 들풀'보다도 못하게 버려진 민족이 있다.[26] 그리고 그들의 생명은 잔인무도한 자들의 손에 맡겨져서, 그 생활마저 끊임없이 위협받고 있는 것이다.

무서운 악몽이 그를 덮치고 있었다. 자신은 또 이 뭐라 할 우스꽝스러운 존재란 말이냐. 코풀이 선생과 함께 자신이 산에 사는 화전민에게 습격 당해서 정신없이 도망치는 꿈에 가위눌리고, 또 다음에는 무서운 산사내들에게 붙잡혀서 짐과 옷까지 빼앗기고, 무시무시한 폭포 위에서 천 길 낭떠러지에 떨어지기도 했다. 그는 공포에 사로잡혀 발을 구르며 몸부림치는 가운데 마침내 물방울이 튀었다고 느끼고는 아악 비명을 내지르고, 자신의 목소리에 놀라서 한밤중에 눈을 번쩍 떴다. 주위를 살펴보니 이미 거기에는 방금 전에 있던 두 사람의 모습은 보이지 않았다. 그날은 신기하게 조용한 밤으로, 달빛이 넘쳐흐르듯이 방안으로 들어와서 안이 훤했다. 어, 하며 그는 벌떡 일어났는데, 그때 마당 앞쪽 곳곳에서 사람들이 무언가를 서로 외는 소리가 들려왔다. 그는 거기서 주변을 조심스럽게 한번 둘러보고, 몸을 내밀어 장지문이 찢어진 구멍으로 밖을 훔쳐보기 시작했다.

얇게 푸른 빛을 띠기 시작한 희미한 달빛이 물결치듯 흘러가고 있는 마당에, 수십 명이나 되는 남자와 여자의 검은 그림자가 무슨 쌀자루처럼 웅크리고 앉아 중얼중얼 주문을 외우고 있었다. 법당 툇마루 끝에서는 방금 전 그 사내가 바투 있는 노승의 시중을 받으며 정좌해서 감동한

---

25 「마태복음」 6장 28절.
26 따옴표가 되어 있는 부분은 「마태복음」 6장 30절의 구절 중 일 부분이다. 그 나머지는 성서에서 끼워 맞췄거나, 김사량이 임의로 쓴 내용이다.

듯 저속한 어조로 교리를 설파하고 있었다. 그의 옆에는 남자와 여자들이 시주하기 위해 가져온 것이 틀림없는, 산에서 난 곡식을 넣은 자루가 겹겹이 쌓여있었다. 인식은 자신이 지금 방금 전보다 더욱 더 악몽에 시달리고 있는 것이 아닌가 하고 자신을 재삼 의심해 보았다. 훌쩍훌쩍 아낙네들의 우는 소리가 들려온다. 달빛은 흔들리면서 더러운 옷차림의 그들을 해골처럼 부각시킨다. 으응 으응 하고 신음하는 사내도 있다. 인식은 쩌릿하게 전신이 마비되는 것 같았다. 물론 그것은 어제 회당에서 숙부와 코풀이 선생을 대했을 때와는 또 다른 놀라움과 비탄에서였다. 마당 끝자락 한 구석에 촉촉이 젖은 덤불 속에는, 흰 백합이 몇 송이 고개를 숙이고 있다. 꽃잎에 이슬이 맺혀 달빛에 아름답게 빛나며, 바람이 불어오는 대로 반짝반짝 꽃잎은 흔들리는 것처럼 보였다. 그때마다 백합꽃도 서로 무언가 슬픈 이야기를 속삭이는 듯이 고개를 서로 끄덕거렸다. 툇마루에 앉아있던 사내는 다시 무언가 준엄한 목소리로 부르짖기 시작했다. 그러다가 뒷짐을 지고 가슴을 젖히고는 웅변을 하는 대신, 양손을 합장하고 눈을 감더니 자못 세상을 저주한다는 듯한 주문을 외워대기 시작했다. 그 옆에서 시중을 들던 노승도 손수건으로 코를 닦는 대신에 몇 번이고 몇 번이고 대머리를 손으로 벅벅 긁어대고 있었다.

그 때 갑자기 강한 바람이 불어와서 그가 훔쳐보고 있던 장지문이 열렸다. 그는 자기도 모르게 조금 몸을 뒤로 젖히고는, 놀란 듯이 맞은 편산 쪽에서 어젯밤보다 더욱 끔찍하게 퍼져가는 화염이 새빨갛게 타오르는 것을 보았다. 역시 어젯밤부터 계속 타다가 점점 불길이 커진 것에 틀림없었다.

"불타올라라. 모든 것을 태워버려라."

하고 인식은 미친 사람처럼 눈을 번뜩이면서 혼잣말을 외쳤다.

"그래, 모든 것을 연기로……."

주문을 외우는 의식은 달빛이 사라질 때지 계속 이어졌다. 하지만 의식을 마치고 사내와 노승이 방에 돌아왔을 때, 인식은 여행 도구를 정리해서 어딘가로 떠난 후였다. 인식은 날이 밝아옴과 동시에, 다시 도망치듯이 그곳을 떠났던 것이다.

*

이렇게 이 기록도 또한 슬픔이 많은 청춘시절의 일기의 하나이다. 그 후 세월은 이미 삼사 년이 지나, 인식은 대학을 졸업함과 동시에 지금은 도(都)에서 멀리 서쪽으로 떨어진 외딴 시골에서, 변변치 못한 의원 간판을 내건 청년 의사로 일하고 있다. 수많은 청년들이 귀농(歸農)해서 괭이를 잡았듯이 그도 농촌에 들어가면서 자신에게 주어진 천직을 살리면서, 나아가 또한 조금이라도 자신에게 충실하면서 가난한 사람들을 위해 힘을 다할 수 있다고 믿었기 때문이다. 그 사이에 숙부와 코풀이 선생의 운명에도 큰 변화가 있었다. 숙부는 일단 다른 군으로 영전(榮轉)했지만, 점차 불어나는 부채에 쫓겨, 결국 어떤 어리석은 뇌물 사건을 일으키고 면직 당해서, 고향 도(都)로 돌아와 지금은 토지브로커가 되었다. 하지만 지금껏 코풀이 선생이 그 후 어떻게 됐는지 소식이 묘연하여 듣지 못했다. 언젠가 숙부가 토지와 관계된 일을 보러 온 김에 그가 있는 곳에 잠시 들렀을 때, 옛 스승의 일을 물어보았다. 숙부도 지금은 완전히 조선어로 바뀌어, 코풀이 선생은 인식과 만났던 해 가을, 산속으로 색의장려를 하기 위해 출장을 떠난 채로 돌아오지 않았노라고 차분하게 말하는 것이었다. 어쩌면 산속에서 큰 비를 만나, 물살에 떠내려갔는지도 모르는 일이다.

그로부터 얼마 지나지 않은 어느 날 인식은 도(都)에서 배달된 잡지 속에서, 지금까지 그 유례를 찾아보기 힘들 만큼 참혹하기 그지없는 백백교(白白敎)[27] 공판기록을 읽으면서, 전신이 오싹해지는 오한을 느꼈다. 그것은 그 마교(魔敎)의 간부 일당이 가련한 농민과 산사람들을 속여서, 피

땀 어린 그들의 재산과 식량을 빼앗은 것뿐만이 아니라, 그 아내와 딸까지 겁탈하고, 결국에는 자신들에게 봉족[28]하지 않는 자들을 340명[29]이나 살해했다고 했다는 사실이다. 이러한 전율할 만한 사건이 현재 자신들이 살고 있는 조선에서 어떻게 벌어질 수 있단 말인가. 게다가 뭐니 뭐니 해도 쇼와(昭和) 12년[30] 이후 4년 간 무려 109회에 걸쳐 전 조선의 각 분소(分所)에서 자행되었다고 하는 이런 무서운 살인사건이, 지금껏 사직 당국의 손에 어째서 발각되지 않았단 말인가. 정말로 암담해하지 않을 수 없었다. 하지만 읽어나가는 중에 무엇보다도 전기충격을 받기라도 한 것처럼 놀란 것은, 이 마교의 살인현장 가운데 하나로, 예전에 그가 찾아간 적이 있던 버려진 절 부근으로 보이는 산간도 언급되어 있는 것을 발견했기 때문이었다. 그는 그 기록이 실린 책을 덮고 눈을 감고는 한층 감개에 젖어들었다. 혹시 그 이상한 사내와 노승은 이 마교 분소를 맡고 있던 무서운 살인자였던 것은 아니었을까. 그렇게 생각하자니 기록 속에 나와 있는 백백교 교리의 구절과, 사내로부터 들었던 말이 상응하는 구절들이 있는 것도 같았다. 그 달빛이 구석구석까지 비추던 마당 앞에 웅크리고 있던 화전민들도, 어쩌면 그 자들의 비위를 건드려서 차례차례 무참하게 살해되었던 것일까. 인식은 절로 눈시울이 젖어오는 것을 느꼈다. 하지만 문득 다시 코풀이 선생의 일을 떠올리고는 그는 놀란 듯이 다시 그 공판기록을 끌어당겨서 펼쳐보았다. 의심을 하기 시작하면 끝도 없는 법이라 어쩌면 또 코풀이 선생도 그 조운령 깊은 산속에 출장을 간 것을 끝으로, 저 사내들에게 살해라도 당한 것은 아닌가 하고 한순간 생

각했다. 그렇게 억측을 하자니 또 영락없이 그런 것임에 틀림없다는 생각이 들었다. 인식은 다시 잡지를 내려두고 깊은 한숨을 쉬었다. 백의(白衣)의 교도(敎徒)인 만큼 색의장려와는 서로 용납할 수 없는 것이 있지 않았겠는가. 가련한 코풀이 선생은 그 깊은 산속 폐찰에 가서, 어떻게든 화전민들을 모이게 했을지도 모르겠다. 그리고 자기 혼자 신이 나서는 먼저 그 이상야릇한 내지어로 말을 하고, 그러고 나서 다시 스스로 그것을 의기양양하게 통역하다가, 뒤에서 그 두 사람에게 습격을 당해서 살해당한 것이 아니겠는가, 등등으로 인식은 밑도 끝도 없이 슬픈 생각에 잠기는 것이었다.

〈문예(文藝)〉 1940년 7월호

김남천

경영(經營)

맥(麥)

김남천(1911~?)

평안남도 성천에서 태어났다. 1929년 평양고보를 졸업하고 일본 호세이대학에 입학했다. 1931년 「공장신문」으로 활동을 시작하여 프롤레타리아 소설을 창작하고 문학평론가로도 활동했다. 1933년 카프 1차 사건으로 검거되어 감옥살이를 했다. 일제 말기 '신체제' 수립 이후에도 시류에 휩쓸리지 않고 회의하는 지식인을 중심인물로 하는 지식인 소설을 많이 썼다. 해방 이후 남쪽에서 활동하다가 1947년 월북하였다. 1952년 말 이후 정치적 이유로 더 이상 활동을 할 수 없었다. 전작 장편소설 『대하』(1939), 창작집 『소년행』(1939) 등을 내었다.

경영(經營)

1.

　아홉 시에서 아홉 시 반까지, 현저동 사식 차입집 앞까지, 차 한 대만 꼭 보내게 해 달라고, 며칠 전부터 신신부탁이지만, 바쁜 틈에 혹시 잊어버리지나 않을까 근심되어서, 최무경(崔武卿)이는 사무실을 나오려고 할 때에 다시 한 번 자동차 영업소로 전화를 걸었다. 그러나 마침 말하는 중이었다. 다른 또 하나의 전화번호를 불러도 통화 중이었다. 수화기를 걸고 의자를 탄 채 바람벽에 걸린 시계를 쳐다보고, 캘린더를 무심히 스쳐보고, 그러고는 다시 수화기를 쥐었으나, 그때에 전화는 밖으로부터 걸려 와서, 책상 밑에 달린 종이 요란스럽게 울었다.

　"야마도 아파트 사무실이올시다."

하고, 언제나 하는 버릇대로 먼저 지껄여 보았으나, 이내,

　"네, 저올시다. 제가 최무경이에요. 안녕하신가요? 네 지금 막 나가려던 참이었어요. 네? 내일루요."

　그러고는 다시 대답을 이어 나아가지 못하고, 그저 들려오는 목소리에만 귀를 기울이고 있었다. 한참만에야 그는 탁상전화를 틀어쥐듯이 하고 입을 바싹 들여 댄 뒤,

"내일루 연기라지만, 그러다가 아주 틀어지는 거나 아닌가요?"

하고 따지듯이 물어 본다. 그러나 한참 만에,

"글쎄요. 그렇다면 몰라두요. 무슨 본인의 잘못 같은 걸루 일이 시끄럽게 되는 건 아니겠지요? 네, 그럼 안심하겠습니다. 내일은 틀림없겠죠? 그럼 그렇게 알구 있겠습니다. 안녕히 계세요."

맥없이 전화를 끊고 멍청하니 의자에 기대어 본다.

클라이맥스를 향해서 한 장면 한 장면 접쳐 올라가던 판에 필름이 뚝 끊어진 때처럼 허파의 공기가 쑥 빠져 버리는 것 같다.

내일 이맘때까지 스물네 시간, 눈이 뒤집힐 듯이 바쁘던 며칠이 있은 끝에, 갑자기 찾아 온 텅 비인 공간 같은, 예측하지 않았던 시간이다.

회전의자에서 분김에 발부리로 책상 다리를 차면, 몸은 핑그르르 돌아가 저절로 강 영감을 보게 된다.

강 영감은 꾸부리고 앉아서 손주딸이 날라 온 벤또[1]에 차를 부어서, 훌훌 소리가 나게 젓가락질을 하고 있었으나, 전화를 받는 품으로 대강한 사연을 짐작은 하였다는 듯이, 힐끗 젊은 여사무원의 얼굴을 쳐다보군,

"그저 재판소 일이란 게 그렇다니께. 제길."

그러더니 먹은 그릇을 덜그럭거리며 치우고 나선,

"그래, 또 무슨 까닭인구?"

하고 뻐끔히 주름살이 구긴 얼굴로 무경이를 바라본다.

"전들 무슨 심판인지 알 수 있세요. 변호사의 말은 예심 판사가 아직 검사의 승낙을 못 받았단답니다. 언제는 검사의 승낙을 얻기에 힘이 들구 애가 씌었다더니. 나와야 나오는 게지, 변호사의 말이라구, 제멋대루 주워섬기는 걸 믿을 수가 있어야죠. 그렇다구 하나하나 따져 볼 수도 없는 일이구……."

"아무렴. 그런 일이란 건 으레 그런 법인걸. 이편은 바쁘지만 저희들

---

1 벤또 : '도시락'의 일본말.

야 무어 바쁠 것 있어. 제 볼일 다 보구 생각나믄 뒤적거려 보는걸. 그러나 머 낙심허실 것 없이, 여태 기대렸으니까 그까짓 하루쯤야, 또 그래야 만나 뵈시는 데 재미두 더허구 흐 흐 흐…….”

이가 군데군데 빠져서 입김이 샌다. 선량한 늙은이의 얼굴을 보고 있으면 쓸쓸하고도 정다운 생각이 들어서, 무경은 빙그레 웃음을 입술 위에 가지게 되는 것이다. 그러나 그런 웃음은 강 영감과의 오랜 생활에서 거의 습관처럼 되어진 것이기 때문에, 속으론 딴것을 희미하게 생각하고 있었다.

‘어떻게 할까? 집으로 가서 어젯밤의 되풀이를 또 한 번 치를 것인가? 저녁은 외식을 하고, 나오는 분을 맞아다가 아파트에 안내한 뒤, 일러도 열한 시나 자정이 되어야 집으로 돌아오게 될 것이라고, 아침에 나올 때에 일러두었는데’ ……역시 간단히 무어든 간 사먹고 가리라 생각하는 것이다.

무경은 택시 영업소로 전화를 걸고 사무실을 나와서 구내식당으로 들어갔다. 사무실에 강 영감이 있듯이 식당에는 산쨩이라는 어린 소년이 있어서, 그는 이 안에 들어 설 때마다 반가운 표정을 짓게 된다. 새로 빨아서 깨끗이 다린 흰 옷을 입은 어린 소년은,

“어유 최 선생님이 어쩐 일이유. 저녁 진지를 식당에서 다 잡수시구.”

그의 뒤를 달랑달랑 쫓아오면서 생글거리기 시작한다.

무경은 구석진 테이블에 앉아서, 눈이 마주친 손님들께 가벼운 인사를 나누는데, 상머리에 서서 나막신 끝으로 세멘 바닥을 울리면서 말끄러미 무경의 눈동자를 지키고 섰던 산쨩은,

“사진 구경 가실려구. 어딘지 맞히리까?”

하고 똥그란 눈을 삼빡거린다.

“사진 구경은 누가 산쨩인 줄 아는 게군.”

유쾌로운 얼굴로 백을 식탁에다 놓고 웃어 보니까,

"오라 참 부민관, 내 참 음악횐 걸 까빡 잊었네."

쉴 새 없이 핑글핑글 돌아가는 전기 시계를 펀뜻 쳐다보더니,

"늦었수. 어서 가세야지. 무어 잡수실려? 라이스 모논[2] 카레하구 하야지[3]만 남았는데. 빨리 될 걸룬 가께우동."

무경은 소년의 지껄이는 것이 재미나서,

"그럼 가께우동 하지."

마치 음악회나 가려는 것처럼 대답해 보내는 것이다.

음악회 ― 참말 음악회의 표를 미리 사서 간직해 두었던 것을 지금서야 생각한다. 까빡 잊었었다. 첫날 치였으니까, 벌써 시효도 넘었다.

백에서 속 갈피를 뒤적이니까 한편 구석에서 티켓이 나왔다. 일 년에 잘해야 한 차례씩이나 얻어 들을 수 있는 교향악단의 밤이었다. 지금쯤은 차이코프스키의 파테틱크가 연주되기 시작하였을 것을. 그는 요즘 며칠 동안 제 정신이 어디로 팔려 버렸던 것을 새삼스럽게 생각해 본다. 그러나 기뻤다. 어떤 숭고한 일에 정성을 썼다는 만족이 그의 마음을 느긋하게 어루만져 준다. 음악회 티켓 같은 것, 열 장 스무 장이 무효로 되어버려도 그는 도무지 아깝지 않다고 생각해 보는 것이다. 음악회라면 하찮은 학생들의 연주회에도 빠지지 않고 쫓아다니던 것을…….

우동이 왔다. 두어 젓가락으로 빨간 국물만 남는 깜찍한 우동 그릇이 오늘처럼 그의 마음에 합당한 때는 없었다. 그는 따끈한 국물을 마시고 식당을 나왔다. 그 길로 삼층을 향하여 올라가는 것이다. 복도를 돌아서 그는 하나의 도어 앞에서 발을 멈춘다.

방 앞에 서면 언제나 감격이 새로워서 가슴이 울렁거린다.

이 년이 되어 온다. 그런데 아직 예심 종결도 나지 않았다. 예심이 종결되기 전에 보석 운동을 하기란 여간 힘든 게 아니었다. 처음은 면회도

---

2 라이스 모노 : 'ライス　モノ', '밥 종류'라는 뜻.
3 하야지 : 'ヘヤツ', 하이라이스.

할 줄 몰랐다. 변호사를 대고 차츰 이력이 나서, 졸라 보고, 떼를 쓰고, 계교도 꾸며 보고, 갖은 애를 써서 면회도 비교적 잦아졌고, 그리고 두 달 전부터는 보석 운동에 손을 댈 욕심까지 가져 본 것이다. 그러한 정성이 지금 여기에까지 이른 것이다.

핸드백에서 열쇠를 꺼내 잠갔던 문을 여니까, 쌍긋한 꽃의 향기가 몸에 안기는 것 같아서, 그는 그것을 함뿍이 들여 마시면서 눈을 감고 한참 동안 문지방에 선 채 움직이지 못했다. 서편 창으로부터 맞은 언덕을 넘어 가는 낙조가 푸른 문장에 비껴서 은은한 광선이 꽃병이 놓인 나지막한 서가를 비스듬히 비치고 있다. 서가의 두 칸 대는 텅 비었으나, 가운데 칸 대에는 신간과 새 달의 종합잡지들이 가지런히 꽂혀 있다. 그 가운데 경제연보가 두 책. 하이얀 바람벽에는 흰 테두리 속에 든 맑은 수채화가 한 폭. 흰 요를 깔아 놓은 침대는 북쪽 바람벽에 붙어서 누워 있고, 침대 머리맡에 전기스탠드 그 밑에 철필과 잉크를 놓은 작은 탁자. 양복장과 취사장이 지금 무경이가 서 있는 옆으로 나란히 설비되어 있으나, 물론 그 안에는 아무 것도 들어 있지 않았다. 훤하게 유리알이 발린 남쪽 창문을 옆으로 하고 간단한 응접세트와 사무 탁자. 응접 테이블 위에는 화분이 하나.

무경은 구두를 벗고 신장을 열어서, 거기에 들어가 있는 새 슬리퍼를 꺼내어 신고 방안으로 들어선다. 이 커다란 건물 안에서 그 중 좋은 방이거나 제일 큰 방은 아니지만, 조촐하게 독신자가 들 수 있을 남향으로 된 아파트의 한 칸이다. 침대 위에 놓인 옷 보퉁이를 한 옆으로 밀어 놓고 그 옆에 털썩 걸쳐 앉아서, 그는 벌써 한 주일째나 하루 두세 번씩은 해 보군 하는 마음과 눈의 작은 절차를 오늘도 세 번째나 되풀이해 본다.

'무어 부족한 게나 없는가?' 방안을 쭉 돌려 살피는 것이다. 옷 보퉁이에는 새 잠옷이 있고, 침대는 이만 했으면 쇠약한 몸을 편하게 가로 눕힐 만큼은 편안하고, 방안의 장치도 설비도 만족할 정도는 아니지만 간

소한 대로 정성을 다한 것, 오랫동안 새로운 지식에 굶주렸으니 그 동안의 사회 정세의 변동이나 추세나 짐작할 정도의 신간, 경제를 전문하던 터이니 경제 연보의 새 것을 두 권, 그리고 복잡한 세계의 분위기나 두루 살피라고 종합 잡지를 사다 꽂았다. 꽃을 한 묶음 화병에 꽂고, 집에서 정성 들여 기르던 꽃 화분을 하나 탁자에 준비하고……. 이만 했으면 우선 그를 맞아들이기에 시급한 준비는 된 것이라고 그는 거듭 생각하는 것이다. 그는 한참 동안 입술가에 만족한 웃음을 그리면서 앉아 있다가, 갑자기 생각난 듯이 핸드백을 들고 그 안에서 사나이의 회중시계를 하나 꺼내었다. 커다란 크롬 껍질의 월쌈⁴이 재깍 소리를 울리며 기다란 쇠줄을 끌면서 나타났다. 손에 쥐어 보면 묵직한 것이 믿음성이 있다.

오시형(吳時亨)이가 학생 시대부터 차고 다니던 것이다. 사건의 취조가 끝나고 검사국으로 송치가 된 뒤, 검사 구류 기간 열흘이 지나서 드디어 예심으로 회부가 되어 시형이가 영영 영어⁵의 몸이 되어 버렸을 때 입고 들어갔던 옷가지와 함께 취하(取下)해 가져온 물건 중의 하나였다. 그때로부터 이 년 가까이, 이 묵직한 회중시계는 주인의 품을 떠나서, 언제나 무경의 핸드백 속에서 시간의 흐름을 가리키고 있었다. 이 장침과 단침은 대체 몇 천 번이나 빤뜩빤뜩한 흰 판을 달리고 돌았는가? 초침이 한 초 한 초씩 시간을 먹어 들어가는 소리를 물끄러미 듣고 앉았다가 그는 시계를 가만히 제 얼굴에다 부비어 보았다. 차갑다. 그러나 가슴 속에선 누르고 참았던 감성이 포근히 끓어올라서, 이내 그의 볼 편의 체온은 크롬 껍질을 따끈하게 데우고야 만다. 가슴을 복받치는 울렁거리는 혈조를 가라앉히기 위해서 그는 한참이나 낯을 침대에 묻고 가만히 엎디어 보았다.

어머니에게 저희의 관계를 승인시키기에 얼마나 애가 씌었는가. 집과 인연을 끊듯이 한 시형의 차입을 대고, 보석 운동을 하느라고 얼마나 발

---

⁴ 월쌈(Waltham) : 스위스 산 시계 상표명.
⁵ 영어(囹圄) : 감옥. 원문은 '영오'.

이 닳도록 뛰어다니고, 뼈가 시그러지도록[6] 일을 하였는가. 그 때문에 직업에도 나서 보았다. 재판소, 변호사, 형무소로 통하는 길을 미친년처럼 쫓아도 다녔다.

그는 가슴속으로 맑고도 숭고한 쾌감을 포근히 느껴 보면서 침대에서 낯을 들고 시계를 백에 챙겨 넣은 뒤 방을 나왔다. 내일, 내일 저녁이면, 그러한 정성이 하나의 보답을 받는다…….

밖은 벌써 땅거미가 꺼멓게 기어들고 있었다. 아직도 채 식지 않은 공기가 바람에 불리어서 훈훈하게 움직인다. 그러나 땀발이 잡히려던 피부엔 넓은 언덕에서 흔들리는 저녁 바람은 선뜩하였다. 북아현정 쪽의 푸른 주택지를 잠시 바라보고 섰었으나, 오랫동안의 습관으로 거리 위에 나서면 그는 늘 바쁜 사람처럼 종종걸음으로 서두른다. 감영 앞, 종로, 안국동, 이렇게 세 군데서나 차를 바꾸어 타는 것도, 어쩐지 분주한 듯이 서둘러대고 싶은 마음에 합당한 것 같아서, 오늘 저녁의 그에게는 다시 없는 가벼운 흥분으로 즐겁게 느껴지는 것이다. 화동 골목까지 치마폭에서 휘파람 소리가 날 지경으로 활개를 치며 걸어 올라간다.

'어머니 보구두 같이 가시자고 말해 보리라. 처음엔 믿음직 못하다고 한사코 나무랐으나, 그런 것 때문에 이 년 만에 돌아오는 그를 대견하게 맞아주지 못할 것이 무엇인가. 인제 누가 뭐래도 장래의 사위가 아닌가. 예식만 갖추면 아들 맞잡이, 단 하나의 어머니의 사위가 아닌가. 어머니도 요즘엔 은근히 기다리고 계셨다. 같이 가시자면 기뻐하실 것이다. 나오는 당자의 기쁨은 말할 것도 없을 게구…….

저의 집 대문을 들어설 땐 콧노래까지 흥얼거리고 있었다.

"엄마 있수?"

하고 응석을 담아서 불러 본다. 꽃 화분이 쭈루니 얹히어진 높직이 층계가 진 선반 옆에 선 채 무경은 어머니 방을 향하여 불러보는 것이다. 그

---

6 시그러지다 : 손목이나 발목의 뼈가 접질리다.

러나 대답이 없다. 식모 방에서, 이 집에 들어온 지 겨우 한 달밖에 안 되는 식모가 툇마루로 뛰쳐나오며,

“아이구 아가씨가 오셨네.”

하고, 얼굴에 크림이라도 바르고 있었는지, 당황히 옷고춤을 매만지고 섰다.

“마님은 손님이 오셔서 같이 나가셨는데, 인제 늦지 않게 곧 다녀 오신다구서……. 그런데 아가씬 웬 일이세요?”

“내일 저녁으로 연기야.”

하고 대답해 주곤 무경은 곧 바로 제 방문을 열었다.

“대야에 물 좀 떠 놔! 그러구 밥 있어?”

식모는 댓돌에서 해진 고무신을 발부리에 꿰면서 뜰로 내려선다.

“네. 그래두 찬이 시언찮으신데……. 아가씬 왜, 저녁, 밖에서 잡수신다구 하시군…….”

수도에서 물을 받아서 놋대야를 대청으로 나르고 비누 곽과 수건을 갖다 놓고는 부엌으로 들어간다.

무경은 낯을 씻었다. 다시 제 방으로 들어가서 볼편에 크림을 바르고 있는데,

“진짓상 이리루 드릴까요?”

하고 식모가 문지방 밖에서 엿보듯 한다. 안방 어머니 방에서 함께 모여서 먹는 것을 알고 있는 식모는, 밥은 역시 그곳에서 먹는 것을 정칙으로 생각하고라도 있는 것 같다.

“그래. 내 인제 건너갈게, 어머니 방으루 들여다 놔.”

“찬은 머 굴비허구 장아찌밖엔 없는데 어떻거실까…….”

하고 걱정하는 것을,

“그게면 되지, 찬 물에 풀어서 한 술 들면 될 걸 뭐.”

분첩으로 볼편을 두어 번 뚜들고 무경은 어머니 방으로 건너가서 상

앞에 주저앉았다. 밥술을 막 들려고 하는데, 길마리[7] 머릿장 밑에 보지 않던 부채가 한 자루 있었다. 무경은 그것을 잠시 물끄러미 바라보았다.

"아이. 손님이 부채를 놓시구 가셨네."

무경의 눈길을 따라 가 본 식모는, 대청마루에 엎드리듯이 턱을 바치고 주인 아가씨의 진지 드는 모양을 바라보려다가, 눈에 뜨인 부채에 대해서 그러한 설명을 들려주었다. 그러나 벌떡 상반신을 일으키더니 부채를 들어서 책상 위에 올려놓고 다시 뜰로 나가버렸다.

무경은 술을 든 채 밥그릇으로 손을 옮기진 못하였다. 그는 술을 놓고 일어서서, 지금 식모가 챙겨 놓고 나간 부채를 가져다 펼쳐 보았다. 틀림없는 사내의 소유물이었다. 곱게 색채를 써서 그린 산수화가 있고, '위하곡대인청상(爲河谷大仁淸賞)'이라고 쓴 밑에 청산(靑山)이란 화가의 낙관이 찍혀 있다. 이것으로 보아, 청산이란 화가가 그림을 그려서 하곡이란 분에게 선물로 보낸 부채라는 것을 알 수 있었다. 이 부채의 임자는 하곡이란 아호를 가진 분이다. 그리고 어머니는 이 하곡이란 분과 함께 외출하신 것이다. 그런 것을 알 수 있었으나, 무경은 첫째 하곡이란 분을 알지 못하였다.

"하곡? 하곡."

하고 입 안으로 두어 번 뇌어 보았으나 그러한 아호와 함께 나타나는 환상은 아무 것도 없었다.

"낯도 잘 알고, 이름도 잘 아는 분이면서도, 내가 그 이의 호를 모르고 있는지도 모르지."

그렇게 생각하면서 부채를 다시 책상 위에 놓은 뒤에 밥상 앞으로 돌아왔고,

"많지두 않은 찬에 어란을 잊었었네."

하고 변명하듯 하면서, 가지고 들어 온 식모의 손에서 접시도 그대로 묵

<hr>

7 길마리 : 방의 문턱 밑.

묵히 받아 놓았으나, 어쩐지 마음은 말끔히 가시지 않았다.

어머니와 같이 나간 손님이 어떻게 생긴 분인가를 식모에게 물어 보려다가 그것도 그만 두었다. 그는 잠시 더 멍청하니 상 앞에 앉아 있었으나, 식모에게 눈치 채일까 저어하며, 이내 밥통을 열고 물 대접에 밥을 말았다. 그러고는,

"나 혼자 먹을게 나가 있어."
하고 식모도 밖으로 쫓아버렸다.

마른 반찬에 얼려서 두어 술 떠 넣고 그는 다시 방안을 살펴보지 않을 순 없었다. 장농과 의걸이, 문갑, 책상, 책상 위의 성경책들, 모두 다 놓았던 자리에 놓여 있다. 그러나 책상 밑을 들여다보았을 때 무경은 다소 마음이 뜨끔했다. 치레거리로 놓아두던 놋재떨이에 피우다 버린 담배꽁초가 하나 부비어 꽂혀 있기 때문이다. 손님은 담배를 피우는 분이었다는 것을 그것으로 알 수 있었다. 그리고 그것은 결코 대수롭지 않은 발견은 아니었던 것이다. 어머니의 아는 분으로서 담배를 피우는 이는 무경의 기억 속에는 들어가 앉아 있지 않았다. 이십여 년 동안 예수교 풍속에 젖어온 분이고, 그 속에서 청상과부를 지켜 온 어머니로서 끽연의 습관을 가진 사내 손님을 가지고 있었을 리 만무하다.

"다 먹었으니까 상 치어."
하고 외치듯 하고는 무경은 저의 방으로 돌아와 버렸다.

부채, 하곡, 담배, 이런 것이 함께 엉켜 돌면서 종시 그의 머리를 놓아주지 않는다. 그리고 이러한 그의 의심은 다시금 얼마 전에 경험한 한 가지 사건을 그의 머릿속에 불러내는 것이었다.

달포 전의 일이었다. 화창한 초여름의 공일날, 벌써 몇 해째의 습관을 따라 무경은 오랜만에 만나는 휴일을 집에서 책을 읽었고, 어머니만 예배당에 가신다고 집을 나갔었다. 오정이 좀 넘으면 으레 예배당에서 돌아오셨으므로, 그는 돌아오시는 어머니와 함께 점심을 먹고, 잠시 본정

이라도 다녀오려고 그 시간이 되기를 기다리고 있었다. 그러나 어머니는 어쩐 셈이신지 한 시가 되어도 돌아오지 않았다. 강설이 길어져서 예배 시간이 오래되는 것이라고 얼마를 더 기다렸으나 두 시가 되어도 종내 돌아오지 않았다. 그래서 무경은 혼자서 점심을 먹고 집을 나왔다. 안국동 네거리를 거진 나왔는데, 예배당 전도부인을 길에서 만났다.

"오래간만이올시다."

하고, 이 근년에 신통하지 않아진 '타락된 교인'은, 목사나 전도부인을 만나면 다소 면구스러워져서 그다지 기다란 인사를 늘어놓지 않는 습관이 있었다. 그러면 도회인답게 경우가 빠른 목사나 전도부인도 이내 무경의 태도를 눈치 채고, 그 이상의 긴 수작을 늘어놓으려고 하지 않았었으나, 오늘만큼은 간단히 인사를 마치고 돌아 서는데,

"어머님이 예배당엘 안 오셨게 무슨, 몸이래두 편치 않으신가 해서, 난 있다 저녁녘에 잠시 들러보려던 참인데……."

하고 무경이를 붙들어 세우려 들었다.

"아뇨, 별일 없으신데, 그리구 어머닌 예배당에 가신다구 오전에 나가셔서 여태 안 들어오셨는데요."

그러나 그 이상 이야기를 연장시키고 싶지 않아서,

"아마 도중에서 누굴 만나셔서 예배당에두 못 들리시구 어디 급한 일이 있어 그리로 가신 게구먼요."

하고 간단히 처치해 버렸다. 그러니까 전도부인도,

"글쎄 그러신 게구먼."

하고 가 버렸다.

초여름의 태양이 쨍쨍하고 유쾌해서 전차도 안 타고 본정까지 걸어가면서도 무경은 그것에 관해서 별로 깊은 생각은 품어보려 하지 않았다. 그래서 볼일을 보고 그는 두어 시간 만에 다시 집으로 돌아왔다. 어머니는 그때에도 돌아와 있지 않았다. 참말 무슨 일이라도 생겼는가 해서 궁

금했으나, 어머니는 해가 질 녘에야 낯이 좀 발그레하니 그은 것처럼 되어서 총총한 발걸음으로 돌아 왔다.

"가정 심방에 같이 따라나셨다가 진력이 났다."

하고 묻기도 전에 어머니는 변명한다. 무경은 깜짝 놀라 어머니의 낯을 건너다보지 않을 순 없었다. 가정 심방? 예배당에도 안 가셨던 분이 전도부인과 목사와 함께 가정 심방이라니 어떻게 하시는 말씀일까? 어머니는 그때 옷을 벗어서 옷장 안에 들여 걸고 있었으므로 다행히 딸의 변해진 눈초리와 놀란 표정을 눈치 채진 못하였으나, 무경은 한참 동안 마루 위에서 움직이지 못하고 굳어진 조각처럼 서 있었다. 다시 어머니가 마루로 나오면서,

"난 김 장로 댁에서 저녁을 먹었는데 너희들이나 어서 먹어라. 그리구 애, 나 물 좀 다우."

하고 서둘러댈 때엔 무경은 낯을 돌리고 딴 쪽을 향하여 일부러 어머니의 얼굴을 피하였다. 어머니의 하는 말이 지어낸 공연한 거짓인 걸 아는 바엔, 당황하고 부끄러운 마음을 감추려고 벙뗑 하니 서둘러대는 어머니의 표정을 정면으로 추궁하기가 계면쩍은 것이다.

어머니는 어디를 갔었기에 이렇게 나를 속이시는 것일까. 따져 보면 아무렇지도 않은 일일 것 같으면서도, 홀어머니의 자식으로서 믿고, 의지하고, 응석을 부려 오던 어머니인 만큼, 자기를 속였다는 그것 한 가지 사실만으로 그는 한없이 쓸쓸하고 슬퍼지는 것을 느끼게 되는 것이었다. 물론 그 뒤엔 그것을 깊이 기억하고 있지도 않았었지만 그때로부터 달포나 지내었을까 한 지금, 추측할 수 없는 사내 손님이 어머니와 같이 외출을 하였다는 사실에 부딪히면, 민첩한 처녀의 예감은 벌써 어떤 길하지 못한 사태에 대하여 생각의 촉수를 뻗어보게 되는 것이다.

무경은 제 방에 와서도 일손이 잡히질 않아서 멍청하니 책상머리에 쭈그리고 앉아 있었다. 어젯밤처럼, 세상에 나올 오시형이를 생각하면서

즐거운 환상을 향락하고 있을 마음의 여유도 생겨나지 않는다. 상상력이 뻗을 수 있는 턱까지 공상을 거듭하면서 사정의 이면으로 파고들려 애써 보나, 엉클어진 생각이 붙드는 결론은 언제나 그의 마음을 쓸쓸한 구렁텅이로 떨어뜨리고 만다. 그럴 때마다 그는 다투기나 하듯이 머리를 흔들었다. '설마 어머니가……. 그럴 리는 없다. 나 하나를 믿고 청춘을 짓밟아 버린 어머니가, 아닌가. 모든 잡념을 떨어 버리고 유혹의 손을 물리쳐 버리기 위해서, 젊은 감정과 정서를 송두리째 뜯어서 파묻어 버리기 위해서 살림에 군색하지는 않은 처치면서 스스로 원하여 병자를 다루는 직업 가운데 자기의 위치를 선택하였던 어머니가 아니었던가. 스물다섯의, 서른의, 서른다섯의, 어려운 고비를 성스럽게 넘기고 사십의 고개를 이미 넘어 버린 어머니가 설마 그럴 리야 있는가.'

제 생각을 채찍질하고 제 마음에 모욕을 주면서 어머니가 돌아오는 것을 기다렸으나, 열한 시가 가까워서 어머니의 발자국 소리가 대문 밖에 들릴 때엔, 그는 기계적으로 전기스탠드의 줄을 낚아서 불을 끄고 캄캄한 방 속에 숨어서 어머니의 얼굴과 마주 대하기를 스스로 피하여 버렸다. 식모가 어머니에게, 그가 일찌기 돌아오게 된 사연을 아뢰는 것을 귓결에 들으면서도, 그는 귀를 틀어막듯이 하고 방바닥에 엎드려서 숨을 죽이고 어깨죽지를 가느다랗게 떨고 있었다.

2.

어디까지나 어디까지나 끝이 없이 뻗어 나간 것 같은 붉은 벽돌의 높직한 담장에 위압을 느끼듯하면서, 불광이 흐릿한 굳이 닫힌 출입구 앞에서, 최무경은 벌써 한 시간 동안이나 왔다 갔다 하고 있었다. 너무 일찍이 찾아왔었다. 그러나 다른 데서, 언제라고 꼭 작정이 없는 시간이 오기를 멍청하니 보내고 있을 수는 없어서, 그는 해가 그믈그믈할 때 아파트의 구내식당에서 간단한 저녁을 먹고는 곧 영천 행의 전차를 잡아타고 예까지 쫓아와서, 이렇게 혼자서 문이 열리기를 기다리고 있는 것이다. 사람의 내왕도 드문 언덕이었으나, 그가 와서 기다리고 있는 한 시간 남짓한 동안엔, 오늘 검사국에서 간단한 취조를 마치고 새로이 이곳에 입소하는 피의자의 패거리와, 공판정이나 예심정[8]에 취조를 받으러 나갔던 피고들을 태운 자동차가, 두세 차례나 이 커다란 문을 드나들었고, 낮일을 여태까지 보고 늦게야 집으로 돌아가는 간수들도 작은 문을 열고는 안으로부터 꾸부정하니 허리를 꾸부리고 불쑥 양복 입은 몸뚱어리를 나타내이곤 하였다. 이럴 때마다 문 열고 닫는 소리는 깜짝깜짝 무경의 신경을 때리고 가슴을 울렁거리게 하는 것이었다. 이 년 가까이 차입을 하느라고 드나든 관계로 그 중에는 안면이나 어렴풋이 있는 간수도 있었으나, 문 밖에서 만나면 그들은 언제나 처음 보는 사람들처럼 무표정한 얼굴로 그를 지나치곤 하였다.

'밖으로부터 들어갈 사람이 다 끝났으니까, 인제 안으로부터 석방되는 사람이 나올 시간도 되었을 게다, 혹시 오시형이를 석방하라는 검사와 예심 판사의 영장을 아까 재판소에서 돌아오던 간수 부장의 커다란 가방이 가지고 들어간 것이나 아닌가, 지금쯤은 오랫동안 친숙해진 미결감의 한 방에서 영장을 받아 들고 밖으로 나올 준비에 바쁘고 있는 것이나 아닌가.' 이런 공상에 취하였다가, 덜카당 하고 문에서 쇠 여는 소리가 나면 그는 깜짝 놀라서 그편으로 쫓아가 보곤 하였으나 그때마다 문으로 나타나는 것은, 간수거나 사식집 사환아이거나, 그런 사람들이어서 그는 번번이 속아 떨어지지 않으면 안 되는 것이었다.

아홉 시가 넘어서 한참이 되니까 부탁하였던 자동차도 왔다. 자동차가 세가 나는 요즘 같은 때에 오랜 시간을 기다리게 하는 것이 미안해서 그

---

8 예심정 : 예심 법정. 예심이란 일제 때, 형사피고인을 공판에 붙일 것인가의 여부를 심사하고, 공판에 앞서 필요한 증거 조사와 수집을 하기 위하여 두었던 공판 전의 형사소송 절차. 일제는 뚜렷한 범죄 사실이 없는 사람들을 잡아다가 예심이란 명목으로 수년씩 잡아두고 고생시키는 일이 흔하였다.

는 자동차에서 내려서,

"아직 시간이 멀었습니까?"

하는 운전수에게로 가까이 가며,

"인제 얼추 시간이 되었을 거야요. 메타를 돌려서 시간을 계산해 주세요. 바쁘신데 자꾸 무리를 여쭈어서 죄송합니다. 그러나 머 딱히 정한 시간이 아니니까 따로 도리가 있어야죠. 대개 아홉 시 가량이면 나올 수 있다니까 인제 얼마 기다리지 않을 거예요."

자꾸만 시계를 불에다 비추어 보면서 운전수에게 미안의 변명을 늘어놓아 보는 것이었다. 아파트에서 특약하고 쓰는 곳이어서 안면이 있는 운전수는 아무 대꾸도 하지 않고 다시 운전대에 올라가선 카드를 들고 연필로 무엇을 끄적거려 보고 앉았다. 미터의 시계가 짤각거리다가 딸각하고 십전씩 넘어 서는 소리가 조용한 가운데서 무경의 초조한 신경을 자극하고 있었다. 그러나 십 분이 넘고 이십 분이 되어도 아무러한 소식이 없었다. '이러다가 오늘도 또 헛물을 켜는 것이나 아닌가.' 그렇게 생각하면 꼭 그럴 것만 같이 생각되어 그는 더욱 더 초조하게 바지바지 타는 심정을 누를 길이 없었으나, 누구에게 물어 볼 수도 없고, 저만큼 전찻길 있는 데까지 뛰어 내려가서 변호사한테 다시 전화를 걸어 보고 싶은 조바심까지 생겨나는 것을 인내성 있게 안타까이 참아보고 있는 것이다.

그러고 있는데 아래쪽에서 어떤 양복 입은 신사가 하나 휘우청 휘우청 올라오고 있었다. 맥고모자[9]를 벗어들고 조끼 입지 않은 가슴을 부채질하면서 자동차의 옆을 지나가다 가벼운 양장으로 몸을 꾸민 무경이를 발견한즉, 그곳으로 가까이 오면서,

"당신 누구요?"

하고 통명스럽게 물었다. 미처 대답할 말이 없어서 멍청하니 서 있으려니,

"당신 이름이 무언가 말요?"

---

9 원문 : 맥고자. 밀짚모자를 뜻한다.

하고 신사는 다시 제 물음을 설명하였다.

"최무경이예요."

"최무경? 누구 나오는 걸 기다리구 있소?"

"네. 오시형이란 사람이 보석으로 나온다구 마중 왔습니다."

신사는 수첩을 꺼내 들고 불빛 밑으로 무경이를 오라고 하였다.

"나는 서대문 경찰서 고등계에 있는 사람인데 성함이 누구라구 했지요?"

그러고는 무경이가 말하는 대로를 수첩에다 옮겨서 썼다.

"주소는 화동정…… ×십오번지."

그렇게 나직이 흥얼거리다가,

"오시형이가 당신의 무엇이 됩니까?"

하고 말한다. 무경은 돌연한 물음에 잠시 말문이 막힐 듯이 되었으나 이내,

"약혼한 사람입니다."

하고 대답한다. 그러니까 형사는 한참 묵묵히 붓방아를 찧고 있다가,

"나이엔노 쯔마[내연의 처]와는 그럼 다른 셈이죠?"

하고 묻더니, 대답도 별로 기다리지 않고 무어라고 수첩에 기록하고 있었으나,

"연령은요?"

하고 또 다시 질문을 던졌다.

"스물넷입니다."

"그럼, 오시형이가 나오면 이 주소에 묵게 되는가요?"

뻐끔히 무경의 낯을 건너다 본다.

"아니올시다. 죽첨정에 있는 야마도 아파트 삼층 삼백이십삼호실에 있게 되겠습니다. 바루 경찰서에서 마주 바라다 뵈이는……."

그러나 형사는 연필을 든 채 머리를 끼우뚱하고 있다가 다시 무경이를 쳐다본다. 어째서 거처할 곳이 그리로 되는가를 채 이해하기 곤란하다는 표정이었다. 그래서 무경은,

“아직 예식을 올리지 않았다구 조선 풍속에 따라 그때까지 아파트에 드는 겁니다.”

하고 설명을 첨부하였다.

“그럼 이 아파트에는 아무도 같이 있지 않는 거지요?”

“네.”

“그럼 좀 곤란한데요. 이렇게 되면 당신이 책임 있는 신원의 책임자가 되기가 힘들게 됩니다. 물론 자기가 저지른 사건에 대해서 개전(改悛)의 빛이 확실히 나타났으니까 재판소에서도 보석 같은 걸 허가한다고 생각합니다만, 일단 형무소 밖으로 나오면 책임은 그 시각부터 경찰에게로 옮겨지는 거니까요. 만약에 행방이라도 자세하지 않아지는 경우가 생기면 큰일이 아니어요? 똑똑한 인수자가 없으면 경찰서에서 당분간 신원을 보호해 줘야 합니다. 주소가 다른 당신을 믿고 미가라[身柄]를 석방하기는 힘들지 않습니까? 형식상으로라도…….”

“제가 낮에는 거기서 사무를 보고 있습니다.”

하고 무경은 다시금 생기는 난관을 넘어서려고 열심한 태도로 말해 본다.

“그런 게야 무슨 조건이 될 수 있습니까?”

하고 미소를 띠우더니 잠시, 어떻게 하나? 하는 자세로 머리를 끼우뚱하고 생각한다.

“모처럼 재판소에서 허락해서 세상에 나오는 분이고, 또 몸도 몸이려니와 그만큼 판사나 검사도 인격을 신용하고 석방하는 것이니까, 나오는 날로 불쾌스럽게 다시 유치장 잠을 재운다든가 해서야 피차에 유쾌하지 못한 일이 아닙니까? 그러니까 이건 법칙상 위법이지만 내일 안으로 아파트의 책임자라든가, 누구, 한 주소에 사는 분을 보증인으로 정해서 알려주시오. 그렇게 한다면 오늘 밤으로 최 선생을 신용하고 그대로 데려내다가 맡겨 버릴 터이니까요. 내일 아침에 보고서를 작성해서 주임께 바쳐야 하니까 그 전에 알려 주십쇼.”

"아이 고맙습니다. 내일 아침에 말씀하시는 대로 하겠습니다."
하고, 마치 이 형사가 오시형이를 석방해 주는 권리를 가진 거나처럼 무경은 그에게 대하여 감사의 마음을 표하여 보였다.
"그럼 잠깐 동안 기다리십쇼. 대개 준비하고 있을 테니까 인제 들어가서 곧 데리고 나오죠."
하고 수첩을 접어 넣고 문 있는 데로 걸어가는 뒤에서, 무경은 다시 공손히 머리를 수그리었다.
형사는 문지기 간수에게 안내를 구하고, 문이 열려서 이내 안으로 사라졌다.
"인제 곧 나온답니다. 경찰서에서 오질 않아서 이렇게 늦었던가 봐요. 너무 기대리게 해서 미안합니다."
무경은 다시 운전수에게로 와서 사례의 말을 건네었다.
이러구러 한 십여 분이 지난 뒤에 형사와 함께 양손에 짐을 들고서 휘뚤거리며 시형이가 문밖에 나타났다. 짐이 많아서 문 안에 섰던 간수가 몇 차례씩 내보내 주는 것을 시형은 허리를 꾸부리고 받아서 옮겨놓고 있다. 무경이와 운전수는 그 편으로 쫓아갔다. 운전수는 무거운 책 꾸러미를 양 손에 들고 그것을 자동차로 날랐으나, 무경은 손으로 짐을 거들 생각도 미처 못 하고 그곳에 서 있는 오시형이를 잠시 멍청하니 바라보고 있다. 시형이도 흐릿한 불광 밑으로 잠시 무경이를 건너다보았으나 이내 형사를 향하여,
"그럼 그렇게 하죠."
하고 말하였다. 그러니까 형사는,
"최 선생 틀림없도록 해 주시오. 난 그럼 여기서 갑니다."
하고 무경이 쪽만 바라보며 맥고모자를 잠간 들었다 놓고 그곳으로부터 언덕 밑을 향하여 사라져 없어졌다.
짐을 차에다 옮겨 싣고 두 사람은 나란히 자리에 앉았다. 시형은 흥분

을 고즈넉이 숨기고 가만히,

　"아, 저 불 봐라!"

하고만 말하였다. 차가 움직이었다. 무경이도 무슨 말을 건네어야 할지 몰라서 덤덤한 채 앉았다가,

　"불이 그렇게 신기해요?"

하고 웃는 표정으로 시형이를 쳐다본다. 사내는 눈을 떨어뜨려 옆에 앉은 애인의 눈길을 받아서 비로소 오래간만에 그의 얼굴을 자세히 바라보았으나,

　"그럼."

하고 대답하곤, 이내 낯을 돌리고, 이어서 궁둥이께를 움칠거리면서 자리를 도사리고 창 밖에 지나치는 거리의 풍경을 물끄러미 내어다 보고 있다.

　무경은 나직이 숨을 짚으며 앞을 바라본다. 왼편 옆구리에는 안에서 보던 책들이 어깨에 닿도록 쌓여있다. 창고에서 풍기는 냄새가 옷 보통이와 책과, 그리고 시형의 몸에서까지 흘러나오는 것 같았다. 흥분이 가슴 속으로 가라앉고 안심과 만족이 포근히 떠오르는 것을 그는 향락하듯이 느끼고 있다. 이윽고 차는 커단 아파트의 앞에 와서 멎었다.

　강 영감이 자지 않고 기다리고 있다가 차 소리를 듣고 나와서 짐을 옮겨 주었다. 그러나 승강기도 없는 수면 시간에, 짐을 삼층까지 끌어 올리는 것은 여간만 거추장스러운 일이 아니어서 그들은 강 영감의 생각대로 짐을 일단 사무실로 들여 놓았다가 내일 아침에 끌어올리기로 하였다.

　자동차가 돌아간 뒤에 무경은 오시형이를 강 영감에게 소개하고, 그를 삼 층 아파트의 한 칸으로 안내하였다. 오래간만에 걷는 걸음이라고, 생각처럼은 쇠약한 것 같지 않았으나, 후뚤거리는 다리가 못 미더워 무경은 시형이에게 높직한 충충계를 올라가는 동안 자기의 어깨와 팔을 빌려 주었다. 삼층의 마지막 계단을 돌아 올라가면서,

　　"제칠 천국 같으네."

하고 무경이가 웃는 것을, 시형은 그저 벌씬 하니 감회가 깊은 미소로 대하였고, 복도를 돌아서 어떤 방 앞에 마주 섰을 때, 잠시 동안 쭈루루니 나란히 하여 있는 문들로 하여 지금 다녀나온 구치감을 연상하는 듯하다가,

　　"가만, 내 문을 열게."

　　사내의 어깨 밑에서 빠져 나와서 쇠를 열고 잠갔던 문을 젖혔을 땐,

　　"이런 좋은 방을 다 준비 했어"

하고 판장문의 핸들께를 한 손으로 붙들고 의지하듯이 서 있었다.

　　"인제 불을 켤게요."

　　무경은 가볍게 뛰어 들어 가서 바람벽에 설비된 스위치를 켰다. 천장에서 드리운 불과 침대 옆 작은 탁자 위에 놓인 스탠드의 불이 일시에 켜져서 크지 않은 방안은 구석구석까지 대번에 시형의 두 눈 속에 들어왔다.

　　시형은 잠시 동안 방안과 방안에 장식된 도구를 물끄러미 바라다보다가, 저의 발을 굽어보며,

　　"이 년 전에 벗어 놓은 구두를 맨발에 신었더니 발에 곰팽이가 묻었는걸."

하고 쪼그라진 구두 속에서 발을 뽑았다.

　　"가만 계세요. 내 걸레 갖다 드릴게."

　　먼저 방 안에 들어가서 문을 활짝 열어놓고 시형이가 들어오는 것을 기다리고 있던 무경은 취사장께로 가서 낡은 타월에 물을 축여 들고 와서 발을 닦아 주었다. 그러고는 신장에서 슬리퍼를 내 놓고,

　　"이걸 신구……."

　　모시 적삼에 베 고의를 입은 사내를 이끌 듯이 해서 침대에다 앉히면서,

　　"어때요? 비둘기장처럼 또 좁은 방으로 모시는 건 안됐지만 무경이가 한 주일이나 걸려서 준비한 거래누."

하고 응석을 섞어서 제 두 손을 사내의 무릎 위에 얹는 것이다. 오시형은 무릎 위에 놓인 손을 잡아서 만지면서,

"무경 씨껜 너무 수골 시키구 욕을 뵈서 어떻거나."

하고 나직히 감격을 넣어서 말하였다.

"별 소릴 다아."

그렇게 말하면서, 그때에 사내가 힘 있게 쥐어주는 손을 저도 꼭 쥐어 보고는, 두 손을 쏙 뽑아서 호들갑스럽게 두어 발자국 물러나선,

"내가 뭐 그런 소릴 듣겠다누."

하고 일부러 샐쭉해 보인다. 그러나 그의 얼굴에 떠오른 칭찬에 대한 만족한 자긍은, 무엇을 쫓아가다가 놓쳐 버린 때처럼 손 둘 곳을 모르고 멍청하니 쳐다보고 있는 젊은 사내의 눈에는 적지않이 교태를 띤 것으로 느껴졌다. 시형은 아무 말도 입 밖에 내지 못하고 가슴 속으론 우심한 갈증을 의식하면서 무경의 눈만 쳐다보고 있었다. 눈을 바라보던 시형의 눈이 입술로, 그리고 턱 밑으로 떨어져서 가슴패기로 이동할 때, 무경은 영리하게 사내의 마음을 낚아채듯이 발딱 몸을 옮겨서 방 가운데 놓은 탁자 뒤로 돌아 가며,

"이게 무슨 꽃인지 아시죠? 제가 봄부터 여름 내내 손수 기른 거예요."

코를 꽃 속으로 묻고 발름발름 향기를 맡듯 하다가, 시형이가 나직이 한숨을 짚은 뒤,

"수국이지, 내가 그걸 모를라구."

하고 대답하였을 때, 다시 낯을 들면서,

"아이 수국을 다 아시네. 상당하신데."

사내가 픽 하고 웃으면서,

"그럼 그것두 모를라구. 빨간 잉크를 부으면 빨개지구 푸른 물감을 쏟으면 파래지구 한다는 걸……."

하고 침상에 앉은 채로 말을 받을 때엔,

“아주, 그런 식물학도 경제학엔 있는감!”

무경은 기쁨이 온 몸을 붙든 때처럼 다시 책상 옆으로 가면서,

“이 테이블에선 편지 쓰구 공부하구, 저기선 세수하구 양치하구, 또 저에단 책을 쭈루루니 꽂아 놓구…….”

양복장 있는 데로 가서는 잠옷 한 벌을 꺼내서 침상 위에 놓는다.

“웬 돈이 있어 이렇게 호사를 하구 치레를 했어.”

시형은 무경의 애정에 대하여 감격하는 기쁜 마음을 그러한 핀잔으로 표현하고 싶었다. 그것이 더 무경의 마음에 드는지,

“피.”

하고 그는 침대에 앉으면서,

“아아주 주인인 체 하시네, 허긴 인제 주인이지 머. 어머니도 금년부턴 진심으로 허락하셨으니까……. 인제 또 평양 댁의 허락이 있어야 하지만…….”

또 다시 시무룩해지다가 시형의 왼 팔이 제 어깨에 감기니까,

“평양 댁에서도 잘 말하면 허락하실 테지. 그렇죠?”

하고 낯을 들어 사내의 얼굴을 쳐다보았다.

“글쎄. 그 안에 있는 동안 아직 아버지 친필룬 한 번도 편지가 온 일이 없었구, 또 무언가 그전 그러던 약혼 이야기도 그러하고 있는 모양이니깐……. 그러나 그런 게 무슨 소용이 있수. 나를 그 속에 있는 동안 물질적으로나 정신적으로나 먹여 살린 게 무경 씨구, 또 그 속에서 이렇게 나를 내온 게 우리 무경인데…….”

시형은 감격조로 말하였다. 그리고 안았던 팔을 그대로 팍 지리 싸면서 뜨거운 입김을 무경의 얼굴에 퍼부었다. 오랫동안 기다렸던 감격 속에 휩쓸리듯이 취하여 버리면서도, 무경은 사내에게 입술만을 주고는 꽉 붙드는 두 팔뚝의 억센 포옹에서 빠져나왔다.

감정과 정서에 주리었던 사내는 미칠 듯한 어조로,

"왜? 왜 도망해? 내가 미덥지가 못해서 그리우?"

하고 침상에서 쫓아 일어났다. 무경은 시형의 감정과 신경의 상태에 깜짝 놀라면서, 그러나 열심스러운 낯으로,

"일어나지 마세요. 일어나면 전 가겠어요. 다시 거기 앉으세요."

하고 명령하듯 외친다. 이러한 기세에 질리어서 사내는 주춤하니 선 채 잠시 동안 자신의 마음을 돌아보는 태도였다. 시형은 다시 침상에 걸터앉는다. 흥분된 제 가슴의 불길을 끄려는지 낯을 슬며시 외면한다.

무경은 시형의 낯에 수치심의 색조가 떠오르는 것까지 보고는 그 이상 더 사내의 태도를 지키고 앉았을 수가 없어서 창문께로 몸을 피하였다. 그의 가슴도 달락거리는 소리가 들리리 만큼 한없이 뛰고 있었다. 맞은편 캄캄한 언덕의 주택지에는 불빛이 빤짝거린다. 하늘에도 까만 호리존[10] 위에 뿌려 놓은 듯한 별들. 마포로 가는 작은 전차가 레일을 째면서 언덕을 기어올라 가는 것이 굽어보인다. 산뜻한 밤공기에 낯을 쏘이면서 천천히 가슴의 동계를 세어 본다.

'역시 그렇게 하는 것이 온당하다. 건강도 건강이려니와, 결혼식까지는 무슨 일이 있어도 우리는 이 이상 감정의 닻줄을 늦춰서는 아니 된다.'

어느 새에 땀이 났었는지, 블라우스의 속 갈피를 스치는 바람에 등이 차갑다. 어떤 가볍지 않은 의무를 단행한 때처럼 그는 달콤한 자위 속에 안겨서 언제까지나 언제까지나 이렇게 높은 삼층의 들창으로부터 하늘과 길과 언덕을 바라보고 싶은 심리였다. 그런데 등 뒤에서,

"몇 시나 되었을까? 이 년 동안이나 시간을 모르구 지냈는데 밖에 나오니까 어느 새 시간이 알구 싶어지는군 그래."

하는 느직느직한 오시형의 소리. 깜짝 놀라듯이 제 정신을 부르며 무경은 몸을 돌렸다. 시형의 다정스런 미소.

---

10 호리존 : horizon, 수평선.

무경은 금시에 두 눈을 반짝거리며 핸드백이 놓인 테이블로 쫓아간다.
백을 들고 와선 시형의 앞에 마주 서며,

"내 무어 드리려는지 아세요?"

하고 입술과 눈이 함께 생글생글 웃으려는 걸 꼭 참고 있다.

"거, 알 수 있나."

하고 능청맞게 대답하니까,

"피, 것두 몰라."

그러고는 백을 열고 크롬 껍질의 묵직한 회중시계를 꺼내서 기다란 쇠
사슬의 한 끝을 쥐고 대룽대룽 쳐들어 보이고,

"이거! 이걸 제가 이 년 동안이나 갖구 다녔세요."

침판을 들여다 보고는,

"아유 열한 시 반, 이렇게 늦었어!"

그러나 시형은, 학생 시대부터 졸업한 뒤 여기 증권 회사 조사부에 취
직한 후에까지 언제나 몸에 붙이고 다녀서, 그것을 꺼내볼 적마다,

"아유, 무겁지도 않은감!"

하고 무경이가 놀려먹던 것을 생각하고, 지금 소리를 내어 유쾌하게 웃
고 있었다. 이윽고 무경이가 두 발을 모두고,

"그 동안 덕택에 지각도 안 하고 착한 사람이 되었습니다. 인제 관리
인으로부터 소유자에게."

시계를 두 손으로 지켜 들고 꾸뻑 인사를 한다. 시형이가 건네어 주는
물건을 기쁜 웃음과 함께 받으니까,

"보관료는 톡톡히 내셔야 해요."

하고 또 다시 웃음조로 다짐을 받고, 핸드백을 챙긴 뒤에 갈 차비를 차
렸다.

"내일 아침 이르게 들릴게요. 허긴 시계가 없어져서 지각할는지두 모
르지만……. 이내 불 끄고 푸욱 쉬이세요?"

그러나 시형은 시계를 놓고 뒤따라 일어섰다. 잊어버린 것을 채근하려는 듯한 성급한 표정이다. 구두를 신고 섰는 무경의 곁으로 쫓아올 때, 무경은 그러나 그러한 것에는 일부러 신경이 미치지 못하는 척, 이내 도어를 열고 복도로 빠져 나오면서 손가락을 제 입술에 대어 키스를 건넬 뿐, 이미 가라앉은 두 사람의 가슴에 다시금 불을 지르려 하진 않았다.

조용해진 아파트를 나와서 안전지대 위에 섰다. 전차를 기다리며, 삼층, 오시형이가 들어 있는 방을 쳐다보니 불이 꺼졌었다. 무경은 안심한 마음을 품고 돌아갈 수가 있을 것 같았다.

'아침 일찍이 짐을 올려다가 방을 정돈해 주고, 의사를 불러다가 건강 진단을 시키고, 어머니와도 정식으로 대면시키는 기회를 만들고, 옳지, 신원 보증인으로 아파트의 주인을 교섭해서 경찰서로 알릴 일이 무엇보다도 바쁘고…….'

안국동에서 전차를 버리고 그는 그러한 생각에 잠겨서 집을 향하여 걸었다. 길에는 사람의 내왕조차 드물다. 그는 집이 가까운 것을 느낀 뒤에야 비로소 젊은 여자가 거리를 걷는 시간으로선 지나치게 늦은 시간인 걸 생각하고 걸음을 재게 놀리며 골목 어귀를 휙 돌았다. 그 때에 어떤 신사와 마주칠 뻔하고, 그는 깜짝 놀라 비켜섰다. 노타이셔츠에 회색 양복을 입고 파나마를 쓴 뚱뚱한 신사. 그는 잠시 손을 모자 차양에다 대고 실례의 인사를 표하고는 무경의 옆을 돌아 큰 거리로 걸어 나갔다. 그러나 무경은 움직이지 못하고 한참 동안 그 자리에 서서, 신사가 섰던 곳에 신사의 환영을 붙들어 세워 놓고, 가슴이 받는 충격을 가라앉히기에 애를 쓰는 것이다.

골목 안에는 물론 제 집만이 있는 것은 아니었다. 스무나문 집이나마 쭈루루니 문패가 달려 있다. 지금 골목을 나간 신사가 어느 집 대문으로부터 나온 사람인지, 혹시 집을 찾으러 골목 안에 들어왔다가 헛물을 켜고 돌아 나가는 사람인지, 그것은 모두 무경에게는 알 수 없는 일인지 모른다. 그러나 무경은 첫눈에 그 신사가 자기 집 대문에서 나오지 않았는가 하는 착각을 받았고, 그리고 지금 그 신사는 하곡이라는 아호를 가진 부채의 주인공은 아니었을까, 하는 엉뚱한 생각에 붙들려져 있는 것이었다.

무경의 가슴은 다시 무거운 압력 속에서 불쾌스런 동계를 시작하였다. 대문이 저만큼 보인다. 문은 닫혀 있고, 문 등은 띠꾼하게[11] 요강덩이처럼 달려 있고, ……언제나 즐거움을 가지고 드나들던 이 대문이 어쩐지 꺼림칙하게 느껴져서 견딜 수 없다. 그러나 그는 그쪽을 향하여 걷지 않을 순 없었다.

대문은 미니까 달랑달랑 하는 종소리를 내면서 제대로 열려졌다. 식모가 나왔다. 자던 눈이다.

"아가씨 지금 오세요?"

무경은 대답지 않고 대청으로 올라서서 어머니 방을 건너다보았다. 자리에 누웠다가 일어난다. 아무 구석을 맡아 보아도 사람이 다녀 나간 기척이 없어서 그는 비로소 의심에 붙들렸던 가슴을 가라앉힌다. 그러나 제가 쓸데없는 억측에 붙들렸던 만큼 저의 마음에 대하여 염증과 혐오감이 따르는 것은 어떻게 할 수도 없었다.

"지금 오니?"

하고 어머니는 푸른 등을 끄고 촉수가 강한 전등으로 실내를 밝힌다.

"네."

나직이 무경은 대답할 뿐. 그러나 대청 한복판에 유쾌하지 못한 심화를 품고 서 있는 채 그는 움직이지 못한다.

"그래 오늘은 나왔니?"

"네."

---

11 띠꾼하다 : '때꾼하다' 정도의 뜻인 듯. 눈이 쏙 들어가고 생기가 없다.

"응, 참 잘됐다. 그래 얼굴이 과히 못되진 않았던?"

어머니는 자리에서 몸을 일으킨다. 잠옷도 입지 않고 얄따란 속옷만 입었다. 무경은 머리가 헝클어진 어머니의 살을 처음으로 보기나 한 듯이, 안방으로부터 눈을 돌리고 캄캄한 제 방으로 뛰어 들어 갔다. 어머니가 또 다시 무엇이라고 묻는 소리가 들려왔으나, 캄캄한 암흑 속에 떠오르는 것은, 여자로서의 살의 냄새를 잃지 않은, 군살[贅肉]이 목과, 배와, 허벅다리에 알마치[12] 오르기 시작하는, 어머니의 육체 뿐, 만복한 식욕이 지방이 많은 음식물을 대했을 때처럼, 늘찌한[13] 군침이 입 안에 돌고 비위가 불쑥 목구멍을 치밀어 오르는 것을 무경은 참을 수가 없었다.

3.

이르게 나온다고 약속은 하였지만, 이러구러 집을 나온 것은 여느 때나 다름없는 오전 아홉 시었다. 세탁해 두었던 시형의 여름 양복과 내의를 싸서 구두약과 함께 옆구리에 끼고 아파트에 이른 것은 반시간이 넘어서였다. 잠시 사무실에 들렀다가 시형의 방으로 올라가 보니, 그는 잠옷 바람으로 강 영감이 급사와 함께 날라다 준 것이라고 책을 풀어서 서가에 꽂고 있었다.

"제가 차입하지 않은 것도 많은가 보."

하고 무경은 그의 뒤에 가서 본다.

"어머니가 가끔 부쳐준 걸로 그 안에서 구입해 보았으니까……"

그러고는, 마침 농이[14]를 풀다가 맨 위에 놓여 있는 작은 암파문고를 툭툭 먼지를 털어서 보이며,

"그 안에서 읽은 것 중 내가 가장 감격한 책이 이게요."

---

12 알마치 : 알맞게.
13 늘찌하다 : '느끼하다'의 뜻인 듯.
14 농이 : 노끈

하고 허리를 폈다. 무경은 아무 말도 아니하고 책을 받아 들었으나,

"아침을 잡수셔야지. 그리구 내의하구 양복을 가져왔으니까 이걸로 바꾸어 입으시구, 인제 의사를 청해다 진찰을 받으시구, 그러면 어머니도 보러 나오실 거니까……."

"아침은 강 영감이 안내해서 식당에 내려가 먹었구, 어머닌 내가 찾아가 뵈어야지."

"으응, 인제 나오신댔는데……"

보꾸러미를 탁자 위에 놓은 뒤에야 의자에 손을 짚고 서서 무경은 시형이가 준 책을 보았다. 플라톤의 『소크라테스의 변명』, 『크리톤』이란 책이었다. 무경은 플라톤과 소크라테스의 이름을 들었을 뿐으로, 책의 내용은 알지 못하므로, 그대로 표지와 서문 같은 것을 들춰보고 있는데 오시형은 잠옷 채로 침상에 앉아서 혼잣말처럼 이야기를 시작하였다.

"소크라테스의 사정이 나의 그때 환경과 비슷한 탓이라구도 말할 수 있겠지만, 오히려 글의 내용에서 오는 감명은 그런 것과는 달리, 나의 환경을 완전히 잊어버리게 하는 데 있는 것 같기도 해. 읽고 나서 나의 정신이 나의 환경으로 다시 돌아오면 오히려 소크라테스의 그 훌륭한 태도는 나의 경우에는 직선적으로 통하지 않는 것 같애 불쾌한 느낌까지 주었으니까……."

물론 무경에게는 이해되지 않는 독백이었다. 무어라고 대꾸할까를 몰라 멍청하고 서 있으려니 그는 자리에서 일어서서 옷 보퉁이를 끌렀다.

"허허! 오래간만에 만나는 그리운 양복이로구나."

하고 그는 감개무량하게 나프탈렌 냄새가 품기는 양복을 펼쳐 안았다. 그것을 잠시 보고 있다가 무경은 경찰서에 신원 보증인을 통지한다고 아래층으로 내려갔다. 아파트의 주인은 이 집에 살지 않으므로, 대개 언제나 이 아파트에서 잠자리를 갖는 강 영감에게 부탁하여 보증인이 되어 달랬다. 그것을 경찰서에 알린 뒤에 다시 그는 오시형의 방으로 올라왔다.

시형은 셔츠 밑에 양복바지를 입고 다시 서가 앞에 서성거리고 있었다. 무경은 신원 보증인에 대해서 결정한 대로를 알리고 구두약을 가져다가 꼬드러진 꺼먼 구두를 닦기 시작하였다.

"그래 그 안에서 그 책을 다 읽었수?"
하고 솔질을 하면서 무경이가 묻는다.

"어째! 절반이나. 대부분이 불허가니까……."

"불허가?"
하고 깜짝 놀라기나 한 듯이 무경은 구두 닦던 손을 멈칫하니 붙이고 시형이 편을 본다.

"경제 방면 서적은 전부가 불허가지."
그렇게 대답하면서 시형은 다시 일어나서 침대에 걸터앉았다.

"그러나 생각해 보면 다행이야. 경제학에 관한 서적을 읽었다면 생각을 돌려볼 길이 없었을는지 모르니까. 그런 의미에서 경제학은 나에게 있어서는 변통성 없는 완고한 학문인지도 모르지. 이렇게 무경 씨 얼굴을 명랑한 여름날 아침에 다시 볼 수 있는 건 철학의 덕분인 것이 사실이니까."

시형의 말하는 투는 보통 대화조가 아니고 어딘가 연설 같은 느낌을 주는 어조였다.

"경제학과 철학과의 차이가 있을라구요. 학문이야 같을 텐데……."
하고 무경은 제 의견을 나직이 말해 보았으나 시형은 그러한 것에 개의하지는 않고 다시 제 생각을 펼쳐보았다.

"내 자신이 서 있던 세계사관뿐 아니라, 통틀어 구라파적인 세계사가들이 발판으로 했던 사관은 세계일원론(世界一元論)이라구도 말할 수 있는 것인데, 이러한 경우에 동양 세계는 서양 세계와 이념을 달리하는 것이 아니라, 동양 세계는 대체로 세계사의 전사(前史)와 같은 취급을 받아온 것이 사실이었죠, 종교사관이나 정신사관뿐 아니라 유물사관의 입장도 이러한 전제로부터 출발했단 말입니다. 그러니까 동양이란 하등의 역사적 세계도 아니었고 그저 편의적으로 부르는 하나의 지리적 개념에 불과했었단 말입니다. 그러나 만약 이러한 세계 일원론적인 입장을 떠나서, 역사적 세계의 다원성(多元性) 입장에 입각해 본다면, 세계는 각각 고유한 세계사를 가지고 있다는 것을 알 수도 있고 증명할 수도 있지 않은가. 현대의 세계사의 성립을 이러한 각도에서 이해하려고 한다면 우리가 가졌던 세계사관에 대해서 중대한 반성을 가질 수도 있으니까……."

물론 남이 말하는데 구두를 닦고 있을 수도 없어서, 그대로 귀를 기울이고는 있으나 무경이로선 시형의 하는 말을 어떻다고 생각할 준비가 없었다. 그래서 그저 뻐끔히 그의 얼굴을 바라보고 있을 뿐이었다. 그러나 시형은 혼자서 저 자신에게 타이르기나 하듯이 창문을 바라보며 이야기에 열을 올려서 제 이론을 전개해 보고 있었다.

"가령 동양이라든가 서양이라든가 하는 개념도 로마의 세계에서 성립된 것이고, 또 고대니, 근세니 하는 특수한 시대 구분도 근세의 구라파 사학에서 성립된 구분이니까, 이런 것에서 떠나서 동양과 동양 세계를 다원사관의 입장에서 새로이 반성하고 성립시킬 필요가 있지 않은가. 이것은 동양인의 학문적인 사명입니다, 동양인 학도가 하지 않으면 아니될 의무입니다."

그는 말을 뚝 끊었다. 그러고는 자리에서 일어났다. 창문께로 가서 오래간만에 맛보는 흥분을 고요히 식히고 있다. 무경은 구두를 신장 안에 넣고 약과 솔을 치운 뒤에 수도에 손을 씻었다.

"의사를 부르지요. 너무 흥분하셔도 몸에 좋지 않을 텐데……."
하고 말하니까 시형은 몸을 돌리고 소리 나는 편을 향하였다. 그러나 무경의 물음에 대답하려고 하지 않고 그는 창백해진 낯으로 이렇게 말하였다.

"독일이 파란,[15] 노르웨, 덴마크를 무찌르고 화란,[16] 백의이[17]를 정복하고 불란서를 항복시켰다는 건 결코 작은 사실이 아니니까. 이러한 세계사의 변동에 제휴해서 동양인도 동양인다운 자각이 있어야 할 거야.”

그러고는 침대로 가서 몸을 눕히었다.

무경은 무어라고 말할까를 몰랐다. 본시부터 오시형이가 어떠한 사상을 가지든 그것에 간섭할 생각이나 준비는 저에게는 없다고 생각하여 왔다. 그에게는 오직 안에 있는 사람을 건강한 채로 하루라도 이르게 구하여 내는 것만이 임무라고 생각키어졌었다. 그러니까 지금 오시형의 열의 있는 독백을 들어도 그것에 관하여 이렇다 할 의견을 건네려 하지 않았다.

그러고 있는데 도어에 노크 소리가 들리고 어머니가 들어 왔다.

시형은 자리에서 일어나서 양복 윗저고리를 두르고 무릎을 꺾어 절을 하였다.

“그만 두시게. 고단한데 안 하면 어떤가. 그래 그 안에서 얼마나 고생을 했었나. 어디 몸이 과히 말쨴[18] 데나 없나?”

“네. 건강은 아무렇지두 않은 모양입니다. 밖에 계신 분들께 너무 폐를 끼치구 근심을 시켜서 되려……”

“온 별말을 다 하시지. 이러니저러니 해도 안에서 고생하는 사람에게 다 대겠나.”

무경은 바룩바룩 웃으면서 어머니와 시형의 옆에 서 있다가,

“어머니는 그게 뭐유?”

하고 손에 든 것을 물어 본다.

“이거 말이냐? 지금 한약국에 들려서 약을 한 제 지어 갖구 오는 길이다. 건강이 아무렇지 않다구 해도 그대로 두어야 쓰겠니. 몸을 보하구 그러애지. 그리구 아침은 일러서 할 수 없다 쳐도 저녁일랑은 집에 와서 먹게 하구, 약도 여기 가스불이 있다군 하지만 그걸로 어디 대릴 수 있

₁₅ 파란 : 폴란드.
₁₆ 화란 : 네덜란드.
₁₇ 백의이 : 벨기에.
₁₈ 말쨴다 : 거북하고 불편하다.

겠니. 다리가 처음은 고단하겠지만 내일부터래두 집에 와서 약을 자시구 끼니도 별 건 없지만 집에서 자시게 해야지……. 남의 눈도 있구 해서 한 집에 있진 못하지만 운동 삼아서…… 그렇지 않니 무경아?”

“참 그렇게 하시지. 아침두 전 일러서 시간에 대어 먹지만 오 선생님 은 어머님이랑 같이 좀 늦게 잡숫게 하시지. 그리구 거기서 책이라도 보 시면서 노시다가 점심 잡숫구, 약 잡숫구, 저녁 잡숫구 밤에만 여기 와서 주무시지…… 그렇게 합시다. 며칠은 다리가 아파서 걸어 다니시기 힘들 테니까 오늘은 그저 요 근방에나 조금씩 걸어 보시구…….”

저희들끼리 사귄 사이라고 불만해했고, 그 다음은 ‘믿지 않는 사람’이 라고 꺼려했고, 그가 법망에 걸려들어 간 때에는 더욱 더 완고하게 무경 의 생각을 탓하였다. 그러나 다른 일로는 어머니의 성미에 거역한 적이 없는 무경이도 이것만은 귀를 기울이려 하진 않았다.

차입을 대기 위하여 처음으로 직업 전선에 나서는 것을 보고 어머니는 깜짝 놀랐다. 얼마간 모녀 새에는 의까지 상하였었다. 그러나 무경은 들 으려고 하지 않는 것이다. 밥과 옷은 여전히 집에서 얻어먹고 입고, 제가 버는 봉급으론 오시형이를 위하여 책과 밥을 차입하는 것이다. 이렇게 하기를 이 년 드디어 어머니는 딸의 열성에 탄복한 것이다.

어쨌든 어머니의 오늘의 태도를 무경은 감동된 낯으로 바라보았다. 이 러한 날이 꼭 찾아올 것을 믿기는 하였지마는 그 동안 제가 겪은 곤욕이 큰 만큼, 지금 눈앞에 그러한 장면을 친히 경험하고 있으면, 그의 가슴 속엔 찌릿한 전류가 흐르도록 기쁨은 감격을 자아내는 것이다.

“오정에 너 나올 수 있건 어디서 같이들 점심이라도 먹자. 요 근방엔 어디 식당 같은 게 없니?”

어머니는 시형의 방을 나가면서 딸에게 말하였다.

무경이도 문지방에 선 채,

“이 부근에야 무어 벤벤한 게 있나요. 종로나 본정으로 나가야지. 그럼 내 자동차로든가 전차로든가 모시구 나갈게, 어디서 시간 약속하고 기다리시구료."

그래서 결국 본정 입구에 있는 양식당으로 시간을 정하고 그들은 방을 나갔다. 방을 나갈 때 시형은 종이조각에 적은 것을 주면서,

"전보 한 장 급사 시켜서 쳐 주시오. 집에 나왔다는 소식이나 알려야죠"
하고 무경이에게 말하였다. 무경은 어머니를 따라 아래층으로 내려왔다.

"틈나는 대루 박 의사를 좀 와 달랠까요? 그렇잖으면 데리구 나가서 뵈이든지."

딸이 어머니에게 의사의 진찰을 상의하니까,

"사정을 아니까 와 달래도 오실 거다."
하고 어머니는 대답하였다.

*

일이 밀려서 다섯 시를 칠 때까지 잡념에 머리를 쓰지 않은 것은 오히려 다행한 일이었다. 무경은 점심을 먹고 돌아 와서는 오시형이를 삼 층으로 데려다 주고 줄곧 사무에 골똘하였다. 그러나 한 가지 일이 끝나고 다른 일로 손을 옮길 때마다, 자꾸만 어머니의 약속이 머리를 스치곤 하는 것은 어떻게 뿌리쳐 버릴 수도 없었다. 일이 바빠서 이내 머리를 털어 버리고 장부 정리와 숫자 계산에 정신을 묻었지마는 다섯 시를 치는 소리에 장부를 접고 고개를 들면 다시 어머니의 말이 머리에 떠올랐다.

유쾌하고도 가벼운 흥분 속에 점심을 먹고 나오는데, 시형이를 앞세워 놓은 뒤에서 어머니는 무경이에게 나직이 귀뜸 하듯이 말하였던 것이다.

"너 오늘 몇 시에 나올 수 있니?"

"네 시면 나오지만 일이 좀 밀려서 다섯 시나 넘어야 퇴근할 거예요."

"그럼 다섯 시 반까지 경성 호텔로 좀 나오너라. 이야기할 것도 있구……."

"혼자서?"

“응, 너 혼자만 나오너라.”

이야기는 그것뿐이었다. 그리고 지금 다섯 시 치는 소리를 듣고 장부를 접어 꽂은 뒤에도, 어머니의 이야기란 것을 도무지 상상할 수가 없는 것이다. 무엇 때문에 호텔로 나오라는 것일까. 저녁이나 같이 먹으면서 이야기하자는 뜻인 건 추측할 수 있지마는, 점심에 외식을 하였는데 다시 또 저녁을 사 준다는 것도 이상하고, 단 둘이 언제나 집에서 만나 조용히 이야기할 수 있으면서 새삼스럽게 장소를 밖으로 잡은 것도 알 수 없는 일이다. 오시형이와의 결혼에 대해서 무슨 색다른 이야기라든가 의논이 있는 것일까. 도무지 어인 영문인 걸 상상할 수가 없었다.

“밖에 일이 있어서 나가는데 저녁은 오늘까지만 이 식당에서 잡수세요. 양식보다도 저녁 정식은 화식을 잘하니까 화식 정식으로 잡수세요. 내 일곱 시나 여덟 시 경에 들릴게…….”

시형이에겐 그렇게 말해 놓고 무경은 아파트를 나와 전차를 탔다. 호텔에 이르니까 로비에 어머니 혼자 앉아 있었다. 무경은 그의 앞에 가서 아무 말도 건네지 않고, 힐끗 어머니의 표정을 엿보면서 의자에 앉았다.

“오신 지 오래유?”

하고 물으면서 다시 어머니의 낯빛을 살피니까, 시계를 쳐다보고는,

“응, 조금 지냈다.”

그러고는 이야기를 시작하거나, 식당으로 들어가잔 말도 없이 그대로 낯을 좀 외면하고 멍청하니 유리창을 바라보고 앉았는 것이다. 어려운 말을 시작하기 전에 사람들이 항용 가지는 자리 잡히지 않은 태도였다. 얼굴엔 무표정을 의장하지만 속에는 여러 가지 궁리가 오락가락하고 초조한 조바심까지 문풍지처럼 바람에 떨고 있는 것이다.

무경은 질식할 듯한 시간을 오래 끌고 나아가기가 안타까워졌다. 무슨 어렵고 놀라운 이야기라도 쏟아져 나오기를 기다리는 긴장된 자세가 오랫동안 계속해 나아가면 신경은 피곤에 시달려서 관자노리께가 쑤시는

것 같은 착각까지 느껴진다. 그는 드디어 결심한 듯이 낯을 들고,

"무슨 말인지 어서 하시구려."

하고 어머니를 쳐다본다.

"응?"

하고 낯을 돌렸으나 다시,

"응, 인제 좀 있다가……."

그러고는 무경의 뚫어지게 바라보는 눈초리를 피하여 낯을 외면한다. 그러나 무엇을 생각하였는지 어머니는 결심의 표정으로 낯빛이 해쑥해진 얼굴을 다시금 무경이에게로 돌리면서,

"이야기랄 건 별로 없구, 어차피 네게 알려야 할 일도 있구…… 그래서 오늘 누굴 네게 소개할란다."

하고 더듬더듬 말하였다. 이야기를 끝마치고 난 어머니의 얼굴에는 홍분 탓인지 혹은 부끄러움 때문인지 붉은 혈조가 볼편과 눈가상에 엷게 떠오른 것 같이 보여졌다. 이야기한 것을 따지자면 내용은 분명하지 않았으나, 그런 것을 천착해 볼 겨를도 없이, 어머니의 태도와 표정에서 무경은 대번에 사건의 핵심을 이해하는 것이었다. 그러나 그것도 무엇인지를 딱히 제 머릿속에 깊이 의식하지도 못했을 때에, 유리 밖으로 층계를 올라오고 있는 한 사람의 신사를 발견한 어머니의 두 눈은, 벌써 당황의 빛이 농후해진 표정 속에서 적이 침착성을 잃고 있는 것처럼 무경이에겐 느껴졌다.

아래층 클락에 모자와 단장을 맡겼는데, 맨 머리 바람에 바른 손에는 단장 들던 버릇으로 부채를 약간 치켜서 들고 흰 양복 입은 신사는 그들이 앉아 있는 곳으로 가까이 왔다. 기품있게 갈라 재운 머리는 짧게 다듬은 수염과 함께 희끗희끗 흰 것이 섞여 있었다. 무경은 얼른 그의 부채를 보았다.

어머니가 자리에서 일어났을 때 오십을 넘어 얼마가 되었을 점잖은 사

내는,

"오래 기대리셨지요?"

하고 미소를 띠어 어머니께 인사한 뒤에 다시,

"아, 이 분이 무경 양이시군요. 이야기론 늘 들었었지만 여태 봬온 적이 없었군요. 난 정일수(鄭一洙)라구 합네다. 바쁜데 나오시라구들 해서……."

하고 무경이를 바라보았다. 무경은 지금 자기가 경험하고 있는 사태와 입장을 엉겁결에 의식하면서 굳어진 몸자세대로 고개만 약간 수그려 보인다. 그러니까 정일수 씨는 옆에 와 섰는 보이에게,

"준비가 되었지요?"

하고 물은 뒤,

"자, 그럼 저리루들 들어가시지."

무경이와 어머니에게 뜰 안을 가리키었다.

따로 떨어진 방안에서 그들은 광동 요리를 먹었다. 일이 고되지나 않은가, 아파트란 것도 새로 생긴 경영 형태지만 요즘 주택난과 하숙난이 심하니까 상당히 중요성을 띠겠다든가, 야마도 아파트엔 방이 얼마나 되는데 그것이 전부 꼭 찼는가, 하는 등속의 이야기로부터, 건축난, 주택난에 대해서 말이 옮아가고, 그러는 동안에 저녁이 끝났다. 그러한 정일수 씨의 말에는 어머니가 가끔 대꾸를 하였을 뿐, 무경은 묻는 말이나 마지 못해 나직이 대답하는 정도로 침묵을 지키지 않을 수 없었다. 먹는 것이 끝나니까 정일수 씨는 시간 약속이 있다고 먼저 나가고 모녀간만이 잠시 더 방안에 남아 있었다. 무경은 음식도 많이 먹지 않았으나, 단 둘이 되었어도 혼자서 무엇을 생각하고 있는지 별로 이야기를 건네려 하진 않았다. 물론 어젯밤 집 앞에서 부딪칠 뻔하였던 그 신사는 아니었다. 그러나 정일수씨가 하곡이라는 아호를 가진, 산수 그린 부채의 주인인 것은 틀림없는 사실이었다. 점잖고 단정하고 기품이 있는 신사의 얼굴을 꺼림칙하게 생각하여 보기는 이것이 처음이라고 그는 막연히 제 심리를 뒤적여

보고 앉아 있다. 어머니는 혼잣말 하듯이 뜨즉 뜨즉이 이야기를 시작하였다.

"네겐 너무 돌연스레 된 일이 돼서 서먹서먹 하구 어인 셈판인 걸 모를 게다. 그러나 벌써 오래 전부터 있어 왔던 이야기다. 내가 세브란스에 있을 때니까 십 년이나 되지 않니. 그때부텀 여태껏 사람을 다릴 놓아서 말을 붙이구, 또 스스로 면대해서도 말하는 걸 나는 십 년을 여일하게 거절해 왔었다. 사람이나 그 집 내력이야 무어 하나 탓할 데 없는 분이지만 내가 널 두구 새삼스레 무슨 결혼을 하겠니. ……그랬더니 어쩐 셈판인 걸 나도 모르겠다. 너희들 사일 허락하구 나니 마음이 갑재기 탁 풀려 버리는구나. ……자식들이 있다지만 다 장성들 해서 시집보낼 덴 시집보내구 아들은 세간까지 내서 딴 살림을 배포해 주었단다. ……나이도 인제 사십을 넘으니까 어찌 된 일인지 늙은 몸을 의탁하구야 살아갈 것만 같구나. 어쭙잖게 생각지 말구 에미 하는 짓을 웃구 쓸어쳐 버려라. 너희들 예식이나 올려주군 천천히 어떻게 채비를 대일까 헌다만……."

어머니는 죄 지은 사람처럼 딸의 눈치를 살펴가며 간단히 그렇게 말하였다. 무경은 여태껏 제가 품고 있던 생각이 다른 감정으로 뒤바뀌는 것을 경험하고 묵묵히 앉아 있다. 눈시울이 따가워서 손수건으로 그것을 묻혀내었다. 마흔 둘! 아직도 어머니는 젊다.

'나는 왜 좀 더 이르게 어머니의 행복에 대해서 생각해 보지 못하였을까. 딸 하나만으로 젊은 어머니가 행복될 수 있으려고 얼마나 많은 무리(無理)가 그곳에 감행되었을까. 그렇던 나마저 어머니의 옆을 떠나면서 어째서 나는 어머니의 행복에 대해선 터럭만큼도 생각함이 없었을까. 스물에 홀몸이 되셔서 나 하나만을 위하여 청춘을 불사르고 화려한 꿈을 짓밟어 버린 어머니가 아니냐. 이제 무슨 염치에 나는 어머니에 대해서 심술이나, 투정을 부리려고 하는 것일까. 어머니도 나머지 여생을 행복되게 보내셔야 한다.'

무경은 눈물을 숨기지 않고 낯을 들어 어머니를 건너다보았다. 젊은 시절의 사진처럼 어머니의 얼굴엔 아름다운 살결이 아지랑이에 싸여 있는 것 같이 눈물 어린 눈에는 비치어졌다.

"엄마!"

하고 소리를 내어서 무경은 어머니의 무릎에 낯을 묻었다.

*

어제 좀 지나치게 걸었더니 발바닥이 솔고[19] 다리가 아프다고 시형은 식당에서 아침을 먹고는 이내 침대에 누워서 잡지와 신간 서적을 뒤적거리고 있었다. 내일부터나 화동 집으로 약과 밥을 먹으러 가겠다고 그는 말하고 있다.

무경은 사무실에서 임금 전표를 정리하면서, 어떤 기회에 어머니와 정일수 씨와의 결혼 이야기를 시형이에게 전달할 것인가 하고 가끔 생각에 잠겨 보군 한다. 펜을 전표 위에 세운 채 가만히 생각해 본다. 이치로 따져 보거나, 여태껏의 어머니의 생애를 생각해 보거나, 무경이로 앉아 응당히 기뻐하고 찬성해 드릴 일임에 틀림없었으나, 하루를 지내 놓고 어머니가 없는 곳에서 문뜩 생각이 그곳에 미치면, 가슴이 뚱 하고는 지긋이 심장을 압박하는 가슴의 동계가 마음을 한없이 설레게 하는 것이다. 그러고는 누를 수 없는 심술이 두 눈에 심지를 꽂아 놓는 것이다.

'내가 왜 이럴까. 어머니와 나와의 평화하고 행복된 생활을 먼저 파괴하고 나선 것은 내가 아닌가. 어머니의 고백에 의하면 어머니는 십 년 동안 나와의 행복을 지키기 위해서 정일수 씨에게 고집을 세웠다고 한다. 나는 어머니를 위해서 무엇을 했나. 기독교의 신앙과 풍속 가운데서 안온한 생활을 이어 나가려는 어머니의 마음을 슬프게 교란시킨 것은 내

---

19 솔다 : 굵으면 아프고 그냥 두자니 가렵다.

가 아닌가. 기독교율에 의탁해서 젊은 정열을 희생하고 속세적인 행복에서 자기를 격리시킨 뒤, 그 가운데서 성실한 생활을 설계해 보려던 어머니에게 있어, 딸이, 단 하나의 딸이 예수교의 교율을 거역했다는 것은 얼마나 타격적이고도 슬픈 일이었을까. 어머니의 결혼이 만약 유쾌치 못한 성사라면, 그것의 원인을 이룬 것은 다른 사람 아닌 내가 아닌가?'

이렇게 수없이 자기 자신을 탓하면서, 이러한 생각을 고스란히 그대로 그에게 들려주면, 처음에는 놀라고 수상쩍게 생각할는지 모른 시형이도, 마지막에는 모든 것을 깊이 이해하게 될 것이라고 생각하는 것이다. 그렇게 생각하고 나면 그는 일시 유쾌한 상상을 머리에 그려보게 되기도 한다.

'우리 결혼식이 있은 뒤엔 또 한 쌍의 신랑 신부의 혼례식이 있을 텐데, 그게 누굴는지 아세요? 그게 바로 우리 엄마라나.' 하고 말하면 아마 오시형은 깜짝 놀라 경동을 할 것이다. 생각하면 우습기도 해서 그는 혼자 발씬 하니 웃고 다시 장부를 들친다.

"허허어. 생각하면 생각할수록 기쁜 일이렷다."
하고 뭣도 모르는 강 영감은 시형이가 출감한 것에다 둘러 붙여서 무경의 웃음을 놀리려 들었다. 그때에 시계가 열한 시를 쳤다. 그것이 다 치는 동안을 기다려서 무경은 등을 돌리고,
"제가 무엇 때문에 웃는 줄이나 아시구 그러세요."
하고 말하였으나, 그때에 사무실 밖에 한 사람의 신사가 자동차를 내려서 들어온 때문에, 강 영감도 무경이도 함께 이야기를 중단하고 그 편으로 시선을 돌렸다.

신사는 아파트의 현관을 들어서서 그대로 위층으로 뻗어 올라간 층계를 잠시 바라보듯 하였으나, 이내 사무실 쪽으로 낯을 돌리고 가까이 오면서,
"이 아파트에 오시형이라는 사람이 있습니까?"

하고 밭게 앉은 강 영감에게 물었다.

"네, 삼층 삼백이십삼호실에 계십니다. 삼층에 올라가셔서 그저 이십삼 호실만 찾으시면 되겠습니다."

하고 무경이가 의자에서 일어서면서 사무적으로 대답하였다. 신사는 흘낏 무경의 낯을 건너다보았으나, 이내 의식적으로 시선을 피하 듯하고, 막연히 사무실의 구멍을 향해서 사의를 표하듯 모자 끝에 손을 댄 뒤, 흰 단장 끝으로 복도의 바닥을 짚어서 위의를 갖춘 뒤에 알마치 비대한 몸을 층계 위로 옮겨 놓았다. 무경은 첫눈에 오십을 넘었을까 말까한 이 신사의 풍채에서 평양서 부회의원과, 상업회의소에 공직을 가지고 있다는 오시형의 아버지를 간파하였다. 그럴수록 신사의 태도에는 자기에 대한 어떤 모멸감이 들어 있는 것 같은 느낌을 털어 버릴 수는 없었다. 무경은 그의 찾아옴이 너무 돌연스럽고, 그의 태도에서 오는 위압과 모멸감이 너무 몸에 부치는 것 같아서 의자에 앉을 염도 못하고 멍청하니 그곳에 서 있었다.

"오 선생의 춘부장 되는 양반이신가?"

하고 묻는 강 영감에게 무어라고 대답해 주어야 할 것인가 당황했으나,

"그런가 봐요."

하고 새파랗게 질린 채 나직이 대답해 줄 밖에 딴 도리가 없었다. 자기 네들의 사정을 알고 있기는 하지만 상세한 집안 내용까지는 모르고 있는 강 영감이었다. 무경이와 시형이와의 관계를 평양 있는 그의 아버지는 인정하지 않으려고 하던 것, 그는 그대로 도지사를 지냈다는 지명 있는 명사의 딸과 약혼설을 진척시키고 있던 것 — 이러한 미묘한 사정은 아무 것도 모르고 있는 강 영감이다. 그러니까 시형의 아버지의 방문과 그의 태도에서 받는 충격에 대해서 그는 아무 것도 이해할 길이 없을 것이다.

무경은 가만히 자리에 앉아서 다시 펜을 들었으나 머리를 사무에 묻을 수는 없었다.

이 년 동안 친필로는 편지도 안 하였다던 아버지가 전보를 받고 아들을 찾아 왔다. 물론 부자간의 정의로 당연한 일임에 틀림은 없으나, 사상과 여러 가지 가정 문제로 의견을 달리하던 부자가 오늘 이 년 만에 만나서 다시 아름답지 못한 충돌이나 거듭하지 않을 것인가. 그동안 아버지는 아버지대로, 아들은 아들대로 제가 가졌던 생각과 태도와 고집에 대해서 반성하는 곳도 양보하는 곳도 생겼을 것이다. 아버지는 과연 아들의 결혼 문제를 순순히 허락할 만한 준비를 가지고 올라온 것일까. 불안과 궁금증과 초조와 공포심과 의혹이 뒤섞이고 합치고 엇갈려서 무경은 고개를 푹 수그린 채 정신없는 사무를 보고 앉아 있다.

한 삼십 분 만에 시형의 아버지는 층계를 내려왔다. 그러나 단장도 모자도 두고 잠시 다니러 나오는 모양이었다. 얼른 눈을 유리창 밖으로 돌렸으나 그의 태도와 무표정한 얼굴로부터는 아무러한 암시도 받을 수가 없었다. 두 사람 사이에 이야기는 순조롭게 진척이 된 모양같이 느껴지기도 하였다. 그러나 그는 맨 머리 바람으로 어디를 나가는 것일까? 그는 나갔다가 한 십 분 만에 다시 돌아와서 역시 사무실 쪽을 보고 못 본 척, 무표정한 얼굴에 위엄기만을 나타내고 층계를 올라가 버렸다. 무경은 어디다가 발을 붙이고 공상의 줄을 뻗어볼 수가 없었다. 그런데 또다시 한 이십 분 만에 자전거 탄 양복장이가 샘플을 보꾸러미에 싸 가지고 아파트를 들어와서 꾸뻑 인사를 하고 위층으로 올라가려 하였다.

"어디로 가십니까?"

하고 강 영감이 소리를 치니까, 양복점원은 멈칫 하고 층계에 한 발을 올려놓은 채 이편을 바라보며,

"삼층 이십삼 호실입니다."

하고 말하였다. 이편에서 별로 말이 없으니 점원은 그대로 위층을 향하여 올라가 버렸다. 열두 시의 사이렌이 울었다. 양복장이는 주문을 받았는지 인사성 있게 웃어 보이면서 사무실을 지나 밖으로 나갔다. 그러나

그와 엇바뀐 듯이 하여 이번에는 구둣방에서 찾아왔다. 자전거 뒤에다 커다란 트렁크를 두 개나 싣고 온 양화점원은 모자를 벗고 공손히 사무실 앞에서 안내를 구하였다. 강 영감은 신이 나서 대답하였다. 양화점원이 올라가는 것을 물끄러미 바라보고는 무경이 쪽을 돌아보면서,

"아버지가 오시더니 양복 짓구 구두 사구 한 벌 미끈히 채려 내세우실 모양이군."

하고 반갑게 웃었다. 무경은 펜대를 든 채,

"그런가 봅니다."

하고만 대답한다. 그는 지금 속으로 적지 아니 불안스런 사태를 한 갈피 분석해 보듯이 뒤적여 보고 앉았는 것이다.

'아까 시형의 아버지가 맨 머리 바람으로 밖에 나갔던 것은 양복점과 양화점을 부르러 갔던 것임에 틀림없다. 여기서는 멀리 떨어져 있는 두 상점을 부르기 위하여 그는 전화를 걸었을 것이다. 전화를 걸러 밖으로 나갔던 것이다. 그는 어째서 일부러 전화를 걸러 밖으로 나갔던 것일까? 사무실 전화를 쓰지 않고 일부러 밖으로 나간 것은 무슨 때문일까?'

여기까지 생각해 보고는 무경은 잠시 멈칫하니 물러선다.

'나를 피하기 위하여, 나의 낯을 대하기가 싫어서 나 있는 사무실의 전화를 쓰지 않기 위해서, 그는 밖으로 딴 전화를 찾아 나갔던 것임에 틀림없다!'

이렇게 단정하기엔 여러 가지 주저가 따라왔다. 무경이로 앉아 차마 그렇게 생각해 버릴 수가 없는 것이다.

'그것은 무엇을 의미하는가.' 오시형의 아버지가 무경이를 모욕하는 것으로 된다. 무경이와 시형이와의 관계를 인정하지 않겠다는 증거로 된다.

그래서 무경은 생각을 딴 데로 돌려보려고 애쓰는 것이었다. 그러나 시형의 아버지가 밖으로 나갔던 것을 무엇으로 설명할 수 있는 것이며, 그의 무경이에 대한 태도를 어떻게 해석해 볼 수 있을 것인가.

'정식으로 대면이 있기 전에 며느리 될 사람을 이런 처소에서 만나는 것을 꺼리는지도 모르지. 직업이 나쁜 것은 아니나 역시 그들의 습관으로 보아 이러한 처소에서 며느리 될 여자와 낯을 대한다는 것은 아름답지 못한 일일는지도 모르지. 그래서 그는 일부러 사무실 쪽을 못 본 척, 무경의 존재를 무시하려고 애쓰는 것인지도 모르지.'

한참 만에 구둣방 점원도 나가고, 또 얼마 뒤엔 오시형의 아버지도 이번엔 모자와 단장을 쓰고 들고 시형의 방으로부터 내려와서 밖으로 나갔다. 시형은 그의 아버지가 나간 뒤 십 분이나 지나서야 아래층으로 내려와서 사무실에 얼굴을 나타내었다.

"아버지가 오셨어!"

그렇게 말하고는,

"이거 구두두 한 컬레 얻어 신었는걸! 이게 온 오십오 원이라니!"

번쩍 다리를 들어서 보이었다.

"어제 전보를 보시구 오신 게로군요."

하고 천연스럽게 무경이도 대꾸하면서 자리에서 일어났다.

"아침 차에 내리셨답니다."

"그럼 어디 여관에 들으셨게?"

"저, 무언가 비전옥에!"

무경은 앞서서 사무실을 나와서 식당으로 갔다. 점심을 주문해 놓고 두 사람은 뻐끔히 마주 쳐다보았다. 묻고 싶은 사연이 한두 가지가 아니었으나 무경은 그것을 토설하기가 어쩐지 무서운 생각이 났다.

"아버지가 종내 꺾이었지. 아무 말씀 없이, 몸이 과히 상한 데나 없니 하구 물으시던데……."

하고 벌쭉벌쭉 웃어서, 무경이도 따라 웃었다. 그러나 무경은 제 질문을 꾹 눌러서 억제하며 다시 시형의 말을 기다리려는 자세를 취한다.

"부자간의 정리란 우스운 건가 봐."

하고 시형은 혼잣말처럼 지껄였다.

"이 년 동안이나 편지 한 장 없으시던 분이 나왔다니까 그날로 쫓아오신 걸 보면."

무경은 그러한 말에도 별로 대꾸하지 않았다. 주문한 점심이 와서 두 사람은 덤덤히 식사를 마치었다. 다 먹고 나서 차를 마시며 시형은 다시,

"아버지가 시굴로 내려가자는군 그래."

하고 무경은 낯을 건너다보았다. 무경은 그때에 가슴이 뚱 하고 물러앉는 것 같은 충격을 경험하였으나 애써 낯색을 헝클지 않으려고 노력하면서 입에 가져가던 찻종만 그대로 들고 있었다.

"몸두 쇠약했는데 서울 있어가지구야 치료가 되겠니, 집에 가서 몸이나 좀 추세거든 어디 온천에라도 가서 정양을 해야지, 그리군 또 재판소에서도 이런 데서 주소도 일정치 않구 옛날 친구라도 내왕이 있구 그러면 앞으로 예심 종결이나 공판에도 지장이 생기지 않겠느냐구……."

아버지의 말을 옮기듯 하고는 찻종으로 눈을 가리며 훌쩍 차를 마셨다.

무경은 마음이 좀 진정되는 것을 느꼈으나 시형의 말에 대해서 무어라고 대꾸할 만한 기력은 생기지 않았다. 그들은 식당을 나왔다. 테이블을 돌아 나오려고 할 때에 무경은 가벼운 현기증을 느끼고 잠시 탁자 언저리를 붙든 채 서 있다가 간신히 시신경(視神經)에 힘을 주면서 시형의 뒤를 따라 복도로 나왔다.

복도에 나와서는 곧바로 층층계를 향하여 걸었다. '제칠 천국'같다고 하던 계단을 하나하나 올라가면서 무경은 덤덤히 생각에 잠긴다. 아파트에 들어와서 침대에 걸터앉은 시형의 낯을 보고야 무경은 의자에 앉으면서,

"도횐 공기도 나쁘구 그런데, 갈 데만 있으믄야 조용한 데로 가셔야죠. 그리구 재판소에서도 역시 서울서 빈둥거리는 것보다는 가정이 있는 곳으로 가 계시는 걸 좋아할 거예요."

하고 비로소 명랑한 어조로 말하였다. 시형은 힐끗 무경의 웃는 낯을 건

너다보았으나, 그의 심정을 모를 만큼 둔감도 아니란 듯이 침대에 눕더니,

"옛날과는 모든 것이 다른 것 같애. 인제 사상범이 드무니까 옛날 영
웅 심리를 향락하면서 징역을 살던 기분도 없어진 것 같다구 그 안에서
어느 친구가 말하더니…… 달이 철창에 새파랗게 걸려 있는 밤, 바람
소리나, 풀벌레 소리나 들으면서 잠을 이루지 못할 때엔 고독과 적막이
뼈에 사모치는 것처럼 쓰리구……"

그렇게 가느다랗게 독백처럼 말하고 있었다. 무경은 돌아서서 창밖을
바라보는 척하면서 수건으로 가만히 눈을 닦았다.

*

그렇게 하고 사흘째 되는 날이다. 한 달을 두고 가물던 날씨가 물크
고[20] 무덥고 그러더니 드디어 장마가 시작되었다. 비가 내리다간 그치고
그쳤다간 또 맥없이 내리고 하는 오후에, 오시형은 저의 아버지를 따라
평양으로 떠났다. 종내 그들은 무경이를 정식으로 알려고도 소개하려고
도 하지 않았으나, 무경은 그런 것에 개의하지 않고 정거장까지 나가서
시형의 떠나는 것을 보았다.

정거장을 나와서, 아주 영영 돌아오지 않을 사람을 떠나보낸 것 같은
슬픈 심회를 가슴에 지니고 비 내리는 전차에 올라탔다. 후줄근히 젖어
서 물이 흐르는 우장의 외투를 그대로 입은 채 그는 사무실에도 들리지
않고 곧바로 시형이가 들었던 방으로 들어가는 것이다.

새 양복과 바꾸어 입은 뒤 아무렇게나 벗어 던지고 간 세탁한 낡은 시
형의 양복이 침대 위에 뒹굴고 있었다. 신장을 여니까 무경이가 손수 닦
았던 꼬드러진 낡은 구두도 초라하게 들어 있었다. 테이블 위에는 수국
의 화분. 며칠째 물을 못 먹고 그것은 희끄무레하게 말라들고 있었다. 다

---

20 물크다 : '물크러지다'는 뜻인 듯.

시 물감을 부어도 빨개질 것 같지도 파래질 것 같지도 않게 시들어 버리고 있었다.

'시형이를 위하여 얻었던 방이었다. 시형이를 맞기 위해서 지금 통장을 빈텅이를 만들면서 장식해 보았던 방이었다. 그는 인제 가 버리고 여기엔 없다.'

'시형이를 위하여 나섰던 직업 전선이었다. 시형의 차입을 대기 위해서 선택하였던 직업이었다. 시형이도 나오고 인제 직업도 목적을 잃어 버렸다.'

무경은 가만히 앉아서 빗발이 유리창 위에 미끄러지는 것을 물끄러미 바라보고 있다. 회색빛의 멍한 하늘이 얼룩덜룩하게 얼룩이 져서 보인다.

어머니에겐 정일수 씨가 생기고, 인제 나는 어머니에게도 필요하지 않은 딸이 되었다. 울고 싶은 생각도 나진 않는다. 그저 제 몸에선 빈 껍질만 남겨 두고 모든 오장과 육부가 몽탕 빠져 나가는 경우가 있었으면 하고 막연히 그런 경지를 생각해 보고 있었다.

그런데 똑똑 노크 소리가 나고 급사가 문을 열었다.

"주인님이 나오셔서 장부 좀 보시잡니다."

급사의 말에 그는 정신을 차려 몸을 일으키었다. 그는 문에 쇠를 잠그고 층계를 내려갔다. 내려가면서 점점 제 다리에 기운이 생기는 것을 느꼈다.

'방도, 직업도, 인제 나 자신을 위하여 가져야겠다!'

그런 생각이 사무실을 들어설 때에 그의 마음속에 이루어지고 있었다.

경진(庚辰)[21] 9월 1일

〈문장〉 1940년 10월

---

21 경진 : 1940년. 일제는 일본의 연호 쓰기를 요구했고, 이를 피해서 육십간지로 연도를 표시하는 경우가 많았다.

맥(麥)

1.

  삼층 이십이호실에 들어 있던 젊은 회사원이 오늘 방을 내어놓았다. 얼마 전에 결혼을 하였는데 그동안 마차운[1] 집이 없어서 아내는 친정에, 그리고 남편인 자기는 그 전에 들어 있던 이 아파트에 그대로 갈라져서 신혼생활답지 않게 지내오다가 이번에 돈암정 어디다 집을 사고 신접살림을 차려 놓기로 되었다 한다. 오후 여섯 시가 가까운 시각, 아마도 회사의 퇴근시간을 이용하여 양주가 어디서 만난 것인지 해가 그믈그믈해서야 회사원은 색시 티가 나는 아내와 함께 짐을 가지러 트럭과 인부를 데리고 왔다. 인부가 한 사람 있다고는 하지만 삼층서 밑바닥까지 세간을 나르고 그것을 다시 트럭에 싣고 하기에는 이럭저럭 한 시간이 걸렸다. 최무경(崔武卿)이는 아파트의 사무원일 뿐 아니라 회사원이 있던 방이 바로 제가 들어 있는 옆방이어서 여자의 몸으로 별로 손을 걷고 거들어 줄 것은 없다고 하여도 짐이 다 실리는 동안 아래층 사무실에 남아 있어서 그들의 이사하는 모양을 바라보고 있었다. 사무실에서 일을 보는 늙

---

1 마참다 : 마땅하다.

은 강 영감이 제법 위 아래로 오르내리며 짐을 챙겨도 주고 양복장이며 책장이며 탁자며 하는 육중한 것은 한 귀를 맞들어서 인부와 회사원과 함께 운반에 힘을 돕기도 하였다. 짐을 대충 실어 놓고 회사원은 아내와 같이 사무실로 들어왔다.

"부금(敷金) 일백오 원 중에서 이번 달 치가 오늘까지 이십팔 원, 그것을 제하고 칠십칠 원이올시다."

미리 준비해 두었던 지폐를 손금고에서 꺼내서 최무경이는 그것을 회사원에게로 건네었다. 회사원은 한 손으로 받아서 약간 치켜들 듯하여 사의를 표하고 그것을 그대로 주머니에 넣으려고 한다.

"세어 보세요."

그러한 말에 회사원은, 무어 세어보나 마나 하는 표정을 지어보았으나 다시 어떻게 생각하였는지 넣으려던 지폐를 꺼내서 불빛에다 대고 손가락에 침도 묻히지 않으면서 한 장 두 장 세어보고 있다.

"꼭 맞습니다."

하고 낯을 들었을 때 무경은 펜과 영수증을 놓으면서,

"영수증이올시다. 사인하시고 도장 쳐 주십시오. 수입인지는 아파트 쪽에서 한턱 내었습니다."

하고는 회사원의 아내를 바라보며 웃었다. 젊은 아내는 무경의 웃음에 따라서 흰 이를 내놓고 웃었다.

"고맙습니다."

영수증을 받아서 서류와 함께 금고에 챙긴 뒤에 무경은 두 신혼부부의 낯을 새삼스레 쳐다보았다. 행복에 넘친 듯한 얼굴들이다. 진부한 형용이지만 역시 행복에 넘쳐 있는 표정이라는 말이 제일 적절할 것처럼 무경은 생각하는 것이다.

"저어 돈암정 바로 삼선평이올시다. 거기서 바른쪽으로 향해서 들어가면 새로 분할한 주택지가 있습니다. 큰 골목으로 접어들어서 다시 셋째

번 골목 둘쨋집이 저이들 집이올시다. 사백오십번지의 십칠호. 한번 교외에 산보 나오시는 일이 계시건 찾아 주시기 바랍니다."

아무리 총명한 사람일지라도 이러한 지도의 설명을 잊지 않을 사람이 없을 것이건만 사람들은 노상에서 만난 친구들께 곧잘 이러한 방식으로 저의 집의 주소를 알으켜[2] 준다. 그러나 듣는 사람도 또 지금 말하는 설명을 모두 머릿속에 참겨[3] 넣기나 한 듯이,

"네 네, 한번 나가면 꼭 들르겠습니다."
하고 대답하는 것이었다. 무경이가 들르겠다는 말을 진심으로 믿는 것인지 아마 그들 자신도 딱히 그러한 모든 것을 의식하면서 건네는 인사는 아닐 것이나 두 부부는,

"고맙습니다."
하고 가지런히 인사를 하였고 다시 회사원은 문 밖으로 아내가 나가 버린 뒤에도 문턱 안에 남아서,

"덕택에 참 내 집이나 진배없는 생활을 할 수 있었습니다."
하고 사례를 말하였다. 두 사람은 어둠의 장막이 내려 드리우려는 길 위로 가벼운 발걸음을 옮겨놓으며 무어라 나직이 소곤거리고 있었다. 그것을 최무경이는 한참 동안 바라보고 서 있었다.

강 영감은 빈 방의 뒷설거지를 마치고 비와 쓰레기통과 바케쓰를 들고 위층에서 내려 왔다. 물을 담았던 바케쓰에는 버리고 간 찻그릇 컵 등속 낡은 모자 같은 것이 그득히 들어 있었다. 신접살림이라 무어든 간 새로 준비했을 것이니 홀아비살림 때에 쓰던 것으로 소용이 없을 것은 공연히 짐이나 된다고 이렇게 내버려 두고 가는 것이리라, 강 영감은 그것을 모아다가 넝마 장사에게 팔기도 하고 저의 집에 가져다 쓰기도 하는 것이었다. 장부를 정리하고 저녁이 늦어서 손수 지을 수도 없으므로 무경이

---

2 알으키다 : 알리다.
3 참기다 : 챙기다.

는 식당으로 갔다. 돈부리[4]를 거진 다 먹었는데 전화가 왔다고 강 영감이 부른다.

"방이 있냐구 물어서 한 방 비었다구 했는데……."
하고 식탁에까지 와서 강 영감은 여사무원에게 말한다.

"어떤 사람이랍니까?"

차를 마시면서 무경이는 묻는다.

"글쎄, 그건 물어 보지 못했는데 하여간 나가서 전화 받아 보시지. 여자 목소리던데."

"여자요? 또 여급이나 그런 사람이 아닌가요? 그런 사람들이건 애초에 방이 없다구 거절허실 걸 갖다."

무경이는 앞서서 식당을 나왔다. 사무실로 와서 책상 위에 내려놓은 수화기를 들면서,

"여보세요, 오래 기다리게 하여서 미안합니다. 네 야마도 아파튼입니다. 거기 어디신지요? 네? 명치정 청의양장점이요? 네에 네, 그럼 방을 쓰실 분은 바로 양장점에 계신 선생님이신가요?"

잠시 저편의 설명에 귀를 기울인다.

"대학의 강사 선생님이시라구요? 네 그럼 친히 오셔서 방을 보시지요. 방세는 삼십오 원, 정지 가격이올시다. 부금을 석 달 치 선불하기로 되었습니다. 그럼 들러 주십시오, 네에 네, 고맙습니다."

대학 강사로 논문 쓸 것이 있어서 임시로 몇 달 동안 방을 구한다고 한다. 전화를 건 분은 대학 강사의 무엇이 되는 여자인가. 그러나 그런 것을 오래 생각하지는 않고,

"지금 찾아오마 했는데 방 구경 시키구 마음에 든다면 저에게 알려 주세요. 전 그럼 방에 올라가 있겠습니다."

---

4 돈부리 : '덮밥'의 일본어

하고 사무실을 나왔다. 강 영감은 지금서야 벤또를 먹고 있었다.

무경이는 제가 쓰고 있는 삼층 이십삼호실로 올라왔다. 대학 선생이 책이나 읽고 글이나 쓰고 있으면 뒤숭숭하지 않아서 좋을 것이라고 생각해 보면서 그는 회사원이 조금 전에 나가 버린 옆방의 앞을 지났다. 잠 갔던 문을 열고 스위치를 넣어서 제 방에 불을 켰다. 방 안에 들어 와서는 언제나 하는 버릇으로 손을 씻었다. 슈트의 윗저고리를 벗고 얄따란 스웨터로 바꾸고는 가볍게 화장을 고친다. 오래지 않아 삼월이라지만 밤은 역시 추웠다. 스팀의 마개를 조절해서 방안에 온도를 맞추고는 잠시 침대에 걸터앉아 본다. 아까 아파트를 나간 회사원의 두 부부가 생각키었다. 그들은 행복에 취하여 있는 듯이 보이었다. 남의 눈에 그렇게 보였을 뿐 아니라 당자들도 그렇게 생각하고 있을 것이다. 트럭을 먼첨 앞세워 놓고 나란히 서서 문 밖으로 나가던 두 사람의 뒷그림자…… 그러나 그는 문뜩 생각해 보는 것이다.

'그들은 끝끝내 행복할 수 있을 것인가. 젊은 회사원은 그의 아름다운 아내를 끝끝내 사랑할 수 있을 것인가. 그들의 사랑과 신뢰는 언제나 무슨 일을 당하여서나 변함이 없이 굳건한 것으로 지니어 나가고 지탱해 나갈 수가 있을 것인가?'

쓸데없는 군걱정이었으나 최무경이는 역시 그것을 믿을 수가 없는 것이라고 생각해 보는 것이었다.

'누가 그것을 증명할 수 있으랴! 저 회사원이 애띠고 어린 꽃 같은 색시를 언제나 변함없이 사랑하리라고 누가 감히 증명할 수 있을 것이랴!'

이렇게 해서 최무경이는 조금 아까 행복된 낯으로 아파트를 하직하고 돈암정의 새 집으로 총총히 마음을 달리던 젊은 부부의 앞날에 불길한 예언을 던져 보고 앉았는 것이다.

"안온한 일생을 평정하게 보내는 부부가 이 세상에는 얼마든지 있는 것을 나는 안다. 그러나 누가 아내의 마음을 보증할 수 있으랴! 누가 남편의 사랑을 보증할 수 있으랴! 아니 누가 감히 저 자신의 마음을 보증할 수 있을 것이랴!"

그는 떠오르는 흥분을 고즈넉이 맛보면서 머리를 털고 침대에서 일어났다.

"나는 혼자서 산다. 혼자서 살아 갈 수 있다."

바람벽에 걸린 어머니의 사진을 쳐다본다. 무경이와 함께, 어머니가 시집가던 작년 가을에 박은 사진이었다. 둘이 다 뭉틀 하고 서서 어딘가 쓸쓸해 보인다. 어머니는 흰 옷으로 몸을 단장하였다. 무경이도 금박이 자주 고름에 치렁치렁하는 남치마를 입고 나들이옷으로 몸을 가꾸었다. 스물에서 마흔두 살까지의 이십여 년을 혼자서 딸 하나만을 데리고 살아 오던 어머니도 정일수(鄭一洙) 씨에게 시집을 갔다. 생각해 보면 혼자서 살겠다는 자기의 마음도 또한 보증할 수는 없으리라고 되새겨진다. 그러나 인제 다시 누구를 사랑하고 누구와 함께 그는 새로운 생활을 설계해 볼 수 있을 것인가. 상처가 너무도 컸다. 아직도 완전히 끝이 났다고는 보아지지 않는 만큼 보증할 수 없는 저의 마음을 채찍질하면서라도 그는 지금 '혼자서 사는' 것을 다시금 또 다시금 결심하지 않으면 안 되는 것이었다.

지난여름의 일이다. 이 년 가까이 입감해 있던 오시형(吳時亨)이를 그는 백방으로 서둘러서 보석을 시켰다. 오시형이와 무경이의 관계는 양쪽 편집이 모두 반대하였었다. 어머니는 오래인 장로교인으로서 오시형이가 '믿지 않는 사람'이라고 꺼려하다가 그가 사건에 걸려서 입감한 뒤에는 더욱 더 완강히 그와의 결혼에 반대하였다. 한편 오시형이네 집에서는 그의 아버지가 극력으로 반대하였다. 물론 평양서 부회의원을 지내면서 상업회의소에도 얕지 않은 지위를 가지고 있는 그의 부친이 반대하는 것은 아들이 선택한 최 무엇이라는 여자뿐만이 아니었다. 대학을 졸업하고 서울서 증권회사 조사부 같은 데 취직해 있는 아들의 태도에 반대였고 사상이나 생활 태도 전체에 대해서 그는 아들의 생각과 뜻이 맞지 않았다. 그는 우선 아들이 평양으로 내려와서 자기 앞에서 친히 일을 보기를 희망하였고 자기가 생각하고 있는 도지사를 지냈다는 지명인사의 총명한 규수와 약혼을 할 것을 바라고 있었다. 그는 그의 생각하는 길이 아들을 출세시키는 최단 거리라고 믿는 것이었다. 그래서 부자가 서로 옥신각신하던 통에 뜻밖에 아들이 그만 온당하지 못한 사건에 걸려서 입감을 하게 되었다. 이것은 아들의 장래를 자기의 연장으로서 설계해 오던 아버지에게 있어 놀라운 일이었을 뿐 아니라 그의 명예와 지위를 위해서는 치명적인 사건이 아닐 수 없었다. 아버지는 세상을 향해서 당황하였다. 그는 노하였다. 그는 드디어 아들과의 관계를 통히[5] 끊어버리듯 하였다. 나이라도 많으면 늙은 마음이 자식을 생각하는 정의에 이겨 나가질 못할 것이나 그는 오십 전후의 정정한 장년이어서 아들의 고생 같은 것은 보고 못 본 척할 수 있었다. — 이렇게 해서 이 년이 흘렀는데 이 이 년 동안 무경이는 오시형이를 위하여 직업에 나섰고 어머니의 마음을 움직여서 오시형이와의 관계를 인정하게 하였을 뿐 아니라 보석 운동이 주효해서 그에게 다시금 태양의 빛을 쏘이게 만들었다. 지금 무경이가 쓰고 있는 야마도 아파트의 삼층 이십삼 호실은 보석으로 출감하는 오시형이를 위하여 무경이가 준비해 두었던 방이었다. 그러나 오시형이가 출감하면서 동시에 연달아서 뜻하지 않았던 사건이 튀어나왔다. 우선 오시형이는 그전에 포회했던 사상으로부터 전향을 하였었다. 그의 전향의 이론을 그 자신의 설명으로 들어 보면 경제학로부터 철학에의 전향이요, 일원사관(一元史觀)으로부터 다원사관(多元史觀)에의 그것이라 한다. 이러한 결과로 하여 학문상으로 도달한 것이 동양학(東洋學)의 건설이었고 사상적으로도 세계사의 전환에 처하여 시시각각으로 변하는 국제 정국에 대

---

5 통히 : 온통 또는 도무지의 뜻.

처해서 하나의 동양인으로서의 자각이 있어야 한다는 것이다. 그러나 사상이나 학문 태도가 변하였다든가 전향하였다고 하여서 그들의 사이에 어떠한 틈이 생길 리는 없는 것이었다. 본시 최무경이는 오시형이가 어떠한 사상을 품게 되든 그런 것에는 깊이 개의하지 않는 것이라고 믿어 왔고 또 그러한 것에 대해서 깊이 천착하고 추궁할 만한 준비나 여유가 없다고 생각해 왔었다. 그러므로 오시형이의 이러한 전향이란 것이 어떠한 정신적인 내용을 가지고 있는 것인지 또 그러한 내면적인 정신상의 문제가 자기와의 관계나 혹은 생활 태도 같은 것에 어떠한 영향을 줄 것인지에 대해서는 아무러한 생각도 가지지는 못하였다. 그는 변함없는 애정이면 그만이었고 자기가 그동안 실천한 불요불굴한 행동에서 오는 자긍과 도취로 해서 통히 그런 것에 생각이 미치지도 못하였다. 그러나 오시형의 내면생활은 무경이가 생각하는 것보다는 좀 더 복잡한 과정을 경험하고 있었다. 이 년 동안 독방 안에서 경험하는 내면생활에 대해서 밖의 사람은 단순한 해석 밖에는 가지지 못한다. 아버지, 여태껏 무슨 큰 원수나 되듯이 생각하여 오던 오시형의 아버지가 아들의 출감을 듣고 상경하여 아파트를 찾아왔을 때에 시형이의 내부 생활의 복잡한 면모는 하나의 표현을 보였다. 그는 당장에 아버지와 타협한 것이다. 인정과 격리되어서 애정에 주린 생활을 영위하던 사람이 죽일 놈 살릴 놈 하던 아버지의 돌변한 태도에 부딪혀서 감격과 흥분을 맞이한 때문만은 아니었다. 아들과 아버지의 사이란 하나의 혈통이니까 커다란 불화가 있었다 해도 칼로 물을 베인 것과 진배없어서 그들은 언제나 다시 화합해야 할 핏줄을 가졌다고만 해석하는 데도 다소간의 불충분은 없지 않을 것이다. 그런 것과 관련을 가지면서도 결정적인 원인을 지은 것은 오시형의 가슴에 아버지까지를 포함시켜 그가 여태껏 상대해 오던 일체의 '대립물(對立物)'을 받아들일 만한 준비가 되어 있었다는 점일 것이다. 여하튼 그는 아버지를 따라서 평양으로 내려갔다. 그러나 그것 뿐만은 아니었다. 오시형의 출감과 전후해서 무경이는 또 하나의 돌발 사건을 맞이하게 되었다. 그것은 어머니의 결혼이었다. 어머니가 어떤 남자와 교제를 가지고 있다는 것을 눈치 채었을 때 무경이는 커다란 실망과 함께 여자다운 질투와 어머니의 육체적인 체취에 대해서 늑찌한[6] 구역을 느꼈다. 그리고 어머니를 잃어버리는 데 대해서 누를 수 없는 서러움을 경험하였다.

단 하나의 어머니도 잃어버리고 단 하나의 애인도 잃어버리었다. 직업에는 오시형의 차입을 위하여 나섰던 것이요, 아파트의 방은 보석으로 나오는 그를 맞이하기 위하여 얻었던 것이었다. 의지하였던 것도 믿었던 것도 사랑하던 것도 희망하는 것도 일시에 없어져 버린 것이다. 산다는 것의 의미와 생존의 목표를 어디서 찾아볼 수 있을까 하여 그는 잠시 동안 멍청하니 공허해진 저의 가슴을 처치해 볼 길이 없었다.

그러나 그는 희망을 잃지 않고 살아 나아가겠다는 하나의 높은 생활력 같은 것을 천품으로서 가지고 있었다. 그러한 생활력은 제 앞에 부딪혀 오는 어떤 어려운 문제라도 꿰뚫고 나아가야 한다는 강력한 의지력으로 나타날 때가 있었다. 사람은 제 앞에 다닥쳐 오는 어려운 문제를 회피하지 않고 그것을 맞받아서 해결하고 꿰뚫고 전진하는 가운데서 힘을 얻고 굳세지고 위대해진다고 생각해 본다. 어떻게도 할 수 없는 난관에 부딪히고 함정에 빠져서 그가 생각해 본 것은 모든 운명의 쓴 술잔을 피하지 않고 마셔버리자 하는 일종의 '능동적인 체관(諦觀)'이었다. 그는 우선 어머니와 오시형이를 공연히 비난하고 시기하고 질투하지 않으리라 명심해 본다. 자기 자신을 그들의 입장 위에 세워 보리라 생각한다.

오시형이는 이 년 동안 옥중에서 충분한 사색과 반성을 가질 수 있었을 것이다. 그의 생각은 섬세해지기도 하였고 치밀해지기도 하였고 풍부해지기도 하였을 것이다. 그는 자기의 정신상 갱생을 사상과 학문상의

---

6 늑찌하다 : '느끼하다'의 뜻인 듯.

전향에서 찾으려 하였고 그의 육체와 생명은 다시금 빛 없는 생활에 얽매이지 않기를 본능적으로 갈망하고 있을 것이다. 아버지와의 관계에 있어서도 좀 더 원만하고 원숙해지리라 명심하고 있을 것이다. 사실 그는 가정이 있는 평양으로 내려가는 것이 건강에나 또는 당국 관계에 있어서도 편리할 것이라고 믿지 않을 수가 없었을 것이다. 오시형이가 아버지를 따라 평양으로 가는 것, 그것은 그의 금후 생활을 영위하기 위해서 반드시 필요한 일이라고도 생각키어진다. 그렇다면 이까짓 방 같은 것이 합체[7] 무엇이며 무경이의 마음이 다소 섭섭해지는 것 같은 것이 하상 무엇이냐고도 생각키어진다.

어머니의 입장도 이와 마찬가지였다. 어머니는 이십 전에 홀몸이 되어서 자기 하나만을 믿고 살아왔다. 자기가 어떤 사내와 결혼하면 어머니는 누가 모시며 어머니가 마음을 의지할 사람은 장차 누구일 것이냐? 어머니의 신뢰와 애정을 거역하고 나선 것은 딸이었다. 딸의 문제를 허락하였을 때 어머니가 그를 믿고 팽팽하게 당길 수 있었던 닻줄을 팽개쳐 버리면서 갑자기 독신 생활에 대해서 신념을 잃어 버렸다는 것도 넉넉히 이해할 수 있지 아니한가. 그렇다면 딸의 마음이 서운해질 것을 염려치 않고 어머니가 장래의 생애에서 행복된 설계를 가지려 하였다고 그것을 탓할 수는 없는 노릇이었다. 오시형이는 그의 앞날을 위하여 영위함이 있어 마땅한 일이며 어머니는 어머니의 남은 생애를 위하여 설계함이 있어 마땅한 일이 아니냐. 그러면 뒤에 남아 있는 최무경이 자기 자신은? 그는 생각해 본다.

'나는 나 자신을 위하여 생활을 가져 보자!' 이것이 그를 구렁텅이에서 구하여 내인 결론이었다.

시형이를 위하여 얻었던 방에는 제가 들기로 하였다. 어머니가 결혼하

여 정일수 씨와 동거하게 되었을 때 어머니와 무경이가 살던 집은 팔아
버렸다. 마침 가옥 시세가 가장 대금이던 때이라 그리 새 집은 아닌 것
인데 한 칸에 칠백 원씩 받아서 일만 오천 원의 거액이 무경의 저금통장
에 기입되었다. 살림도 간단히 추려서 대부분은 어머니한테 맡겨 두고
신변에 필요한 몇 가지와 취사도구의 간단한 것만 아파트로 옮겨 왔다.
아직도 아버지의 명의대로 남아있는 칠십 석 남짓한 땅은 으레히 무경이
에게 상속이 되었으나 정일수 씨한테 관리시키고 일 년에 이천 원씩을
받아다가 저금통장에 기입시키기로 작정하였다. 한집 안에 살기를 권하
다가 그들의 뜻을 이루지 못한 정일수 씨와 어머니는 될수록 무경이에게
편의를 도와주려 힘썼고 딸에 대한 그들의 애정을 극진히 표시하려고 애
썼다. 무경이는 전과 다름없는 여사무원의 직업을 그대로 가지고 있었다.
　그러나 이러한 조처를 대어 놓고도 오시형과의 애정에 대한 신뢰만은
덜지 않으려고 생각하였다. 하기는 시형이가 아버지와 타협하고 평양으
로 내려간다는 고백을 들었을 때에 이 사건을 통해서 맨 먼저 느낀 것은
여자다운 직관력만이 날카롭게 간파할 수 있는 애정의 동요이었다. 평양
에는 진척시켜 오던 약혼설이 있다. 도지사를 지낸 지명인사의 영양이
있다. 무경이는 고백 뒤에 어물거리는 그림자로써 그것을 눈앞에 그려
보았던 것이다. 그러면서도 그들은 한 가지로 그 문제에 대하여는 아무
러한 이야기도 나누려 하지 않았다. 무슨 일이 있어도 오시형의 마음만
은 변하지 않으리라고 믿었던 것일까. 또는 아무리 따져 놓고 약속을 굳
이 하여 두어도 흐르는 수세는 당해낼 재주가 없는 것이라고 단념해 버
렸던 것일까. 어떤 날 어머니는 딸에게 이런 말을 물었다.
　“시형이 아버지가 그 무슨 도지사의 딸이라든가 허구 약혼하라던 건
그 뒤 무슨 이야기가 없다던?”
　이 날카로운 질문을 받고 무경이는 잠시 당황했으나,
　“무슨 별 이야기 없던데요.”

하고 대답하였다. 그러나 어머니는 마음을 놓을 수가 없다는 듯이 또 다시 무어라고 입을 나물거리다가 여러 번 주저하던 끝에,

"글쎄, 그렇다면 좋거니와. 손수 올라 와서 데리구 가는 바엔 그런 이야기두 있었을 법헌데. 그럼 무어 너허구의 결혼에 대해서두 안즉 이렇다 할 의사 표시는 없은 셈이로구나."

하고 나직이 말하였다. 무경이의 가슴 속에서는 꿍 하고 물러앉는 것이 있었다. 당황해지는 저의 마음을 부둥켜 세우며,

"마음대루 허라지요. 도지사 딸한테 장갈 들려건 들구 귀족의 딸한테 장갈 들려건 들구……."

어머니는 이러한 딸의 언행에서 적지 않은 경악을 맛보았으나 그 이상 이야기를 이어 나아가지는 못하였던 것이다.

서울을 떠난 오시형이한테서는 내려간 지 한 주일이 지나서 한 장의 편지가 왔다. 윤택이 있는 다정스런 문구는 하나도 없고 적지않이 고민이 섞인 생경한 문구로 적히어 있었다.

'지금 내가 생각하고 있는 것은 나의 장래에 대한 것이오. 내가 어떻게 하면 정신적으로 재생하여 자기를 강하게 하고 자기를 신장시킬 수 있을까 하는 문제입니다. 일찍이 나는 비판의 정신을 배웠습니다. 그러나 이러한 자기 자신에 대한 비판만 되풀이하고 있으면 그것은 곧 자학이 되기 쉽겠습니다. 나는 자학에 빠져버리고 싶지는 않습니다. 뿐만 아니라 외부 세계에 대한 준열한 비판만 있으면 모든 것이 그대로 이루어지리라는 요즘의 지식인들의 통폐에 대해서는 나는 벌써부터 좌단(左袒)[8]을 표명할 수가 없었습니다. 비판해 버리기만 하는 가운데서는 창조는 생겨나지 않을 것이기 때문입니다. 그러므로 설령 그러한 결과 도달하는

---

8 좌단 : 왼쪽 소매를 벗는다는 뜻으로, 남을 편들어 동의함을 이르는 말. 중국 전한(前漢) 때에, 여후(呂后)가 반란을 꾀할 때 공신 주발(週勃)이 군중(軍中)에서, 여후를 돕고자 하는 자는 우단하고 한나라 왕실을 돕고자 하는 자는 좌단하라고 명하자 모두 좌단하였다는 데서 유래한다.

것이 하나의 자애(自愛)에 그치고 외부 환경에 대한 순응에 떨어지는 한이 있다고 하여도 나는 지금 나의 가슴 속에 자라나고 있는 새로운 맹아(萌芽)에 대해서 극진한 사랑을 갖지 않을 수는 없겠습니다. 새로운 정세 속에 나의 미래를 세워놓기 위해서 지금까지 도달하였던 일체의 과거와 그것에 부수되었던 모든 사물이 희생을 당하고 유린을 당하여도 그것은 또한 어떻게도 할 수 없는 일일까 합니다.'

물론 결혼에 대한 문구는 아무 데서도 찾아볼 수 없었다. 무경이는 애정에 대한 것만은 변치 않았고 또 앞으로도 변치 않으리라고 생각하여 보았다. 그러나 무경이는 어떤 급처를 마치 보자기로 송곳을 싸 들고 있는 것 같은 위태로운 심리로 가만히 덮어 놓고 있는 것도 희미하게 느끼지 않을 수는 없었다. 보자기를 조금만 힘을 주어서 잡아당기면 날카로운 송곳이 보자기를 뚫고 벌처럼 폐부를 찌르기를 사양치 않을 것이다. 그것을 잘 알고 있기 때문에 보자기를 어름어름 가만히 덮어 놓아 보는 것이다. 그러나 이러한 상태는 오래 지속될 수는 없었고 또 무경이의 성격이 그러한 상태에 어물어물 박혀 있도록 철부지도 아니었다. 드디어 오시형의 편지 내용이 결코 추상적인 문구만이 아니고 실상은 생생한 구체적 사실의 진행을 그러한 추상적인 문구로 표현해 놓은 데 불과하다는 것이 명백히 되어질 시기가 왔다.

그 뒤 무경의 몇 장의 편지에 대해서 오시형에게선 도무지 회답이 없었다. 그러다가 어떤 날 짤막한 편지가 한 장 왔는데 그것은 정양하러 어느 온천으로 간다, 통신 관계가 빈번한 것은 여러 가지로 재미롭지 않아서 아무에게나 여행한 곳은 알리지 않기로 되었으니 양해하라는 내용의 글이었다.

오시형이가 자기의 사상을 정비(整備)하고 정신을 통일시키는 데 방해가 되고 장애가 될 만한 이야기는 될수록 삼가서 편지를 쓰던 무경이었다. 그의 문제를 그 자신이 처리하고 있는 데에 다른 사람의 수작이 하상 무슨 관계냐고 무경이도 생각해 보았던 것이다. 그로 하여금 그의 문제를 처리케 하라! 새로운 사상의 체계를 세워서 생명의 구원을 받게 하라! 그것이 무경이의 진심이었다. 그러나 이 편지가 내용하는 것은 무엇인가. 그런 것과는 관계없이 최무경이라는 석 자의 이름과 그 이름으로부터 오는 기억 속에서 해방되겠다고 하는 하나의 전혀 별개의 사실이 아닌가.

무경이는 보자기를 뚫고 올라 온 송곳 끝이 제 심장을 쓰라리게 찌르고 있는 것을 느끼며 얼마를 보내었다. 가을이 왔다. 겨울이 왔다. 새해가 왔다. 봄이 닥쳐왔다. 물론 오시형의 소식은 그대로 끊어진 채로. 그러나 이러한 가운데서 그가 가진 것은 '혼자서 산다'는 악지[9]에 가까운 결심과 자기도 누구에게나 지지 않을 정신적인 발전을 가져 보겠다는 앙심이었다. 나도 나의 생활을 갖자! 나의 생각을 나의 입으로 표현할 만한 자립성을 가져 보자! 오시형의 영향으로 경제학을 배우던 무경이는 또 그의 가는 방향을 따라 '철학을 배우리라' 방침을 정하는 것이다. '너를 따르고 너를 넘는다!' 이러한 표어 속에 질투와 울분과 실망과 슬픔과 쓸쓸함과 미움의 일체의 복잡한 감정을 묻어버리려 애쓰는 것이었다.

무경이는 어머니의 사진 앞에서 머리를 털어 버리고 이내 테이블로 왔다. 그는 몇 달 전부터 '암파'의 『철학강좌』를 읽어 내려오고 있었다. 알 듯한 곳도 모르는 대목도 많은 것을 이를 악물고 시험 공부하듯이 대들었으나 날이 거듭될수록 어쩐지 제가 점점 어른처럼 되어 가는 것 같은 느낌을 금할 수 없었다. 그것이 무한히 반가웠다. 책을 접고 침대에 누우면서 또는 아침에 침대에서 일어나서 책을 들면서 그는 언제나 '나는 어른이 되어 간다.'는 생각을 되풀이하면서 빙그레 웃고 하였다.

아홉 시를 친 지 한참을 지나서 강 영감의 발자취 소리와 하이힐이 복

---

9 악지 : 잘 안될 일을 무리하게 해내려는 고집.

도를 울리는 소리가 들리더니 옆의 방문을 열고 무어라고 중얼거리는 말소리가 희미하게 들려 왔다. 방을 보러 온 것이라고 생각하면서도 무경이는 그대로 책상 앞에 걸터앉아 있었다.

논문을 쓰는 동안이라면 무슨 논문인지는 모르나 길대야 삼사 개월의 기간이 아닐까. 삼사 개월 밖에 들어 있지 않을 사람에게 순순히 방이 비었다고 말한 것은 저의 입으로 한 말이었으나 되새겨 보면 이상한 일이 아닐 수 없었다. 주택난이 우심한 요즘에 일이 년의 장기간 동안 떠나지 않고 눌러 있을 손님을 골라서 두기도 그다지 어려운 일은 아닐 터인데…… 하고 역시 제가 한 대답이 경솔하였던 것을 느끼지 않을 수 없는 것이다. 지금 거절하여도 결코 늦지는 않다고 생각해 보면서도 사람을 오래 놓고서 어떻게 점잖은 사이에 무책임하게 신의 없는 소리를 배 앝아 놓을 수 있을까고 망설여 보는 무경이었다. 실인즉 그는 철학공부를 시작하면서 은근히 대학이라는 존재에 대해서 마음이 움직이었고 읽은 책 가운데 모를 대문이 많으면 많을수록 학자라는 존재에 대해서 어떤 흠모의 마음이 은근히 동하게 되어 있던 것이다. 이랬거나 저랬거나 주판알처럼 사무에 밝은 그가 특별한 천착도 없이 방을 허락한 데는 이러한 요즘의 그의 심경이 은연히 움직인 데 까닭이 있다고 보지 않을 수 없을 것이다.

무경이의 방문에서 노크 소리가 난다. 뜨즉뜨즉이 두 번씩 두들기는 건 강 영감의 노크다. 그는 책상 앞에서 떠나서 문께로 갔다.

"방 보시구 마음에 든다는데……."

하고 나직이 귀띔하듯이 말하였다. 무경이가 신을 신고 복도로 나가니까 양장한 여자는 앞서서 층계를 내려가고 있었다. 그의 뒤를 따라 강 영감과 무경이도 아래층으로 내려 왔다.

"이리로 들어오시지요."

하고 무경이는 복도로부터 사무실 안으로 안내하였다. 삼십이 넘었을 짙은 화장을 한 아름다운 중년 부인이었다. 양장점을 경영하는 여자이니만큼 옷도 기품이 있게 몸에 붙도록 지어 입었다. 화장이 좀 지나치게 야단스러워서 무경이와 같은 여자의 눈에는 마치 여배우나 여급과 같은 직업의 여자와 얼른 분간을 세우기 힘든 인상을 주었다.

"아파트에서 일보는 사람입니다. 최무경이라고 여쭙니다."

하고 인사를 드리니까,

"문난주(文蘭珠)올시다. 밤늦게 소란스레 굴어서 미안합니다."

그러나 열 시 전이니까 그다지 늦은 밤도 아니란 듯이 맞은 바람벽에 걸린 시계를 힐끗 쳐다보고는,

"방이 마음에 듭니다. 오늘 밤으루 이사해두 괜찮겠지요?"

한다.

"그러시지요. 원체는 한두 달 계실 손님에겐 방을 거절하라는 것이 아파트의 정칙인데……."

하고 열적은 소리기는 하지만 한 마디 끼어 보지 않고는 태평할 수가 없었다.

"논문 쓰는 동안이라군 하지만 또 오랫동안 빌려 놓구 이용하실는지두 모르지 않어요. 동경 같은 데선 소설 쓰는 사람들이 자기 주택 외에 모두 아파트 한 칸씩을 빌려 갖구 있다던데요."

그러고는 익숙한 매무시로 호호호 하고 웃어 넘겼다. 웃음을 알맞춰서 끊고는,

"그럼 곧 이사하겠습니다. 시끼낑[10] 같은 건 내일 아침에 치르기루 헐까요?"

"그렇게 하시지요. 아침은 될수록 이른 편이 좋겠어요. 그럼."

하고 강 영감을 향하여선,

---

10 시끼낑 : しききん. 전세보증금.

"영감님 좀 늦으셔두 이사하시는 것 보아 드리구 방문 잠그십시오. 그리구……."

다시 문난주 편을 향하여 낯을 돌리고는,

"특별히 규칙이랄 건 없지만 여러 사람이 단체생활을 한다구 무어 이런 걸 만들어 둔 게 있습니다. 참고삼아 틈 있거든 보아 주십시오. 또 그리군 오시는 선생님의 성함자도……."

하고 인쇄물과 카드 조각을 내어 놓았다. 문난주는 연필을 들어 종이에 이관형(李觀亨)의 석 자를 써 주고 인쇄물을 받아서 들고는 사무실을 나갔다.

"그럼 또 뵈옵겠습니다."

"안녕히 가세요."

한 여자는 밖으로 나가고 또 한 여자는 위층으로 올라갔다. 그때에 연회에서 늦게야 돌아오는 회사원의 한 패가 밖으로부터 몰려들어 오며 강영감에게,

"곰방와."

"아아 늦어서 미안합니다."

하고 중얼거리는 소리가 들려왔으나 이내 또 아파트 안은 조용해졌다. 무경이는 다시 제 방에 들어 와서 문을 잠그고 책상 앞으로 갔다.

2.

테이블과 양복장 같은 것은 방에 붙은 것이 있으니까 새로이 끌어 들일 턱이 없다면 그럴 수도 있는 노릇이지만 참고 서적도 많을 것이요, 침구라든가 신변 도구 같은 것의 운반으로 하여 적지 않이 시간을 잡아먹을 이사일 줄 예상하였고 어련히들 주의야 하겠지만 동숙인들이 잠든 시간에 혹시 안면방해가 되는 일이나 없을까고도 생각해 보았던 만큼 자정도 되기 전에 발자국 소리 외엔 별반 요란스러운 음향도 없이 아주 쉽사리 간단하니 반이[11]가 끝난 듯싶어졌을 때엔 무경은 일변 안도하면서

도 다소 실망을 느꼈다.

하기는 집이 서울 안에 있으니까 간단히 가방깨나 날라 오고 뒷날 차차 소용되는 대로 짐을 날라 들일는지도 모를 것이므로 무경은 그런 것을 오래 생각지는 않았다. 이관형이와 문난주의 관계가 어떻게 되는 것인지를 상상할 수가 없어서 다소 궁금하다면 궁금하였으나 이사 오는 사람이나 동숙인의 가정 관계를 소상히 알고 싶다는 필요하지 않은 악취미에서 벗어난 지도 이미 오래인 그이므로 이사가 끝나고 한참 있다가 하이힐이 복도를 지나 층계를 내려가 버리는 것을 듣고는 그런 것에도 별반 오래 머리를 쓰지는 않았다.

하룻밤이 지나고 아침이 되어도 물론 새로운 일이 생겨날 리 만무였고 여느 때보다 출근하는 사람이 많은 이 집안은 아침이 가장 뒤숭숭한 시간이라 문소리 발자국 소리 말소리 같은 것이 어느 방 어느 사람의 것인지를 분간할 수도 없는 것이었다. 무경이는 여느 날이나 진배없이 일찌감치 일어나서 물을 끓여 세수를 하고 간단히 아침을 지어 먹었다. 아홉 시가 출근 시간이므로 그때가 되기까지는 방안에서 책을 읽었다. 아홉 시 치는 것을 듣고야 사무실로 나갔다. 무경이가 나가는 것과 교대해서 사무실을 치워 놓고 스팀에 석탄을 지피는 일을 끝막은 강 영감이 일단 집으로 돌아간다. 열 시가 되어 점심 벤또를 끼고 강 영감이 나타나고 조금 있다가 주인이 나타났다. 무경이에게 이 년 동안이나 일을 맡겨둔 주인은 오전 중에 아무 때나 잠시 얼굴을 내놓고 장부나 검사해 보고는 다시 나가 버리는 것이었다. 그래도 무경이는 그가 들어올 때를 기다려서 장부를 정비해 두었다가 하루 동안의 일을 소상히 보고하였다.

"어제 삼층 이십이호에 있던 회사원이 나가고 밤 안으로 이관형이라고 하는 대학 강사가 새로 들어왔습니다. 나간 사람의 보증금 중에서 이

---

11 반이(搬移) : 짐을 날라 이사함. 또는 세간을 운반하여 집을 옮김.

번 달치를 제하고 지출한 것이 이게고…….”

하면서 그는 전표를 가리킨다.

“새로 들어 온 사람의 회계는 아직 보지 않았으나 오전 중에 계약이 끝날 것입니다. 오늘 들어온 걸루 헐라구요. 그리구 이건 각각 이번 달치 방세들하구 또 이 지출은 전등료.”

주인은 가느다란 도장을 들고 하나하나 장부와 전표 위에 인장을 눌러 치우고는 아무 말 없이 입금 중에서 얼마를 남겨 놓고 사무실을 나갔다. 식당을 한 번 돌고 복도를 삥 시찰하듯 하고는,

“그럼 난 나가우.”

하고 뚱뚱한 몸을 길 위로 옮겨 놓았다. 주인이 나간 뒤 얼마가 지나서 보일러를 돌아보고 온 강 영감이,

“어제 밤 새루 들어 온 양반 회계 끝났었나?”

하고 물었다.

“글쎄 여태 아무 소식두 없구면요.”

강 영감은 숙직실 앞으로 가다가 멈칫하고 서면서,

“그 양반의 직업이 무엇이라구 허셨지?”

하고 돌려다 본다.

“대학 강사랍디다. 왜요?”

“대학 강사.”

그렇게 다시 나직이 뇌이기만 하고는 그 이상 이야기를 잇지 않았으나,

“그 한번 채근해 보시지.”

하고 무경이 앞으로 걸어 왔다.

“글쎄, 오늘 일찌기 회계를 보기루 일러두었는데 세상 물정에 어두운 학자님이시라 그런 건 통히 잊어버린 게로구면요. 그럼 영감님 수고스럽 더래두 한 번 올라 가 보시구료.”

강 영감은 잠시 눈을 꿈뻑꿈뻑하고 서 있었다. 오래지 않아 봄이라는

데 그는 여태 털 떨어진 방한모를 귀밑에까지 푹 눌러 쓰고 보일러 칸으로 드나든다. 바지 위에 작업복이 낡아서 푸르둥둥한 놈을 껴입고 윗저고리 위에도 털 떨어진 체부 옷을 단추가 두 개나 떨어진 대로 껴입고 있었다. 신발만은 아파트의 손님이 신다가 내버린 틀어진 깃도[12] 단화였다.

"그럼 내 올라가 보지."

모자를 벗어서 놓고 맹숭맹숭하게 갓 깎은 머리를 갈고리 같은 손으로 한 번 써억 쓸어 저꼈다.[13] 그러고는 슬근슬근 복도를 걸어 나갔다.

무경은 강 영감의 태도에서 마땅치 않아하는 눈치를 느낄 수 있었으나 제 비위에 맞지 않을 때엔 가끔 있는 일이므로 공연한 오해일 것이라고 생각해 본다. 연세가 연세인지라 자기가 못마땅히 생각하여도 남의 앞에서 그런 것을 경솔히 지껄이지는 않는 성미였다. 그저 꿈뻑꿈뻑 눈을 감았다 떴다 하는 것이 그러할 때의 표정이었다. 어젯밤 찾아 왔던 양장한 여자를 물끄러미 쳐다보면서도 강 영감은 그런 표정을 지어 보였었다. 역시 그런 것이 원인이 되어서 일종의 오해까지도 품어 보게 된 것일 게라고 생각은 해 보는 것이나 아침 일찍이 회계를 보자고 언약해 놓고서 일언반구의 이렇다 할 말이 없는 것도 심상치 않은 일이거니와 열한 시가 되어 오는데 식당에도 내려오는 기척이 없으니 어느 새 취사도구를 정비해 놓고 아침을 손수 지어 먹은 것인가 도무지 어인 일인지 감감 동정을 알 수가 없었다. 양장한 여자가 그런 사연을 통히 전달하지 않았다고 생각할 수도 없고 또 그랬었다면 그 양장한 여자라도 이르게 얼굴을 보이어야 하는 게 아니냐고도 노상히 생각되어지지 않는 바는 아니었다.

그러고 있는데 한참 만에 강 영감이 적이 뚱한 낯짝을 하고 어슬렁어슬렁 위층으로부터 내려 왔다. 하회가 궁금한데도 이내 입을 열지 않았다. 대단 불유쾌한 표정이었다. 잠시 책상 언저리를 빙빙 돌다가 혼잣말로,

---

12 깃도 : キッド(kid). 무두질한 어린 염소 가죽.
13 쓸어 저끼다 : 쓸어 젖히다.

"고오현 친구여 젊은 사람이!"

하고 한 마디 툭 배알았다. 무경이는 종시 말썽이 생기나 보다고 내심 걱정이 되면서도,

"왜요?"

하고 입술 위엔 웃음을 그려 본다.

"홍, 그 사람이 대학교 선생이라구? 온 참!"

또 한 번 그렇게 뇌더니 무경이의 앞으로 와서 이야기를 털어 놓기 시작하였다.

"당최 어떻게 된 사람인 걸 알 도리가 있어야지. 자아 이거 보겠나. 늘 하는 뽄새로 떙떙떙떙 그 노크라는 걸 허지 않았나. 대여섯 번 겹쳐 해두 도무지 하회가 없겠다. 그래서 또 한 번 커다랗게 뚜드렸더니 그적새야 누구인지 들어오시오, 점잖다면 점잖고 또 거만하다면 거만하달 대답이 들리길래 문을 비틀어 보았더니 참말 문을 잠그지는 않았어. 그래서 낯을 문틈으로 들여 보낼려구 허는데 방안에 자옥한 연기 그대루 곰을 잡을 작정인지 그냥 담배연기가 눈을 뜰 수 없게스리 가득히 찼더란 말이여. 그러나 나야 또 무어 글이래두 쓰면서 딴 정신이 없어서 담뱃내 찬 것두 모르는 줄 알았지. 침대에 번뜻이[14] 자빠누웠는 줄야 알았을 도리가 있나. 그 입은 것허며 그 머리라 낯짝이라……."

차마 입에다 옮길 수 없다는 듯이 주름살진 표정을 잠시 쭈그러트려 보이고 말을 끊었다가,

"내 벌써 어젯밤버텀 꼬락서니를 보고서 콧집[15]이 찌그러진 줄 알았었지만. 자아 어제 밤 최 선생 올라간 뒤에 그 양반들 이사 오던 꼬락서니 좀 보았나. 그저 가방 하나만을 들고 차에서 내려서 껑충껑충 들어오는데 그 야단스런 부인네는 조꼬만 보꾸레미를 하나 들고서 앞서서 뛰어

---

14 번뜻이 : 조금 큰 물건이 비뚤거나 기울지 않고 바른 모양.
15 콧집 : 코를 이룬 살덩어리.

들어가고 이 대학 선생이란 양반은 모자를 썼겠다, 무어 벤벤한 양복깨미나…… 허긴 낡아 빠진 외투는 꺼칠허게 뒤집어 썼두면서두 …… 어쨌든 벌써 콧집이 틀렸어 아여 콧집이 틀려먹은 걸. ……그런데 이 사람이 오늘은 번뜻이 침대에 누어설랑은 그저 담배만 죽여 대인 모양이지. 그래서 …… 저 여기 규측대루다 보증금 석 달치허구 한 달치 선금일랑을 치르셔야 하겠는뎁소 하고 말했을 것 아니여. 그랬더니 그저 암말 않고 나가 있어 한 마디뿐이라. ……아니올세다 규측대루 헌다면 보증금과 선금 치른 뒤에야 이사하는 건뎁쇼 선생님껜 특별히 규칙위반으루다 대접해 드린 것이올세다. 이렇게 또 한 번 공순히 설명해 들렸는데두 그러게 잔말 말구 내려가 있으라는군 그래. 부애가 나서 견녀 배길 도리가 있나. 아니올세다. 규칙대루 이행허시기 싫은 분은 부득불 방을 내기루 되어 있는뎁쇼 허구서 한번 을러 놓았더니 허 허어 거 참! 영감은 소용 없으니 주인을 보내래눈! 돈은 사무실에 내려 오셔서 치르게 되였는뎁쇼 하고 또 한 번 빈정거렸더니 벌떡 일어나면서 잔말 말고 나가서 주인을 보내! 허구 호령이겠지. 난 당최 그 입은 것허며 낯바대기가 무서워 수작을 걸기두 싫어서 엥이 문을 찌끈 닫고 내려와 버렸지…… 거 참! 그 무슨 오라질 대학교 선생이람! 대체 어저께 왔던 그 여펜네가 잡년야? 그게 바루 여급 아냐? 술집에서 술 따르는. 그러잖으면 활동사진 박이는 광대년이든지…….”

“양장점 경영하는 부인네랍니다.”

별로 변호해 준다는 의식은 없었으나 좀 과장하는 버릇이 있는 강 영감인지라 무경이는 나직이 그렇게 설명해 주었다.

“양장점?”

“네 부인네들 양복 짓는.”

그랬더니 강 영감은 기가 좀 수그러지는지,

“양장점을 허는지 무얼 허는지 모르지만…….”

하고 숙직하는 방으로 갔다.

"수고하셨습니다. 내 그럼 올라가 만나 보지요. 허긴 나두 주인은 아닌데."

무경이는 농말을 지껄여서 가볍게 취급해 버리며 사무실을 나왔으나 물론 강 영감의 보고는 그를 적지 않게 불쾌하게 만들었다. 이십이 호실 앞에 서니까 제법 마음이 긴장되었다. 노크를 하니까 강 영감의 이야기처럼 참말 '누구신지 들어오시오' 하는 느린 목소리가 들려 왔다. 남자가 혼자 들어 있는 방이라 주저도 되었지만 가만히 핸들을 비틀고 얼굴보다 스커트 자락과 구두를 먼저 안으로 들여보냈다. 찾아온 사람이 여자라는 것을 알고 그에 합당한 예의를 갖추라는 예고로서 하는 것이다. 잠시 동안을 두고 밖에서 기다리는데 연기에 찬 방 안의 공기가 문틈으로 새어 나왔다. 이윽고 그는 얼굴을 나타내고 열어젖힌 문으로 몸을, 완전히 방 안에 들여세웠다. 그러나 침대 위에 누워 있는 사내는 그대로 번뜻이 천장을 바라보며 담배만 피우고 있을 뿐 이편 쪽으론 눈길도 보내지 않았고 그러니 무경이가 구두나 스커트를 먼저 들여놓았다든가 하는 세밀한 기교도 알아줄 턱이 만무하여 통히 들어온 사람이 젊은 여자라는 것에도 생각이 미치지 않는 모양이었다. 얄따란 차렵이불을 배퉁이께로부터 발치 위에 덮었고 상반신은 여자의 것이기 확실한 화려하고 화사한 가운을 두르고 있었다.

"아이 연기."

나직이 그렇게 말하면서 사내의 귀에 들리도록 인기척을 만들었다. 사내는 뻐끔히 머리를 들어 보았다. 여태껏 여자인 줄은 몰랐었던지 이윽고 벌떡 자리에서 상반신을 일으킨다. 머리가 뒤설켜서 구숭숭한데 면도를 넣은 지 오래되는 얼굴 전체에는 지저분한 반찬가시 같은 수염이 쭉 깔렸다. 얼굴은 해사했으나 몹시 창백한 것 같았다. 옆구리에 놓았던 것인지 빵조각이 침대에서 굴러 떨어진다.

사내는 자기의 모양하며 옷 주제하며가 여자의 앞이라 다소 부끄러웠었던지 잠시 당황하는 듯한 표정을 지어 보았으나,

"아파트의 주인은 안 계시고 제가 그 대리를 맡아 보는 사람입니다."
하는 침착한 젊은 여자의 목소리를 듣고는 다시 무뚝뚝한 낯색으로 표정을 고치고,

"당신네 집이선 어째 손님에 대한 예의가 그렇습니까."
하고 외면을 한 채 항의 비슷한 트집을 쏟아 놓기 시작하였다.

"글쎄올시다, 여러 분을 대하게 되는 관계상 소홀하게 되는 수도 많으리라고 믿습니다마는 지금 올라 왔던 영감님께서 어떤 실수를 하셨던가요?"
무경이도 지지 않고 따질 것은 따져 놓자는 뱃심이었다. 사내는 잠시 말을 끊었으나,

"집세고 보증금이고 치르면 될 거 아닙니까. 손님에게 무례한 짓을 하지 않고도 받을 돈은 받을 수 있지 않아요?"

"그야 그렇겠습지요. 그러나 말씀하셨던 언약이 잘 지켜지지 않고 또 어젯밤에 하신 말씀과는 잘 부합되지 않는 곳도 있으니까 아마 영감님의 욱된 생각에 그만 실수가 된 것 같습니다."

"언약이 잘 지켜지지 않았다든가 어제 밤에 하던 말과 부합되지 않는 곳도 있다니 대체 내가 당신네들과 무슨 굳은 맹서를 하였단 말이요?"
무경이는 잠시 말을 끊었다. 사내는 침대에 다리를 뻗고 앉은 채 자기는 문지방에 선 채 이런 다툼을 서로 건네고 있는 것이 우습기도 하였지만 아파트를 대표해서 이야기하는 이상 따질 대로는 따져 본다고 다시 생각한다.

"선생님과는 지금이 초면이니까 그런 약속이 있었을 리 만무하지만 어저께 오셨던 부인네의 말씀을 신용하고 방을 빌린 것이지 본시부터 선생님을 친히 뵈옵고 언약이 된 것은 아니었습니다."
사내의 자부심을 다소 건드려 주는 말투였다. 사내는 침대에서 내려섰

다. 양복 위에 여자의 까운을 입은 품이 어쩐지 우스웠다.

"대체 어떤 내용의 언약입니까. 손님에게 아무런 무례한 짓을 하여도 움쩍달싹 않겠다는 약속이라도 했었던가요?"

사내는 면바로 무경이를 쳐다보았다.

"어제 부인네의 말씀에는 손님의 직업은 제국 대학의 강사요, 방을 빌리는 목적은 논문을 쓰시는 데 있다 하였고 방세와 보증금은 오늘 새벽에 치르기로 되어 있었습니다."

사내는 갑자기 말문이 막혀 버렸다. 말문이 막혀 버렸을 뿐 아니라 몸 자세에서도 기운이 쑥 빠져 버리는 것이 옆의 사람의 눈에도 현저하게 보이었다.

그는 가만히 외면하고 침대 옆으로 가 섰다.

"대학 강사."

하고 나직하니 외이듯 하는 것이 들려 왔다. 그러나 그는 이내 다시 몸을 돌리어 이편 쪽을 보면서,

"내 직업이 대학 강사라든가 내가 이 방안에서 논문을 쓴다고 말했다면 그건 거짓이었으니까 내 입으로 취소하겠습니다. 그러나 중요한 건 결국 보증금과 방세 문제 아냐요. 남에게 방해되는 일이 아닌 이상 논문을 쓰든 글을 읽든 그런 것에 관계할 필요는 없을 테구 또 직업 같은 것두 대학 강사라야 된다는 규정이 있을 턱은 없을 거구……."

"글쎄, 그렇게두 말씀하실 수 있겠지요."

"그럼."

하고 사내는 양복 주머니에다 손을 넣었다.

"돈은 오늘 안으루 해 드릴 터이구 또 그때까지 믿으시기 힘들다면 나를 인질루 잡아 두는 겸 내가 몸에 지니구 있는 소지품이라군 이 금시계가 하나 있을 뿐이니까 이걸 그럼 그때까지 맡아 두십시오."

시계를 꺼내서 보이었다.

"온 별 말씀을! 여기가 무어 전당폰 줄 아십니까?"

"그럼 어떻거라는 겁니까? 몇 시간의 여유도 헐 수 없으니 당장에 나가라는 말입니까?"

이렇게 적이 난처한 장면이 벌어지려 할 때에 마침 층계에서 발자국 소리가 나고 어저께 왔던 양장한 여자가 커다란 물건 꾸러미를 들고 또 한 사람 운전수에게 이불 보퉁이 같은 짐을 들려 갖고 올라 오고 있는 것이 무경이의 곁눈에 띄었다.

"아이 안녕하십니까. 늦어서 죄송합니다."

하고 문난주는 문지방에 서 있는 최무경에게 인사하였으나 그들의 소 닭 보듯 하고 서 있는 엉거주춤한 몰골을 보고는,

"어째 이러십니까. 무어 말썽이 생겼습니까?"

무경을 향해서는 유쾌한 웃음을 보내면서 일변 운전수의 손에서 보꾸러미를,

"영치기."

소리를 내어서 옮겨 놓고 눈살을 찌푸리고 뚜우 해서 서 있는 사내에겐,

"왜 이렇게 장승처럼 서 있수."

그러나 곧 무경이 쪽을 보면서,

"내 인제 곧 내려갈게요."

하고 말하였다.

무경이는 어떻게 또 다시 이야기를 이어나갈 멋도 없고 부인네에게 지금 지난 사연을 옮겨 들리고 따져 볼 맛도 없어서 그대로 멍청하니 서 있었고 또 이관형이라고 하는 방안의 사내도 어떻거라는 것이냐고 따지는 것도 한낱 실없는 일이었다는 생각이 든 것처럼 시무룩해서 침대에 가서 벌떡 누워 버린다. 어이가 없어서 무경이는 그대로 문을 닫아 주고 아래층으로 내려 왔다. 사무실에 돌아오니까 강 영감은 보이지 않았다. 그는 마음이 불쾌하고 노엽다느니보다도 우스꽝스런 생각이 들어서 견

딜 수가 없었다. 대체 어떻게 된 판국인지 저도 한몫 끼이긴 하였으나 정신을 차릴 수가 없는 것 같다.

'이관형이라는 사내는 어떠한 부류의 사람일까, 모양이나 차림차리는 그 지경이지만 물론 강 영감이 보는 바와 같은 인상만을 주는 사람은 아니었다. 그렇다고 대학 강사가 아닌 것도 확실하고, 그러면 문난주는 어째서 거짓 직업을 주워 부르면서 하필 대학 강사를 골라 대게 되었던 것일까.' 회사원이라도 그만이요, 광산가라도 그만이요, 그 밖에 어떠구레한 직업으로 손쉽게 불러 댈 것이 많은 중에서 하필 대학 강사이었던지 알 수 없는 일이었다.

문난주가 내려왔다. 그는 사무실로 들어오면서 대강한 사연은 들었는지,

"늦게 와서 미안합니다."

하고만 말하고는 상냥스레 웃어 보였다. 오늘도 역시 화장은 짙게 이쁘장스럽게 하였다. 눈과 입술과 턱 밑으로 자세히 보면 퍽 솜씨 있고 능숙한 화장이었다. 그는 그 이상 아무 말도 않고 핸드백을 열어서 지갑을 꺼냈다. 가느다란 흰 손가락 끝이 빨간 에나멜이어서 이상스레 연약하고 화사스런 인상을 주었다.

"보증금이 석 달치니까 일백오 원이시죠! 그리군 일 개월분 방세가 삼십오 원, 일백사십 원이면 되겠지요?"

무경이는 별로 대꾸도 하지 않고 펜을 들어 서류를 꾸미고 돈을 세어서 금고에 넣었다. 그러고는 숙박기를 꺼내서 정식으로 이관형이의 이름을 기록하였다.

"직업은요?"

하고 새삼스럽게 물어 놓고는 직업란 위에 펜대를 세운 채 가만히 기다려 본다.

"글쎄, 직업이 생각해 보니 우습게 되었군요."

하고 머리 위에서 문난주가 말하였다. 시방 위층에서 그것 때문에 말썽

이 있었던 것인지,

"실상인즉요, 얼마 전꺼정 대학에 강사루 있었는데 그만 그 방면에서 실패를 하셨답니다. 그래서 어저께는 그냥 대학 강사라구 했었는데 그러니 지금이야 따져 말하자면 무직이지요. 당자두 무직이 좋다니까 그대루 무직이라구 적어 두세요. 연령은 스물일곱 아니 작년에 스물일곱이었으니께 지금은 이십팔……."

3.

독신용의 방이 서른여섯에 가족용의 두 칸씩 맞붙은 방이 스물다섯이나 되어서 백 명이 훨씬 넘는 식솔이 살아 있는 집이고 보니 들고 나는 사람의 얼굴을 하나하나 따져서 기억해 둘 수도 없고 또 그 이상 그 사람들의 성품이나 생활 습속 같은 것에 대해서 눈여겨 볼 겨를이나 흥미도 없으므로 일단 사람을 들여 놓은 뒤에는 특별한 일이나 없으면 그다지 밀접한 교섭은 이루어지지 않았다. 하기야 무경이가 한 집안에서 자고 먹고 하였고 또 출입구가 있는 옆에 사무실이 있어서 손님들 측으로 보면 눈에 익은 존재였으나 무경이 편으로 보자면 한 달에 한 번씩 방세나 받고 난방비나 전등료나 급수료 같은 것이나 받아 치우면 규칙을 문란하게 하지 않는 이상 아무러한 교섭이나 간섭 같은 것을 가지게 될 리 만무하였다. 사무실 밖에서 상서롭지 못한 일로 무경이가 그들과 직접 대면하는 일은 거의 없이 그런 때마다 강 영감이나 주인 자신이 나서서 처리해 왔으므로 무경이는 복도에서 만나도 오래된 사람이 아니고는 그대로 인사조차 나누지 않고 지내는 사람이 많았다. 이관형이도 응당히 그러한 사람 중의 한 사람이 되었을 것임에 틀림이 없다.

그러나 며칠 동안 한집 옆방에 같이 지내면서 그의 낯을 다시 대해 본 적도 없었으나 어쩐지 그의 생각만은 이내 머리에서 떠나지 않았다. 들어오는 날부터 교섭이 이상해졌고 또 사람 된 품이 보통 평범한 사람이 아니라는 것도 이유가 되겠지만 하루 한두 번씩 그를 찾아오는 문난주를 주목해 보는 때마다 역시 이관형이의 존재는 언제나 머리에 떠올랐다. 그래서 자기 방으로 돌아갈 때엔 대체 이 사람은 나의 옆방에서 하루 종일 무엇으로 소일을 하는고 하는 생각을 가지게 되곤 하였다.

'대학 강사에서 실패한 사람. 그대로 대학 강사래도 모르겠는데 그것에서 실패하고 그리고 수염을 지저분하게 기르고 여자의 가운을 걸치고 번뜻이 침대에 누워서 담배만 피우고 빵조각이나 씹다가는 머리맡에 팽개쳐 두고……' 이런 것이 가끔 이상하고도 우스꽝스러워서 무료할 때마다 때때로 머리에 떠오르곤 하는 것이다. 그런데 또 강 영감은 강 영감대로 문난주가 나타나는 것만 보면 으레히,

"양복점 주인아씨가 또 오셨군, 대학교 선생 심방하러."

하고 말하곤 하여서 무경이는 책상에 머리를 묻고 사무에 열중하다가도 그들의 관계로 생각이 미치게 되었다.

"영감님은 그 여자완 기 쓰구 해 봅니다그려."

하고 웃는 말로 하면,

"흥."

하고 콧방귀를 뀐 뒤엔,

"무어 그럴 일도 없지만 난 그 부인네와 사내의 관계가 이상스러워서 그러지 않나. 친척이라든가 그런 관계는 아니여, 내 눈은 속이지 못하지. 대학교 선생이라구 뻐기두면서두 내 눈이야 어디 속였나."

무경의 대답이 없어도 입 안으로,

"심상찮어! 내 눈이야 속이나."

그렇게 중얼거리면서 보일러 칸으로 내려가는 것이다. 그래서는 무경이도 영감의 이끄는 대로 문난주와 이관형이의 관계로 생각을 달리게 되는 수가 있었는데 남들의 남녀관계에 젊은 여자가 무슨 참견이냐고 낯을 붉히면서도 가끔 그러한 것을 천착해 보고 앉았는 저 자신을 발견해 보

게 되는 것이었다.

이관형이가 이 집으로 이사를 온 지 엿새째 되는 날이었다. 여느 날처럼 출근 시간에 사무실로 내려가니까 그와 교대해서 저의 집으로 가는 강 영감이,

"거 이상허지. 하루에 한두 번씩은 꼭 오군 허는 그 양복점 아씨께서 어제는 결근을 허셨어. 밤에나 올련가 했더니 거 웬 셈일까."

하고 혼잣말처럼 중얼거렸다. 무경이는 그저,

"그래요."

하고만 대답하고 그러한 이야기에 깊이 생각을 묻지는 않았다. 그런데 오정이 넘고 한 시가 되었을 때였다. 사무실 안에서 별로 할 것도 없고 하여 잡지를 들고 앉았는데 이 집에 이사 온 지 처음으로 이관형이라는 그 사내가 휘우청휘우청 층계를 내려오고 있었다. 머리와 낯바닥은 그대로였으나 옷은 양복뿐으로 물론 여자의 까운 같은 것은 둘렀을 리 만무하였다. 무경이는 잡지를 든 채 그의 거동을 눈여겨보았다. 그는 층계를 내려오더니 우선 복도를 한번 쭉 살펴본다. 아래층은 절반 이상이 식당과 당구장과 목욕탕이 되어 있으므로 그런 것을 패쪽을 따라서 하나하나 살펴보는 것이었다. 그러고는 흥미가 있는지 느린 다리를 이끌며 패쪽 밑으로 가서 기웃기웃 방 안의 설비 같은 것을 엿보듯 하더니 다시 제 방으로 올라갔다. 한참 만에 그는 편지 봉투를 하나 들고 내려 와서 이 번에는 곧바로 사무실로 들어 왔다.

그는 문 안에서 껀뜩 머리를 수그리었다. 무경이도 자리에서 일어나서 인사를 받았다.

"전화 좀 빌리십시오."

무경이는 아무 말 않고 전화통을 옮겨 주었다. 그는 다시 전화번호 책을 찾아서 뒤적거리더니,

"여기서 가까이 대 두구 쓰는 용달사가 없습니까?"

하고 묻는다.

"있습니다."

그러고는 번호를 가르쳐 준 대로 번호를 부르고 메신저 하나만 보내 달라고 말하였다. 전화를 끊고는 메신저가 오는 동안 제 방에 올라가 있을 것인가 여기서 기다릴 것인가를 망설이는 듯이 잠간 주춤하고 서 있다.

"여기 앉으시지요, 곧 올 겁니다. 그리구 전화는 삼층에두 하나 설비해 놓았으니까 스위치를 돌리시구 인제부터 거기서 이용하시지요."

"아, 네에, 그렇습니까. 미처 몰랐습니다."

이관형이는 의자에 앉았다. 무경이는 사내와 낯을 마주 대하고 앉았기가 면구스러워서 잡지에 눈을 묻었으나,

"거 어째 이발소가 없습니까?"

하고 사내가 물어서 그는 얼굴을 들었다. 그러고는 사내의 시선과 부딪혀서 이상스럽게 웃음이 나오려고 하는 것을 참았다. 인제 이발할 생각이 나는 게로군 하고 생각해 보니 웃음이 나왔던 것이다.

"이발소는 처음에 시작했으나 요 바루 맞은편에 오래 된 이발소가 있어서 도무지 영업이 되질 않았답니다. 이 집 사람들만 가지구야 영업이 성립되겠어요. 일백이삼십 명 된다구 허지만 그 중엔 부인네두 많구 한 사람이 두 번씩 깎는다 쳐두 한 달에 오륙십 원 수입 밖에 더 되겠어요. 이발사 한 사람을 채용해두 수지가 맞들 않습니다. 그래 가까운 데 이발소두 있고 해서 폐지를 했답니다."

"하하아 그렇겠군요."

이관형이는 감탄하는 듯이 목을 주억거렸다.

"그 이발소 자리는 오락장이 되었지요. 바로 목욕탕 옆 방."

"예에."

그러고 있는데 메신저가 들어 와서 이관형이는 편지를 그에게 맡겼다.

"이 윤 선생이 안 계시다면 아무한테두 보이지 말구 그대루 갖구 돌아 와."

하고 타일렀다.

"돌아오건 좀 제 방으루 보내 주십시오."

부탁하고 이관형이는 위층으로 올라갔다. 한 사십 분 걸려서 메신저가 돌아 왔다. 윤아무개한테 편지는 전한 모양이었다. 그러하고 또다시 한 삼십 분 지난 뒤에 둥실둥실하게 생긴 멀끔하고 정력적인 젊은 신사가 아파트를 찾아 와서 이관형이를 물었다. 무경이는 그에게 방을 가르쳐 주면서 이 사람이 아까 용달을 보냈던 윤아무개가 아닌가 하고 생각하였다.

'인제 오래인 잠을 깨어나서 차차 움직이기 시작하는고나.'하고 생각해 보면 어쩐지 이관형이의 거동이 탈피작용(脫皮作用)을 하고 있는 동물처럼 생각되어 웃음이 났다. 그러나 저러나 대학 강사가 되었다가 실패하곤 저런 판국을 경험하게 되는 것인가고 생각하면 어떤 엄숙한 인생의 문제에 부딪히는 것 같아서 마음이 적지않이 침울해졌다. 그럴 때마다 그는 오시형이를 생각해 보게 되었다. 사내들이란 어떤 커다란 문제 앞에 서면 저렇게 평상되지 않은 행동을 가지게 되는지도 모른다. 그러다가 아주 그러한 구렁텅이에 굴러 떨어져 버리면 타락자가 되고 낙오자가 되어 버리고 마는 것일까. 이관형이의 오늘 행동이 그러한 구렁텅이로부터 정상된 생활 상태로 복귀하려는 사람의 몸부림 같아서 그는 지금 아까와 같이 웃음이 떠오르지도 않는 것이다.

얼마 해서 윤아무개는 나갔다. 한참 뒤에 이관형이가 다시금 층계 위에 나타난 것은 그때에 마침 강 영감이 사무실에 있어서,

"어유 저 사람이 어떻게 된 셈판인가, 목욕할 생각을 다 내구."

참말 밖을 내다보니까 이관형이는 수건을 들고 복도에 내려서고 있었다. 잠시 목욕간을 넘겨다보고는 이편 쪽으로 낮을 돌리고 사무실로 들어온다.

"이거 자주 들러서 사무 보시는 데 죄송합니다. 미안하지만 은행 시간이 넘었구 해서 말씀 여쭙는데 소절수 한 장 바꾸어 주실 수 없을까요?"

시계는 세 시 반이 넘었었다.

"글쎄, 얼마나 쓰시려는지요. 돈이 많지는 못한데."

"천 원짜리지만 우선 있는 대루 돌려주시지요. 적어두 좋습니다."

"한 이백 원."

"네, 그게믄 충분합니다."

그는 양복 안주머니에서 소절수 한 장을 꺼내서 무경이에게 넘겼다. 윤갑수라는 사람의 소절수였다. 무경이가 금고를 여는 동안 이관형이는 무료히 서 있다가, 문뜩 강 영감을 발견하고,

"일전 일루 영감께선 여태 노하셨습니까?"

하고 처음으로 소리를 내어 껄껄 웃었다. 강 영감은 관형이가 웃는 바람에 적지않이 계면쩍어져서,

"온 천만에 말씀을, 고만 일에 노헐 나입니까."

하고 제법 여태까지의 일은 잊어버린 듯이 대답하였으나 그래도 그다지 마땅치는 못한 것인지 슬며시 문을 열고 복도로 빠져나갔다.

그것을 보고는 무경이도 함께 미소를 입술 가에 그려 보았다.

"이백 원이올시다. 세어 보십시오. 그럼 이 소절수는 맡아 두었다가 내일 찾아다 드리지요. 식산은행이시죠?"

관형이는 돈을 받아서 넣으며,

"고맙습니다."

그러군 휙 낯을 돌리다가 시계 밑에 붙여 놓은 갤쭘한 거울 속에 비친 제 얼굴에 놀란 듯이 여자가 옆에 있는 것도 불고하고 잠시 그것을 들여다보고 있었다. 그는 손으로 턱아리[16]를 한번 쓱 쓸어 본다. 그리고는 무경이를 곁눈질하고 씨익 하니 웃었다.

"면도를 빌려 드릴까요?"

---

16 턱아리 : 턱주가리. 아래턱을 낮춰 일컫는 말.

　　그러니까 사내는 머리를 극적극적 긁으며,

　　"에히 머 면도는요."

하고 데석[17]을 썰레썰레 털었다. 그러나 잠시 더 멍청하니 서서 거울을 바라보다가,

　　"제 면도가 아마 여기 있을 거예요."

　　그러니까 힐끗 무경이를 본다. 남의 남자에게 면도를 빌린다는 것도 생각해 보면 수상쩍은 일이어서 나직이 변명하듯이 서랍에서 면도를 찾으며 중얼거린다.

　　"이사 올 때 잊었다가 핸드백에 넣었더니 배가 불러서 꺼내 두었었는데…… 여기 있습니다. 잘 들는지 모르지만 써 보시지오. 전 통히 쓰지 않습니다."

　　그래서 이관형이는 면도를 얻어 들고 비눗곽을 타월로 잘라 맨 것을 디룽궁 디룽궁 휘저으며, 욕탕 있는 데로 갔다. 그 뒷모양이 우스워서 무경이는 욕탕 안으로 사라질 때까지 그것을 창문 너머로 바라보고 있었다.

　　네 시가 가까워서 사무실은 강 영감에게 맡겨 놓고 무경이는 다녀온 지도 얼마 되고 하여 어머니한테로 갔다. 어머니와 정일수 씨는 장충단 이편 앵구장이라는 주택지에 살고 있었다. 가면 언제나 반가워하고 쓰다듬어 줄듯이 고맙게 친절히 해 주었으나 한 시간쯤 앉았노라면 으레히 인제 아파트의 사무원은 그만두는 게 어떠냐는 권면이 퉁겨 나오군 하였다. 먹을 것이 없니 입을 것이 없니 방 한 칸을 빌려 갖고 사는 건 살림이 간편해서 네 말마따나 좋을는지 모른다 처두 무엇 때문에 남에게 구속 받는 생활을 하면서 뭇 사람의 시중을 드느냐 하는 것이 언제나 판에 박은 듯이 나오는 어머니의 말이었다. 어머나 정일수 씨가 그렇게 생각하는 것도 무리는 아니었고 무경이 자신조차도 그러한 생각을 먹어볼

때가 있으므로 그런 말이 나올 때마다 그는 그저 좋은 말로 어루만져 두는 것이었으나 오늘은 기어이 속 시원히 동경 같은 데루 학교나 가보는 것이 어떠냐는 말까지 나오고야 말았다.

무경이는 저녁도 얻어먹지 않고 붙잡는 어머니를 바쁜 일이 있다는 핑계를 대서 뿌리쳐 버리고 앵구장을 나섰다. 교외에 나가 보면 봄이 한 걸음 한 걸음 닥쳐오는 것이 눈에 띄었다. 그는 해 질 무렵의 거리를 걸으면서 생각에 잠긴다.

어머니와 아버지는 오시형이와 자기와의 관계가 이미 파탄이 나버린 지 오래다고 생각하고 있는 것이 분명하였다. 입 밖에 내지는 않았으나 속 시원히 공부나 더 해보라는 권면 뒤에는 벌써 그러한 눈치가 숨겨져 있는 것을 알 수 있었다. 사실 오시형이와 나와의 관계는 남들이 생각하듯이 완전히 끝이 나 버린 것일까, 시형이가 들었던 방과 시형이를 위하여 얻었던 직업을 이렇게 놓아 주지 않고 있는 것은 남들이 보듯이[18] 쓸데없는 고집에 불과한 것은 아닌 것일까.

맥이 풀려서 그는 지나가는 자동차를 잡아타고 아파트로 돌아 왔다. 돌아와서 빈 방 안에 앉아 보아도 마음은 그대로 침울하였다.

시형이의 애정을 인제는 믿지 않는다고 제 마음에 타일러 온 것은 벌써부터의 일이었다. 그러나 그렇게 스스로 타이르고 뇌어보고 하는 것을 지금 새삼스럽게 인정하려 들면 역시 마음은 어느 귀퉁이에선가 도리질을 계속하는 것이다.

사람의 일이 설마 그럴 수야 있을까. 설마 그럴 수야 — 이 설마에 매달려서 그것을 생활의 유일한 기둥으로 나는 생각하고 있는 것이나 아닐까.

그는 머리를 털고 일어나서 전등을 켰다. 열심히 방을 정돈하였다. 문을 열어젖히고 활짝 먼지를 털고 걸레를 치고……. 그러면 가슴이 좀 후

---

¹⁸ 원문 : 부득키. 여기서는 문맥을 고려해서 해방 후 작품집을 따랐다.

런해졌다. 그는 식당으로 가서 오래간만에 정식을 먹었다. 거진 다 먹었는데 이관형이가 아주 딴판인 모습으로 식당엘 들어오고 있는 것이 보였다. 손님이 더러 있어서 그는 이내 무경이를 발견하지는 못하였으나 식당 안에 들어와 본 것이 처음인지 방안을 한번 휘둘러 살피다가 무경이가 밥을 먹고 앉았던 것을 발견하였다. 옷은 별 것이 아니었으나 면도를 하고 안하는 데 사내의 얼굴이란 저렇게 달라지는 것인지 불빛 밑이라 낯빛은 의연히 창백했으나 그럴수록 부드럽게 감아서 말린 머리카락 밑에 백석(白皙)[19]이란 형용이 들어맞을 온후하면서도 날카로운 얼굴 모습이 뚜렷하게 드러나 보이는 것이었다. 면도를 빌려주기 잘했다고 생각하면서 밥 먹던 손을 놓고 그가 가까이 오는 것을 맞아주듯 하였다.

"진지 잡수러 오십니까?"

"네, 처음으로 식당을 좀 이용해 보려고요. 참 면도는 선생님이 안 계셔서 제 방에 가져다 두었는데 선생님께선 오늘 늦게까지 사무 보십니까?"

이관형이는 옆의 테이블에 앉으며 말을 건네었다.

"저두 이 집에서 기거합니다. 바로 선생님 옆방인걸요."

그걸 여태 몰랐다는 듯이 사내는

"네에"

하고 놀라면서,

"그런 걸 모르구 일주일 가까이 지냈으니……."

따라 온 보이에겐,

"나두 저 선생님 잡숫는 걸루 갖다 주게."

하고 일러 놓곤 무경의 시선과 마주쳐서 허 허어 하고 웃었다.

"그러시면 이십삼호던가 사호던가!"

"네, 이십삼호요."

"그래서 면도가 다 있으셨군 그래."

그러고는 또 웃어 보였다. 식사 끝이 화려한 것 같아서 무경이는 유쾌하였다.

"전 그럼 먼저 실례하겠습니다."

하고 관형이의 시킨 것이 오기 전에 그는 자리를 떴다. 방으로 돌아와선 찻잔을 부시고 가스에 물을 끓였다. 불을 밝히고 마음을 가라앉히어 책이나 읽으리라 생각하는 것이다. 한참 만에 주전자의 물이 끓어서 그는 잔을 내어 놓고 홍차를 만들었다. 그러고 있는데 노크 소리가 났다. 문을 여니까 이관형이었다.

"면도 가져 왔습니다. 난 또 남의 방에 잘못 들어오진 않나 하구서……."

"그대루 두시구 쓰실 걸 그랬지요. 그러나 저러나 좀 들어오세요. 지금 막 홍차를 만들던 중입니다. 들어오셔서 한 잔 잡수세요. 립톤이 좀 남은 게 있어서. 자아 방은 누추하고 좁지만."

관형이는 문지방에서 잠시 머뭇머뭇하였으나.

"방을 아주 깨끗이 정돈하셨군요. 이렇게 청결해야만 되는 건데 우리 같은 사람은 도시 이런 아파트 생활에 부적당합니다."

침대가 있는 데와 취사상이 있는 데는 모두 두터운 커튼을 쳐서 여자의 방 같은 화사한 색채는 그다지 눈에 띄지 않았다.

"그럼 한 잔 얻어먹을까. 오래간만에…… 이거 너무 실례가 많습니다."

그러고는 문을 닫고 방 안으로 들어섰다. 응접 의자로 안내하고는 조그만 앞치마를 스웨터 위에다 두르고 무경이는 홍차를 만들었다.

"선생님 공부하십니다그려."

하고 놀란 듯이 뒤에 놓은 서가와 그 옆으로 쌓아 놓은 많은 서적을 굽어본다. 무경이의 것 위에 오시형이가 미결감에서 보던 것이 대부분 그대로 있어서 서적은 의외로 많았다.

"그저 허는 시늉이나 합니다."

“아니 거 대부분이 철학이 아닙니까.”

그는 참말로 놀라는 표정을 지어 보였다. 차를 가져다 앞에 놓아도 무경이의 얼굴만 감탄하는 낯으로 뻐언히 바라보고 있었다.

“너무 그러시지 마세요. 부끄럽습니다.”

그러나 열심히 공부한다는 칭찬을 받는 것은 그다지 불쾌한 일은 아니었다.

“어서 식기 전에 차 드세요.”

관형이는 깊이 감동된 듯한 얼굴로 가만히 앉았었으나 이윽고 차를 들어서 맛보듯이 입술로 가져갔다. 무경이도 마주 앉아서 차를 들었다.

“선생님은 대학에서 무엇을 가르치셨에요?”

“나요?”

그리고는 찻종을 놓았다.

“일전에 대학 강사라구 사칭(詐稱)했던 건 취소하지 않았습니까.”

그러나 입술은 빙그레 웃고 있었다.

“그렇게 놀리시지 마십시오. 그때에 사정이 그렇게 되어서 실례를 했었지만.”

무경이도 그때의 일을 회상하면서 그렇게 말했다.

“가르쳤달 것까진 없지만 영어를 좀 강의했습니다.”

“그럼 영문학이 전공이세요?”

“네, 선생님의 철학으루 보면 아주 옅은 학문이올시다.”

“온 천만에 제가 또 철학이니 무어 뻔뻔히 공부헌 줄 아시구 그러세요. 저 책두 대부분이 제 것이 아니랍니다. 어찌어찌 그렇게 될 사정이 있어서 요즘 좀 뒤적거려 보지만.”

관형이는 다시 서가 있는 쪽을 돌아다본다.

“니이체, 키에르케고르, 베르그송, 뒤르켐, 딜타이, 하이데거, 셸러,[20] 페기,[21] 오르테가, 짐멜, 슈미트, 로오젠베르크, 트뢸치,[22] 듀이⋯⋯.”

그렇게 책 이름의 밑을 따라 가며 입 속으로 중얼중얼 하다가,

"어유우 이거 머 굉장한 거물들이 아주 뭇별처럼 찬연히 빛나고 있습니다그려. 모두 세계정신을 저저끔 떠받들고 구라파를 구해 보겠다는……."

그러고는 낯을 돌려 찻잔을 다시 들면서,

"나두 인제 저 사람들을 좀 공부해야지……."

저의 여태껏의 생활이 엉망이었던 것을 부끄러워하는 낯으로 가만히 그렇게 뇌이었다. 그러나 무경이는 어쩐지 낯이 간지러웠다. 책은 쪼르르니 꽂아 놓았지만 저는 아직 그 뭇별처럼 빛나는 구라파의 사상가들이 무엇을 하는 사람인 것도 알고 있달 자신이 없었다. 자기를 무슨 큰 공부꾼이나 되듯이 착각하고 있는 젊은 학자를 눈앞에 앉혀 놓고 그는 난데없는 부끄러움을 맛보고 있었다. 그럴수록 오시형의 생각이 난다. 그 이에게 구원을 준 사람은 그의 말에 의하면 저 철학자와 사상가들이라 한다. 하긴 저 사람들은 오시형의 애정까지도 무경에게서 빼앗아 갔지만.

그런 것을 마음속으로 생각해 보다가 무경이는 낯을 들었다.

"선생님, 제가 하나 여쭈어 볼 말씀이 있습니다."

"무어 말입니까? 저는 그런 방면은 아무 것도 모릅니다."

무경이는 그러한 사내의 겸사의 말엔 귀도 기울이지 않고 열심스러운 태도로 물어 본다.

"동양학이라는 학문이 성립될 수 있을까요?"

동양학은 어떻게 해서 오시형이를 저토록 고민 속에 파묻히게 만드는

---

20 Max Scheler : 독일의 철학자(1874~1928). 주로 제1차 세계대전 후의 독일 동란기에 활약한 철학자의 한 사람이다. 칸트 윤리학의 형식주의의 전제에 대한 비판, 실질적 가치윤리학의 제창, 역사적 세계의 문제의식, 지식사회학의 구상 등이 그의 주요 업적이다.

21 Charles Péguy : 프랑스의 시인이며 수필가(1873~1914). 사회주의와 민족주의에서 출발하여 1908년에는 가톨릭을 신봉하게 됨.

22 Troeltsch, Ernst : 독일의 개신교 신학자, 문화 철학자(1865~1923). 기독교의 절대성은 단지 교의적인 입장에 의해서만 지지할 수 있을 뿐이며 역사적인 견지에서는 기독교의 상대성을 승인하지 않을 수 없다 하여 많은 논의를 야기 시킴.

것일까. 동양학으로 가는 길이 무엇이관대 그것은 오시형이와 최무경의
관계를 이토록 유린하고 무시해 버릴 수 있는 것일까. 그의 질문에는 학
문과 애정의 문제가 함께 얽혀져서 마치 그의 생활의 전체를 통솔하고
지배하는 열쇠 같은 것이 감축되어 있는 것이다. 사나이들의 세계는 알
수 없는 수수께끼라 한다. 사실 그는 오시형이가 평양으로 내려간 뒤부
터 그를 이해하고 있달 자신이 없어졌다. 지금 그의 앞에 앉아 있는 이
관형이라는 사나이 역시 정체를 붙들 수 없는 사람은 아닌가. 이렇게 마
주 앉아 있는 것을 보면 교양 있고 얌전한 지식인 같으다. 그러나 한편
으론 문난주와 같은 나이 먹은 여자와 강 영감의 말은 아니지만 심상하
지 않은 관계를 맺어놓고 질서 없는 비위생적인 생활도 버젓하게 벌여
놓을 수 있는 사람.

　무경의 묻는 말에 처음은 농말조로 받아 넘기려다가 그의 태도가 지나
치게 진지한데 눌리어서 이관형이도 잠시 제 머리를 정리해 보듯 한다.

　"전문 부분이 아니어서 상식적인 것 밖에는 대답할 수 없겠습니다. 그
리구 그런 정도로도 잘못된 해석이나 또 엉터리없는 취상[23]이 많을 줄
압니다마는. ……내 생각 같애선 서양 사람이 자기네들의 학문적 방법을
가지고 동양을 연구하는 것과 동양인이 구라파의 학문 세계에서 동양을
분리할 생각으로 동양을 새롭게 구성해 보려는 노력과 이렇게 두 가지루
다 나누어서 생각해 볼 수가 있는데 어느 것이나 독자적인 학문을 이룬
다든가 하는 것은 어려운 일인 줄 생각합니다. 서양 학자가 구라파 학문
의 방법을 가지고 동양을 연구한다고 그것을 동양학이라고 말한다면 그
것은 지역적인 의미밖에 되는 게 없으니까 별로 신통한 의미가 붙는 것
이 아니고 그저 편의적인 명칭에 불과할 것이요, 또 동양인인 우리들이
동양을 서양 학문의 세계에서 분리해서 세운다는 일에도 정작 깊은 생각

---

23 취상(醉象) : 술에 취한 코끼리라는 뜻으로, 미쳐 날뛰듯이 매우 거칠고 사나운 것을 비유적으로 이르
　는 말.

을 가져 보면 여러 가지 곤란이 있을 줄 압니다. 가령 동양학을 건설한
다지만 우리들의 대부분은 구라파의 근대를 수입한 이래 학문 방법이 구
라파적으로 되어 있지 않겠습니까. 대학에서 공부한 사람의 거개가 구라
파적 학문의 방법을 배운 사람들이니 그 방법을 버리고서 동양을 연구할
수는 없지 않습니까. 그렇지 않다면 동양이 가지고 있는 고유의 학문 방
법으로 동양을 연구하여야 할 터인데 내가 영국 문학을 한 사람이라 그
런지 사회 과학이나 자연 과학이나 철학이나 심리학이나 구라파적 학문
방법을 떠나서는 지금 한 발자국도 옴짝달싹 못할 것입니다. 그러니까
니시다(西田)[24] 같은 철학자도 서양 철학의 방법을 가지고 일본 고유의 철
학 사상을 창조한다고 애쓴다지 않습니까. 한동안 조선학이라는 것을 말
하는 분들도 우리네 중에 있었지만 그 심리는 이해할 만하지만 별로 깊
은 내용이 없는 명칭에 그칠 것입니다. 요즘에 율곡(栗谷) 같은 분의 유교
사상을 서양 철학의 방법을 가지고 연구해 보려는 분들이 생기고 있는
모양이지만 이런 의미에서 본다면 동양학의 성립이란 애매하고 또 내용
없는 일거리가 되기 쉽겠습니다.”

“그러나 서양 학자들이 동양을 연구하는 데는 좀 더 다른 의미도 들어
있지 않을까요? 말하자면 서양의 몰락과 동양의 발견이라든가 하는.”

“네 잘 알겠습니다. 요즘 그렇게들 말하는 분이 많습니다. 그리고 물
론 그것은 결코 거짓이 아니겠지요. 구라파 정신의 몰락이라든가 구라파
문화의 위기라든가 하는 소리는 이 쭈루루니 책장에 꽂혀 있는 뭇별 같
은 사상가들이 오래 전부터 떠들어오는 말이고 구라파 정신의 재생이나

---

24 니시다 키타로(西田幾多郎) : 철학자(1870~1945). 고등학교 시절 국가주의 교육에 반발하여 자퇴하고
1891년 제국대학 철학과에 들어가서 독일 당대 신칸트파의 철학을 연구하는 동시에 참선에도 집중하
여 지와 행의 인격적 통일을 추구했다. 1913~1928년 교토제대 철학과 교수로 있으면서 타나베 하지
메(田邊元), 고야마 이와오(高山岩男) 같은 제자들에 의해 '니시다학파'(교토학파)가 형성되었다. 근대
일본을 대표하는 철학체계를 세웠으나 제2차 세계대전 중 자유주의적 입장을 견지하지 못하고 시류
에 협력하게 되었다.

갱생책을 생각해 보는 과정에서 동양을 발견하는 일이 많다고들 말할 수 있겠는데 그러나 그들은 결코 구라파 정신을 건질 물건이 동양의 정신이라고는 믿지 않고 있습니다. 뿐만 아니라 그들은 한 가지로 세계를 건질 정신은 역시 구라파 정신이라고 깊이 확신하고 있습니다. 이것은 서양 사람으로서는 물론 당연한 일이고 우리 동양 사람은 감정적으로래도 항거하구야 견뎌 배길 일이지만 그러나 구라파 학자의 동양 발견이라는 것은 그 이상의 것은 아닙니다. 서양 학자가 동양에 오면 도시의 근대 건축이나 그런 것에는 조금도 감탄하지 않고 고적이나 유물 앞에서는 아주 무릎을 친답니다. 그를 안내한 동양 학자는 이것을 설명해서 서양 사람들은 위안(慰安)으로 밖엔 감탄하지 않는다고 말합니다. 유물이나 고적에서 서양을 건져내인다든가 세계정신을 갱생시킬 요소를 발견하고 감탄하는 것은 아니란 것입니다. 이런 점은 우리 동양 사람이 깊이 명심할 일입니다."

무경이는 가만히 듣고 앉아 있다. 그러나 마지막으로 오시형의 이론을 그대로 옮겨서 또 한 번 질문을 던져 본다.

"앞으로의 현대의 세계사를 구상해 보는 데 있어서 서양사학에서 떠나 다원사관에 입각하여 여러 개의 세계사를 꾸며 놓는 것은 어떨까요?"

학문적인 술어가 마음대로 입에 오르지 않아서 그는 더듬더듬 자기의 의사를 표현해 놓는다.

"동양에는 동양으로서 완결되는 세계사가 있다. 인도는 인도의, 지나는 지나의, 일본은 일본의. 그러니까 구라파학에서 생각해 내인 고대니 중세니 근세니 하는 범주를 버리고 동양을 동양대로 바라보자는 역사관 말이지요. 또 문화의 개념두 마찬가지 구라파적인 것에서 떠나서 우리들 고유의 것을 가지자는 것. 한번 동양인으로 앉아 생각해 볼만한 일이긴 하지요마는 꼭 한 가지 동양이라는 개념은 서양이나 구라파라는 말이 가지는 통일성을 아직껏은 가져 보지 못했다는 건 명심해 둘 필요가 있겠지요. 허기는 구라파 정신의 위기니 몰락이니 하는 것은 이 통일된 개념이 무너지는 데서 생긴 일이긴 하지만. 다시 말하면 그들은 중세를 가지고 있지 않습니까. 그 중세가 가졌던 통일된 구라파 정신이 아주 깨어져 버리는 데 구라파의 몰락이 있다고 하지 않습니까. 그러나 그들의 정신의 갱생을 믿는 것은 통일을 가졌던 정신의 전통을 신뢰하기 때문이겠습니다. 불교나 유교는 이러한 정신적 가치로 보면 훨씬 손색이 있겠지요. 조선에도 유교도 성했고 불교도 성했지만 그것이 인도나 지나를 거쳐 조선에 들어와서 하나의 고유의 사상이나 문화의 전통을 이룰 만한 정신적인 힘은 가지고 있지 못하지 않았습니까. 허기는 그건 불교나 유교의 탓이라기보다는 우리 조상들의 불찰이기도 하지만.”

어느 한 귀퉁이를 비비고 들어가 볼 틈새기도 없을 것 같았다. 이관형의 이러한 생각을 듣고 있으면 그가 비위생적인 생활 태도를 가지는 데도 어딘가 이해가 가는 듯이 느껴졌다. 동양인으로서 동양을 저토록 폄하하지 않을 수 없는 것도 하나의 비극이라고 생각되어지기도 하였다. 그는 잠시 오시형의 편지를 생각해 보았다. 비판만 하면 자연히 생겨나리라고 생각하는 것이 요즘의 지식인들의 하나의 통폐라고 말하면서 비판보다도 창조가 바쁘다고 한 것은 이러한 것을 두고 말하였던 것일까.

잠시 말을 끊고 앉아 있던 이관형이는 주머니를 뒤져서 담배를 꺼냈다.

“미안하지만 담배 한 가치만 피웁시다.”

그러고는 성냥을 그어서 담배를 붙였다. 한 모금 깊숙이 빨고는,

“요즘 내가 가장 사랑하는 말이 하나 있습니다. 반 고흐라는 화가의 말인데.”

다시 한 모금을 빨아 마신 뒤에,

“인간의 역사란 저 보리와 같은 물건이다. 꽃을 피우기 위해서 흙 속에 묻히지 못하였단들 무슨 상관이 있으랴. 갈려서 빵으로 되지 않는가. 갈리지 못한 놈이야말로 불쌍하기 그지없다 할 것이다. 어떻습니까?”

그러고는 또 한 번 뜨즉뜨즉이 그것을 외이고 있었다. 무경이도 그의 하는 말을 외어 가지고 다소곳하니 생각해 본다. 그러나 한참 만에,

"그게 어떻단 말씀이에요. 흙 속에 묻히는 것보다 갈려서 빵이 되는 게 낫다는 말씀입니까. 그렇잖으면 흙 속에 묻혀서 많은 보리를 만들어도 그 보리 역시 빵이 되지 않는가 하는 말씀입니까?"
하고 물어 보았다. 이관형이는 싱글싱글 웃으면서,

"여러 가지루 해석할 수 있을수록[25] 더욱 더 명구가 되는 겁니다 해석은 자유니까요."

"그럼 전 이렇게 해석할 테예요. 마찬가지 갈려서 빵가루가 되는 바엔 일찍이 갈려서 가루가 되기보담 흙에 묻히어 꽃을 피워 보자."

이관형이는 여전히 싱글싱글 웃었다.

"구라파 정신이 막다른 골목에 처했을 적에 그들이 니힐리스틱하게 던져 본 말입니다. 이렇게 구라파가 몰락해 버리는데 정신을 신장해 보는 사업에 종사해 본들 무엇 하랴. 이건 하이데거 같은 철학자의 해석이랍니다. 선생님의 해석은 건강하고 낙천적이고 미래가 있어서 좋습니다."

"선생께선 그런 사상을 가졌으니게 대학에서두 실패를 보신 거예요."

"대학에서 실패를 보구 그런 사상을 가졌다는 편이 진상에 가깝겠지요."

"영국 문학을 하셨구 그런데 바로 그 정신의 고향인 자유주의와 개인주의의 영국이 지금 망하게 되었으니게 선생님이 그런 생각을 가지게 되시죠."

관형이는 담배를 껐다.

"그런 것만도 아닙니다. 대학에서 실패한 건 되려 자유주의적이 못 되기 때문이었구 또 내 정신의 고향이 결코 영국인 것도 아닙니다. 우린 동양 사람이 아니어요. 대학에서 몇 년 배웠다구 그대루 영국적 정신이

터득된다면 큰일이게요. 오히려 병집은 그 반대인 데 있습니다. 구라파 문화를 겉껍질루만 배운 데. 그럼 내 자신의 이야기를 하지요. 그러나 저러나 내 자신의 이야기를 털어 놓는다고 하면서도 여태 서루 통성도 없었군요. 저는 이관형이라고 부릅니다.”

그래서 무경이도 제 이름을 알으키고 인사를 하였다. 그러고는 마주 보며 웃었다.

“그러면 내 정신의 비밀을 들어 보십시오. ……아까 동양을 여행하는 외국 사람들이 우리 서양식 건축과 문명을 구경하고는 감탄은 샘스러[26] 그저 누추한 모방품을 본 듯이 유쾌하지 못한 낯짝을 한다는 의미의 말씀을 디렸지요. 바로 그 서양식 건축 같은 가정이 우리 집이라구 해도 과언이 아닙니다. 내 아버지는 서울서두 손꼽이에 들 수 있는 무역상입니다. 말하자면 부르주아올시다. 아버지의 세 자식은 모두 근대적인 교육을 받았습니다. 나는 보시는 배 영문학을 하였고 내 누이동생은 음악 학교를 나왔고 내 끝 동생은 금년 봄에 삼고(三高) 독문과를 나옵니다. 모두 문화의 가장 찬연한 정수를 전공했습니다. 우리 가정은 그것 자체로 하나의 현란하고 난숙한 부르주아의 가정이올시다. 그런 의미에선 티피컬한 가정이라구 해두 과언은 아니겠습니다. 그런데…….”

그는 잠시 숨을 돌리 듯하며 말을 끊었으나 다소 침울한 빛이 눈 가상에 떠올랐다.

“그런데 우리 조선이 근대를 받아들인 상태를 이것과 대조해 보면 우리 집 가정의 타잎이 더 뚜렷해지리라고 생각합니다. 개화가 있은 지 가령 칠십 년이라고 합시다. 이때부터 구라파의 근대를 수입해 왔다고 쳐도 실상은 구라파의 정신은 그때에 벌써 노쇠해서 위기를 부르짖고 있던 때입니다. 우리들은 새롭고 청신하다고 받아들여 온 것이 본토에서는 이

미 낡아서 자기네들의 정신에 의심을 품고 진보라는 개념 자체에 회의를 품어 오던 시대입니다. 그러니까 우리는 남의 고장의 노후[27]하고 낡아빠진 문명과 문화를 새롭고 청신하게 맞어들인 것입니다. 구라파가 결단이 났다고 우리들이 눈을 부실 때엔 벌써 이미 시일이 늦었습니다. 받어들인 문명과 문화는 소화도 하지 못하고 있는데 벌써 구라파 정신은 갈 턱까지 가서 두 차례나 커다란 전쟁을 경험하고 있습니다. 나 같은 사람이 영국 문학을 하였으나 조곰씩 조곰씩 깊은 이해를 가져 보려고 노력하면 노력할사록 나는 어떻게도 할 수 없는 그들의 답답한 정신세계에 자꾸만 부딪히게 됩니다. 우리 아버지란 그러한 아들을 가지고 있는 상인입니다. 무역상이라고 하니까 앞으로 자유주의 경제가 완전히 통제를 당하고 보면 당연히 결딴이 나겠지요. 지금은 상업적 수단이 있어서 되려 시국을 이용하고 있는지도 모르지만. 우리들은 이층에서는 양식을 잡숫고 아래층에 와서는 깍두기를 집어 먹는 그런 사람들이요, 또 고 정도로 아주 될 대로 되어 버려서 모두 권태와 피로를 경험하고 있습니다. 노인네들 말대로 하면 우리 집도 정처 쇠운(衰運)에 빠지고 말 것이 분명합니다. 누이동생은 음악이 전공이지만 그것에 몰두할 수 없은 지 오래고 고등학교 다니는 학생은 벌써 학문이나 학업에 권태를 느껴온 지 오랩니다. 내 매부는 비행가였었는데 이 용기 있고 참신한 청년은 얼마 전에 향토 비행을 하다가 울산 부근에서 안개를 만나 불시 착륙하였으나 바위와 충돌해서 비행기와 함께 세상을 떠났습니다."

"얼마 전에 신문에 났던?"

"네 아마 그것이겠지요. 그러한 가운데 나는 살고 있었습니다. 그런데 또 한 가지 이상한 건 작년부터 약 일 년 가까이 내 주위에는 참말 아무짝에도 쓸모가 없는 사람들이 욱적거리고 있었습니다. 가령 문난주 같은

---

27 원문 : 노휴.

여자가 그 중의 한 사람입니다. 이 사람은 약 일 년 전에 우연히 알게 될 사람인데 처음부터 나는 이 여자를 데카당스의 상징처럼 느껴 왔습니다. 그 사람이 들으면 노할는지 모르고 또 그 자신 그렇지 않은 사람인지도 모르나 나는 그를 볼 때마다 퇴폐적이고 불건강한 것의 대표자처럼 자꾸 느껴진 것입니다. 그러니까 나는 자꾸 그를 피하고 물리쳐 왔지요. 또 오늘 나를 찾아 와서 소절수를 주고 간 양반 이 분은 내 아저씨뻘 되는 분인데 몸도 건장하고 정력도 좋고 돈도 먹을 만치는 있고 한 청년신삽니다. 그는 하나의 정복욕을 가지고 있습니다. 그러나 그 정복욕은 여자를 정복하는 데만 쓰여 옵니다. 그는 그 방면에 레코드 홀더가 된다고 스스로 말하고 있습니다. 또 백인영이라는 은행가가 있었는데 이 양반은 잔재주를 너무 부리다가 그것 때문에 은행에서 실패했습니다. 그의 첩은 바로 저 문난주의 지기지우입니다. ……이런 분위기 속에서 나는 일 년 동안 싸워 왔습니다. 그러나 그렇던 내가 교내의 파벌과 학벌 다툼에 희생이 되어서 아주 실패를 보게쯤 되었습니다. 요 얼마 전입니다. 나는 그날 술에 취하였습니다. 술에서 깨어보니까 문난주네 이층에 가 누웠습니다. 이야기를 들으니까 명치정에서 문난주가 오뎅 해서 한잔 먹고 나오는데 내가 비틀거리고 오더라나요. 나는 사오 일 동안 이층에 번뜻이 누웠었습니다. 아주 기력이 없고 수족을 놀리기도 싫어진 겁니다. 무슨 정신에 집에는 여행 가노라는 엽서는 띄워 놓았지요. 나는 집에 들어가기도 싫어졌습니다. 또 문난주 씨네 집에 그대로 묵고 있는 데도 싫증이 났습니다. 그래서 옮아온 것이 이 아파트올시다. 이사하자 막 늙은 영감과 또 최 선생과 말다툼을 하였고…….”

“잘 알겠습니다.”

하고 무거운 머리를 들어 관형이에게 인사를 하듯 하고 무경이는 일어나서 다시 가스불을 열어 놓았다.

“그러나 나 같은 사람은 비위생적인 데도 철저히 빠져 있을 수 없는 사람인 모양입니다. 빵가루가 되기보담 어느 흙 속에 묻혀 있기를 본능적으로 희망하는 인물인지도 모르지요. 그것이 더 비극이지만.”

물이 사르르 하고 더워 오는 소리가 들려온다.

“실상은 저도 그것과는 다르지만 그 비슷한 정신적 비밀을 가지고 있습니다.”

남의 신변의 비밀을 듣고 나니 어쩐지 저의 비밀도 털어 들려야 할 것처럼 생각되어졌다. 그러나 이관형이는,

“그러시겠지요. 요즘 청년치고 그런 것 가지고 있지 않는 분이 쉬웁겠습니까.”

할 뿐 그 이상 이야기를 듣고 싶은 표정은 없었다. 무경이는 일어나서 홍차를 한 잔씩 더 만들었다. 차를 쭉 마시고는,

“이거 이야기가 너무 길어졌습니다. 공연히 방해 되셨지요?”

관형이는 의자에게 일어났다.

“그럼 안녕히 주무십시오.”

하고 인사하였을 때 방을 나가려는 사나이는 작은 약병을 꺼내 잘랑잘랑 혼들면서,

“잠이 안 오면 이걸 먹고 잡니다.”

그러고는 씨니컬하게 웃어 보였다. 이관형이를 보내고 난 뒤 책을 펴놓았으나 물론 읽혀지진 않았다. 침대에 들어가 누워도 잠도 이내 오지 않았다.

*

늦게야 잠이 들었으나 아침은 또 이르게 눈이 뜨였다. 침대에 누워서 일어나기가 싫다. 어젯밤에 들은 이관형이의 이야기가 생각키인다. 인간의 역사란 보리와 같으다고! 비밀을 털어 놓고 샅샅이 들어보면 그러한 생각에 찬성을 하건 안 하건 이해는 가질 수가 있다. 오시형이도 지금

그런 것을 생각하고 있는 것일까. 그러한 정신세계를 헤매고 있는 것일까. 이관형이보다 복잡하면 복잡하였지 단순할 것 같진 않아 보인다. 그럴수록 그를 만나고 싶다. 만나서 모든 것을 들어 보고 싶다. 그는 지금 어디 있는 것일까.

그러나 오시형이를 만나고 싶다는 그의 욕망은 곧 이루어질 수 있게 되었다. 오시형이는 지금 무경이가 사는 이 서울에 올라와 있다고 한다.

아침도 먹기 전이었다. 어디서 전화가 왔다고 하여서 그는 전화통 있는 데로 갔다. 오시형이를 보석시켜 준 변호사한테서 온 것이었다. 오시형이가 공판에 올라왔을 텐데 어디서 유하는지 모르느냐는 전화 내용이다. 무경이는 당황하였다. 차마 모른다고 말하기는 창피하였으나 역시 그렇게 대답할 밖에 도리가 없었다.

오늘이 공판인데 좀 상의할 일이 있다고 하면서 변호사는 전화를 끊는다. '오늘이 공판? 그러면서 어째서 오시형이는 나에게 그런 것조차도 알려 주지 않는 것일까. 서울에 올라왔으면서 어째 여관도 알리지 않고 한번 찾아도 오지 않는 것일까.'

아침도 먹을 수 없었다. 사무실에는 잠시 나갔다가 머리가 아프다고 들어와 버렸다. 아무리 생각하여도 공판정으로 찾아가 볼 밖에 도리가 없었다. 시간은 퍽 지났을 것이지만 그는 이내 아파트를 나와서 재판소로 달려갔다. 정정(廷丁)에게 물어서 공판정에 들어가니까 재판은 퍽 진행이 되어 있었다. 방청객이 더러 있었으나 그런 것엔 눈이 가지도 않았다. 공범 여섯이 앉아 있는 앞에 머리를 청결하게 깎은 국민복[28] 입은 청년이 서 있었다. 그것이 오시형이었다. 심리는 얼추 끝이 날 모양이었다.

"피고는 학문상으로 도달하였다는 새로운 관념에 대해서 간명히 대답해 보라."

재판장은 온후한 얼굴에 미소를 그리고 질문을 던진다. 서류 위에 법복 입은 두 손을 올려놓고 그는 오시형이를 내려다보고 있다.

"구라파 사람들은 역사에 대한 하나의 신념을 가지고 있다고 생각합니다. 그들은 역사란 마치 흐르는 물이나 혹은 계단이 진 사다리와 같은 물건이라고 믿고 있습니다. 맨 앞에서 전진하고 있는 것은 구라파의 민족들이요, 그 중턱에서 구라파 민족들이 지나간 과정을 뒤쫓아 따라 가고 있는 것은 아세아의 모든 민족들이요, 맨 뒤에서 쫓아오고 있는 것은 미개인의 민족들이라는 사상이 그것입니다. 고대에서 중세로 근대로 현대로 한 줄기의 물처럼 역사는 흐르고 있다 합니다. 그러니까 설령 그들이 가졌던 구라파 정신이 통일성을 잃고 붕괴하여도 새로운 현대의 세계사를 구상할 수 있고 또 구상하는 민족들은 자기들이라고 생각하고 있습니다. 이것이 역사에 있어서의 말하자면 일원사관일까 합니다. 그러나 이러한 생각에서 떠나서 우리의 손으로 다원사관의 세계사가 이루어지는 날 역사에 대한 이 같은 미망은 깨어지리라고 봅니다. 역사적 현실은 이러한 것을 눈앞에 보여 주고 있습니다."

"그러면 피고의 그러한 생각으로 현재 진행되고 있는 전쟁과 세계사적 동향은 어떻게 포착할 수 있다고 생각하는가?"

피고는 말을 끊고 숨을 돌리듯 하고는 다시 이야기의 머리를 잠깐 돌려보듯 하였다.

"저의 사상적인 경로를 보면 딜타이의 인간주의에서 하이데거로 옮아 갔다는 느낌이 듭니다. 하이데거가 일종의 인간의 검토로부터 히틀러리즘의 예찬에 이른 것은 퍽 깊은 감명을 주었습니다. 철학이 놓여진 현재의 주위의 상황으로부터 새로운 문제를 집어 올린다는 것은 최근의 우리 철학계의 하나의 동향이라고 봅니다. 와즈찌(和辻)[29] 박사의 풍토사관적

관찰이나 타나베(田邊)[30] 박사의 저술이 역시 국가, 민족, 국민의 문제를 토구하여 이에 많은 시사를 보이고 있습니다. 제가 과거의 사상을 청산하고 새로운 질서 건설에 의기를 느낀 것은 대충 이상과 같은 학문상 경로로써 이루어졌습니다."

　재판장은 만족한 미소를 입술에 띠었다. 무경이도 숨을 포 내쉬었다. 그러나 바로 그때였다. 피고석 뒤에 놓인 방청석으로부터 젊은 여자가 약간 허리를 드는 것이 그의 눈에 띄었다. 이윽고 재판장은 오후에 심리를 계속하고 일단 휴식에 들어간다는 선언을 하였다. 젊은 여자는 완전히 일어섰다. 흰 두루마기를 입은 키가 날씬한 여자였다. 무경이는 가슴이 뚱 하고 물러앉는 것을 느꼈다. 그 여자의 옆자리엔 오시형의 아버지, 그리고 또 그 옆자리엔 어떤 늙은 신사. 피고석으로부터 돌아온 오시형이는 긴장한 얼굴을 흐트려 놓으며 그 여자가 서 있는 곳으로 가는 것이 보였다. 무경이는 뒤숭숭해진 공판정의 소음에 앞서 복도로 나왔다. '그 여자이다! 도지사의 딸!' 그리고 이것으로 모든 문제는 끝이 나는 것이 아닌가. 복도 가운데 서 보았으나 몸을 유지할 수가 없어서 그는 허턱대고 걸어 본다. 뜰로 나왔다. 날이 쨍쨍하다. 몹시 현기증이 난다.

29　와쯔지 테츠로(和辻哲郎, 1889~1960) : 철학자. 동경제국대학에서 철학을 공부했고, 탐미적인 경향의 작품도 썼다. 교토제대, 동경제대 문학부 교수를 역임. 『니체 연구』, 『키에르케고르』, 『풍토』 등의 책을 썼다. 『풍토』(1935)는 동아시아, 남아시아, 서아시아, 유럽 각 지역의 풍토적 특성과 각 지역문화의 전통적 특질 사이의 관계를 고찰한 저작이다.

30　타나베 하지메(田邊元, 1885~1962) : 철학자. 동경제대에서 수학과 철학을 공부했고, 1927년 교토제대 철학과 교수가 되었다. 니시다와 함께 일본 철학의 한 시기를 그은 그의 철학은 종종 '타나베 철학'이라 불린다. 처음에는 다이쇼 시기 일본 철학에 큰 영향을 미친 신칸트학파의 철학을 공부했으나 나중에 니시다의 영향 하에 칸트, 헤겔 등 독일 관념론을 연구했다. 쇼와 초기 마르크스주의가 일본 사상계를 풍미하게 되었을 때 거기에 비판적으로 대결하여, 관념변증법과 유물변증법을 모두 넘어서는 '절대변증법'을 주장했다. 그리고 그 입장에서 1934년에 『사회존재의 논리』를 발표하고 '종의 논리'를 제창했다. 이는 니시다 철학을 비판하고 타나베 철학의 독자적 입장을 명확히 한 것이다. 니시다 철학은 개인과 전체(일반자, 유)의 관계를 파악할 때 역사적(현실적) 매개가 결여되어 있다고 비판하면서, 그 매개자로서 역사적 구체적인 사회 존재(종)를 도입했다. 이 종은 민족이나 국가 같은 것이어서 때마침 전쟁에 대응하는 국가철학을 제창하게 되었다. 제2차 세계대전 후, 자기의 철학을 반성하면서 『참회의 길로서의 철학』(1946)을 발표했다.

어떻게 그래도 용하게 아파트는 찾아왔다. 문 밖에서 지금 막 아파트를 나오는 문난주와 만났다. 그는 겨우 인사를 하였다.

"사무실에서 들으니까 몸이 편치 않으시다더니……."

하고 말하는 문난주의 얼굴도 핏기가 없어 보인다.

"네, 그래서 병원에 다녀옵니다."

문난주는 잠깐 동안 가만히 서 있었으나,

"그럼 잘 조리하세요."

하고 걸어 나갔다. 데카당스의 상징 같다고 하던 문난주와 그는 차라도 마시고 싶은 충동을 느껴 보았으나 그대로 제 방으로 올라 왔다.

'인제 나는 어떻게 할 것인가?'

침대에 누우니까 처음으로 눈물이 나서 그는 실컷 울었다. 그런데 얼마가 지나서 노크 소리가 났다. 두들기는 품으로 보아 어젯밤에 찾아 왔던 이관형이의 것이 분명하다.

"네에."

하고 대답해 놓고는 낯을 고치고야 문을 열었다.

"어젯밤은 실례했습니다. 어데 편치 않으시다고요."

"아뇨 괜찮습니다."

"글쎄 그러시면 다행이지만……."

잠시 말을 끊었다가,

"지난 생활을 청산해 보려고 어데 훨훨 여행이나 떠나 보렵니다. 방은 그대루 두고 다녀와서 정리하기루 하겠어요. 우리 집엔 실상은 아저씨한테 돈 취해 갖고 지금 경주 방면에 여행하는 중이라고 알려 두었는데 헛소리를 참말로 만들어 볼까 합니다."

"그럼 경주로 가십니까?"

"머 작정은 없습니다. 휘 한 바퀴 돌아보면 마음이 좀 거뜬해질까 해서, 보리알을 또 한 번 땅속에 묻어볼까 허구서."

그는 껄껄거리며 웃었다. 아까 다녀 나가던 문난주의 얼굴이 눈앞에 떠올랐으나,

"잘 생각하셨습니다. 그럼 어저께 소절수를 마저 찾아 드리지요."

"죄송합니다."

소절수를 찾으러 강 영감을 은행으로 보내고 무경이는 사무실 의자에 혼자 앉아 있었다.

"나두 어데 여행이나 갈까?"

"아여 어머니 말마따나 동경으루 공부나 갈까?"

그런 것 생각을 해 보았으나 원기도 곧 솟아나지 않았다.

경진(庚辰)[31] 12월

〈춘추〉 1941년 2월

> ✔ **부기**
> 이 소설에 나오는 인물들은 「경영(經營)」[32]과 장편 『낭비(浪費)』[33]의 작중 인물들이다.

---

31 경진 : 1940년.
32 「경영」 : 1940년 10월 『문장』에 발표한 소설. 이 선집에 수록.
33 『낭비』 : 1940년 2월~1941년 2월까지 『인문평론』에 연재하다가 중단된 소설.

한설야

세로(世路)

두견(杜鵑)

한설야(1900∼1976)

함경남도 함흥에서 태어났다. 함흥고보를 다녔고 몇 차례 중국 생활도 했다. 1925년 「그날 밤」으로 활동을 시작하여 프롤레타리아 문학의 선두에서 「과도기」(1928)를 비롯한 여러 작품을 발표하였다. 1933년에 조선일보에 입사하여 학예면을 담당했고, 1934년에는 '신건 설사 사건'으로 감옥살이를 했다. 석방 후 대표적 노동소설인 『황혼』(1936)을 발표했다. 일 제 말기, 일상에 무능한 자신을 성찰하면서도 변치 않는 신념을 견지하는 지식인의 내면 을 그리는 작품들을 많이 썼고, 1943년에는 유언비어 혐의로 투옥되었다. 해방 이후에는 북의 문학을 주도하였다. 1962년부터 정치적 이유로 작품 활동을 하지 못하게 되었다.

세로(世路)

1.

서류 우편이 왔다. 아내가 없는 것이 우선 다행하다.

조만간 사에서 무슨 통지든지 오리라고는 미리 짐작하고 있었지만 여직[1] 아내에게도 비밀을 지키고 있었다.

단지 직업을 잃는다든가 아내가 울상을 하리라든가 하는 따위 걱정 때문만은 아니었다. 그 누구에게도 완전히 배반당한 것 같은 생각이 들어 아무에게도 하마 그것을 말하고 싶지 않았던 것이다 그것을 말하는 것은 스스로 자기의 어리석음을 드러내는 것 같기도 하였다.

배반당한 심정 ― 그것은 분하다든가 서글프다든가 기막히다든가 하는 항용 사람들이 말하는 그런 까푸리[2]의 감정만을 가지곤 말할 수 없는 것이었다. 무어라 할까 어쨌든 한번 탁 웃어버리고 싶은 그런 심정이기도 하였다.

사실 형식은 요즈막은 덤덤히 앉았다가도 어이없는 웃음을 무중[3] 터치

---

1 여직 : 여태.
2 까푸리 : 까풀, 껍질.
3 무중 : 갑자기, 뜻밖에.

고는 이내 쓴입을 다시곤 하였다. 그러나 그 웃음 밑에서는 언제든지 분
노라든가 서글프다든가 하는 그런 감정보다 더 큰 더 뿌리 깊은 무엇이
유연히 솟아오르는 것을 그는 느꼈다.

위선이라든가 사휼[4]이라든가 하는 것이 인간의 걸어가는 길목 길목에
몸을 숨기고 있다가 어리숙하고 어수룩한 인간을 만나는 때마다 그를 구
덩이에 떠다박지르고 그리고 그 얼굴에 흙탕칠을 해주는, 겉으로 보기에
만 번번한 세상에 대한 반발이라 할까.

형식은 자기의 감정이란 그것이 마치 홍로점설[5]같이 어디 가서 사라질
것인지도 모르는 하잘것없는 것인 줄은 잘 알지만 잘 알기 때문에 제 힘
으로는 어찌할 수 없는 커다란 무엇에 대해서 더구나 분노를 느끼는 것
이다.

형식은 엊그제 편집차장 W(이 사람이 사실상 편집국장의 일을 보고 있다)에
게 첨으로 불려갔을 때에 벌써 자기는 어차피 사를 그만둬야 할 경우에
이른 것을 깨달았다.

차장은 사장을 대신해서 하는 말이라고 전제하고 지극히 완곡한 말로
사를 위해서 용퇴해 달라는 말과 사내의 분쟁이 완전히 종식되면 그때는
제가 책임지고 다시 입사하도록 노력하겠다는 말과, 그리고 사규로 말하
면 입사한 지 이 년 미만의 사원에게는 퇴직 수당 같은 것이 없으나 이
번만은 제가 힘써서 특례를 만들어주겠다는 말을 하나, 이 W라는 사람
은 본시 실속보다 발림 재간이 많은 사람이라 그것을 준신할 수도 없는
것이요, 또 준신할 필요도 없는 것이었다. 더욱이 이 차장이란 사람은 재
담 잘하는 사장이 '우산 둘을 받고 다니는 사람'이라고 꼬리표를 달아놓
은 사람이다.

---

4 사휼(詐譎) : 거짓말하여 속이는 것.
5 홍로점설(紅爐點雪) : 큰 화로에 눈을 조금 뿌린 것 같다는 뜻으로 크나큰 일에 작은 힘이 아무 보람도
　　나지 아니함의 비유.

즉 우산 하나는 정작 비가 올까 봐서 들고 다음 하나는 쨍쨍한 볕이 날까 봐서는 들고 다니는 사람이란 말이다.

그러니까 그만치 이편 저편을 잘 치는 재주꾼이라 비록 물러가는 형식이라 할지라도 제가 사장 대신으로 유독 미움을 받을 필요가 없어서 말만은 그렇게 싹싹히 한 것이겠지만 실상 W 자신도 형식을 내보내려는 내심인 것을 형식이는 아주 모르지 않았다.

그러나 형식은 사장을 만나서 담판을 한다고 하고 수이 사표를 내려 하지 않았다. 한데 그때 사장은 편집차장에게 제가 다녀올 동안에 그 일을 처치하라고 명령하고 시골로 가버렸었다. 실상 사장은 형식을 직접 만나기 거북해서 편집차장에게 밀었던 것이다. 직접 만나서 형식이가 따지면 대답에 궁하고 체면이 사나울 일이 있는 것이다.

"사장의 의사가 그런 줄을 안 이상, 있어 달라고 한대도 더 있구 싶지 않습니다. 그러나 이번 사표만은 직접 사장에게 내야할 사정이 있으니 사장이 돌아올 때까지 유예를 두어주십시오."
하고 형식은 일단 그 자리를 물러나왔다.

그러나 편집차장은 사장의 명령을 받은 것이니까 그대로 거행 아니 할 수도 없는 터이었다.

그때 형식은 전후 세 차례를 불려갔으나 시종 한 가지 대답이었다. 한즉 편집차장도 더 할 수 없는 듯이,

"네, 잘 알았소. 돌아가시오."
하고 웃었으나 심중에는 벌서 무슨 과단이 선 것 같았다. 호의로 안 되는 때에 취할 방법이 또 있는 것이다.

그래서 형식은 하회가 어떻게 되나 하고 있었지만, 아무려나 일은 무사히 될 가망이 없다고 생각하였다. 한 것은 사장이 이번에는 기어이 제 의사를 고집할 여러 가지 이유를 가지고 있는 것이다.

물론 사장은 형식이가 생각하는 것같이 단지 제가 인간으로 여기는 S

에게 형식이가 폭행하였다는 이유로써만 형식을 내보내려는 것은 아니다. 하기는 S로 말하면 사장이 눈에 가시로 여기는 전 편집국장 H를 퇴사시키는 데 공로가 있으니까 형식이가 그에게 폭행한 것이 출사시키는 중요한 이유가 되기는 한다.

그러나 그밖에도 또 여러 가지 이유가 있다. 여태껏 사원 간에 양파가 갈려 있어서 오래도록 암투하는 것이 겨우 그만하게 된 무렵에 형식이가 또 왕청한 풍파를 저질러[6] 놓은 것도 그 이유의 하나다.

그리고 사장은 전 편집국장 H의 계통으로 들어온 사원 두 사람을 마저 내보내려는 중인데 그러는 데 있어서 선참 형식을 내보내는 것이 제 체면상에 좋기도 할 것이다. 즉 형식을 내보내서 분쟁의 장본이 될 인물은 그 어느 편이고 가차 없이 처치한다는 메시지를 보인 다음, 전 편집국장의 잔당도 사내 숙정을 구실로 마저 밀어내자는 것이다.

그러니까 말하자면 형식은 사장이 신임하는 S에게 폭행한 죄책을 지는 외에 또 하나는 사장이 제일 미워하던 전 편집국장의 잔당을 숙청하는 데 이용물로 쓰여져야 할 판이었다.

그러니 일이 무사히 마칠 리는 천만 없었다. 그래서 결국 형식은 오늘 낮에 한 장의 서류우편을 받게 된 것이고, 받고 보니 사에서 온 것이요, 더욱 서류로 되어 있는 것으로 보아 그 내용이 무엇이리라는 것을 족히 짐작할 수 있었다.

해서 형식은 그 편지를 떼어보지도 않고 일단 책상 서랍에 던져버렸으나 인차 다시 꺼내서 겉봉을 뜯었다. 본즉 타이프라이터에 찍은 것인데 내용은 간단하였다. "사규 제십삼조에 의해서 해직함."이라는 것이다. 하나 사규 제십삼조가 무엇인지는 몰라도 더 알아볼 필요가 없었다.

형식은 그 통지서를 양복주머니에 되는 대로 꾸겨 박았다. 혹시 아내

---

6 원문 : 제질러.

가 보게 되면 징징거릴 것 같아서 미리 그 건지[7]를 감추어 버린 것이다.

아닌 게 아니라 이제 와 보니 아내에게 이 일사를 말하기가 심히 거북하였고 그렇다고 종시 알리지 않을 수도 없는 일이었다.

이사한 지가 이제 겨우 일 년 남짓하고 또 가족들을 그냥 시골에 두었던들 혹시 모르겠는데 자발없이[8] 두 달 전에 올라오라고 해서 고연히 돈만 달달 긁어 써놓고 게다가 이 봄에 소학교로 들어갈 종수 놈까지 이미 서울 학교에 입학수속을 해놓았은즉 이제 그런 말을 한다면 미상불 아무라도 역증이 나고 낙심이 될 일이다.

하기는 벌써 며칠 전부터도 그런 생각을 못한 것은 아니다. 그래서 첨 편집차장 W에게 불려갔던 그날 밤에 형식은 집에 돌아와서,

"에이, 그 놈의 신문산지 뭔지 어떻게 고달픈지 사람이 살 수가 있어야지."

하고 맘 말을 넌지시 심궈[9] 보았으나 아내가 그런 말에는 대꾸 안 하는 게 좋으리라고 생각했는지 아무 말 없기에 다시,

"거겔 그만두고 다른 일을 그만침 부지런히 했으면 수입이 갑절은 생기지 일찌감치 속을 차려얄까 봐."

한즉 아내는 그저,

"쥐두 한 구멍을 파얍네."

하는 말로 더 거들어도 주려고 들지 않았다.

하나 두 번째 불려갔을 때는 좀 더 뒤가 따가워 나서,

"몸이 견디어 갈 수 있어야지. 집에 가만히 들어앉어서 원고나 썼으면 하겠는데……. 수입도 그 편이 훨씬 나을 거고."

하고 또,

"신문사에서 한 달 하는 일만치 노력하면 일 년 먹을 원고를 넉넉히 쓸 수 있는데. 임자가 바가지만 긁지 않는다면 집에 꾹 들어백혀서 원고 쓰는 게 제일 상책야."

하기도 하였다.

"무슨 일이든지 정가표 붙은 일을 해야 해요. 그러기 월급쟁이들이 살아가는 거지. 많지 않더라도 다달이 또박또박이거든. 비 오거나 개거나 무슨 걱정이에요. 하지만 원고란 어디 정가가 있답디까. 당신 말은 이거면 십 원은 될 거라고 하던 게 막상 돈 오는 걸 보면 겨우 사오 원밖에 안 되고 또 그나마 실수나 없으면 모르겠는데 통 안 오기가 일쑤니."

아내는 역시 형식 말에 반대였다.

형식은 세 번째 불려갔다 와서는 몸이 아프다고 하고 자리에 누워버렸다. 했더니 그 이틀만인 오늘에 해직사령서가 온 것이다.

그때 마침 아내는 종수 놈을 데리고 병원에 가고 없었다. 오래지 않아 학교로 들어갈 종수가 눈에 삼[10]이 서서 점점 더 나빠지기 때문이었다.

조금 뒤에 어린이 잡지사에 있는 김 군이 놀러왔다. 그는 뜨락에 들어서면서 먼저 성희를 불렀다. 성희는 올에 여섯 살 되는 형식의 맏딸이다.

"성희야, 성희 있나?"

하는 김 군의 소리에 형식이가,

"아, 김이오?"

하고 미닫이를 여니까 성희 년은 저편 문으로 뛰어나와서 김 선생이 왔다고 좋아라, 뛰어댔다.

한 것은 김 군은 올 적마다 언제든지 오 전짜리 캐러멜 두 갑씩을 사오는데 오늘도 그것을 종이 노끈에 동여서 대롱대롱 들고 온 것이다.

"경례를 해야지. '아저씨 오셨소' 하고 경례를 해야지."

---

10 삼 : 눈동자에 좁쌀만 하게 생기는 희거나 붉은 점.

그러며 김 군은 성희에게 캐러멜을 주고 그 애 머리를 쓰다듬으면서[11] 건넌방으로 들어왔다.

김 군은 신문사에 전화를 거니까 안 나왔대서 찾아왔노란 말과 어린이 잡지에 실릴 동화나 무슨 독물 하나를 이달 중으로 써달라는 말을 하고, 신문이니 잡지니 또는 영화, 연극 같은 데 대해서 돌아가는 이야기를 하다가 잊었던 듯이,

"참 사월 초 어린이 잡지에 문인의 아이들 사진을 낼까 하는데 박아둔 게 없습니까?"

하고 물었다.

"없는데…… 사진이라고 박은 일이 있어야지."

"그럼 아직 앞날도 많구 하니 요담에 카메라를 가지고 오지요…… 성희, 참 좋겠구나. 잡지에 사진이 다 나고."

그래도 성희 년은 캐러멜을 먹기에 정신이 없다.

"아니 그깟 년을 다 잡지에 내? 그 꼴을 해서……"

하나 형식은 사내자식보다 딸자식인 성희를 더 사랑한다.

"왜 머리 깎고 때때옷 입으면 상당히 미인일 텐데. 눈이 크고 서늘하고……"

"새 옷이 어딨나. 밤낮 저 꼴인데."

그럴 판에 아내가 돌아왔다. 아내는 김 군과 인사한 다음 형식을 눈질해서 마루로 청해 내더니 아주 나직한 귓속말로,

"이 애가 글쎄 영양부족으로 눈이 이렇다는구려. 그러니 영양을 잘 취해야 속히 낫지 그렇지 않으면……"

"영양부족이래? 그야……"

형식의 목소리가 부지중 높아졌다.

---

11 원문 : 쓰담으면서.

한즉 아내는 남 듣는데 눈치 없는 사람이란 듯이 약간 눈을 흘기는데 형식은 되려 더 큰 소리로,

"영양부족이란 것보다 서울집이 감옥같이 돼먹어서 아이들이 피지 못해 그런 거야. 시골만 가면 당장……."

하고 은근히 시골로 돌아가자는 뜻을 여기서 미리 비쳐 말하였으나 그 속을 알 턱이 없는 아내는 남 볼 소견이 사납게 그런 남부끄러운 소리를 말고 어서 건넌방으로 들어가라는 듯이,

"떠들지 말아요."

하고 이내 아이를 데리고[12] 안방으로 들어가 버렸다.

2.

B일보사 내분은 현 사장이 신문을 인수한 당초부터 배태된 것이다. 일의 발단은 사장과 전 편집국장 H의 갈등에서부터 시작되었다.

H로 말하면 경영난에 빠진 B일보사를 지금의 사장에게 넘어오도록 다른 경쟁자를 물리치고 또 당국과도 여러 번 절충해 온 사람이니까 말하자면 사장에게는 유일한 공로자이다.

더욱이 H로 말하면 당대 경향에 이름이 있는 명사요, 문인이라 자초에는 사장도 그에게 대소사를 말짱 들어 맡기다시피 하였다.

따라서 H도 자기가 실지 운전자로 자처하였고 사장은 돈이나 대는 사람으로 쳤다.

그러나 실상 사장의 사람됨이나 야심은 그렇지 않았다 사장은 본시 미천한 사람으로 구차히 지나다가 오십이 넘은 금년에야 크게 치부한 사람이라 어서 바삐 그 재산 위에다가 사업과 명예를 쌓아올리려는 다급한 생각이 있었다. 그러나 돈은 있어도 현대인으로서의 교양이 없고 또 더

---

12 원문 : 데불고.

욱 신문 사업에는 여태 경험이 없는 사람이라 H가 하자는 대로 첨은 따라가는 수밖에 없었다.

H에게뿐 아니라 다른 사원에게도 사장은 극히 겸손하고 온순한 태도를 가졌다. 형식이가 첨 입사했을 때에도 편집국장의 말만 듣고 편집실로 들어갔었는데 얼마 뒤에 사장이 편집실로 들어와서 오늘 입사한 사람이 누구냐고 하며 형식이 있는 데로 걸어왔다. 그래 거기서 형식은 첨으로 사장을 보고 인사를 하고 사장은 간단히 사를 위해서 노력해 달라고 말하였다.

그때 사원들은 사장이 제 자격이 부족하니까 그렇게 위의 없는 못난이 짓을 한다고 생각했지만 단지 그런 것만도 아니었다. 그는 장차 자기의 심복이 될 사람을 고르기 위해서 이때부터 머리를 숙여가며 장차 제게 머리를 숙일 인물을 물색한 것이다. 사장 자신의 말을 빌 것 같으면 유비(劉備)의 삼고초려(三顧草廬)를 본받는 것이라 할 것이다.

어쨌든 사장은 이때부터도 이런 야심이 있었으니까 사의 기초가 잡혀갈수록 그 생각이 더 여물어가고 엉뚱해질 것은 자명한 일이요, 그러려니까 자기를 넘보는 존자를 연신 제수하여 눌러보려는 승기[13]도 생겼을 것이다.

그래서 사장은 차차로 그때 편집국장이던 H와 의견이 정면으로 부닷는[14] 일도 있었다. 그러나 H로 말하면 이 신문사를 지금의 사장에게로 넘어오게 해서 혁신을 단행한 공로자일 뿐 아니라 수완으로 보든지 지식으로 보든지 사장에게 만만히 휘어들 사람이 아니었다.

'당신이 돈을 냈으면 나는 힘과 지혜를 내지 않았소. 돈이나 내고 참견 마오.'

H의 태도는 정녕 이런 것이었다.

---

13 승기 : 이기려고 기를 쓰는 마음
14 부닷다 : '부닥치다'의 뜻인 듯.

그래 사장은 그때부터 H를 아주 사에서 물리쳐 버릴 묘리를 은근히 벼리고 있었다. 그러자니까 버쩍 더 H가 미워 나서 어서 따돌릴 맘이 성화같았으나 좀좀이 그렇게 될성부르지 않았다.

한 것은 첫째 H로 해서 제게 넘어온 신문일 뿐 아니라 편집국 사원 중에는 그의 직계가 많고 또 그 외의 사람도 대부분이 그를 지지하는 터이다. 일 왈, 편집차장 W로 말하면 H의 적은집[15]이라는 별명을 듣던 사람이요, 그 아래에도 사회부에 한 사람, 학예부에 한 사람 이렇게 수족과 같은 심복이 있었고 가외의 사원도 직접 간접으로 그의 반연으로 들어온 사람이 많고 또 그의 명성과 지식과 인격을 존경하는 사원이 대부분이어서 그 지반은 상당히 튼튼한 것이었다. 또 사장은 국어를 모르기 때문에 당국에 대한 교섭은 거지반 H가 해와서 그것도 사장에게는 수월치 않은 숨은 힘으로 여겨졌다.

사장은 아직 자기의 힘과 명망이 너무 미약한 것을 못내 한탄하였다.

총무국 차석(국장은 사장 겸임)인 M은 위인이 똑똑하고 사장 직계라 할 만하지만 편집을 맡아볼 수 없고 또 M의 소개로 들어온 사원들은 거개 다 무슨 단체니 콩밥이니 하는 맛들을 겪어본 기꼴[16] 있는 체 하는 위인들이나 그들 중에도 아직 편집국장의 자리를 능히 감당할 만한 사람은 없었다.

또 사장은 설사 그들 중에 동뜬 인물이 있다 하더라도 제 심복으로 중요한 자리에 앉히려는 맘은 실상 없었다.

그래서 사장은 벙어리 냉가슴 앓듯 혼자 민민하는 판에 마침 이런 일이 있었다. 즉 그의 고향사람으로 시방 서울서 명사라고 일컫는 D라는 사람이 찾아와서 한 가지 의견을 말한 것이다. 그의 의견은 A라는, 그 역시 명사의 이름이 있는 사람을 부사장으로 들여가라는 것이었다.

---

15 적은집 : '첩'이나 '첩의 집'을 대접하여 일컫는 말.
16 기꼴 : '기개'의 뜻인 듯.

사장은 이 권고에 대해서 여러 날 생각하던 끝에 마침내 그렇게 하기로 작정하였다. 사장은 A에게 부사장 겸 편집국장의 자리를 맡기고 H는 새로 전무의 자리에 옮겨 앉히기로 하였다.

H는 다소간 그 안에 불만과 의혹이 없지 않았으나 A로 말하면 그가 존경하는 선배요, 또 그보다 떼라 뗄 수 없는 깊은 관련을 가지고 있는 동향 사람이다. 그가 들어온다면 하는 생각으로 전무자리에 물러앉기로 하였다. 전무라는 것은 직제로 보아서는 국장급보다 물론 높은 것이지만, 이름뿐이지 실상은 조금 더 사장의 채 아래로 눌려 들어간 데 지나지 않고 편집국에서 떠나 외톨로 고립한 데 불과하였다.

한편 A는 A대로 제가 생각하는 바가 있었고 또 H가 권면하기도 해서 부사장과 편집국장의 두 가지 직함을 걸머지고 입사하였다. A는 본시 호인이라면 호인이랄 수도 있으나 원청간[17] 세상 물계 돌아가는 것을 잘 모르는 사람이라 제가 비록 부사장이라 하더라도 기왕 얻은 명망으로 보아 남들이 사장보다 오히려 쳐다보리라고 생각하였다. A는 실상 조선에서는 저를 넘는 명사가 없으리라고 은근히 자부하는 사람이다. 그러기 그의 집 어린애들까지 자기아버지는 히틀러보다도 나은 사람이거니 생각들 한다.

그러나 세상에서는 그가 B일보사 부사장이 된단 말을 듣고,

"홍! 돈이란 못하는 일이 없구나. A씨 같은 명사도 결국 그의 수하로 들어가고 마니……."

하기도 하고,

"그뿐인가 A씨는 본시 골양반이고 사장이란 사람은 이름 없는 상민이거든. 그러니까 사장은 인제 상민이 양반을 부려보자는 배짱이야. 그러니 그 수단에 걸리는 A씨가 사람이 어리숙하지."

---

17 원청간 : 워낙.

하기도 하였으나 실상 또 그것뿐만도 아니었다.

차라리 그것보다 사장은 장차 A를 이용해서 H를 누르고 물리칠 내심이었고 A는 또 A대로 제가 사장의 꼭대기를 밟고 올라서 제 천지[18]를 만들어보자는 포부였던 것이다.

물론 H와 A는 막역한 사이니까 A가 되고서는 H의 자리까지 웃짐을 쳐맡은 저로서 말경에 H를 쫓겨날 지경에 이르게 할 배 만무하지만 사태는 또 다른 데서 왕청되게 불거져 나오기 시작하였다.

즉 A가 입사할 때 자기의 직계로 부장 급 세 사람을 데리고 들어왔는데 이번은 여기에 화근이 숨어 있었다.

새로 세 사람이 부장의 자리를 차지하자 여게 불만을 가진 사람은 총무차장 M의 소개로 입사한 사원들이었다. M파의 사원들은 자기들이 사의 중견이라고 믿을 뿐 아니라 장차 저희들이 사를 운전해 가려는 야심이 있었더니 만치 A파의 사람들이 들어오자마자 부장의 자리를 셋이나 차지하는 것을 가만히 보고 있을 수 없었다. 그들 때문에 저희들의 승차할 길이 막혀버린 것이요, 그러면 그들의 숨은 포부를 펴볼 가망이 적은 것이다.

또 그들이 불평을 가지게 된 한 가지 이유는 이러하다. 전에 사장이 H와 그 일파를 견제하기 위해서 M파의 말썽꾼들을 이용하려고 M을 통해서,

"너희가 신문인으로 장성하게 되면 결국 이 신문사는 너희의 손에서 운전되어 가게 될 것이다. 그만침 알고, 즉 너희 자신의 일로 알고 노력하면 일 년 안짝에 부장급은 물론 국장까지라도 너희들 손으로 돌아갈는지 모르는 것이다. 지금 중요한 자리에 있는 사람이라도 사를 위해서 부적당하다고 인정되는 때는 언제든지 도태해 버릴 생각이다."
이렇게 말해온 것이다.

---

18 원문 : 천자.

그런데 A가 들어오자 그들이 바라다 보던 자리 셋이나 단번에 탈취를 당하고 말았다. 그뿐 아니라 새로 들어온 A의 일파는 M파의 사원들이 기왕부터 인간적으로 또는 사상적으로 좋게 생각지 않던 터이다. 새로 들어온 A파의 사람들도 물론 M파의 인간들을 싫어한 것이 사실이다.

그때 여기서 말없는 가운데 A파와 M파의 양파가 갈라져 날로 재미없는 분위기가 커가고 있었다.

'A일파가 장차 신문을 노리도리하고[19] 우리들을 밀어낼 모양이래.'라는 수수한[20] 말이 M파 중에서 나게 되었다. 여게서 이들 M파(K, R, L, Y, G, E형식)는 총무과장 M을 중심으로 여러 번 비밀히 모여서 대책을 강구하였다.

'A와 H일파의 ××회에서 신문을 탈취하자는 것이 명백하다. 이들의 일파는 사회 각 기관에 있다. 한데 이 일로 해서 여러 번 회합한 사실도 있다. 그들 ××회에서 지금 A와 H의 일파로 하여금 목적을 달성하도록 갖은 책동을 하고 있다.'

'사회의 공기(公器)를 뺏어다가 자기들의 지방적인 조그만 모임의 기관지를 만들려는 것은 도저히 용서할 수 없다. 그들의 음모를 분쇄해 버리지 않으면 안 된다.'

'그들이 요 얼마 전에는 기독교회 모모의 집에서 이 일 땜에 밀회한 일이 있고 또 모 전문학교 교수의 집에서 밀의한 일도 있다. 그것은 모두 다름 아닌 신문 탈취 계획인 것이다.'

이들 M파는 자주 모이고 수소문[21]하는 가운데서 이만한 정보를 얻어 교환하게 되었고 따라서 그 대책을 세우게 되었다. 아무려나 사장은 지금 보는 바로는 저희들을 저버리려는 동정은 아니다.

---

19 노리도리하다 : 일본어 'のりとる(탈취하다)'의 뜻.
20 수수하다 : 시끄럽고 떠들썩하여 뒤숭숭하고 정신이 어지럽다.
21 원문 : 수수문.

'너희가 신문인으로 장성할 때까지 그들을 이용하는 거다.'

하는 의미의 말조차 사장은 M을 통하여 그 일파에게 전했던 것이다.

그러니 금후 M을 통해서 더욱 사장을 단단히 붙잡을 것과, 당면한 전술로서 A와 그 일파의 존재를 무시하고 저희들 손으로 신문을 편집해 놓을 것과, 그리고 A일파의 사람들과는 일체 언어를 교환하지 않을 것을 공론하였다.

M파들은 H에게 대해서는 여태까지 모두 호의를 가지고 있었으나 A가 들어오면서부터 그도 A일파인 것이 더욱 명백히 되었을 뿐 아니라 그 파의 제일 무서운 참모장으로까지 지목되었다. 그런데 또 하나는 사장이 H를 제일 꺼려하는 것을 잘 알고 또 사장이 H에게 대한 중상을 완곡히 방송하기 때문에 M파의 사람들은 H에게 대해서 차차 들뿌리[22]를 죄기 시작하였다.

그런데 일반 사원은 대부분이 M파에 가담하여 신문 편집은 거지반 A파의 손을 거치지 않고도 무난히 진행되었다. 해서 A일파는 무료하고 무안하고 또 게다가 M파의 말없는 도전과 시위에 은근히 땀을 빼고 있었다.

A파에서 가장 솔직한 C는,

"등골에 땀이 솟아서 편집실로 들어갈 수 있어야지."

하고 H가 있는 전무실에서 종일 담배로 소일하였고, 제일 직하고 물색없는 A만이 그래도 부사장 겸 편집국장 자세를 하고 돌아다니나 아무도 거들어주는 사람이 없었다.

그래서 부사장 A는 마침내 M일파를 퇴사시키라고 사장에게 말하고 사장이 수이 안 들어주니까 육박하다시피 조르기까지 하였다.

"저 일당을 내보내도록 해주시오. 신문을 잘되게 하려는 게 아니라 그릇되게만 하려고 드는 자들을 그대로 둘 수 있습니까, 내보냅시다."

---

22 들뿌리 : 원문대로.

이렇게 연일 조르나 사장은 그저 그닥 대수롭지 않게시리 덤덤히 듣는 상이었다. 한 것은 실상 사장이 생각하는 안속은 딴 데 있기 때문이다. 하니까 사장은 일껏[23] 한다는 소리가 그저,

"두고 봅시다. 한두 사람두 아니고……."
하는 어름어름한 소리밖에 없었다.

"아니, 후임자는 얼마든지 있습니다. 내가 책임지지요."

그러나 사본[24]이 수이 들어주게 못 생긴 터이라 사장의 어름어름이 고대 변할 리는 없었다. M파를 이용해서 H를 쫓자는 것이 사장의 내심인 것이다.

"그럼, 나부터 그만둘 밖에 없소."

A는 본시 신경질이고 또 변덕이 많고 아니꼬운 걸 보면 참지 못하는 사람이다. 그래서 끝내는 사로 나오지 않고 전화로 사장을 졸라대고 사장이 역시 그 어름어름이면 저는 인제 정말 그만둔다고 막말을 던지고 그리고 또 얼마 아니하여 다시 전화로 성화를 시키는 A였다.

한번은 진쨈[25]으로 사표까지 써 보냈었다. 그리고 전화로 사표를 보내니 어서 수리해 달라는 말을 한 때 사장은,

"거, 무슨 소리요. 일개 부하사원들 땜에 사표를 낸단 말이오. 그게 말이 되오. 어떻게 잘될 거니 나오시오. 그리고 사표는 미안하나 돌려보내우. 피차 좀 더 고려해 보기로 합시다." 하고 농담 비젖,[26] 핀잔 비젖이 막아버렸다.

3.

그 뒤 A도 떡심이 풀려 사로 나오며 말며, 또는 여행을 다니느라고 얼

---

23 원문 : 일껀.
24 사본 : 일의 근본. 또는 사건의 근원.
25 진쨈 : 잡것이 섞이지 않은 순수한 것.
26 비젖하다 : 비슷하다.

마 동안은 별말이 없었다.

A가 사로 나오지 않는 동안은 H가 그 자리를 지켰다. 실무는 물론 차장인 W가 외착 없이 다 해냈지만 사장이 H더러 국장자리를 보도록 시킨 것이다. M일파의 도전과 시위에 H의 기를 꺾어주자는 것이었다. 그러나 사장의 주문과는 반대로 M일파는 A처럼 같이 H를 기피하지는 않았고, 또 H로 말하더라도 재치 있는 사람이라 사내의 음험한 공기를 표면만으로라도 교묘히 허치고[27] 나갔다.

그런데 어느 날 밤에 우연히 이런 일이 생겼다. 그날 밤 세 시쯤 해서 동맹통신사로부터 특보가 들어왔다. 만주에서 토비들이 국제열차를 전복시켰다는 것이었다. 그래 그날 밤 숙직원이 호외를 발행하려고 곧 편집국장인 A에게, 다음으로 차장인 W에게 몇 차례 전화를 걸어도 두 사람 다 종시 나오지 않았다.

A로 말하면 이름뿐이지 본시 실무에는 상관하지 않는 터이요, W와 H가 주로 보고 있으나 W는 원청간 고주망태라 치질이 도져서 엉덩이를 움키고 다니면서도 술을 마시는 사람이니 필시 또 골아떨어진 모양이어서 하는 수 없이 H에게 전화를 걸었다.

한즉 H는 잠시 생각하다가 간단한 말로,

"그런 사건은 종종 있는 일이니 호외까지 발행할 필요가 없겠지요."

해서 그 숙직원은 그만두기로 하였다. 한데 그날 아침에 보니까 다른 신문에서는 거반 다아 호외를 발행하였었다.

아침내 자기 신문의 호외를 기다리던 사장은 전화로 숙직원을 불러 전말을 묻고 H의 명령이란 말을 듣자 일변 괘씸하고 또 일변 단단히 책을 잡을 기회가 온 것 같아서 여느 날보다 일찌감치 사로 나가서 다시 숙직원을 불러왔다.

---

27 허치다 : 흩어지게 하다.

숙직원은 호외 명령부(號外命令簿)에 적힌 책임자를 순차로 불렀으나 나오지 않아서 직접 책임자는 아니나 전무이던 H에게 의견을 물은 것이니까, 사규를 어긴 것은 아니나 사장은 속으로 자기의 의견을 묻지 않은 것을 괘씸히 생각하였다. 사장을 무시한 것이라고도 생각하였다.

그러나 그 이상으로 H에게 대해서 분노를 느꼈다.

'당연히 내야 할 호외를 무슨 심사로 못 내게 했을까. 사의 명예를 방해하려는 악의가 아닌가.'

그러나 그 동시에 그 분노 밑에서 H를 문책할 기회가 왔다는 생각도 함께 일어났다. 또 어찌하면 이것은 H를 누르고 사장으로서의 위의를 돋낼[28] 기회라고도 여겼다.

그는 인차 편집차장과 숙직원과 H를 불러놓고 오늘 새벽일을 다시 캐기 시작하였다. 숙직원은 다시 간단히 경과를 보고하고 편집차장 W는 지난밤 술 여독으로 치질이 도져서 썩은 콩을 씹은 듯이 얼굴을 잔뜩 찡기고 황송히 고개를 숙이고 있을 뿐이었다. A가 편집국장이지만 사실상의 책임자는 W다. 그러나 지난 새벽일은 전화를 받은[29] H에게 책임이 돌아가게 되었다.

"이것은 요컨대 사원들이 사의 사업에 대해서 성의가 없기 때문이라고 볼 밖에 없는 것이오. 다른 사에선 하나 빠지지 않고 죄다 호외를 발행했는데 우리 사만 빠졌으니 사의체면이 무엇이오."

사장의 말이었다. 그러나 H의 의견은 그와 좀 달랐다.

"그런 사건은 종종 있는 일이고 또 기왕에도 여러 번 호외를 발행한 일이 있으니까 이제는 말하자면 호외로서의 뉴스 밸류를 잃은 사건이라고 생각됩니다. 더욱이 숙직원의 보고를 들으니까 열차가 전복되었다는 것뿐이고 사상자든지 기타 피해에 대해선 전부 미상이라니까 후보[30]를

---

28 돋내다 : 돋워 내다. 위로 끌어올려 도드라지게 하다.
29 원문 : 받은.

기다려서 본지에 특별히 취급해도 늦지 않으리라고 생각합니다. 통신사에서 보내는 특보라고 전부 호외 재료가 되는 건 아니니까요. 다른 신문사에서 호외를 발행했다지만, 호외까지 없는 것을 호외로 냈다는 것은 무의미한 일일 뿐 아니라 사의 손해니까요."

그러나 사장으로 보면 자기의 위의를 돋우는 동시에 H를 누를 기회를 잡은 판이다. 또 H를 누르는 것은 그로 하여금 사에 대한 애착을 덜고, 그리해서 사를 물러갈 결심을 하게 하는 한 계제가 될는지도 십상 모르는 것이다.

사장은 좀 더 결연한 태도였다.

"그것은 결코 사를 생각는 견해가 아닐 뿐 아니라 동아 신정세에 대한 정당한 인식이라고도 볼 수 없소. 만주국으로 말하면 동아에 있어서의 새로운 국가질서로 탄생한 것이니까 크게 말하면 세계의 주시가 여게 집중되어 있다고 할 것이요, 적게 말하더라도 동아에 있어서의 화제의 중심지라고 생각하오."

하고 사장은 세계와 동아에까지 말을 끌어가는데 H는 그저 씨물 웃을 뿐 다시 더 말을 하지 않았다.

그러나 사장은 여기서 크게 자기의 위의를 세웠다고 생각하였다. 또 언론기관의 수반으로서의 흉도(胸度)[31]와 식견도 보였다고 생각하였다.

그는 좀 더 사장으로서 또는 명사로서의 지식을 공부해야 하리라고 맘먹었다. 그래 가지고 이제부터 기회 있는 때마다 연성 사장으로서의 면목을 세우려 하였다. 그러면 명사라는 이름도 스스로 따라올 것이라 싶었다.

한데 그 기회는 의외로 빨리 왔다. 그 이듬해 설날이었다. 사장은 이날 사원 전부를 대강당에 모아놓고 연두사를 겸하여 동아와 세계정세에 대

---

30 후보(後報) : 뒤에 하는 보도나 통지.
31 흉도 : 마음의 도량.

해서 일장 연설을 베풀고 그 가운데서 신문사가 걸어갈 길을 지시하였다.

사원들이 공연히 건기침을 연발하고 또 입을 싸쥐고 씨물거리지 않으면 미간을 잔뜩 찌푸리고 있었든지, 또는 연설 그만 듣고 어서 세주나 마실 궁리를 했겠든지 간에, 사장에게는 이 일장 연설이 여간 의의가 깊은 것이 아니었다. 그것은 돈을 가진 사장으로부터 인격과 지식을 가진 사장으로서의 사원들에게 군림(君臨)하는 동시에 명사로서의 재출발을 위한 신년 벽두의 제 일성이었던 것이다. 그래서 그는 미리 준비를 단단히 했더니 만치 큰 실수는 없었다.

이때까지는 거지반 H가 훈시사항을 맡아보았고 또 대외적 모임에도 H가 늘 사를 대표해서 출석하였다. 요전 '한글마춤법통일안 발표 기립회'때에도 H가 사를 대표해서 일장의 웅변을 토했고 그것은 만장의 갈채를 받았다. 그때 사장은 한 개 무명한 손님임에 지나지 않았다. 아직 사장은 그런 학술상의 모임에는 진언 백지여서 그런 큰 모임— 명사의 이름을 얻을 좋은 기회를 아깝게 H에게 맡기는 수밖에 없었던 것이다.

그 뒤 며칠 만에 신년 연회가 있었다. 모슨 모임에 가든지 언제든지 하는 버릇으로 M파의 일곱 사람(M만은 사장 이하 간부급들과 쉬이 앉았지만)은 별로 약속한 것은 아니지만 피차 멀리 떨어지지 않은 가까운 자리에 앉았다.

술이 거나하게 되면서부터 좌중은 취흥이 나서 떠들썩하였다. 술을 마시지 못하는 사람은 얼른 실속을 차려 배나 불리고 뿔뿔이 돌아가기도 하였다.

그러나 끝까지 남은 사람들은 마침내 취흥을 못 이기어 장소를 바꾸어 이차회가 열리기까지 되었다. 그때는 사장과 간부급도 대개 함께 갔으나 부어라 먹자로 울려 때리는 사이에 사장도 돌아가 버리고 A파의 사람들도 거의 다 먼저 돌아가 버렸다.

그러나 M파의 사람들은 전부 그대로 남아 있었다. 그들은 대개 건강이 좋아서 걸구처럼 무지하게 먹고 마시고 하였다.

그때 A파의 사람으로는 H가 그대로 남아 있었고 편집차장 W도 아직 돌아가지 않고 술을 마시고 있었다. W는 원래 술을 즐기기도 하려니와 또 언제든지 H가 있는 자리에서는 그가 일기 전에는 먼저 뜨지 않는 그이다. 그러나 그다지 술을 즐기지 않는 H가 여태 남아 있은 것은 그의 곁엣 사람들이, 특히 M파의 사람들이 그에게 연성 술을 권해서 빠질 짬을 주지 않았기 때문이다.

또 그는 오늘, 기분도 적이 유쾌하였다. A일파와도 항시 말도 잘 건네지 않는 M파의 사람들이 제게 술을 권하고 무간히 터주는 것이다. 그는 제가 여직도 옛날의 신망을 잃지 않은 것이라고 생각하였다. 또 본시 그는 내강하고 결곡한 사람이라 형세 불리하면 언제든지, 깨끗이 지고― 지는 것으로 이김을 삼고 돌아가는 성미여서 그 어떤 자리라도 꺼릴 것이 없었다.

하나 뜻밖에 바로 그의 맞은편에 앉았던 M파의 R이라는 사람의 눈지방[32]이 점점 음험하게 틀어져 갔다. 그러며 그는 연성 H에게 술을 건네었다. 그러자 그 곁에 앉은 사람들이 이내 그 눈치를 차렸는데 그때는 벌써 그 M파 이외의 사람들은 거의 다 돌아가 버렸고 몇 사람 모주꾼이 남아 있었으나 나자빠지지 않았으면 비틀비틀 자리를 떠버렸다.

그러자 뒤미처 형세 나쁜 것을 눈치 채린 것은 W다. W는 R의 눈치를 살피며 속으로 '저 유대인과 지나인의 얼마우자[33] 같은 녀석이 또 무슨 음모를 꾸미려고 저러나.' 하는 생각이 들어 그 공기를 헤친다고 노랫가락도 부르고 술잔을 돌려 농탕을 치려 하나 때는 이미 늦었다.

R은 마침내 말을 터쳤다.

---

32 눈지방 : 눈의 위아래 언저리. 눈시울.

33 얼마우자 : 관북지방에서는 러시아인을 '마우자' 또는 '마우재'라고 불렀는데, 중국어에서 둘째라는 '얼'을 붙여서 '얼마우자(二毛子)'라는 말로 언어, 의복, 풍습, 관습이 반은 한국식이고 반은 러시아인식인 사람을 가리키게 되었다. 여기서는 혼혈 혹은 잡탕이라는 뜻으로 쓰였다.

“H 선생! 선생께 묻고 싶은 말이 있는데.”

“네, 무슨 말이오?”

하고 H는 대범히 웃고 받았으나 R은 트집 사납게 뒷말을 잠시 참고 있었다. 단단히 걸고들 차비인 것이다.

하나 이 R이란 사람은 본시 M파에서는 제일 소극적이었고 또 위험시되는 인물이다. 위인이 워낙 참새 굴레 씌우게 약고 이해타산이 빠르고 오랜 룸펜 생활에 슬기를 잃어서 M파 중에서는 제일 믿음성이 적은 사람이었다.

즉 형세 여차하면 배신하고 A파로 갈 소질이 있다고 보는 사람이다. 그런데 그 사람이 오늘은 예에 없이 선코를 차고 나선 것이다. 모두 이상하다고는 생각하였으나 어쨌든 H를 그대로 두고는 A일파를 무찌를 수 없을 것을 잘 아는 터이라 이것이 기회라고 모두 그리로 머리를 돌렸다.

그때 형식이만은 좀 떨어져 W와 마주 앉아 있었다.

“여어, 술을 드시오 술을 들어야지. 내 권주가 한마디 할까, 하하하…….”

W가 형식에게 술잔을 보내며 크게 외치고 또 다른 사람에게도 술을 권하며 농탕을 치기 마련이다. 그렇게 흐지부지하는 가운데서 H를 구원내려는 술책인 것이다.

“술 마실 때는 술을 마시고, 계집 살 때는 계집 사고, 하하하 ……세사는 금삼척이요 인생은 주일배라,[34] 자아, 술들 드세.”

그러며 W는 형식이와 그 곁에 앉은 L의 손목을 잡아 제 편으로 끌어가려 하였다. 모디어지는[35] 험악한 기세를 뜯어 헤치려는 것이다.

“H 선생! 선생들이 ⅩⅩ회에서 우리 신문을 인계하실 모양이라는데 그게 참말입니까. 당초에 이 신문을 지금 사장에게로 넘어오게 한 것도

---

34 세사금삼척 인생주일배(世事琴三尺 人生酒一盃) : ‘세상 일은 석 자 거문고에 실어 보내고, 인생은 한 잔 술로 달랜다’는 뜻.
35 모디어지다 : 모여지다.

선생이니까 선생의 수완을 믿느니 만치 그 소문을 한낱 낭설로만 들을 수 없는데요.”

하나 H는 아무 말도 대답하지 않았다. 또 무슨 소리를 하든지 묵살하려는 그런 태도였다. 첨은 무슨 말이 나오나 하고 약간 웃음을 띠우고 R을 보던 그이나 이미 R의 태도가 공격적이고 보매 대답하는 것이 부질없는 일이라고 생각한 것이었다.

“여어, 이건, 무슨 쑥스런 소리야. 술좌석을 파흥을 시켜도 분수가 있지! 이게 무슨 자리야, 자리가…… 자아 술이나 먹세.”

W가 거의 발악에 가깝도록 소리를 지르다가 L의 고함에 말문이 무질려 버렸다.

“노오마 니…… 닥치지 못해.”

L은 기꼴 있고 우악한 사나이다.

하나 R은 그 말도 못 들은 척 정색하고,

“대답이 없는 것으로 보아 선생이 사실을 긍정하는 것이라고밖에 생각할 수 없습니다. 그러면 선생 같은 분으로—신문계의 선배로 있어서 신문이라는 대중의 공기를 일개 몇몇 사람의 사고기관인가 친목회 같은 데 넘겨가야 옳단 말입니까. 선생들의 ×× 회의 정신은 무엇인지 딱히 모릅니다만 그것은 대중 앞에 명확한 주장을 내놓지 않았으니까 한 개 사단체로밖에 볼 수 없지 않습니까?”

그래도 H는 아무 대꾸가 없었다. 그는 속으로 무엇을 굳게 결심한 도고한 표정이었다.

“여러 말을 하지 않더라도 선생이 누구보다 잘 아실 겁니다. 선생은 그 일파의 중심입니다. 그건 우리도 잘 압니다. 그러니까 그 단체를 떠날 수 없는 이상 우리 신문사를 그만두시는 게 선생 자신이나 신문을 위해서도 또는 사회 일반의 오해를 푸는 데도 좋으리라고 생각합니다. 거게 대해서 가부간 언명해 주셨으면 합니다. 그만둔다든지 안 그만둔다든지!

어느 편이든지 좋으니 대답해 주십시오.”

그것은 분명 위협이었으나 H는 종시 묵묵 일관이었다.

“우리도 신문 편집에 있어서의 선생의 수완과 기술을 잘 압니다. 그러나 선생이 있기 때문에 대다수의 사원의 불안이 사라지지 않고 또 사회에 여러 가지 풍설이 떠돌게 되고 그리고 신문의 장래가 위험시 됩니다. 선생은 A일파의 음모를 키우는 온상(溫床)이요 보호자요 또 참모입니다. 선생이 있는 날까지는 사내의 분쟁이 숙정되지 않을 겁니다. 그러니 선생이 그만두는 것은 즉 대중의 기관인 신문을 살리는 겁니다. 어떻게 하시렵니까?”

그러며 연성 또 졸라댔다. 다른 사람들도 따라 같은 태도를 취했으나 H는 끝내 한 마디 대답도 주지 않았다. 그래서 형세는 점점 더 악화하였다.

우악한 L은 구구스런 사설을 그만두고 한바탕 우지끈해 버릴 잡도리를 하였다.

“H씨가 누구십니까? 전화 왔습니다.”

한즉 L이 곧 그 말을 받아 가지고,

“전화 좀 있다가 받는다고 그래.”

하는 것을 다른 사람들이,

“아니 전화는 받고! ……전화 받고도 얼마든지 이야기할 수 있지 않어.”

해서 H는 전화 받으러 나갔다.

그러나 전화 받으러 간 사람이 이십분이 넘어 삼십분이 되도록 돌아오지 않았다. 그래서 비로소 이상하다고 생각하여 좌중을 살펴들 보니 W가 없다.

“요 다람쥐 같은 자가 어느새 새었어.”

“필시 W의 농간이지.”

모두들 필연코 W의 재주라고 생각하며 보이를 불렀다.

“아까 전화 받으러 간 손님 어떻게 됐나?”

형식이가 물었다.

"벌써 돌아가셨지요."

"돌아가다니?"

"그때 인차 돌아가셨습니다."

"전화 받고 그대로 나갔어?"

"아닙니다. 함께 오신 손님이 있지 않습니까. 그 대머리 손님 말씀입니다. 그이가 사무실에 와서 자동차 한 대를 불러다 놓고 아까 그 손님을 청해 내다가 함께 타구 가셨습니다."

그래서 도망한 줄을 알았다. 이차회 장소가 마침 한강 건너 태서관 별장이어서 수이 도망 못하리라고 방심했는데 W가 재주를 부린 것이다.

"그러게 내가 전화 받으러 보내지 말자고 하지 않았어. 소뿔은 당장에 빼야는 겐데. 엥히 붙잡기만 하면 그저……."

L은 H가 있을 때보다 기운이 백 배나 더하였다.

4.

H는 그날 밤, 사를 그만두기로 결심한 모양이었다. 그는 본시 성미가 담박한 사람이었다. 여러 사람이 무슨 이유로겠든지 자기가 물러가기를 원하는데 부득부득 있으려고 할 맛이 없다고 생각한 속이요, 또 저를 배각[36]하는 사람들에게도 노상 이유가 없지 않은 듯하고 그리고 그 외에도 사장과의 갈등으로 맘이 뜨악하던 차라 그럴 바엔 깨끗이 물러나리라 한 모양이었다.

그리고 보면 그가 A일파와 함께 신문사를 장차 저희들의 수중에 넣으려고 했다는 데에 의혹되는 점이 있고, 또 가령 그런 계획이 있었다고 하더라도 지금 형편으로는 그것이 실현되기 어려운 것을 깨닫고 더 구차

---

36 배각 : 거절하여 물리침.

스러운 승강을 하지 않고 물러가려 한 것일 것이다.

어쨌든 그 어느 것이겠든지 H의 그 후의 태도는 전보다도 더 청담한 것이었다. 태서관 별장에서 R의 일장 협박이 있은 그 이튿날에도 H는 여전히 사에 나와서 어젯밤의 그 사람들 더욱이 R의 앞으로 지나가면서 싱글싱글 웃는 낯으로,

"어젯밤은 무던히들 취했더군요."

하고 눈인사를 해서 듣는 사람이 되려 탈기할 지경이었다.

그리고 그날부터 그는 잔무를 부지런히 정리하는 눈치였다. 그 얼마 전에 사에서 현상모집한 장편소설 중에서 몇 편을 뽑아놓은 것이 있었는데 H도 그 심사원의 한 사람이어서 최후로 당선작품을 결정하려고 매일 그것을 열심히 읽고 읽었다. 그것이나 끝내고 정식으로 그만두려는 모양이었다.

물론 아직도 사를 그만둔다는 말을 정식으로 낸 일이 없으나 그 협박 사건 이후의 그 후기[37] 없는 소탈하고 깨끗한 그의 태도에 M파의 사람들은 은근히 경의를 표하고 있었다.

궐후에 정식으로 사표를 내고 돌아다니며 사원들을 일일이 만나보고 간단히 그 뜻을 말하는 H의 태도도 점잖고 정다운 것이었다. 그렇게 되고 보니 M파의 사람 중에서도 인정이 여린 사람들은 그에게 무슨 죄를 지은 것 같았고 더욱 사를 위해서 그런 인재를 잃은 것이 못내 아까운 듯도 하였다. 그것은 결코 승리자의 온정이라든가 하는 그 따위의 감정은 아니었다.

H가 집으로 돌아간 다음 M파의 사원들이 중심이 되어가지고 그의 송별연을 주최하기로 발기하였다. 그래 곧 회장을 만들어 사내로 돌렸다. 사장에게도 물론 가져갔다.

---

37 후기 : 뒤에까지 오래 미치는 기운.

일방 H의 사표를 수리하기로 생각한 사장은 그날 밤으로 진고개 어느 내지인[38] 요리점으로 M파의 사원들을 몰래 청해갔다.

무슨 때문에 모인 것이라는 말은 아무도 말치 않았으나 H를 퇴사케 한 공치사인 줄로 M파의 사람들은 생각하였다. 사장의 뜻도 물론 거게 있었을 것이나 그는 점잖게 시치미를 떼고,

"아까운 사람을 제군이 몰아냈지."

하고 제법 능청맞게스리 외교사령을 썼다.

그러나 여러 사람은 그것이 한갓 사장의 재담이라고 생각하고 그저 웃음으로 받았다.

"참 H씨로 말하면 재주 있고 훌륭한 사람이오. 과시 명불허전(名不虛傳)이지요. 그러나 그러한 사람을 마다고 하고 몰아낸 제군이니까 아마 그 사람 이상으로 일들을 잘해 가리라고 믿소. 기왕에도 말한 바지만 장차 사의 중심이 될 사람은 제군이라는 것을 잊지 말아 주오."

사장은 또 이렇게 듣기 좋게 돌려다붙이고 담으로,

"나는 숙시숙비를 가리려고 안 하오. 즉 H씨가 옳았다든가 제군이 옳았다든가 그런 말은 하고 싶지 않소만 어쨌든 제군들 뜻이 그런 줄을 알기 때문에 유감천만이나 H씨의 사표를 수리하기로 하였소. 그러니 제군도 그만침 책임감을 가지고 이제부터 한층 더 사를 위해서 노력해 주시오. 그리고 사회의 이목도 있고 하니 이제 더 분쟁을 계속하는 것은 재미없을 것 같소. 그 점은 제군도 잘 알 줄 아니 더 말치 않소만 각별히 주의를 해주시오. 그리고 A문제는 내게 일임하시오. 사람이 변덕은 많지만 술책이거나 흑심이 있는 사람이 아니니 그런 대로 두고 봅시다. 앞으로 협조해 나갈 수도 있겠지요."

하는데 분명 A파와의 대립을 더 계속하지 말라는 말이나 그도 역시 사

장의 외교사령이요, 재치라고 여러 사람은 생각하고 크게 맘에 걸지 않았다.

사실 A일파는 H만 잃으면 용가자미 알 빠진 것이라 보잘 것이 없으나, M파의 목적은 H만을 내보내자는 것이 아니요, A일당 간부를 내보내자는 것이니까 K의 퇴사로써 뽑았던 인장을 거두어 버린 바는 아니었다.

사본이 A파를 몰지 않고는 M파가 중요한 자리로 올라갈 수도 없는 터이다. 그러니까 이들은 H가 퇴사했다고 해서 그만으로 흐지부지할 수 없을 뿐 아니라 일을 위해서 H 같은 유용한 인재를 쫓아낸 저희들이니까 더욱 힘을 모아 초지를 이루지 않으면 안될 것이었다.

그리고 또 H가 물러간 뒤의 A파는 지금 짜장 풀이 꺾였으니까 이 고비를 이용해서 공세를 취하면 정녕 승리는 저희에게로 돌아올 것이었다. 또 사장도 말이 그렇지 A파가 아니면 신문이 안 된다고 생각한 바도 없으리라 싶었다.

그러나 그 담날 정세는 돌변하였다. 사장은 그날로 사내의 인사이동을 단행한 것이다. 사장은 첫째로 총무국이라는 것을 없애는 동시에 그 차장이던 M을 영업국 차석으로 좌천시키고 편집국에 편집부장이란 자리를 새로 만들고 그 자리에 R을 등용하였다. 그리고 그 담 M파의 사원은 전부 그 전대로(차석 혹은 평기자) 두었다. 그러니 말하자면 이번 이동은 결국 M을 좌천시키고 R 한 사람을 평지돌출로 올려 앉힌 셈이다.

사장은 제가 눈에 가시로 여기던 H를 협박해서 내쫓은 사람은 R라고 생각하였다. 그런 인식을 준 사람은 다름 아닌 R 자신이었다. R이 벌써부터 은밀히 사장 집으로 드나든 것을 안 사람은 아직 없었으므로 그가 특히 발적[39]된 데 대해서 M일파는 이상한 일이라고 생각하였다.

하나 무엇이 어쨌든 사장이 M을 좌천시킨 것은 두말할 거 없이 M일

___

39 발적(發迹) : 입신출세.

파(R만 제외하고)를 경원하고 견제하자는 내심일 것이 분명하다. 즉 M은 그 일파의 꼭지였을 뿐 아니라 총무국 차석이라는 중요한 자리에 있었다. 그러니까 그는 그 일파가 사장과 통하는 사닥다리쯤 되어 있었고 따라서 M파의 안전을 보장할 수 있는 자리에 있었던 것이다.

그런데 이번에 총무국을 없앤 것은 정녕 M을 견제하기 위해 그런 것이 틀림없고 더욱 영업국장 아래에 밀어넣은 것이 무엇보다 언짢았다. 영업국장은 순 A파이다. 그러니까 M을 A파의 견제 아래에 두자는 것이라 볼 밖에 없는 것이다.

또 M을 A파 아래에 깔아둔다는 것은 M파 전부를 A파 아래에서 대두하지 못하게 하자는 것이나 일반이다.

여게서 비로소 사장이 실속인즉 M파보다 A파를 자기의 지주(支柱)로 생각해 왔던 것과 그렇기 때문에 A파를 회유하고 M파를 경계하는 것이 분명히 드러나게 되었다. M파는 이제사 비로소 인식을 새로이 하였다.

그러나 그들 중에서 R만은 벌써부터 사장의 그러한 심중을 잘 알고 있었다. 그래서 진작부터 은밀히 사장의 보비위[40]를 해왔고 따라서 사장이 제일 미워하는 H[41]를 협박 축출하는 주역을 맡아서 저의 충성을 입증한 것이다.

그래서 그 갚음으로 R은 승차한 것인데 그뿐 아니라 그 뒤의 R의 행동이 확실히 동지를 저버리고 A파에 대해서 타협적인 것이 드러나자 M파의 사람들은 비로소 의분을 느끼게 되었다.

더욱 그 뒤의 사장의 태도도 적실히 A파를 싸주는 것이어서 M파의 불평은 이래저래 더 커갔다.

지금에 이르러 본즉 요전날 밤에 사장이 진고개 어느 요릿집에서 이제 사내의 분쟁을 그만두라고 한 것은 까닭 있는 소리였다. A파를 배각할

---

40 보비위 : 남의 비위를 잘 맞추어 줌.
41 원문 : B로 되어 있으나 문맥을 고려하여 바로잡았다.

맘이 없는 것은 물론 도리어 그들을 두둔해 주는 말이었던 것이다. 사실 A파의 사람들은 신문인으로서도 연조가 오래고 수완이 월등하거니와 더욱 성질이 온건들 하다.

그러나 M파는 거개 다 사회니 이론이니 과학이니 철학이니 하고 무슨 일이든지 다기고[42] 따지고 하는 품이 사장이라고 언제 무슨 일에든지 고지식하게 순종할 위인들이 아닌 것이다. 또 항상 낡은 것을 싫어하고 자꾸 두드려 부셔 새것을 만들기만 위주하고 사람의 장처보다 단처를 먼저 짚어내는 말썽꾼들이어서 사장은 속으로 그러게 콩밥들을 먹은 게지 하고 한편으로 늘 위험시하였다. 그런데 그 위험성이 H를 쫓는데 이용되었은즉 이제는 당분간 필요가 없는 것이 되어 도리어 경원과 견제를 받게끔 된 것이다.

그래서 M파는 앙앙한 불평을 품게 되고 그 중에서 오직 득의한 것은 R 한 사람이었다. 말하자면 여러 사람이 오래도록 싸워온 것이 마치 H 한 사람을 내쫓기 위해서였고 R 한 사람을 승차시키기 위해서였던 것같이 되고 만 것이다.

5.

그 며칠 뒤에 명월관에서 H의 송별연이 열렸다. 사장도 출석하고 사원도 거의 전원이 출석하였다. 부사장 A만은 여행 중이어서 참석하지 못했다.

사장이 맨 첨으로 일장의 송별사를 베풀었다. 사장은 명사의 첫 조건으로 연설 공부에 힘을 써왔더니 만치 짧은[43] 시일 안에 연설투가 딴 사람같이 늘었다.

사장은 자기 말에 자신을 가진 듯이 미리 준비해 가지고 온 말을 비교

---

42 다기다 : '닦다', '닦아세우다'의 뜻인 듯.
43 원문 : 쩌른.

적 유창한 어조로 내려 뽑아 H의 사람됨과 재주와 지식에 대해서 말을 하고 신문사에 대해서 공이 있는 것은 될 수 있는 대로 얼버무려 넘기고 그저 이러한 인재를 우리 사에서 잃는다는 것은 지극히 섭섭한 일이란 말을 한 다음 목소리를 고쳐 다듬어 가지고 그러나 사회는 넓은 것이요, H로 말하면 금후도 사회인으로 활동할 것이니까 비록 간접적이라 하더라도 같은 이 사회의 일꾼이라는 점에서 피차 관련이 있다고 할 것이란 말과 금후에도 많은 활동이 있기를 바란다는 말을 도도히 내려 읽었다.

그러고 다음으로 편집차장 W가 일어나서 잔잔한 목소리로 송별사를 베풀었다. 그는 본시 H의 적은집이란 별명을 듣고 또 자기로도 그 별명을 해롭지 않게 여기던 사람이라 응당 이번에 H와 행동을 같이해야 할 것이나 여러 가지 사정이 그럴 수도 없고 또 이제 바로 발밑에 내려다보이는 편집국장의 자리도 미상불 구미를 돋우는 것이어서 눌러 있기로 되었으되 늘 한쪽에 수삽한 맘이 있어서 그 변명 비젖한 소리에다 섭섭하다는 말을 돌라서⁴⁴ 기다랗게 늘어 뺐다. 또 사실 그는 신문에 생애를 달고 있었다. 그래 저로도 비참한 일인 줄은 잘 알면서도 사장이 말한 우산 둘을 이 연설에서도 들고 나서지 않으면 안 되었다. 즉 하나는 사장의 감정을 막기 위해서고 담 하나는 H의 노염을 막기 위해서였다.

마지막으로 H가 일어났다. 일어나서도 그는 한참이나 입을 열지 않고 좌중을 둘러보다가 서서히 입을 열어 나직한 소리로 송별연을 베풀어 주어 고맙다는 뜻을 표한 연후에 고쳐 정색하고 목소리를 가다듬어,

"오늘의 제 감상을 간단히 한 말로 그치잘 것 같으면 마치 남의 집에 시집을 가서 아들을 낳어 기르다가 첩에게 그 아이를 빼앗기고 쫓겨나오는 것 같은 것이라고 하겠습니다."

좌중은 쥐죽은 듯이 고요하였다. 어느 사람이 그의 말에 공명되어서

---

⁴⁴ 도르다 : 어떤 대상의 둘레를 빙 돌거나 돌게 하다.

그랬는지 한번 조심스럽게 기침을 콩 하는 바람에 송송하고 자발없는 모모 사원이 사장의 얼굴을 흘낏 쳐다보니 사색이라 할까 어쨌든 붉다는 정도는 훨씬 지난 낯색이었다. H는 점점 더 목소리를 가다듬어 가며 말을 계속하였다.

"물론 본실이 반드시 착하고 성실하고 첩이 반드시 간악하고 음란한 것이라고는 할 수 없는 것이니까 어쨌든 누구의 손으로겠든지 이미 생겨난 어린애를 잘 기르면 그만일 것입니다. 그러니까 그 어린애를 잘 기르기 위해서 처첩간의 분쟁을 그만두려는 것은 아마 양심 있는 누구나가 가지는 행동일 것입니다. 그러고 보면 그 쌈을 근절하기 위해서 한 편이 그 집에서 물러나는 것이 가장 현명한 방법이 아닐까 생각합니다."

그러고 또 잠시 쉬어가지고 말을 이었다.

"부질없는 감상을 말한 것 같습니다만 요컨대 이제 여러분은 더욱더 노력하시고 자중하셔서 좋은 신문을 만들어주기를 바랄 뿐입니다. 신문 경영은 비록 어떤 재단이니 개인이 한다 하더라도 신문 자체는 엄격히 사회에 속하는 것입니다. 그러니까 어떤 경우에든지 사사로운 개인의 의사가 신문을 지배해서는 안 될 것입니다. 이것을 투철히 인식한다고 할 것 같으면 즉 신문이란 공적(公的) 존재요, 사회의 공기인 것을 인식한다면 신문사업도 다른 사회사업과 마찬가지로 잘 발전해 갈 수 있을 줄 압니다. 즉 사회의 지지를 받기 때문입니다."

또 잠시 쉬었다가 다시 이었다.

"이런 의미에서 나는 미력이나마 사회의 공복(公僕)으로 여러분과 같이 일을 해왔습니다. 즉 여러분의 벗이요 동료자였다고 나는 생각합니다. 여러분이야 나를 어떻게 여겼겠든지 나만은 우리가 함께 공변된 일을 위해서 일하는 동지라고 생각합니다. 즉 이미 생겨난 어린애 — 신문을 기르기 위해서 미약한 힘이나마 서루 바쳐오던 벗이라고 생각합니다. 그러기 때문에 물러가는 데 있어서 여러분에게 바라는 바가 더욱 큽니다. 더욱 힘써 주기를 바랄 뿐입니다.”

H의 고별사는 끝났다.

그 시간은 그닥 길지 않은 것이었으나 사장에게는 한 시간도 훨씬 넘는 것 같았다. 사장은 그 검푸른 얼굴이 경련되는 것을 스스로 깨닫지 못했다.

H의 말은 확실히 저를 첩에다 비기려는 것이요, 공변된 것을 잊고 사사로운 일에 치우치는 비사회인으로 치자는 것이다. 그의 말을 들으면 저는 결국 H가 낳아준 어린애 — 신문을 기르는 유모도 아닌 첩인 것이다.

H도 문인다운 고집과 편협이 있지만 그 점에서는 사장이 좀 더 위일 것이다. 매우 옹졸한 사람인 것이다. 그러니 만치 분노와 부끄럼이 머리 끝까지 바쳤다. 머리가 천근같이 무거운 무엇에게 내려 눌리는 것 같았다.

그러나 그렇다고 한바탕 대성질호[45]로써 H를 호령해 줄 수도 없는 그였다. 또는 저를 위해서 H를 쳐주는 사람도 없었다. 그는 속으로 은근히 저를 위해서 총대를 메는 성실한 사원이 누군가고 생각해 보았으나 결국 아무도 H의 말을 중둥무이[46]시키려는 눈치가 아니다. 저번 날 밤에 태서관 별장에서 H에게 일장 협박을 내렸다는 R은 어찌 되었는가. 사장은 흘끔 R을 건너다보았으나 그도 약간 상기해 있달 뿐으로 별다른 거조는 차릴 성싶지 않았다.

R은 그때도 H의 말이 사장에게 어떻게 미칠까 하는 것을 생각하지 못한 것이 아니다. 그런 때에 사장의 동정을 살피고 노골적으로 헤고 나서는 것은 도리어 사장의 면목을 깎는 것이다 싶어 가만히 고개를 숙이고 있었던 것이다. 그러나 만일 그가 한 걸음 더 나가서 사장을 동정하고 H에게 시위하고 반박하는 태도로 얼굴을 찌푸리고 어깨를 버쩍 살구고[47]

---

45 대성질호 : 큰 소리로 꾸짖음.
46 중둥무이 : 하던 일이나 말을 끝내지 못하고 중간에서 흐지부지 그만두거나 끊어 버림.
47 살구다 : 위로 으쓱 돋구다. 살리다.

도고히 H를 노리고 있었던들 사장은 벌써 그에게 이번은 무슨 자리를 떼줄까 하고 생각했을 것이다.

그래도 R은 역시 영리한 사람이었다. H의 말이 필한 후 술이 돌아가기 시작하자 몇 잔 거푸 마셔 거나한 기분으로 H에게 말을 걸려고 들었다.

그때 H는 Y(H파)에게 아까의 연설에서 한 공(公)이라는 데 대해서 사담으로 부연하고 있었다.

"그러니까 A씨로 말하면 반생을 공을 위해서 일한 사람이요, 싸운 사람인 점을 이해해야 될 거요. 그런 점으로 보면 금후 그와 손을 잡고 신문을 위해서 일할 수 있으리라고 나는 믿소. 또 믿고 싶소. 부질없는 당파성(黨派性)이니 하는 것을 버리고 힘을 합해서 신문을 잘 키이는 것이 옳을 것 같소."

H가 Y에게 하는 말이었다.

그럴 판에 R이 H에게 말을 건넸다.

"H선생! 아까 말씀은 잘 들었습니다만 선생의 공사(公私)에 대한 견해는 우리와 조곰 다른 데가 있다고 생각하는데요. 즉 제 생각 같아서는 공사란 것은 어떤 개인의 의사와는 독립된 것이라 생각합니다. 즉 어떤 개인이 공이라고 생각하는 일도 실상은 공이 아니라 사일 수 있다는 말입니다."

이 뜻은 물론 H는 제가 한 일이 모두 공을 위한 것이라 하지만 R 보기에는 그렇지 않은 점이 있다는 것을 암시한 말이다. 하나 H는 R의 말은 그닥 탐탁히 듣지 않는 듯이 얼른 대답하지 않고 여전히 Y편을 향하고 있었다.

R이 다시 H에게 말하려 하는 때에 사장이 슬며시 일어나 밖으로 나갔다. R이 저를 위해서 한몫 메어줄 잡도리이매 그대로 앉았는 게 면구해서 일어선 것이나 R은 그것을 보는 순간 잠시 실망할 뻔하였다.

그러나 R은 고쳐 생각하였다. 제가 오늘 밤 한 말이 아무려나 내일 아침으로는 사장의 귀로 들어갈 것이요, 설사 전하는 사람이 없다 하더라도 제가 직접 찾아가서 말할 수도 있는 것이요, 그렇다면 사장이 없는 자리에서 한마당 또 설전(舌戰)을 펴는 게 오히려 더 뒷 보람이 있는 일이라고 생각되어서 다시 H에게 걸고 들려고 하였다. 그때는 R도 이미 술이 취해서 말하기가 알맞았다.

그럴 판에 형식이가 그것을 한참 바라보다가 R을 불렀다. 형식이도 술이 취했었다.

"여어, R군! 이리 점 오게."

형식의 말투는 첨부터 약간 거칠었다. 며칠 전부터 벌써 R에게 감정이 좋지 못했을 뿐 아니라 오늘밤만 해도 R이 기왕에 하던 것처럼 자기들 곁에 와서 앉지 않고 사장과 부장들 틈에 끼어 앉아서 턱을 들고 그들의 말에 참견하려고 드는 것이 심히 용렬해 보였다. 올챙이 꼬리 떨어진 지가 몇 날이냐고 형식은 혼자 속으로 조소도 하였다. 침을 탁 뱉고 싶은 때도 있었다.

"여어, R군! 이리 점 오게."

그 소리는 좀 더 사나웠다.

"가만있어, 여기 이야기가 점 있어."

R이 반쯤 고개를 돌렸다가 다시 H편을 향하였다.

"이 사람아, 여기도 이야기가 있어. 그만하고 이리 와."

"무슨 이야기야?"

"무슨 이야기……? 무슨 이야긴지는 와서 들어봐야지 않나."

"내 갈게,[48] 잠시 기다리게."

"기다려……? 그래 안 올 텐가."

그런즉 R은 다시 저편으로 고개를 돌리고 못 본 체한다. 그래서 그 찰

나에 발끈 돋은 형식은 벌떡 일어나서 R의 곁에 가 그의 팔을 잡아 일으켰다.

"무슨 이야기야?"

R이 끌려오며 약간 힐문하는 표정으로 형식을 보았다.

"무슨 이야기……? 그래 무슨 이야긴지 모르겠나."

형식은 더욱 흥분이 되어갔다.

"말을 해야 알지."

"말을 하면 알겠나? 그럼 말을 안 해서 몰랐단 말이지."

"이 사람이 벌써 취했구먼…… 술이나 먹세."

"내가 취했어? 에이키 개자식!"

하고 형식은 바람소리 나도록 손을 날려 R의 뺨을 후려 갈겼다.

"이놈의 새끼! 너, 날더러 이야기하랬지? 이야기하면 네가 알 테냐 그래. 개귀에 사람의 말이 무슨 필요냐, 그래서 개에게는 말이 필요치 않고 매가 필요한 것이다. 맞아 봐라. 맞아서 아파야 개란 놈은 잘못한 줄을 아는 법이다."

그러며 거푸 두세 개를 우그렸다.

그러자 M이 달려와서 두 사이에 들어서며 뜯어말렸다.

"이눔이 미쳤어. 너 왜 이러는 거냐."

R도 그제는 분이 나서 형식의 멱살을 잡고 대들었다.

"이 개 같은 놈의 새끼! 왜 때리는지 여태 모르겠느냐. 아직 매가 부족한 게구나. 네 항복이 나올 때까지 맞아봐라."

그러며 형식은 재처 R의 멱살을 감아쥐고 꽂고 때리고 차기까지 하였다.

그러자 좌석이 총 기립을 하고 두 사람을 에워싸고 말리거니 말릴 게 없다거니 하더니 테 밖에서 또 티격태격 하는 소리가 난다. 사원의 대부분은 형식의 편을 드는데 그 중에서 R을 두둔[49]하려는 사람이 있어 또 말썽이 붙은 것이었다.

그래서 쌈은 제법 대판으로 벌어졌으나 M과 그 외 몇 사람이 악을 쓰고 뜯어말렸다. 어떤 감정이 있더라도 술좌석에서 취해가지고 싸우는 것은 옳지 않다는 것이요, 또 자리를 달리하여 얼마든지 잘잘못을 캘 수 있는 것이니 형식이 혼자서 섣불리 나덤빌 것은 문제라 하여 쌈은 끝났다.

그러나 형식은 이제 다시 R을 붙잡고 이면이나 이론을 캐고 싶지는 않았다. 그러한 것을 다시 필요로 하지 않는 곳까지 R은 벌써 가버린 것이다.

이 일이 있은 담담날에 형식은 편집차장(국장 A는 여행 중이었다)에게 불려가서 사직권고를 받았던 것이요, 세 번 그러는 것을 종시 응치 않아서 결국 출사를 당하고 만 것이다.

사장은 그날 밤 이야기를 듣자 곧 그 자리에서 형식을 자기에게 대한 도전자로 또는 사내의 평화를 교란[50]하는 자로 퇴사시킬 것을 결심하고 편집차장에게 권고사직을 시키라고 하고 만일 듣지 않으면 사규에 의해서 처치하라고 일렀던 것이다.

M파의 사람들 중에는 형식이가 사직권고를 받은 때 그와 함께 사를 그만두겠다는 의사를 표시하였으나 그건 형식이가 굳게 말렸다. 아직 하자는 일이 다 필한 것이 아니요, 또 앞으로 전혀 기회가 없을 것도 아니니 지금 한 사람 때문에 여럿이 물러나는 것은 스스로 지는 것이나 일반이니 그럴 필요가 하마 없다고 형식은 곡진히 말렸다.

7.

아내도 결국 남편이 신문사에서 쫓겨난 것을 알게 되었다. 형식은 언제까지든지 비밀에 붙여 둘 수 없었던 것이다.

첫째, 벌이가 떨어진 서울에서 번들번들 살아갈 묘리가 없고 그렇다면

---

49 원문 : 두던.
50 교란(攪亂) : 원문은 '각란'임. 마음이나 상황 따위를 뒤흔들어서 어지럽고 혼란하게 함.

이 봄에 학교로 들어갈 종수 놈을 서울 학교에 입학시킬 수가 없는 것이다. 그런데 입학기는 더럭더럭 다가와서 어서 시골로 내려가야 할 판이니 그저 우물쭈물하고 있을 수가 없어 마침내 아내에게 실토한 것이다.

그 뒤 아내는 두고두고 생각해도 화가 났다.

"글쎄 사람이 어째 그렇단 말이오. 어린애도 아니고……."

하는 것이 아내가 오늘까지 벌써 세 번째 거듭하는 핀잔이요,

"내, 그놈의 신문사, 그만 두잔지가 오랬어 시굴 가서 아무 일이라도 해먹지, 도제 이놈의 서울이 싫어. 어린애가 눈병이 나는 것도 이놈의 집 때문이지."

하는 것이 형식의 대답이었다.

"그럼 어린 애는 어떻게 하겠소 학교에 벌써 원서까지 제출해 두었는데."

"그거야 뭐 상관 있소. 시굴학교에 넣으면 그만이지."

"시굴은 그리 쉽답디까."

"그래도 어떻게 되겠지."

고향이란대야 별 수 없는 형식이었지만 그래도 거길 가면 무슨 도리가 있을 것 같았다.

"얼굴 가렵게 엊그제 이사 온 게 무슨 면목으로 되돌아간단 말이오."

"그래도 할 수 없지."

"시굴 가면 살 일이 있을랍디까."

"해도 서울, 이 백사지땅[51]보다야 났겠지."

"그나저나 어린애 학교 들어갈 날이 뿌득뿌득 가까워오는데 무슨 마련이 있어서……. 가구 싶다고 나는 새처럼 수이 떠날 줄 알우. 움쭉하면 돈인데, 이사하자면 또……."

"육칠십 원 있으면 되겠지……."

---

51 백사지땅(白沙地−) : 의지할 데가 도무지 없는 객지나 타향.

"육칠십 원? 부르기는 쉽소. 뉘 집 어린애 이름인 줄 아나베."

"이 집 시끼낑[52] 찾을 거하고…… 그만 돈이야 어떻게 되겠지."

"내 그러게 애당초 서울 오란 때 어째 뜨악하더라니. 뒤가 무거운 게……."

그리고 아내는 입이 쓴 듯이 외면해 버린다.

형식이도 짐짓 무안해서 곁눈을 팔고 있으려니까 종수 놈이 불이 거의 꺼져가는 화로를 끼고 조그만 돌을 그 불에 굽고 있다. 그 돌을 달궈가지고 헝겊에 싸서 눈에 대곤 하는 것이다. 아마 병원에서 그렇게 하라고 이른 것인가부다고 생각하며 형식은,

"아니 그나저나 저 앨 데리고 병원에나 가보우. 눈이 낫지 않으면 학교 들 때 재미없지 않소."

하고 일깨웠다.

"당신이 데리고 가보구려."

"난, 어린이 잡지에서 뭘 하나 써달라는데…… 노수나 보태 써야지."

"아이구, 그놈의 원고료. 밤낮 온다는 게 내 오는 걸 못 봤소."

"아니 이번은 틀림없어. 참 그 잡지에다가 어린애들 사진두 내겠다구, 사월 호에 말야. 종수와 성희 것을……."

"뉘 망신을 시킬라구 그 꼴을 해서 사진을 찍어요."

"그게 망신일 게 뭐람……."

"염량은 좋소. 신선야 신선, 신선이란 당신을 두고 한 말인가 보오. 철없는 어린애만도 더 태평이니…… 글쎄 저 애가 다 돈 없는 걱정을 하고 병원으로 안 갈라구 드는데…… 아버지가 신문사를 그만두었다니까……."

아내는 말은 그러나 화가 좀 풀린 모양이다.

"걱정 말구 데리구 가요. 그래도 살아가겠지……. 신문살 그만둔 것도 실상 잘살기 위해서 그런 게지. 사람이 제 맘, 제 정신을 그대로 가지고

<hr>

52 시끼낑 : 전세보증금의 일본말.

살려니까 그런 쌈도 하는 게고 쫓겨도 나는 게고 또 이런 고생도 겪는 게지…… 그게 사람 사는 게지 별건가.”

그래서 아내가 어린애를 데리고 병원으로 간 뒤에 형식은 원고를 쓰기 시작하였다. 앞에 어두운 장막이 내려 덮이는 것 같으면서도 용하게 원고를 써낸다고 스스로 생각하였다. 그러나 하기는 글을 읽거나 쓰거나 해야 암담한 맘이 좀 트이고 든든해지는 그였다.

그는 또 일변 쉬는 사이에는 이사할 준비를 차렸다. 이사래야 세간 등무새[53]가 요란히 많은 것도 아니요, 어느 운송점에 부탁하면 담배 한 대 필 사이에 뚝딱해 버릴 것이고 이웃 간에 무슨 아질자질 인정이 키이는 데가 있을 턱도 없었다.

그러나 다만 형식이네 사는 근방에 어미 없는 외손녀를 기르는 가난한 늙은 여자가 있어 형식의 아내와 어찌어찌 인정이 들어서 그 외손녀를 형식이네가 가져다 기르면 어떠냐고 해서 맘 헤픈 아내가 그러자고 대답해놓고 차일피일 못 데려오고, 이담에 시골 갈 때는 위불없이 데리고 간다고 다짐했는데 지금 형편으로는 그도 될 수 없는 일이어서 그것이 짐짓 맘에 걸렸고, 또 하나는 불효자식한테 밤낮 구박을 받고 지내는 건넛집 홀아비 늙은이가 겨우 내 형식이 집 개천과 대문 앞 빙판을 도끼로 꺼주고 혹시는 청치도 않은데 장작을 패주어 항상 고맙던 것이 맘에 걸릴 뿐이었다.

이 인왕산 밑 구차한 동리에서는 그래도 형식이네가 때 끓일 걱정이나 안하는 편이었고 그러니까 이웃에서도 들여다보아 주는 사람이 있는 것이다.

형식이 보기에는 이 동리처럼 인정머리 있고 어리무던한[54] 동리는 없는 것 같았다. 형식은 이 두 늙은이에게는 무슨 인사라도 차리고 가야

하리라고 생각했으나 그 홀로 난 늙은 아낙은 요 며칠 사이 통 오진 않고 그의 집이 어딘지도 딱히 알지 못했다. 그래서 건넛집 늙은이에게만 이사한다는 말을 하고 담배나 사 자시라고 돈 얼마를 쥐어주었다.

하나 그러고 나니 그 외손녀 데리고 산다는 늙은이의 일이 가엾이 여겨졌다. 그 늙은이도 늙은이지만 그 어린 외손녀가 장차 어찌될까 하는 생각이 적지 않게 그의 맘을 아프게 하였다. 저희가 가더라도 그들은 그들대로 살아갈 것이로되 그래도 저희가 떠나면 그들은 장차 어찌될까 하는 남의 걱정을 참답게 하는 형식이었다.

그 뒤 형식의 집은 이내 서울을 떠나게 되었다. 떠나기 전날 그는 어린이 잡지 원고를 다 써서 편지와 함께 우편으로 부쳤다. 편지에는 신문사를 그만두고 내일 시골로 이사 간다는 말을 썼다.

그 편지가 그날 중으로 배달될 것 같지는 않았으나 형식은 그 잡지기자 김 군이 와주었으면 하고 점두룩 기다렸다.

어린애들은 시골 간다고 뭣도 모르고 그저 좋아라고 뛰고 미루꾸[55]를 사느니 고구마를 사느니 하고 연성 손을 내밀고 돈을 내라고 어리광을 부렸다. 그럴수록 형식은 어린애를 좋아하는 김 군이 와서 마지막으로 웃고 헤어졌으면 싶었다. 쓸쓸한 이 한때의 조촐한 분위기 가운데서 철없이 고아내는 어린애들의 얼굴을 김 군의 카메라에라도 남겨두었으면 싶기도 하였다.

그러나 김 군은 종시 오지 않았다.

그 이튿날 아침 형식의 일가족은 효자동에서 전차를 탔다. 마침 출근시간이 되어서 그런지 승객이 많이 탔었다. 문밖과 이 근방에서 모여온 학생들도 빽빽이 들어섰다. 형식은 어린애들을 좌우에 세우고 제가 가운데 섰다.

---

55 미루꾸 : 밀크캐러멜의 일본 말.

총독부 앞에 이르렀을 때 웬 사람이 전차에 올라 형식이 앞으로 쓱 지나가다가 형식이와 눈이 마주쳤다. 그러자 두 사람 다 흠칫 놀라는 표정이었고 부지중 인사하려는 동작이었으나 이내 드음 하니 시침을 떼고 각각 외면해버렸다. 지금 들어온 사람은 다름 아닌 R인 것이다. R은 무트름해서[56] 새로 산 가죽가방을 낀 채 저만치 비켜서서 형식이와는 아주 외면하고 섰다가 B일보사 앞에 와서 성큼성큼 내려버렸다.

형식은 그때 무심히 H를 생각하였다. 태서관 별장에서 R에게 협박을 받던 그 이튿날 아침 R을 보고 웃으며 인사하던 H를 연상하였다. 그리고 그렇게 가깝게 지나고 또 일이야 크든 적든 간에 오래도록 힘을 합하고 지혜를 모아서 같은 목적 때문에 고스란히 애를 쓰던 R과 자기, 그리고 오늘날, 생면부지 알지 못하던 남남끼리보다도 더 싱겁게 갈라져 버린 R과 자기를 생각하였다.

"여어, 형식 군!"

"아, 자네……."

이런 광경도 생각했으나 그것은 자발없는 공상이요, 다시는 그러한 때가 두 사람 사이에는 오지 않을 것 같았다. 아무런 사정이 있더라도 형식이와 R은 그 옛날로 다시 돌아갈 수 없으리라 싶었다. 그것은 물론 직업을 잃었다든가 하는 따위의 감정에서는 아니었다.

벌써 전차는 B일보사를 멀리 지나왔다. 그러나 그 우중충 높고 큰 B일보사의 건물이 아직도 저편에 들여다보였다. 그 안에서 전이나 다름없이 일을 보고 있을 여러 사람들을 형식은 상상해 보았다. 그러다가 그는 문득 또 자기와 R의 처지가 바꾸어진 경우를 연상하였다. 즉 제가 R의 처지가 되어 있을 것을 상상한 것이다. 그러나 그는 인차 도리머리를 흔들었다.

---

56 무트름하다 : 어떤 일이 마음에 썩 내키지 않다.

그럴 판에 전차가 커브를 도느라고 그런지, 갑자기 속력을 죽여서 그런지 전후로 몹시 흔들리면서 형식은 하마터면 앞으로 쓰러질 뻔하였다. 어린애들도 아내도 함께 비틀거렸다.

형식은 무의식중에 얼른 두 손으로 어린애들을 붙잡고 몸을 가누며 무심코,

"……까짓 거 ……그게 뭐……."

하고 왕청한 소리를 발하였다. 저는 저 이외의 아무 것도 되고 싶지 않았다. 지금의, 있는 그대로의 제가 역시 제일 좋았다. 저 자신에게 대해서 이 순간만은 아무 불만도 없었다.

동시에 그는 알 수 없는 강심과 희망이 유연히 몸속에서 솟는 것을 느꼈다. 해직사령을 받고 민민하던 그것이 한 개 그림 속의 일같이 아름답게도 보이는 것이었다. (끝)

－ 16. 2[57] －

〈춘추〉 1941년 4월

---

57 16.2 : 쇼와 16년 2월, 곧 1941년 2월.

두견(杜鵑)

1.

세형은 오늘밤도 공연히도 심란해서 늦도록 잠이 오지 않았다.

맘이 트일 까닭이 없었다. 집에 들면 바가지 긁는 소리에 관자노리가 욱신거리고 밖에 나가면 들리는 소리가 쇠배[1] 비위에 맞지 않고 그러면 그 잘난 오막살이도 그래도 아직은 그게 낙원이니라 싶어서 찌그러진 대문을 잊지 않고 일쑤 또 찾아드는 것이나 들면 으레껏 또 어느 모에서 무슨 자퀴든지[2] 불거져서 평생 맘 편해볼 날은 없기 마련이다.

오늘도 한바닥[3] 티격태격하고 난 뒤라 도제[4] 맘부칠 곳이 없고 잠은 오지 않고 해서 늦도록 이리 궁글고 저리 궁글고 하고 있었다.

밤이 어느 만침 늦었는지 딱힌 모르되 아마 자정이 이미 가까웠으리라.[5] 그런데 별안간 밖에서 삐걱삐걱 하는 소리가 들려왔다. 그러더니 인차 그 악스레 대문 두드리는 소리가 들린다. 마당이 겨우 손바닥만 하니깐 대문

---

1 쇠배 : 전혀.
2 자퀴든지 : 원문대로.
3 한바닥 : 한바탕.
4 도제 : 도저히의 준말.
5 원문 : 가까웠으라.

께란대야 대즉 엎더지면 코 닿을 데니 그 소리가 역력히 들릴밖에…….

"유 선생! 계십니까 유 선생……."

그리고 그 대답을 기다릴 사이 없이 밖곁[6]사람은 고쳐 또,

"대문 좀 열어주셔요 대문……."

하면서도 원체 다 비틀어가는 쪽대문인지라 어찌 꾸지르고[7] 들어올 수 있을 것 같아서 대문을 연성 떠다밀고 있다.

세형은 부지불각[8]에 귀가 솔깃해졌다. 밖곁 목소리는 들을수록 귀에 익은 음성이요, 또 그보다도 그 음성 가운데서 풍겨나는 절박한 애원이 그의 이마에 서릿바람을 홱 날리고 지나간다.

"누구세요?"

세형은 쌍바라지를 밀고 마루에 나섰다.

"선생님! 저올시다. 수범이올시다. 문 좀 열어주십시오."

"수범이? 아, 수범이가 이 밤에 어째 왔나 가만 있게……."

그러며 세형은 마루에 놓인 어린애들 신발을 되는 대로 발 코에 걸고 반달음질을 쳐 가서 대문을 열었다.

으스름 달밤인데 더욱이 수범의 얼굴은 새파랗게 질려서 무서운 인색 (燐色)같이 번쩍이는 것이다.

"자네, 이 밤에 어째 왔나."

"아버님이……."

수범이는 말에 느껴 뒷말이 얼른 나오지 않았다.

"아버님이……? 아버님이 어쨌나 어디가 편치 않나……."

"네……."

"편치 않으셔……."

---

6 밖곁 : 바깥의 옛말.
7 꾸지르고 : 원문대로.
8 원문 : 휴지불각.

“아닙니다……. 아버님이 돌아가셨습니다.”

“돌아가시다니, 언제?”

“지금 막 돌아가셨습니다. 선생님 지금 곧 좀…….”

아무리 미장가 전 나 어린 아들이라 하더라도 상사에 이르러 맏상제의 몸으로 몸소 온 것이 예가 아닐 것이나 두 집 사이로 말하면 그런 예의 범절을 캘 사이가 아니라 그런 곡례[9]는 차후에 풀 셈하고 우선 그보다 더 급한 생각에 말이 걸려서 세형은 떠듬떠듬 물었다.

“그래, 무슨 병환인가. 의사는…….”

그러고 또,

“무슨 병환인데 소식도 없이 갑자기 그리 됐단 말인가.”

하기도 하고 또,

“아니 정말 상사 나셨나. 지금 위중하시단 말인가. 단단히 보긴 봤나.”

하기도 하였다.

하나 이렇게 묻는 동안 수범은 아무 말도 없이 소곳이 섰다가 짐짓 고개를 숙이며 가늘고 떨리는 소리로,

“아버님께서 자결하셨습니다.”

하고 일렀다.

“아니 어떡하셨어. 자결이라니…….”

하는 세형의 소리는 제 가슴에 되돌아와서 박질리듯[10] 칵 안기었다.

“아버님이 운명하시면서 돌아가신 담에 유 선생님께만 알리라고 말씀하셨습니다. 절더러 선생님을 찾아가서 알려 올리라고요. 그리고 그 담 사람에게는 아무에게도…….”

슬프다는 것보다 아들도 세형이도 자결이라는 장엄하고 치떨리는 사실 앞에 자기를 잊고 서 있었다.

---

9 곡례(曲禮) : 예식이나 행사의 몸가짐 따위에 대한 자세한 예절.
10 박지르다 : 세차게 냅다 지르거나 차다.

"자네 먼저 가게. 내 두루마기나 입고 곧 감세. 그래 분명 운명하시는
건 보고 왔나."

하고 세형은 재처[11] 따지고 방으로 달려들어 왔다.

들어오면서 문득 생각한 것은 아내가 비록 잠이 깊이 들었더라도 그동
안에 응당 일어나서 아까의 그 티격태격은 물에 씻어버리고 이 비장한
소식에 가슴을 누르고 있으려니 하는 그것이었는데 사실 아내는 눈은 떴
으되 세형의 당황한 빛을 읽으려는 눈치는 없이,

"늦인데 어딜 가오?"

그것이다.

"아니 안 선생이 돌아가셨다는구먼."

"안 선생이……?"

아내의 물음은 세형이가 생각하고 바라던 것보다 어방없이[12] 예사롭고
뜨아한 소리였다. 저 절반만은 놀라고 애석해할 줄을 알았는데 그저 찌
푸드한 상이다.

"야, 이런 변괴……."

그러다가 세형은 말을 끊고 밖으로 뛰어나왔다. 안 선생이 자살했다는
말은 아내에게도 아직 알리지 않으려 하였다.

"아니 아침에 일찍 가보시구려."

하는 아내의 소리에 세형은 대문을 칵 둘러 닫고 종종걸음으로 안 씨의
집을 향하여 걸어갔다.

걸으면서, 아무리 생각해 보아도 안민 씨가 자결했다는 말은 못 믿을
낭설 같았다.

죽을 일도 없으려니와 절로 죽을 사람도 아닌 것이다. 오십 평생을 그
렇게 갖은 고초를 다 겪고 주림과 박해에 시달리면서도 꼬박이 살아온

---

11 재처 : 이내 몰아쳐.
12 어방없다 : 어림없다.

그다. 산전수전을 다 겪었단 말은 아니나 이를테면 굴속 같은 길만 걸어
왔고 가시덤불 비탈길만 걸어온 그다.

하나 그것은 밖에서 본 사람의 관찰이요, 그 자신은 제가 가는 길을
결코 그렇게만도 생각하는 것 같지 않았다.

그저 다른 사람들이 탄탄한 대로로 개가운[13] 수레를 모는 것이나 제가
낭떠러지를 굴러다니는 것이나 별반 다르게 생각할 줄을 모르는 듯하였
다. 아니 차라리 제가 걷는 난감한 비랑[14]이 천하대도어니 하는 그였다.

그는 일찍 자기의 구차함이나 역경을 탄한 일도 없다. 또 밖으로부터
의 타박이나 박해를 크게 걱정하는 것도 아니었다.

그러니까 그가 자결하였다는 것은 아무려나 이해하기 어려운 일이었
다. 이제 새삼스레 제 삶을 헐긎게[15] 생각한 것도 아닐 것이요, 사는 일
이란 죽는 것만 못하다고 생각한 것도 십상 아닐 것이다.

차라리 어떻게든지 살아야 한다고 생각하던 그요, 또 괴롭고 초라한
삶을 차라리 자랑으로 여기는 것 같던 그다.

영원에서 영원으로 통하는 시간과 공간 가운데서 이때 이 땅에 난 것
을 차라리 은혜 받은 일이라고도 말하고 싶어하는 것 같던 그다. 한갓되
이[16] '화려한 때와 성수[17] 난 땅'을 공상하는 일도 일찍 없었다.

그러니 아무래도 그가 죽어야 할 이유를 알 수 없는 것이다.

일찍 그가 서울 있을 때 고도의 신경쇠약에 걸려서 며칠 몇 달을 내려
자지 못하다가 끝내는 정신이 이상해진 것 같다는 말은 친우들의 편지에
서 들은 일이 있으나 이마적은 그런 것 같지 않고 또 설사 그 증세가 그대

---

13 개갑다 : 가볍다.

14 비랑 : 벼랑.

15 헐긎다 : 가치 없고 언짢다는 뜻인 듯.

16 한갓되다 : 부질없다, 헛되다.

17 성수(星數) : 별로 점을 쳐서 나타나는 운수라는 뜻에서 일이 잘 되어서 흥겨워지는 기운이나 그런 기
세를 이르는 말.

로 있다 하더라도 그 때문에 자결한 것이라고는 세형은 생각하지 않았다.

그러고 보면 그가 죽은 원인이 분명 딴 데 있는 것 같고 그렇다고 생각하니 세형에게는 지금 바로 그 원인이 적실히 알려지는 것 같기도 하였다.

또 그것이 바로 저 하늘 멀리 뵈는 것 같고 멀리 뵈기 때문에 그것은 더욱 분명히 보이고 크게 보이는 것 같기도 하였다.

달 밝은 하늘에 그것이 시방 방불히 서리운 듯한데 세형은 소스라쳐 놀라며 옷깃을 고쳤다.

인간의 영혼이랄까 — 이미 사람의 육신에서 해방된 빛과 같은 것이라 할까 바람과 같은 것이라 할까, 아니 그런 것도 아닌 무엇이 지금 하늘에 풍겨 있는 것이나 아닌가 하는 공상을 세형은 여러 번 참닿게[18] 하곤 하였다.

뒷산에서 두견이 우는 소리 들려온다. 언제 듣든지 곡진한 소리다. 목엣 피를 쏟는다고 들은 옛사람의 귀가 무던하다고 세형은 생각하였다.

그 한 소리 한 소리가 마치 뾰죽한 금속같이 하늘에 쩡쩡 못 박히고 가슴에 와서 칵칵 안기는 것이다. 미구에 강남으로 가려는 마지막 고별인지 그 소리 더욱 처량하다.

추석이 낼 모레라 달도 마지막 정열을 다한 듯 유난히 밝다. 밤은 약간 쌀쌀하다. 두견은 쉬지 않고 다부지게 사뭇하게[19] 울어예고 있다.

2.

어설픈 송림이 북쪽 하늘 아래에 검스레한 윤곽을 그리고 있는 바로 그 앞전에 안민 씨의 집이 있다. 안 씨는 때때로 그 뒷산에 올라가서 소나무 잎과 마른 풀들을 손수 걸어들이기도 하고 여름철이면 송뢰[20] 그윽

---

18 참닿다 : '참다랗다'의 준말. 분명하고 틀림없다.
19 사뭇하다 : 사무치다는 뜻인 듯.

한 그 아래에서 독서하기가 또한 고이찮다고 언젠가 세형이한테 말한 일이 있다.

겨우 소학교를 마치고 이내 어느 상점 점원으로 들어간 맏아들 수범이가 받아오는 돈으로 한 집 살림을 지탱해 가자니까 요샛날에 구차할 것은 뻔한 일이요, 그렇다고 달리 딴 도리가 있을 턱도 없고 또 안민 씨가 원체 남에게 구구한 말을 하지 못하는 사람이라 하다못해 제 손으로 때일 나무 몇 가지라도 보태는 데 산이 가까워서 좋을 법도 하다.

세형이가 좁은 골목을 이리저리 돌아서 안민 씨의 집을 찾아 들어가니 방에서 울음소리가 나는데 안 씨가 죽었다는 것은 이미 안 일이지만 새삼스레 어안이 콱 맺히는 것을 느꼈다. 울음소리는 그다지 높지 않으나 높지 않은 것이 도리어 자지러지는 설움을 읽게 하여 세형은 몸소름이 쪽 끼쳤다.

세형의 이웃에 이 거리에서도 소문난 난당[21]의 집이 있어 부모형제는 물론 형수, 제수와 시형 시동생들이 쩍 하면 서로서로 악담패담으로 질욕[22]을 퍼붓고 그러다가는 끝내 맞들어붙어 주먹질 발길질, 머리질로 툭탁 우지끈 하는데 그 주제에 어미가 죽자 무슨 효성과 회심이 그렇게 쏟아지는지 그 패륜의 자식들과 아비가 남 다 자는 야밤중에 배창수[23]가 튀어 나올 듯이 악장[24]을 치면서 들썩 울어대서 동네방네가 밤새 잠을 못 이루던 생각을 하니 이 집의 나지막한 울음소리가 새삼스레 고인의 조용한 성격을 연상케 하였다.

사람이란 피차 비상히 거리가 가까운 것 같으면서도 멀기로 치자면 어방없이 서로 격차가 있는 것 같았다.

---

20 송뢰 : 소나무가 바람에 설렐 때 나는 소리.
21 난당 : (말이나 행동이) 맞서거나 견뎌내기 어렵게 마구잡이이고 제멋대로인 것.
22 질욕 : 꾸짖고 욕설하는 것.
23 배창수 : 배창자.
24 악장 : 악을 쓰며 싸우는 것.

안민 씨의 집 뜨락은 낙엽 하나 없이 반반하고 부엌문 앞에 귤궤를 잘게 쪼갠 것 같은 장작단이 네다섯 개 놓여있고 그 곁에 조그만 강아지가 누웠다가 콩 짖고 조금 뒤로 비켜 눕는다.

세형은 지금 고인이 눈을 감고 누워 있을 방문 앞에 가서도 한참 그대로 서 있었다. 그래도 거짓말인 것만 같았다.

울음소리가 조금 더 크게 들린다. 부인인 듯한 이의 울음소리가 아무래도 더 슬프게 들린다. 그러고 보니 울음소리가 모두 슬픈 정도와 정의 정도를 따라 다른 것 같았다.

누가 제일 슬프게 울꼬 하는 왕청한[25] 생각을 하는 순간 세형은 죽음이라는 것을 새삼스레 의식하였다. 그 순간 가슴을 넘쳐 목으로 다밀리는[26] 설움을 그는 겨우 참았다.

생각 같아서는 들어서면서 퍼더버리고 대성통곡을 해야 할 것인데 아직도 한편 고인이 죽었다는 것을 믿지 못하는 세형이었다.

무슨 기적을 기다려서가 아니라 그렇건만 어쩐지 안민 씨가 저를 보면 비식이 털고 일어나든지 그렇지 않으면 하다못해 한 눈이라도 빠끔히 뜰 것 같았다.

그러지 않아도 안민 씨는 기왕에도 서울 S학원에 있을 때 사무실 탁자에 기대어 두세 시간을 까무러쳤다가 깨난 일이 있다. 곤해서 잠이 든 줄로만 알고 그대로 내버려 두었담보다 한잠 달게 자도록 곁에서 조심해 가면서 고스란히 그대로 두었는데 너무 오래 안 일어나게 미심결에 흔들어 보았었다. 한즉 사실 여러 날 식사를 못한 끝이라 그만 가수상태에 빠졌던 것이다.

그때처럼 이번도 안민 씨의 몸을 흔들어보면 어찌 도리가 있을 것 같은 공상이 세형이를 잠시 설움에서 멀게 하였다.

---

25 왕청하다 : 왕청되다. 차이가 엄청나서 엉뚱하다
26 다밀리다 : 한꺼번에 또는 한군데에 잔뜩 밀리다.

"수범이…… 수범이…….”

세형은 문 앞에 다가서며 두세 번 수범이를 불렀다.

"아이구, 선생님! 들어오십시오.”

그러면서 눈이 조금 부석부석해 보이는 수범이가 미닫이를 열면서 나왔다.

세형은 잠시 주저하다가 정색하고 방안으로 들어섰다.

방 아름목[27]에 고인이 누웠는 듯, 그 앞에 군데군데 구멍이 뚫어진 병풍이 가로 치이고 그 이편으로 고인의 부인과 수범이와 소학교에 다니는 수범의 동생과 가사를 돕는 누이동생이 우두커니 반몸을 숙이고 울고 있을 뿐, 친척들이고 동리 사람들이고 아직 하나도 없었다.

세형은 아직도 상삿말을 하기가 무엇해서 잠시 주밋거리다가,[28]

"이게 어찌된 일입니까. 온 꿈같기만 하지 어디 믿을 수가 있어야지요.”

세형이가 그러니까 부인은 대답하려다가 목이 메어 느끼면서 또 울음을 터친다.

"……기왕 온 길이니 선생님을 점 뵈야겠습니다. 온 아무리 한들 그렇게 무심히 돌아가실 어른이어야지요.”

"글쎄 저희두 믿을 수 없습니다. 어제 저녁[29]까지 평상시나 조곰치나 달렀어야지요. 그러시더니…….

"글쎄올시다. 까무러치신 거나 아닌지요. 온 꿈만 같아서…….”

"아닙니다. 그랬으면야 얼마나 다행하겠습니까만…… 이걸 좀 보십시오”

그러며 부인이 일어나서 조용히 병풍 한 머리를 거두었다 순간 세형은 찬바람이 얼굴을 스치는 것을 느꼈다.

얼굴은 해쓱하나 안민 씨 그대로 반듯이 누워있는데 목에 감은 흰 형

겊에 피 흔적이 조금 보인다. 그것이 유표히 보일 뿐이고 그 담은 조금도 이상이 있는 것 같지 않다.

세형은 아무려나 저 흰 헝겊 밑에 무슨 연고가 있거니 이렇게 펀뜩 생각은 하였으나 그것을 물을 수는 없었다.

"혹시 잠이 지나가는 수도……."

세형은 얼울한[30] 표정으로 혼자 중얼거리며 손길을 넌지시 안민 씨의 허리 아래에 찔러 보았다. 한즉 허리가 방바닥에 착 달라붙은 것이 알려진다.

세형은 조용히 손을 뽑아가지고 이번은 안민 씨의 손을 살며시 쥐어 보았다. 싸늘하다. 체온이 없을 뿐 아니라 탄력이 통이 없이 거불거불하여[31] 머리칼이 쭈빗이 일어나는 섬뜩한 느낌을 준다.

분명 죽은 것이다.

"언제 이렇게 되셨습니까?"

그런즉 부인은 별안간 입술을 바르르 떨면서,

"아주 가셨지요……?"

하고 치마꼬리로 얼굴을 가려버린다.

"의사는 뵈셨습니까?"

"못 뵈었습니다."

그러며 부인은 한 손으로 조용히 병풍을 다시 제대로 쳐놓으며,

"어디 의사 부를 사이나 있었습니까. 집안 식구들이 다 잠든 사이에 혼자 윗방에서……."

하고 또 목이 메여 느끼는 것이다.

"혼자서요……?"

"그럼요. 이걸 보십시오."

---

30 얼울하다 : 일이 어그러져서 마음이 불안하다.
31 원문 : 지불지불하다. 머리털 같은 것이 순하게 꺼부러져있다.

그러며 부인이 다시 병풍 한끝을 밀치는데 세형은 무얼 보라는 말인지
는 알지 못하면서도 벌써 몸소름이 쪽 끼쳤다.

"글쎄 그래 놓시곤 자기 손으로 피를 받아서……."

"네……."

"저걸 보십시오. 어쩌면 살다가 이런 변이 있습니까."

세형은 눈앞이 희감해졌다.[32] 아까부터도 눈에 걸린다고는 생각했지만
고인의 머리맡에 백지를 덮어놓은 사발이 있는데 이제 그것이 무엇인지
알았으나 세형은 그것을 열어볼 용기는 없었다.

"그것은 까닭을 모를 일입니다. 물론 선생님께서야 그럴 만한 이유가
계셨겠지만, 은, 너무도 의웝니다."

"그러시구는 일이 다 그르게 된 때에야 수범이를 부르셔서 깨는 났지
만 어찌합니까. 그만 기운이 시진하시니까 가인들에게 알리시구. 들었던
사발을 책상 위에 내려놓시구는 그 자리에 드러누셨어요."

그리고 부인은 또 느껴 울고 아이들도 따라 울었다.

그러나 자식들은 그것이 꿈이거나 거짓말로만 생각되는지 그렇지 않
으면 그 아버지에 대한 갖은 기억이 아직 너무도 생생한 것이어서 그런
지 이따마큼 울음을 그치고 얼울한 표정으로 어머니와 곁 사람의 동정을
멀끔히 살피고 그러다가는 이내 또 죽음이라는 엄연한 사실에 부딪혀 다
시금 얼굴을 씨루며[33] 울곤 하였다. 막내놈은 눈물이 잘 나오지 않아서
도간도간 엉엉 소리만 내곤 한다.

"그래 무슨 유언이나 계셨습니까."

세형이가 부인에게 물었다.

"아무 유언도 없었습니다."

부인은 잠시 울음을 진정하고,

---

32 희감해지다 : 원문대로. '캄캄해지다', '아뜩해지다' 정도의 뜻인 듯.
33 씨루다 : 씰룩하다.

“아무려나 일이 그른 듯해서 유언이나 없으시냐고 여러 번 물어도 아무 할 말이 없으시다구 하시더군요. 그렇게 떠나시는 이가 한 마디 말씀도 안 계시니…….”

하고 또 느낀다.

“그러시기도 하겠지요. 선생이 하실 말씀은 생존하신 동안에 다 말씀하신 거니깐요. 또 선생님의 일생이 곧 아이들에게 대한 유언이 아니겠습니까. 선생의 개결하신 일거일동이 모두 유언이었지요. 돌아가신 담에 그것밖에 더 생각할 게 있습니까.”

세형은 어쩐 일인지 점점 정신이 맑아오고 눈물은 안 나고 해서 이런 말로 부인을 위로할 밖에 없었다. 또 사실 그는 고인의 일생이 곧 큰 교훈이라고 생각하였다. 그러고 보면 그 죽음이란 것도 오래 두고 생각하노라면 그 자체가 무슨 유언이 될 것 같기도 하였다. 말할 수 없는 무엇이 가슴에 옹쳐서[34] 죽음이 된 것일 터니 그것이 곧 유언일 수 있을 것과[35] 싶었다.

“아버지께서 이걸 선생님한테 맡기라고 하십디다.”

수범이가 책상위에서 보자기에 싼 것을 집어다가 세형이 앞에 놓았다. 겉으로 보아도 무슨 책자인 듯한 것이다.

세형은 그것이 무엇인지 인차 짐작하였다. 그가 삼십 년 동안 적공한 원고인 것이다. 그가 학회[36]의 한 사람으로 꾸준히 그 방면의 연구를 쌓아온 것이며 그것을 따로 출판 못한다 하더라도 학회의 참고자료를 삼아 그 사업을 돕자고 하던 것을 세형이는 잘 알고 있었다.

세형은 그것을 받아서 앞에 놓고 무릎을 도로 꿇고 고요히 묵도를 올렸다. 저로도 지금 무슨 말을 가슴에서 빚어내는지 몰랐으나 그는 부지

---

34 옹치다 : 옹이가 맺히다. 마음속에 풀리지 않고 꼭 뭉치거나 얽히다.
35 것과 : 원문대로.
36 ×××학회 : ‘조선어학회’를 검열 때문에 복자로 처리한 것이다.

중 두 눈에서 눈물이 떨어졌다. 그러자 부인과 자식들은 또 새로운 설움에 잠겨서 느껴 울었다.

그렇게 그 밤을 새었다.

그날 아침 세형은 아무려나 알리지 않을 수 없는 몇 군데만 몸소 돌아다니려고 그 집을 나섰다. 장사를 치르자면 세 부득 맘으로 깊이 사괴던[37] 사람들이 전 푼씩이라도 모아야 할 것이었다.

그래서 건뜻 몇 집을 돌고 돌아오니 그동안 동리 사람들이 모여와서 조문한 다음 고인의 이야기를 도란도란 하고 있었다. 수불석권[38]하고 글을 읽었다는 말과 가위 금세의 군자라는 말들이었다. 대부분 늙은이였다.

"가위 참 세상 문리가 만리경같이 환히 틔운 어른이더니 이제는 그 좋은 이야기도 다 들었쉬다. 이제 우리도 북망산에나 가야 다시 만나 뵈겠지."
한다든지 또는,

"참 정말 백이숙제 같은 양반이여……. 지금 세상은 그래서 안 되건만 이 양반, 맘, 돌릴 줄을 알아야지. 그 무서운 고집이 옹쳐서 단명하셨나베."
하는 따위 소리들이었다.

그럴 판에 세형이가 들어가니 동리 늙은이들은 웬 사람인가 하듯이 하던 말을 중동무이하고 비슬비슬 그를 눈여겨보고 있었다.

세형이가 허리를 꾸부려 고마운 이웃 정리를 치하여도[39] 그 늙은이들은 수이 다시 이야기를 꺼내지 않았다.

그날 밤에도 세형이는 가족들과 함께 철야를 하였다. 동리 늙은이들은 윗방에서 아침까지[40] 고인의 이야기와 상갓집에는 골패가 제일이라는 둥 이런 때의 골패는 경찰에서 알아도 붙들어가지 않는다는 둥, 담배가 귀해서 뽕잎 마른 것을 피이니까 하 고이찮다는 둥, 이런 따위 이야기를

---

37 사괴다 : '사귀다'의 옛말.
38 수불석권 : 손에서 책을 놓지 않고 열심히 공부함.
39 치하여도 : 원문대로. '치하하다'의 오식인 듯.
40 원문 : 따위.

하다가 혹은 제 집으로 돌아가고 혹은 그대로 누워서 잠이 들었다.

부인은 제 무릎을 베고 자는 막내의 머리를 만지다가는 소리를 높여 울곤 하였다.

수범은 지난 새벽보다도 더 슬프게 느껴 울었다. 죽음이라는 사실이 점점 더 분명히 가슴에 박히는 모양이었다.

3.

세형은 주검 앞에 가만히 앉아서 지나간 일을 곰곰 생각하였다.

벌써 거의 이십 년 전 일이다. 세형은 그때 서울 동대문 안에 있던 X X학당에서 첨으로 안민 씨를 만났다. 안 씨는 자기와 같은 고향이었으나 안 씨가 세형이보다 나이가 십 년이나 이상이요, 또 십 년도 먼저 안 씨는 서울 올라와 있었던 관계로 그때가 초면이었던 것이다.

하나 안 씨의 선성은 이미 들은 지 오랜 터이다. 그가 청빈(淸貧)한 선비인 것도 또 결곡한 지조를 가진 사람인 것도 잘 아는 터이다.

그때부터도 안 씨는 X X X학회의 중진으로 이름이 높았다. 그러니까 물론 한글은 말할 거 없고 그 외에 사학(史學)에 대한 조예도 깊었다. 본시 그는 근대교육을 받은 일은 없고 순전히 독학으로 일가를 이룬 만치 그 학문은 놀랄 만한 각고(刻苦)의 정신으로 한 것이었다.

그래 당시 X X학당 학생들은 학문적으로 안 씨를 존경하였을 뿐 아니라 그 정신에 대해서 더욱 숭배하였다.

그는 X X학당의 자랑이었을 뿐 아니라. 당시 서울 교육계의 의표라고 남들이 일러왔다. 그래서 이름난 학교에서 그를 데려가려고 여러 번 교하였으나 그는 종시 움직이지 않았다.

사실 그때 X X학당은 거의 무보수나 다르지 않았다. 학생들에게서 월사금을 받은 것도 아니요, 무슨 기금이 있은 것도 아니요, 순전히 유지의 기부로 경영해 갔으므로 그 기부가 없는 때에는 선생들이 몇 달이고 돈

한 푼 구경할 수 없었다.

그가 ××학당 사무실 탁자에 기대어 까무러친 것도 이 당시다. 그날 그는 하학 후 탁자에 기대어 오래도록 일지 않았으나 아무도 그를 깨려 하지 않았다.

"선생이 단단히 곤하신 모양이군."

세형이가 이렇게 말하니까 다른 선생이 있다가 웃으면서,

"아냐. 선생이 학교에서 노는 시간에 저렇게 주무시곤 밤에 공부를 하시거든. 어쨌든 아무데도 철저한 경제가시니까. 깨지 말고 가만 두어. 푹 쉬시게."

그러나 결국 알고 보니 까무러친 것이어서 모두 당황히 그를 부르깨었다.[41]

그는 그때 나이 삼십 한창때였다. 본시 편편약질인 데다가 그 영양과 섭생이 극도로 나빠서 볼꼴 없이 쇠약하였었다.

그러나 그러면서도 용하게 견디어갔다. 그래 모두들 선생은 뼈끝으로 된 양반이라고 하였고 그 뼛속에 살이 지는 것이라고 웃기도 하였다.

"선생님의 선형(先型)은 아마 꽤 형국인가 봅니다. 안통으로 살이 지는 걸 보니까."

농담 잘하던 문 선생이라는 이가 이런 농을 한 일도 있다.

그러던 판에 그런 일이 생겨서 다른 선생들은 그의 신상을 못내 염려하였다. 얼마 동안 쉬라고도 권하고 또 쉬는 동안은 그의 담임시간까지 껴맡아주겠다는 선생도 있었으나 그는 좋은 말로 막아버렸다.

그리고 그날 그 일에 대해서는 아무 말도 다시 입 밖에 내지 않았다. 그러나 사실 그는 그때 닷새 동안을 물만 먹고 살아 왔던 것이다. 물론 손이 비어서 그런 것만은 아니다. 먹으려면 하루 한 끼나 그렇지 않으면 호떡 요기라도 할 수는 있었으나 위정 그렇게 해보았던 것이다.

---

41 부르깨다 : '불러깨우다'의 뜻인 듯.

그때 그 학당에 다니는 학생은 거반 다 고학생이었다. 그러니까 하루 한 끼 먹는 학생으로서 호떡으로 호구하는 학생으로서 알고 보면 별의별 기막히는 일이 다 있었다.

그러나 그러면서도 속들은 무던히 살아서 큰소리만 탕탕 치고 또 그 기혈로 의젓이 버티어 나갔었다.

안민 씨는 학생들의 그러한 사정을 누구보다도 잘 알고 있었다. 그래서 저도 한번 수양 겸 물만 먹고 살아보리라 물만 먹고도 며칠이나 지탱하는가. 간디 영감은 그야말로 물 마시고 팔을 베고 칠십여 일을 견디었다니 그게 이를테면 정신과 의지에 달린 일일 것이다. 이렇게 생각하고 물만 마시기를 닷새, 약질인 그는 마침내 까무러치기까지 되었던 것이다.

그는 자기의 의지가 아직 너무 약함을 깨달았다. 철과 같은 의지가 있으면 닷새나 그만침으로 그 꼴이 될 리는 없는 것이라 하였다.

그는 그 뒤부터 더욱 제 정신수양에 힘을 썼다. 그러는 반면에서 전보다도 더 육신에 대해서는 등한하였다. 본시부터도 그랬거니와 굶주린다든가 헐벗는다든가 또 풍한서습(風寒暑濕) 같은 데는 그닥 머리를 쓰지 않았다.

그리고 또 그때 그가 그렇게 무모한 일까지 하게 된 절박한 심경의 일면에는 그의 빈곤한 시골가정이 투영(投影)되어 있었던 것도 사실이다.

그때 그의 시골집에는 칠십 노모가 있었는데 굶기를 부자 이밥 먹듯 하였다.

그러나 그 때문에 그는 무슨 변통을 해볼 묘리도 없었고 그렇다고 그 학당을 떠나서 달리 돈 생길 데로 가려는 맘도 없었다.

그는 날마다 학당일이 필한 뒤에는 ×××학회로 갔다. 여게 모이는 사람은 모두 학문상의 천냥만냥패[42]로 배에서 꾸루룩 소리가 나도 큰소

리들만 곧잘 하는 친구들이었다. 그들은 학문상의 거창한 계획을 그 가난한 손으로 이루어 놓는다고 호언장담을 하였다.

한데 안민 씨는 그 사람들 중에서도 가장 형편이 말류[43]한 사람이었다. 더욱 칠십 노모가 기한[44]에 떨면서 어린 손주들 걱정에 민사[45]할 지경이었다.

그래서 안민 씨의 친구들은 누구나 그를 다른 학교에 취직을 시켜 그의 가정을 어떻게 부지해 나가게 하려고 하였다. 또 그래 학회를 주간하는 사람들은 돈은 비록 없다할지라도 어느만치 명망은 가지고 있어서 그만한 주선은 넉넉히 해줄 수 있었다.

또 한때는 안민 씨도 그 고마운 뜻과 노모의 걱정으로 달리 취직해 볼까도 생각했든지 주위의 권고에 그리 해보자는 말로 대답까지 하기는 했으나 그러나 종시 그렇게 하지는 않았다. 아무리 생각해도 그리할 수 없던 것이다. 돈벌이라는 것을 무슨 죄스러운 일로 여기는 생각이 도저히 가시지 않았고 또 남이 해내지 못하는 일을 어떻게든지 기어이 해놓아야 할 저희들이라고 생각하였다.

그러면 그만한 역경에서 벌써 발을 뺀다는 것은 너무도 졸한 일이라 싫었다. 그리고 저 한 사람이 학당을 그만두면 학당일이 낭패일 것 같았다. 천만 과실이 없었지만 그는 늘 그렇게 생각하였다.

제일 난중한 경우에 있는 자기가 솔선해서 몸을 바쳐야 남들도 힘을 얻따라올[46] 것 같았다. 그러지 않으면 오십 보 백 보 사이에 있는 여러 선생이 모두 뿔뿔이 헤어지고 말 것 같기도 하였다. 그렇지 않아도 언제든지 곤경에 허덕이고 있는 XX학당이었다.

거게서 학당의 재산이라면 재산이요, 자랑이라면 자랑일 안민 씨를 잃

---

43 말류 : 낮은 계급.
44 기한 : 배고프고 추움.
45 민사 : 고민하다가 죽음.
46 얻따라오다 : '얻고 따라오다'는 뜻인 듯.

는다는 것은 여간한 타격이 아니요, 또 그가 물러간 다음 그만침 그가 맡아보던 학과를 충실히 해갈 사람도 없었다.

사실 그때는 학회 안에도 그만치 그 방면의 연구가 깊은 사람이 없었다. 그는 그때 벌써 그 방면 연구에 십 년이라는 역사를 가지고 있었다.

또 가령 안민 씨의 뒤를 맡아볼 사람이 있다 하더라도 그가 반드시 안 씨보다 윤택한 처지에 있는 사람이라고는 할 수 없는 것이었다. 사실 이 학당에 관계하려는 사람이나 관계를 가질 수 있는 가까운 거리에 있는 사람은 거개 다 형편이 어슷비슷한 터이었다.

또 일변으로 학당 관계자들은 조선 안 각 지방과 심지어 남북 만주까지 돌아다니면서 학당 유지자금을 얻으려고 하는 중이니 저만 푸짐한 자리로 옮겨 앉는다는 것을 안민 씨의 맘으로는 생각할 수 없는 일이었다.

그러나 그러한 여러 사람의 열성에도 불구하고 학당은 마침내 폐쇄되고 말았다.

그러한 뒤는 안민 씨는 오로지 학회의 일을 보고 있었다.

그러는 동안에 십 년이라는 세월이 건듯 흘러가서 안민 씨와 세형은 십 년의 교의를 가지게 되었으나 그 뒤 세형이만은 여러 가지 사정으로 시골로 내려오고 안민 씨는 그대로 학회에 남아 있었다.

세형이는 시골 내려온 뒤에도 종종 서신으로 안민 씨와 학회의 소식을 들을 수 있었다.

안민 씨가 그 뒤 S여학교로 들어간 것과 그러고도 학회의 일은 여전히 보고 있다는 소식도 그의 편지로써 알았다.

학회 소식이 신문에 보도될 때마다 세형은 누구보다도 안민 씨를 생각하였고 어서 그 노력과 열성에 갚음이 있기를 바랐다. 가장 값있는 일을 하면서도 어둠과 가난 속에 묻혀 있는 안민 씨를 위해서 하늘에 침 뱉고 싶은 분노를 느낀 것도 한두 번이 아니었다.

그러나 그러던 중 그 담담해엔가 안민 씨가 있는 S여학교가 서울 교외에 넓은 터전을 잡고 새 교사를 신축한다고 소문이 신문에 보도되었을 때 세형은 자기의 일같이 반가워하였다. 안민 씨의 기쁜 얼굴을 상상하는 것이 또 여간 유쾌하지 않았다.

'그도 차츰 때를 만나는구나. 그럼 그렇겠지.'

이렇게 생각하였다. 그래 곧 축하의 편지를 보냈다.

그러나 수이 회답이 오리라고 믿었던 것이 오래도록 아무 소식이 없었다. 소식은 없었으나 학교일이 지금 몹시 바쁜데 학회 일마저 얹혀서 그런가 하고 혼자 만족해 하고 있었다.

하나 그 기쁨이 사라지기 전에 안민 씨로부터 S여학교를 그만두었다는 편지가 왔다. 편지에는 그저 그만두었다는 간단한 말뿐이고 자세한 경위는 적혀 있지 않았다.

그 뒤 풍편으로 들은 말이지만 그동안 S여학교에 풍파가 있었다는 것과 그 때문에 안민 씨도 사직하였다는 것을 알고 세형은 일변 놀라고 일변 궁금하였다. 아무리 생각해도 안민 씨는 그런 말썽에 거들킬[47] 사람이 아닌 것이다.

그러나 그 이상 더 자세히 알 길은 없고 그렇다고 경황없을 안민 씨에게 편지로 묻기도 무엇해서 그런 대로 눌러 있었다.

그러다가 얼마 뒤에 세형은 서울에 올라가서야 대강 사정을 알았다. 안민 씨는 그 자세한 이야기를 꺼려서 별로 말을 하지 않으려 하나 그의 말 속의 말과 또는 주위 사람들의 말을 종합해서 대강을 짐작할 수 있었다.

본시 S여학교의 교주는 서울서도 굴지하는 갑부였으나 이름이 교주랄 뿐으로 물질적 도움이라고는 별로 없었다.

또 교장이란 사람은 교주의 문객으로 매일 아침 교주의 집을 들러오는 외에 학교시설을 위해서 교주를 편달하고 독려하는 등사[48]는 거의 없었다.

---

47 거들키다 : 어떤 일이나 말 때문에 마음이나 행동이 흔들리거나 움직이게 되다.
48 등사(等事) : 여러 일을 나열하다가 그 밖의 것들을 줄임을 나타내는 말.

그때 학교는 모든 설비가 불충분했고 교사가 협착하고 낡고 어지러워서 도저히 그대로 나가기는 어려울 지경이었다.

교사는 여름이면 기왓골에서 비가 새어 내려서 천정의 지도가 늘고 넓어지고 겨울이면 오만 빈틈으로 바람이 씽씽 불어 지나는데 그렇건만 목제 건물이라 화재가 무섭다고 웬만침 추워서는 난로를 피우지 못하게 하였다.

그런데 마침 그 해 겨울에 이런 일이 생겼다. 그것은 지독히 추운 날이었다. 그래서 학생들은 난로를 벌겋게 피우고 그 주위에 겹겹으로 둘러서서 쪼이노라고 한 학생은 제 치마에 불이 달린 것도 몰랐다. 결국 불이 속옷에 옮겨 붙기 시작한 때에야 등피 속에 들어간 벌레처럼 몸부림을 치나 빽빽한 학생 틈을 꾸지르고[49] 나오는 동안에 화기가 여린 피부를 적잖이 핥아버렸다.

그래도 그 학생은 두루마기를 벗으려고 하지 않고 점점 더 휩싸며 젠벽[50]에 몸을 비비다가는 결국 앉아서 뭉개기까지 하였으나 불은 완전히 꺼지지 않았다.

학생들이 그의 두루마기를 벗기려고 하였으나 그는 중상을 입으면서도 기어이 벗지 않았다. 속옷은 낡고 추레한 것이었다. 그런 것을 간신히 두루마기로 싸고 있는데 그것을 벗으면 속이 드러날 것이어서 끝내 그대로 뭉개었다.

그런데 또 어느 학생이 바케쓰의 물을 그 학생에게 끼얹어서 도리어 더 나빠졌다.

그리하여 그 학생은 중상을 입고 병원에 입원하였으나 마침내 절명되고 말았다.

그때 그 학생의 심정을 누구보다도 깊이 이해하고 동정한 것은 안민

---

49 꾸지르다 : '헤치다', '뚫다'의 뜻인 듯.
50 젠벽 : 바람벽

씨였다.

물론 그것이 그 동기의 전부는 아니었겠지만 어쨌든 그 뒤 학생들은 교주와 교장에게 교사를 신축해 달라는 진정서를 제출하였다. 그 진정서에는 학교 설비를 개선해 달라는 희망도 있었으나 교사 신축이 맨 큰 조건이었다.

하나 수이 그 뜻이 용납되지 않아서 옥신각신하는 가운데 문제는 더욱 악화되어갔다.

그래서 결국 감독당국에까지 말이 미쳐서 내정을 고쳐 조사하게 된 결과 당국으로부터도 되도록 교사를 신축하는 것이 좋겠다는 의견이 있어 경영자도 이내 그렇게 하기로 하여 일은 의외로 원만히 낙착된 셈이었다. 마침 문밖에 교주의 광대한 소유기자 있어서 거게다가 신축하기로 되어 그것이 교육계의 희소식으로 신문에 크게 보도되었던 것이다.

그러나 반가운 그 보도와는 달리 첨 교장에게 진정서를 가지고 갔다가 그것이 흐지부지하는 것 같아서 담으로 고쳐 교주에게로 직접 찾아갔던 세 학생은 수모자라는 이름 아래에 학교를 물러나지 않으면 안 되게 되었다.

교장이 이 문제를 직원회에 내놓았을 때 맨 첨으로 이것을 반대한 것은 물론 안민 씨였다. 실상 이면에서 학생들을 고취한 것은 뜻밖에 안민 씨였던 것이다.

안민 씨는 이 사실을 공공연하게 고백하고 제가 인책 사직할 테니 무고한 학생들은 그대로 두어달라고 했으나 그것은 용납되지 않았다. 아무도 그가 그랬다는 것을 믿지 않았었고 또는 그를 희생시키고 학생을 구하려고도 하지 않았다.

교장도 안민 씨를 절대 신임하였고 또 그가 학생의 신망을 가지고 있는 것을 익히 알기 때문에 안민 씨의 말은 오로지 학생들을 사랑하는 사제의 정에서 나온 말로 돌리고 또 다른 선생의 반대도 돌보지 않고 교장은 기어이 수모자를 처분해 버렸다.

안민 씨는 자기의 책임이 무거운 것을 느꼈다. 그는 이내 사표를 내고 학교로 나가지 않았다.

그러나 그것만으로 자기의 책임을 벗은 것이라고는 생각되지 않았다. 그는 일생 중 이번처럼 심리상 고민을 받아본 일은 일찍 없었다. 그는 무서운 범죄를 저지른 것같이도 생각하였다.

그리하여 그 세 학생이 다른 학교에 보결로 들어가는 데도 무한히 힘과 애를 썼으나 그걸로도 완전히 속죄되지 못한 것 같은 꺼림함이 오래도록 가슴에 매달려 있었다.

세형이가 한민 씨를 만났을 때에도 제일 궁금한 것이 그 뒤의 그 세 학생이어서,

"그들은 그래 다른 학교로 들어들 갔습니까."

하고 물으니까 안민 씨는,

"모다 다른 학교로 들어갔지요. 지금도 가끔 찾아오옵니다."

하고 대답하였다.

"만일 다른 학교에 못 들었으면 어쩔 뻔했습니까."

"공부들 잘하고 똑똑한 애들이니까 어디든 들기는 하겠지만…… 아이구 말두 마오. 밤잠을 통 못 잤었소."

하고 안민 씨는 쓸쓸히 웃었다.

4.

세형은 며칠 만에 다시 시골로 내려왔으나 안민 씨는 여전히 학회 일을 보고 있었다.

안민 씨는 그 뒤 생활이 몹시 궁해서 먹는지 마는지 하면서 열심히 자기가 연구하는 것을 계속하고 있었다.

그러나 그 학회도 여러 가지 부득이한 사정으로 마침내 간판을 떼지

않으면 안 되었다.

안민 씨는 그래도 그대로 서울에 남아 있었으나 그때부터 모진 신경쇠약에 걸려 오래도록 고생하였다. 그가 그 전 학회 집으로 찾아가서 목을 매려다가 그 집 사람들에게 들켜 경찰까지 갔다가 나온 것도 그때였다.

그 뒤 그는 친구들의 구원으로 얼마간 서울서 정양하다가 보따리 하나를 들고 시골로 내려왔다. 그는 십오륙 년을 서울에 있었으나 여전히 시골 그 사람 그대로였다.

그동안 노모는 작고하였으나 자식들이 미거해서 살림은 조금도 펴일 길이 없었다.

그러나 가난한 중에도 그 부인이 가까스로 구차한 살림을 마련해 나가면서 맏아들 수범이를 소학이나 마치게 하여 그가 어느 상점에 취직한 뒤로부터 햇강아지 눈뜬 것만치 살림이 폐였다.

안민 씨는 고향에 돌아온 뒤에도 여전히 전부터 하던 연구를 계속하였다. 세형은 제 일에 골몰해서 자주 그를 만나러 갈 수가 없어 편지로 통정하던 옛날보다도 더 소식을 모르고 감감히 지나가는 일이 있었다.

그러는 중 전해오는 말이 안민 씨가 아무려가[51] 머리가 좀 이상한가 부다는 소리였다. 그리고 또 안민 씨는 글도 집어치고 수건을 질끈 동이고 산에 올라가서 나무를 한다는 말과, 알던 사람을 만나도 모른 척하고 지나간다는 말을 들었으나 세형이가 만난 때에는 별로 전이나 다른 눈치가 없는 듯하였다.

몸은 전보다 더 쇠약해지고 전보다 사람이 좀 얼울해지기는 했으나 그건 유독 안민 씨만 그런 것이 아니다. 또 말을 해보면 역시 그전의 안민 씨지 딴 사람은 아니었다.

‘골선비[52]를 보고 미친 사람이라고 부르는 속인들의 실없는 말인 게지.’

<hr>

51 아무려가 : ‘아무래도’의 오식인 듯.
52 골선비 : 아무래도 속일 수 없는, 판박이의 선비. 옹졸하고 고루한 선비.

이렇게 세형은 생각하였다. 사실 아닌 게 아니라 세상에서는 조금만 유표한 사람을 보면 미친 사람이라고들 하니까 뜬소문을 귀담아 들은 것은 없는 일이라고 세형은 생각하였다.

더욱이 때로는 제사[53] 도리어 그 세속을 향하여, '왼통 미친 놈들 같으니라구는…… 사람이 미치자면 잠깐이구나. 멀쩡한 줄 알았더니 그놈도 드티었어.[54] 그러니 성성한 놈이라구 어디 있나.' 하고 공연히 뭇사람을 인민하는[55] 세형이었다.

아닌 게 아니라 가만히 볼라치면 제 정신이 똑똑한 사람의 일 같지 않은 일뿐인 것이다. 우연히 옛날 홍안소년 때의 친구를 만나면 그동안 검은 수염이 나고 머리엔 흰 털까지 섞이고 얼굴에는 주름이 잡혀서 옛날의 그 어린 모습과 지금의 반 나마[56] 늙어가는 몰골이 머릿속에서 뒤범벅이 되어 우습고 무상하고 정답기도 하여 손을 잡고 말을 건넬 생각이나 정작 잠시 동안만 수어[57] 수작해 보면 쇠배 생각도 못하던 딴 사람이 된 것을 알게 되면 따라서 실망하고 돌아서는 세형이었다.

그러니 안민 씨에 대한 남의 말을 도리어 쓸개 빠진 사람의 허튼 소리로 흘려 버리지 않을 수가 없는 것이었다.

하나 바꾸어 생각하면 그들이 또 세형이를 그렇게 생각할는지도 모르는 것이다. 그저 멋도 모르고 세상을 비분강개하는 실없는 사람이라고 비웃을 것이다.

남은 차치하고 때로는 가인들까지 세형이를 괴상한 인물로 치려고 드는 것이다. 오륙[58]이 싱싱한 사람들이 일평생 일다운 일은 안 하고 일껏

---

53 제사 : '제가(자기가)'의 뜻을 강조하여 이르는 말.
54 드티다 : (바로 맞아야 할 자리에서) 비키거나 밀려 조금 틈이 생기다.
55 인민하다 : 의심하거나 개탄하다는 뜻인 듯.
56 나마 : 남짓.
57 수어 : 몇 마디 말.
58 오륙 : 오장과 육부. 온 몸을 이르는 말.

한다는 궁리 즉 삼 년 석 달을 해대도 돈 한 푼 안 될 그따위 궁상뿐이고 염치없이 부모의 유산이나 곶감 뽑아먹듯 한다고 안해는 적 하면,

"동서양 천지에 당신같이 아다가 모를 사람은 다시 없을게요. 대체 속에 궁리가 있긴 있소."

라고 팔불용[59]으로 치려고 드는 것이다. 그러니 세형이보다 몇 갑절 더 괴상하다면 괴상하다고 할 안민 씨를 세상 사람들이 괴이히 여길 것은 더 말할 것도 없는 일이다.

일왈 보기부터도 그렇게 생긴 사람이다. 오십이 되도록 수염 한 대 없는 얼굴부터가 여느 사람과는 다르다. 고제[60] 같다고 말한 사람도 있고 '선생 중'이라고 말한 사람도 있다.

시형이가 마지막으로 그를 만난 것은 바로 지난 여름이다. 오래간만에 산 밑에 사는 그를 찾아가니 그는 전이나 다름없이 반기어 맞았다.

오래간만이어서 그런지 안민 씨는 많이 변모한 것 같았다. 먼지가 끼어 보이고 어덴지 치파하고[61] 초라해 보였다.

하나 세형은 그것이 모두 구차한 살림 때문이요, 또는 뜻을 얻지 못한 불우한 생활 때문이라고 생각하였다.

다만 그 눈빛과 파리한 몸만은 예전 그대로였다. 그러나 세형에게는 그 파리한 것이 도리어 정답게 보였다. 그러고 보니 안민 씨의 몸을 좀먹는 고리탑지한[62] 속태와 그 예로부터의 파리한 체질이 부단히 서로 싸우고 있는 것 같은데 아직은 그래도 그 불건강이 질 상싶지는 않았다.

안민 씨는 쉴 새 없이 담배를 피우고 있었다. 그도 권연이 아니고 댓진이 끓는 담뱃대를 꾸룩꾸룩 피우고 또 피우고 하는 것이다.

"글을 좀 쓰려면 우선 첫째가 담배가 있어야 하는데 요새는 이놈의 희

---

59 팔불용 : 팔불출. 몹시 어리석은 사람.
60 고제 : 고자.
61 치파하다 : 파리하다.
62 고리탑지하다 : '고리타분하다'의 뜻인 듯.

연[63]도 살 수 없으니……."

안만 씨는 이렇게 한탄이다. 그도 그럴 것이 안민 씨에게는 담배란 머리의 벗이요, 또 육체의 벗인 것이다.

하나 담배를 피지 않는 세형은 육신으로써 그것을 느낄 수 없어서,

"선생님, 여직도 술은 못 잡수십니까."

하고 딴 말을 물었다. 세형은 술잔이나 좋이 마시는 축이다.

"술은 못 먹지요."

"안 잡수시기 다행입니다. 술이 금쪽 같습니다. 얻어 살 수가 있어야지요."

"안 귀한 게 있소만, 귀할수록 더 먹고 싶은 법이니……."

"글쎄 그렇더군요."

하고 세형은 웃었다.

그러다가 세형이가 돌아올 때 대문 밖까지 나온 안민 씨는 맨발에 짚세기를 신었는데 그 바짝 마른 발과 푸수수한 볏짚 신발이 어째 서로 어울리지 않는 것 같아서 우스웠다.

세형은 기왕에 너절부레한 양복에 고무신을 끌고 다니든 안민 씨의 모습이 생각켜져서 별안간 또 웃음이 났다.

기왕에도 그런 꼴을 하고 다니는 안민 씨를 사람들은 괴상하게 보았고 심하면 과연 정신이 온전한 사람이 옳은가고 아래위로 훑어보곤 하였다.

"아니 유형도 벌써 흰머리가 났구려."

안민 씨는 세형의 귀밑에서 흰 털을 발견한 것이다.

"인제 나이 있지 않습니까."

세형이도 웃으며 더수기[64]를 긁었다.

"아니 벌써 사십이 넘었던가…… 어쨌든 무던히들 살아왔소. 지난 일

---

63 희연 : 일제시대에 팔던 담배의 한 종류.
64 더수기 : 덜미, 뒷덜미.

을 생각하면…….'

"참말 용케 살아왔습니다."

세형은 그 말 뒤에 또 문득 참말 그렇구나 하는 생각이 가슴 밑에서 솟아오르는 것을 깨달았다. 하루 한두 끼만 먹으면 그럭저럭 살아가는 인간인데 산다는 것이 무어 그리 어려울까만 그래도 안민 씨의 말을 듣는 순간, 세형은 사십 년 동안 걸어온 길 위에 뿌려놓은 가지가지의 생활의식이 일시에 부부리[65]를 쳐들고 과연 그렇다고 맞장구를 쳐주는 것 같았다.

"그래도 선생님은 안 늙으셨습니다. 예전이나 다른 배 없는데요."

"천만에…… 안 늙다니…… 아주 팔팔결[66]인데."

"이제 다시 원기가 회복되시는 날이 있겠지요. 어쨌든 오래 사십시오."

"오래 살어라……."

안민 씨는 그저 지나가는 소리로 되받아 외일 뿐이었다.

그러고 그만 두 사람은 갈라졌다. 그것이 안민 씨와 세형이가 만난 마지막이었다.

지금 생각하니 그때의 안민 씨의 말이나 동정이 맘에 걸리는 배 노상 없지도 않은 듯하다. 무슨 희망을 미래에 부치는 것 같지도 않고 인제 살 만치 다 살았다는 체념도 보이는 듯하였다.

"어쨌든 무던히들 살아왔소."

하던 말 속에는 지금 생각해도 여러 가지 의미가 숨어 있는 것 같다.

그러나 물론 그때에 벌써 오늘날 이렇게 인생을 청산하려고는 안민 씨 자신도 결코 생각지 않았을 것이다.

차라리 그때는 생의 의식이 좀 더 움직였을지 모르는 것이다. 한 것을 세형이 자신으로 말해도 오래간만에 뜻 맞는 친구를 만나고 보니 가슴이

---

65 부부리 : 부리.
66 팔팔결 : 엄청나게 어긋나는 모양.

열리고 사람의 사는 보람이란 것을 느끼게 되었으니까 안민 씨도 응당 같은 심경이었을 게다.

즉 그도 오래간만에 뜻 맞는 벗을 만나서 속으로 은근히 '그래도 인간은 도처에 있는 것이구 세상은 넓은 것이구나.' 하고 벗으로 해서도 길이 살아보고 싶은 생각이 났을 것이다.

물론 살려는 의식이 가장 강렬한 때는 저 정신 밑에서 생명의 위협과 인간의 무상이라는 것을 느끼는 때일지도 모르는 것이다. 그것을 미루어 보면 가장 생의 의식이 강한 것은 사형수일는지도 모른다. 그러면 그때 안민 씨가 벌써 무의식 한가운데 죽음이란 것을 그리고 있었던 것인가.

그러나 어쨌든 안민 씨가 스스로 죽었다는 것을 세형은 믿을 수 없었다. 죽을 만한 이유도 또는 죽으려고 생각한 하등의 징조도 발견하지 못하는 것이다.

차라리 그와 반대로 몹시 생의 의식이 강했을 것이다. 그런데 어째서 제 손으로 그 일을 저질렀을까. 과연 정신에 이상이 생겼을까. 또 염세관이……. 그러나 그런 것만도 아닐 것이다. 그 외에 또 정녕 무엇이 있을 것이다.

그러나 아무리 생각해 봐도 모를 일이었다. 아마 안민 씨가 지금 살아난다 하더라도 딱히 말해내지 못할 것이다.

하나 또 가만히 생각하면 원시 모를 일도 아닌 것 같았다.

모를 일이야 물론 모를 일이지만 그 모를 일이란 것이 벌써 한 개 알 일인 것 같았다.

모를 일이면 모를 일로 그칠 것이요, 알 일이면 알 일로 밝아져야겠는데 이건 알 일 같은데 모를 일이요, 모를 일인데도 알 일 같아서 세형은 몹시 갑갑하기만 하였다. 그러며 이따금 공연히 이마에 땀발[67]이 섰다.

---

67 땀발 : 땀이 내돋아 흐르는 줄기.

한숨을 크게 쉬어 봐도 가슴은 끝내 후련하지 않았다.

5.

　그날 밤에 고인의 먼 친척이 와서 염을 하고 수의를 입히는 데도 세형은 가족의 한 사람같이 시종 곁에 붙어 있었다.

　고인의 몸을 정히 닦고 수의를 입혔다. 수의는 아마 고인의 부인이 손수 짠 명주인 듯하였다.

　고인은 새벽보다 훨씬 몸이 적어 보이는데 그 고요한 얼굴이 다시금 고인의 살았을 때를 생각게 하였다.

　부인은 그 고요한 얼굴에 마지막으로 자기가 시집올 때 입었던 마치 인형의 저고리같이 쩌르고[68] 적은 저고리를 조심스럽게 덮었다. 여태 애써 울음을 참고 있었으나 이 순간 도저히 그는 참을 수 없는 모양이었다, 흑흑 느끼고야 말았다. 이 세상에서는 마지막 대면인 것이다.

　그 울음소리에서 세형은 분명 ‘잘 가시오.’ 하는 한 마디를 들은 법하였다. 그 순간, 세형이도 목이 메어서 정신을 가눌 수 없었다.

　고인의 몸은 머리로부터 발끝까지 일곱 마디로 동여졌다.

　그리하여 관 속으로 옮길 때부터 부인과 아이들은 고인을 붙잡을 듯이 손을 내밀며 울부짖었다. 세형이 듣기에도 그때 울음이 제일 슬픈 고비인 듯싶었다.

　발인하는 날 아침 고인의 집에서 간단한 영결식이 열렸다.

　널리 알리지는 않았으나 고인과 특히 정분이 두텁던 몇몇 사람이 혹은 이 집에서 밤을 새고 혹은 새벽 일찍이 와서는 손님이랄 게 없이 너도나도 나서서 일을 보았다. 그래 이 조그만 영결식은 절차 있게 숙숙히 진행할 수 있었다.

---

68 쩌르다 : 짧다.

그런 중에도 조사에 들어가서는 그 어느 상사보다도 곡진한 조사들이 뒤를 이어 좀처럼 끝날 줄을 몰랐다. 첨은 한 사람만 시키려고도 했으나 관례에 구애될 거 없이 얼마든지 원하는 사람에게는 다 시키기로 하였다. 마침 묘지가 멀지 않고 땅이 언 때와도 달라서 장사에는 그다지 많은 시간이 걸릴 것도 아니어서 영결식을 조여[69] 하지 않아도 좋았다.

세형이도 물론 일장 조사를 베풀었다. 그러자니 고인이 제 손으로 자결하지 않으면 안될 이유가 그것이 무엇인지는 알 수 없으면서도 연성 제 몸을 엄습하는 것 같고 그래서 그것을 통렬히 파헤치고 싶으나 그럴 수도 없고 그러자니 애꿎은 비분만 물밀듯 밀었다.

소리 없는 철읍[70]이 아이 어른의 명문을 한결같이 흔들었다. 흐느끼는 소리가 점점 높아졌다.

그럴 판에 대문으로 조그만 보따리를 든 어떤 젊은 여인 하나가 초연히 들어왔다. 그는 마당에 들어와서 잠시 서성거리다가 일 보는 늙은이에게 인도되어 식장 뒤로 돌아 조객을 말석에 끼어 섰다.

조사가 끝났을 때 세형이가 조객들 쪽을 향하여 고개를 숙여 옷깃을 여미는 것이 심상치 않게 보여서 다리를 뽑아 조심조심 걸어오며,

"어디서 오셨는지요."

하고 공손히 물으니까 그 젊은 여인은 나직한 소리로,

"서울서 왔습니다. 마지막으로 선생님께 한마디 말씀이나 올리려고……."

하고 말끝을 흐린다.

"네, 황송합니다."

그러자 그 젊은 부인은 조용히 영구 앞으로 걸어 나왔다. 그리하여 그 앞에 한참 묵묵히 섰더니 서서히 말을 꺼냈다. 첨은 목소리가 낮아서 잘 들리지 않을 만하더니 차차 낭랑한 여문 소리로 변해갔다.

---

69 조이다 : 서둘러 다그치다.
70 철읍 : 흐느끼며 우는 것.

"선생님! 선생님이 사랑해주시던 제자가 왔습니다. 이숙경이올시다."

이까지는 바로 곁에 섰던 사람만 알아들었을 뿐이나 그 담부터는 뒤켠에까지 고루 들렸다. 세형이는 그가 바로 S학교 때의 제자인 것을, 더욱이 저까지 궁금히 생각하던 그 세 학생 중의 한 사람인 것을 어림으로 짐작하였다.

"우리들을 그처럼 사랑하시던 선생님께서 세상을 떠나심이 어찌 그리 속하십니까. 선생님은 저희들의 힘이요, 빛이었습니다. 선생님이 가르쳐주신 말씀이 때가 갈수록 더욱 분명히 우리들의 가슴에 살아옵니다. 저희가 S학교에서 나왔을 때의 선생님의 고충을 우리들은 누구보다 잘 알고 있었습니다. 그러나 선생님의 심정은 우리들보다도 몇 갑절 더하셨습니다.

선생님으로 해서 오늘날 S학교는 저렇듯 융성해 가고 우리들은 비로소 인간의 길을 잡은 듯합니다. 선생님이 바라신 것은 진실로 우리들이 인간의 길을 잡는 그것이었습니다. 선생님은 결코 선생님의 영화를 생각지 않으셨습니다. 오직 우리들이 굳게 뜻 있게 살기를 바라셨을 뿐입니다. 그러온데 그 거룩한 뜻을 이 지상에서 뺏아간 것은 무엇입니까. 선생님도 응당 가시고 싶지 않으셨을 것입니다. 그러한 선생님을 가시지 아니치 못하게 한 것은 무엇입니까. 절통합니다……."

그리고 그 젊은 여인은 마침내 느끼기 시작하였다.

"선생님! 우리에게 우리들로서 걸어갈 길을 가르쳐 주신 선생님! 그러나 저희는 아직도 방황하는 어린 양의 떼입니다. 거룩한 보호자가 필요한 어린 생명들이올시다. 걸어갈 길에 광명이 필요한 어둠의 순례자이올시다. 그러나 불행히 저희는 지금 별이 꺼지는 밤하늘을 우러러 보는 심경이올시다. 밤이 오면 새벽인들 머오리까만 그러나 그렇기 때문에 새벽길을 바삐 하는 저희들을 뒤로 편달[71]해 주시고 앞으로 지도해주시던 선생님이 저희를 버리고 어디로 가셨습니까."

젊은 여인은 한참 손수건을 눈에 대고 있다가 다시 낭랑한 소리로,

"선생님! 선생님의 영혼이 계시오면 영원히 저희들을 수호해주는 광명이 되어주시고 힘이 되어주십시오. 선생님의 사(死)가 저희들을 위해서, 아벨의 후예를 위해서 불사(不死)의 탄생이 되어주십시오."

그러고 그 젊은 여인은 다시 손수건으로 눈을 누르고 제 자리로 돌아왔다. 영결식이 필한 뒤에 그 젊은 여인에게로 와서 머리를 숙여 감사의 뜻을 표하는 순간, 세형은 이상하게도 그 젊은 여인의 얼굴이 아까보다 몇 갑절 더 돋보이는 것을 깨달았다. 단려하고 이쁜 얼굴이었다. 물론 미인이라는 의미에서는 아니었지만……

그 젊은 여인도 묘지까지 가려고 영구 뒤에 따라섰다. 거게 모였던 사람은 거반 다 묘지까지 가기로 되었다. 가서는 매장까지 자신들 손으로 끝마치고 올 참이었다.

그리하여 몇 개의 만문(輓文)을 앞세운 조촐한 장렬은 넓은 구도로 나가, 북망산을 향하여 올라갔다.

이 일대는 이름이 공동묘지지 풍경이 여간 좋지 않다. 북망산 어구에 있는 도살장은 멀리서 보면 한다는 부자의 별장 같다.

"선생님, 장지는 어느 만침 됩니까?"

젊은 여인이 세형에게 물었다.

"바루 저어기올시다 저어기 올려다 뵈는 저 봉 밑이올시다 나무들이 수둑이 선 곳이 있지 않습니까. 바루 그 앞입니다……. 네네 그렇습니다."

"참 경치가 썩 좋은데요 안 선생님도 오늘밤부터 저기서 주무시겠군요."

"참 꿈 같습니다."

"남들은 공동묘지가 무엇하다고들 하지만 사설 묘지보다 외롭지 않고 도리어 나을 것같아요."

---

71 원문 : 판달.

"그리구 또 거리에서 가깝고 경치가 좋아서 조곰은 위안됩니다. 봄가을 지나던 길에라도 선생님 계신 델 바라볼 수 있을 게니까요."

"저도 오늘 마침 장지까지 가게 되어 어떻게 다행한지 모르겠습니다. 모처럼 왔다가 선생님 계신 곳도 모르고 간다면 되겠습니까."

그러며 젊은 여인은 그윽한 눈으로 묘지를 올려다 보는데 역시 애틋한 얼굴이었다. 미인이라고는 할 수 없으나 이른바 미인보다 훨씬 이쁜 얼굴이라고 세형은 또 한번 생각하였다.

"참, 어떻게 아시구 오셨는지요? 부고는 일체 내지 않았는데요."

세형이가 물었다.

"네, 이곳에 제 동무가 선생의 제자가 있어요. 그 사람이 곧 편지를 주어서 알았습니다. 그러나 그 동무는 마침 임삭이 돼서 못 간다구 편지했더군요."

"아, 그럼 편지 받으시고 바루 떠나셨군요?"

세형은 그 편지에 사인(死因)을 무어라 썼는지 몰라서 공연히 그런 데는 건드릴 거 없다고 생각하며,

"그럼 아까 바루 차에서 내리신 길이군요?"

하고 재처 물었다.

"네, 그렇습니다. 하마터면 늦을 뻔했어요. 기차가 연착이 됐어요."

"그럼, 아침은 어떡 하셨습니까? 시장하실텐데요."

"아니 무얼 좀 먹었어요. 차 중에서."

"먼 길에 위정[72] 와주셔서 감사합니다. 안 선생 추억과 함께 두고두고 잊혀지지 않을 겁니다."

"선생님이 저희를 여간 사랑하시고 애껴하셨습니까. 꾸중도 많이 들었습니다. 한번은 꾸중 듣고 운 일까지 있습니다. 그런 일을 생각하니 그대

---

72 위정 : 일부러.

로 있을 수 있어야지요.”

세형은 묘지 사무소에 이르러 늙은 묘지기를 데리고 바로 묘지로 올라 갔다. 그리하여 만문을 들고 온 인부들과 조객들이 한데 얼려서 무덤을 팠다.

무덤을 다 파고 관을 내리고 그 위에 명정을 얹고 봇[73]을 덮고 흙을 묻을 때 가족들은 마지막으로 울부짖는데, 조객들도 이제는 정말 마지막 이구나 하는 생각이 들어서 모두 눈물을 지었다.

코 밝은 까마귀가 어느새 어디서 왔는지 뒤편 외소나무 위에 와 앉았 더니만 무덤에 흙을 묻어 다시 들여다 볼 건지가 없게 되매 일이 싱겁던 지 “까아” 한 마디 길게 내고 북쪽으로 날아가 버렸다.

세형이도 이제 그만 돌아내려갈 것을 생각하고 또 저희들보다 몇 갑절 더, 차마 내려가지 못할 가족들의 심정을 생각하니 겹겹으로 맘이 어두 웠다.

“며칠 동안 노시다 가시죠. 미안한 말입니다만 가족들도 위안해 드리 실 겸…….”

세형이가 서울서 온 젊은 여인에게 말하였다. 사실 이제 와 보니 죽은 사람은 죽은 사람이어니와 산 사람을 조금이라도 위안해 드리고 싶었다.

“글쎄올시다.”

젊은 여인은 제가 그렇게 해낼 수 있다면 하루 이틀 묵어가도 좋다는 표정이었다.

“그렇게 해주십시오. 다른 때 같으면 누추한 대로 저희 집으로 모시겠 습니다만…….”

“천만에요…… 저도 바쁘긴 합니다만 유족들 일을 생각하니 차마 그 저 돌아갈 수가 없군요.”

그러나 오후에 묘지에서 내려온 안민 씨 부인이, 집에 들어서자 응당

---

73 봇 : 자작나무 껍질.

있어야 할 안민 씨가 보이지 않고 방안에는 무슨 보이지 않는 구멍이 빵 뚫어진 것 같고 그리고 가슴이 답답하고 숨이 칵 막히고 설움은 북받치고 해서 손님도 돌볼 여지없이 울음에 잠겨버려, 기식이 엄엄하여, 서울서 온 젊은 여인도 어찌 해낼 도리가 없었다.

그래 서울서 온 그 젊은 여인은 다시 생각한 끝에 그날 밤차로 떠나기로 하였다. 고인의 부인을 구하는 도리는 슬플 대로 슬프게 하는 수밖에 없었다.

슬픈 것을 손님 때문에 자저하면서[74] 슬퍼한다는 것은 피차 괴로운 일이어서 떠나버리려 한 것이다.

가령 제가 부인을 위로해줄 만치 필요한 존재가 된다 하더라도 그러면 제가 떠나는 때에 또 설움이 새로워질 것이니 차라리 어서 제가 떠나서 하루라도 수이 슬픔의 고개를 넘게 하는 것이 나으리라 하였다.

그날 밤차로 서울서 온 젊은 여인은 떠났다. 정거장에는 세형이 한 사람만 나갔었다.

기차가 떠날 때 웃으며 손수건으로 눈을 가리는 젊은 여인을 보는 순간 세형이도 불현듯 콧날이 시큰하였다. 저로 생각해도 그것은 실로 눈물겨웁게 아름다운 광경이었다.

그 광경이 세형의 머리에서 영영 빠지지 않았다. 정거장을 나와 어둠을 걸어올수록 그 젊은 여인의 모습이 방불히 떠왔다.

그는 일찍 그렇게 아름다운 여인을 본 것 같지 않았다.

북망산에서는 오늘밤도 두견새 소리가 피를 쏟듯 처량하다. 무엇이 한스러워 저렇게 곡진할꼬……

그러나 그도 얼마 아니하면 남쪽 나라로 날아갈 것이다.

<인문평론> 1941년 4월

---

74 자저하다 : 망설이다.

이태준

토끼이야기

사냥

이태준(1904~?)

강원도 철원에서 태어났다. 1924년 휘문고보의 학예부장으로 활동하다가 동맹휴교를 벌여 퇴학당하고 일본으로 갔다. 1925년 「오몽녀」로 활동을 시작했고 1931년 이후 『조선중앙일보』 학예부장으로 근무하면서 여러 학교에 출강도 했다. 매년 한 편꼴로 신문에 장편소설을 연재했다. 1933년에 박태원, 이효석 등과 '구인회'를 조직했고 1939년에는 『문장』지의 편집자 겸 신인 작품의 심사를 맡았다. 1946년 「해방전후」로 '해방 기념 조선문학상'을 받았고 월북하여 작품활동을 계속했으나 1956년 이후는 정치적인 이유로 더 이상 활동을 할 수 없게 되었다.

토끼이야기

현은 잠이 깨자 눈을 비비기 전에 먼저 머리맡부터 더듬었다. 사기대접에서 밤샌 숭늉은 얼음에 채운 맥주보다 오히려 차고 단 듯하였다. 문득 전에 서해(曙海)[1]가, '이제 현도 술이 좀 늘어야 물맛을 알지.' 하던 생각이 난다.

'지금껏 서해가 살았던들, 술맛, 물맛을 같이 한번 즐겨 볼 것을! 그가 간지도 벌써 십 년이 넘는구나!'

현은 사지를 쭈욱 뻗어 기지개를 켜고 파리 나는 천장을 멀거니 쳐다본다.

중외(中外)[2] 때다. 월급날이면, 그것도 어두워서야 영업국에서 긁어오는 돈 백 원 남짓한 것을 겨우 삼 원씩, 오 원씩 나눠 들고, 그거나마 인력거를 불러 타고 호로[3]를 내리고 나서기 전에는, 문 밖에 진을 치고 선 빵

---

1 최서해(1901~1932)는 1929년 중외일보 기자로 입사했다가 1930년 매일신보로 옮겨 1931년부터 매일신보 학예부장으로 있다가 1932년 7월 병으로 죽었다.

2 중외 : 중외일보. 이태준은 1929년부터 중외일보사 기자로 있다가 1931년 이 신문이 조선중앙일보로 바뀌면서 학예부장이 되었다. 신문사에 있으면서 이화여전 등 여러 학교에 출강하면서 작문을 가르쳤다. 1935년에 퇴사했다.

3 호로 : ほろ° 햇빛, 비 등을 막기 위한 마차나 수레의 덮개. 포장(幌).

장사, 쌀장사, 양복점원들에게 털리고 말던 그 시절이었다. 현은 다행히 독신이던 덕으로 이태나 견디었지만, 어머님을 모시고, 아내와 자식과 더불어 남의 셋방살이를 하던 서해로서는, 다만 우정과 의리를 배불리는 것만으로 가족들의 목숨까지를 지탱시켜 나갈 수는 없었다.

"난 『매신』⁴으로 가겠소. 가끔 원고나 보내우. 현도 아무리 독신이지만 하숙빈 내야 살지 않소."

현은 그 후 『중외』에 있으면서 실상 『매신』의 원고료로 하숙집 마누라의 입을 겨우 틀어막곤 하였다. 그러다 『중외』가 기어이 폐간이 되자, 현은, 그까짓 공연히 시간만 빼앗기던 것, 인젠 정말 내 공부나 착실히 하리라 하고, 서해가 쓰라는 대로 잡문을 쓰고 단편도 얽어 하숙비를 마련하는 한편, 학생 때에 맛 모르고 읽은 태서⁵ 대가(泰西大家)들의 명작들을 재독하는 것부터 일과를 삼았다. 그러나 사람은 조금만 틈이 생기어도 더 큰 욕망에 눈이 떴다. '공연히 남까지 데려다 고생을 시켜?' 하는 반성이 한두 번 아니었으나 결국 직업도 없이, 집 한 칸 없이, 현은 허턱 장가를 들어놓았다. 제 한 몸 이상을 이끌어 나간다는 것은 확실히 제 한 몸 전신으로 힘을 써야 할 짐이었다. 공부고 예술이고 모두 제이 제 삼이 되어 버렸다. 배운 도적질이라 다시 신문사밖에는 떼를 쓸 데가 없다. 다행히 첫아이를 낳기 전에 월급은 제대로 나오는 『동아』에 한 자리를 얻어, 또 신문소설이라도 한옆으로 써내는 기술을 가져, 그때만 해도 한 평에 이삼 원씩이면 살 수가 있었으니 전차에서 내려 이십 분이나 걷기는 하는 데지만 우선은 집 걱정을 면할 오막살이가 묻어오는 이백여 평의 터를 샀고, 그 후 부(府)로 편입이 되고 땅 시세가 오르는 바람에 터전 반을 떼어 팔아 넉넉히 십여 칸 기와집 한 채를 짓게까지 되었다.

"인전 집은 쓰고 앉았으니 먹구 입을 걸……."

---

4 매신 : 매일신보, 일제시대 조선총독부의 기관지.
5 태서 : 서양.

현의 아내는 살림에 재미가 나는 듯하였다. 재봉틀 월부를 끝내고, 간이보험을 들고, 유성기도 이웃집에서 샀다는 말을 듣고 그 이튿날로 월부로 맡아오더니, 이제는 한걸음 나아가 현이 어쩌다 소리판을 한둘 사들고 와도,

"그건 뭘 허러 삼 원씩 주고 사오. 음악이 밥 주나! 그런 돈 날 좀 줘요"
하였고, 여름이면 현은 패스 덕이긴 하지만 혼자만 싸다니는 것이 미안하여 한 이십 원 만들어다, 아이들 데리고 가까운 인천이라도 하루 다녀오라고 주면, 아침에는 인천까지 갈 채비로 나섰다가도 고작 진고개로 가로새어[6] 백화점 식당에나 들어갔다가는, 냄비, 주전자, 찻종, 그런 부엌 세간을 사서 아이들에게까지 들려 가지고 들어오기가 일쑤였다.

이 현의 아내는 바로 이들 집에서 고개 하나 너머 있는 M여전(女專) 문과(文科) 출신이다. 오막살이에서나마 처음에는 창마다 유리를 끼고, 꽃무늬의 커튼을 드리우고, 벽에는 밀레의 안젤루스를 걸고, 아침저녁으로 화분을 가꾸었다. 때로는 잠든 어린것 옆에서 조슬란의 자장가도 불렀고, 책장에서 비단뚜껑한 책을 뽑아다 브라우닝을 읊기도 하였다. 아이가 둘이 되면서부터, 그리고, 그 흔한 건양사[7] 집들이 좌우 전후에 즐비하게 들어앉는 것을 보면서부터는 모교가 가까워 동무들이 자주 찾아오는 것을 도리어 싫어하였고, 어서 오막살이를 헐고 번듯한 기와집을 지어보려는 설계에 파묻히게 되었다. 안젤루스에 먼지가 앉거나 말거나, 화초분이 말라 시들거나 말거나 그의 하루는 그것들보다 더 절박한 것으로 프로가 꽉 차지는 것 같았다.

현은 일 년에 하나씩은 신문소설을 썼다. 현의 야심인즉 신문소설에 있지 않았다. 단편 하나라도 자기 예술욕을 채울 수 있는 창작에 자기를 기르며 자기를 소모시키고 싶었다. 나아가서는, 아직 지름길에서 방황하

---

6 가로새다 : 중간에 슬그머니 다른 곳으로 빠져나가다.
7 건양사(建陽社) : 건축회사.

는 이곳 신문학을 위해 그 대도(大道)로 들어설 바 교량이 될 만한 대작이 그의 은근한 본원이기도 했다. 인물의 좋은 이름 하나가 생각나도 적어 두어 아끼었고, 영화에서 성격 좋은 배우 하나를 보아도 그의 사진을 찢어 모아두었다.

그러나 머릿속에서 구상만으로 해를 묵을 뿐, 결국 붓을 들기는 몰아치는 대로 몰아쳐질 수는 있는 신문소설뿐이었다.

현의 신문소설이 시작되면 독자보다는 현의 아내가 즐거웠다. 외상값 밀린 것이 풀리고 단행본으로 나와 중판이나 되면 뜻하지 않은 목돈에 가끔 집안이 윤택해지기 때문이다.

'그러나 나도 소위 불혹지년이란 게 낼 모레가 아닌가! 밤낮 이것만 하다 까부러질[8] 건가? 눈 뜨면 사로 가고 사에 가선 통신 번역이나 하고…… 고작 애를 써야 신문소설이나 되고…….'

현의 비장한 결심이 그렇지 않아도 굳어질 무렵인데 『동아』가 『조선』과 함께 고스란히 폐간이 되는 것이었다.

명랑하라, 건실하라, 시대는 확성기로 외친다. 현은 얼떨떨하여 정신을 수습할 수 없는데다, 며칠 저녁째 술이 취해 돌아왔던 것이다.

*

밤 잔 숭늉에 내단(內丹)이 씻긴 듯 속은 시원하였으나 골치는 그저 무겁다.

'술이 좀 늘어야 물맛을 알지…… 흥, 신문사 십 년에 냉수맛을 알게 된 것 밖에 는 게 무언고?'

다시 숭늉 그릇을 이끌어 왔으나 찌꺼기뿐이다. 부엌 쪽 벽을 뚝뚝 울리어 아내를 불렀다.

---

8 까부러지다 : 기운이 빠져 몸이 고부라지거나 생기가 없이 나른해지다.

“기껀 주무셨수?”

“물 좀.”

아내는 선선히 나가 물을 떠가지고 와 앉는다. 앉더니 물을 자기가 마시기나 한 것처럼 목을 길게 빼며 선트림을 한다. 아내는 벌써 숨을 가빠하는 것이다. 한 딸, 두 아들이어서 꼭 알맞다고 하던 것이 다시 네 번째 임신인 것이었다.

“나 당신헌테 헐 말 있어요.”

평시에 잔소리가 없는 만치 현의 아내는 가끔 이런 투로 현의 정색을 요구하였다.

“요즘 당신 심경 나두 모르진 않우. 그렇지만 당신 벌써 사흘째 내려 술 아뉴?”

현은 잠자코 이마를 찌푸린 채 터부룩한 머리를 쓸어넘긴다.

“술 먹구 잊어버릴 정도의 거면 애당초에……. 우리 여자들 눈엔 조선 남자들 그런 꼴처럼 메스껍구 불안스런 건 없습디다. 술루 심평이 피우? 또 작게 봐 제 가정으루두 어디 당신들 사내 하나뿐유? 처자식 수두룩허니 두구, 직업두 인전 없구, 신문소설 쓸 데두 인전 없구……. 왜 정신 바짝 채리지 않구 그류?”

현은,

“듣기 싫어.”

소리를 치고 다시 이불을 뒤집어썼으나, 또 반동적으로 이날도, 그 이튿날도 곤주[9]가 되어 들어왔으나, 사실 아내의 말에 찔리기도 하였거니와 저 혼자 취한다고 세상이 따라 취하는 것도 아니요, 저 혼자나마도 언제까지나 취할 수도 없는 것이었다.

현은 아내의 주장대로 그 송장의 주머니에서 턴 것 같은, 가슴이 섬뜩

---

9 곤주 : 고주망태.

한 퇴직금이지만, 그것을 밑천으로 토끼를 기르기로 한 것이다.

뉘네 집에서는 처음 단 두 마리를 사온 것이 일 년이 못 돼 오십 평 마당에 어떻게 주체할 수 없도록 퍼지었고, 뉘 집에서는 이백 원을 들여 시작했는데, 이태가 못 되어 매월 평균 칠팔십 원 수입이 있다는 것은 현의 아내가 직접 목격하고 와서 하는 말이었고, 토끼 기르는 책을 얻어다 주어 현은 하루 저녁으로 독파를 하니, 토끼를 기르기에는 날마다 붙잡히는 일이기는 하나 날마다 신문소설을 써대는 것보다는 마음의 구속은 적을 것 같았고, 신문소설을 쓰면서는 본격 소설에 손을 댈 새가 없었으나, 토끼를 기르면서는 넉넉히 책도 읽고 십 년에 한 편이 되더라도 저 쓰고 싶은 소설에 착수할 여력도 있을 것 같았다. 이런 것은 시대가 메가폰으로 소리쳐 요구하는 명랑하고 건실한 생활일 수도 있는 점에 현은 더욱 든든한 마음으로 토끼 치기를 결심하였다. 그리고 우선 아내의 뒤를 따라 아내와 동창이라는, 이백 원을 들여 지금은 매달 칠팔십 원씩을 수입한다는 집부터 견학을 나섰다.

그 집 바깥주인은 몇 해 전에 『동아』에서도 사진을 이 단으로나 낸 적이 있고, 그의 연주회 주최를 다른 사와 맹렬히 다투기까지 하던, 한때 이름 높던 피아니스트였다. 피아니스트답지는 않게 거칠고 풀물이 시퍼런 손으로 현의 부처를 맞아 주었다. 마당엔 들어서기가 바쁘게 두엄내보다는 노릿한 내가 더 나는 훗훗한 냄새가 풍겨 나왔다. 목욕탕에 옷 벗어 넣는 궤처럼 여러 층, 여러 칸으로 된 토끼집이 작은 고층건물을 이루어 한편 마당을 둘러 있었다. 칸칸이 새하얀 토끼들이 두 귀가 빨족하니 앉아 연분홍 눈을 굴리며 입을 오물거린다. 현은 집에 아이들 생각이 났다. 동화의 세계다. 아동문학을 하는 이에게 더 적당한 부업같이도 생각되었다. 현 부처는 피아니스트 부처에게서 양토 경험담을 두 시간이나 듣고 보고, 더욱 굳어지는 자신으로 돌아왔다. 와서는 곧 광주 가네보 양토부로 제일 기르기 쉽다는 메리켄으로 이십 마리를 주문하였다. 곧

목수를 데려다 토끼장을 짰다. 토끼장이 끝나기도 전에 '오늘 토끼를 부쳤다.'는 전보가 왔다. 현은 아이들을 데리고 산으로 가 풀과 아카시아잎을 뜯어 왔다. 두부 장사에게 비지도 맡기었다. 수분 있는 사료만으로는 병이 나는 법이라 해서 건조 사료(乾燥飼料)도 주문하였다. 사흘 만에 이 작고 귀여운 현의 집 새 식구 이십 명은 천장을 철사로 얽은 궤짝에 담기어 한 명도 탈 없이 찾아들었다. 그들은 더위에 할락거리기는 하면서도 그저 궤짝 속이 저희 안도(安堵)인 듯, 밖을 쳐다보는 일이 없이 태연히 주둥이들만 오물거리었다. 자연의 한 동물이라기보다 시험관 속에서 된 무슨 화학물(化學物) 같았다. 아이들과 아내는 즐기어 끄르며 덤비었으나, 현은 뒤에 물러서서 그 작은, 그 귀여운, 그리고 박꽃처럼 희고 여린 동물에게다 오륙 명의 거센 인생의 생계(生計)를 계획한다는 것을 생각할 때 확실히 죄스럽고 수치스럽기도 하였다.

아무튼 토끼가 와서부터 현은 잠시도 쉴 새가 없었다. 먹이를 주고 다음 먹이의 준비까지 되어 있으면서도 얼른 손을 씻고 방으로 들어와지지가 않았다. 토끼장 앞으로 어정어정하는 동안 다시 다음 먹이 시간이 되고, 다시 그 다음 먹이를 준비해야 되고 장 안을 소제해야 되고, 현은 저녁이나 되어야 자기의 시간으로 돌아올 수가 있었다.

차츰 밤 긴 가을이 깊어졌다. 워낙 구석진 데라 더구나 저녁에는 찾아오는 친구가 별로 없었다. 현은 저녁만이라도 홀로 조용히 등을 밝히고 자기의 세계를 호흡하는 것이 즐거웠다. 십 년 전, 독신일 때 하숙집에서 재독하기 시작했던 태서 명작을 다시금 음미하는 것도 즐거웠고, 등불을 멀찍이 밀어 놓고 책장을 살피며 근대의 파란중첩한, 인류의, 문화의, 문학의 뭇 사조(思潮)의 물결을 더듬으며, 한 새 사조가 부딪치고 지나갈 때마다 이 귀퉁이 저 귀퉁이 부스러트리기만 해오던 장편(長篇)의 구상(構想)을 계속해 보는 것도 얼굴이 달도록 즐거움이었다.

많지는 못한 장서(藏書)나마 현은 한가히 책장을 쳐다볼 때마다 감개무량하기도 하였다. 일목천고(一目千古)[10]의 감을 느끼는 것이다. 새 책은 날마다 나온다. 또 새 책은 날마다 헌 책이 된다. 한때는 인류사상의 최고봉인 듯이 그 앞에는 불법(佛法)도 성전(聖典)도 무색하던 것이 이제는 그 책의 뚜껑 빛보다도 내용이 앞서 퇴색해 버리고 말았다. 그 뒤에 오는 다른 새 것, 또 그 뒤를 따른 다른 새 것들, 책장 한 층에만도 사조는 두 시대, 세 시대가 가지런히 꼽혀 있는 것이다.

'지나가 버린 낡은 사조의 유물들! 희생된 것은 저 책들뿐인가? 저 저자들뿐인가? 저 책들과 저 저자들뿐이라면 인류는 이미 얼마나 복된 백성들이었으랴마는, 인류는 언제나 보다 나은 새 질서를 갈망해 헤매지 않으면 안 되었었다.'

새 사조가 지나갈 때마다 많으나 적으나, 또 그 전 것을 위해서나 새 것을 위해서나 반드시 희생자는 났다. 그 사조가 거대한 것이면 거대한 그만치 넓은 발자취로 인류의 일부를 짓밟고 지나갔다. 생각하면 물질문명은 사상의 문명이기도 하다. 한 사상의 신속한 선전은 또 한 사상의 신속한 종국을 가져오기도 한다. 예전 사람들은 일생에 한 번이나 겪을지 말지 한 사상의 난리를 현대인은 일생 동안 얼마나 자주 겪어야 하는가. 청(淸)의 시인 이초(二樵)가 일신수생사(一身數生死)라 했음은 정히 현대의 우리를 가리킴이라 하고, 현은 몇 번이나 책장을 바라보며 쓴웃음을 지었다.

'일신수생사! 사상은 짧고 인생은 길고……'

*

토끼는 듣던 바와 같이 빠르게 번식해 나갔다. 스무 마리가 아카시아 잎이 단풍들 무렵엔 사십여 마리가 되어 북적거린다. 토끼장도 다시 한

---

10 일목천고 : 오랜 시간을 한눈에 본다.

오십 마리치를 늘쿠려[11] 재목까지 사들이는 때다. 문제가 일어났다. 먹이의 문제다. 풀과 아카시아잎의 저장을 충분히 할 수 없어 비지와 건조 사료에 오히려 믿는 바 컸었는데 두부 장사가 가끔 거른다. 오는 날도 비지를, 소위 실적의 반도 못 가져온다. 건조 사료도 선금과 배달비까지 후히 갖다 맡겼는데도 오지 않는다. 콩이 잘 들어오지 않아 두부 생산이 준 것, 그러니 두부 대신 비지 먹는 사람이 는 것, 그러니 비지는 두부보다도 더 귀해진 셈이다. 건조 사료란 잡곡의 겨인데 무슨 곡식이나 칠분도(七分搗) 내지 오분도로 찧으니 겨가 나올 리 없다. 알고 보니 최근까지의 건조 사료란 전년의 재고품이었던 것이다. 현의 아내는 동분서주하였으나, 토끼는커녕 닭을 치던 집에서들까지 닭을 팔고 닭의 우리를 허는 판이었다.

현의 아내는 억울한 일을 당할 때처럼 며칠이나 얼굴이 붉어 있었으나 결국 토끼를 기름으로써의 생계는 단념하는 수밖에 없었다. 토끼를 헐값이라도 치우기 시작하였다. 그러나 가죽이면 얼마든지 일시에 처분할 수가 있으나 산 것 채로는 어디서나 먹이가 문제라 길이 막히었다. 사십여 마리를 일시에 죽이자니 집안이 일대 도살장이 되어야 한다. 한꺼번에 사십여 마리의 가죽을 쟁[12]을 쳐 말릴 널판도 없거니와 단 한 마리라도 칼을 들고 껍질을 벗길 위인이 없다. 현은 남자면서도 닭의 멱 하나 따 본 적이 없고, 현의 아내 역, 한번은, 오막살이집 때인데, 튀하기는 한 닭 한 마리를 옹근 채 사왔더니 닭의 흘겨 뜬 죽은 눈이 무서워 신문지로 덮어 놓고야 썰던 솜씨였다. 더 늘쿠지나 말고 오래는 걸리더라도 산 채로 처분하는 수밖에 없었다. 산 채로 처분하자니 팔리는 날까지는 어떻게 해서나 굶겨 죽이지는 않아야 한다. 부드러운 풀은 벌써 거의 없어진 때다. 부엌에서 나오는 것은 무청뿐이요, 밖에서 얻을 수 있는 것은 클로

버뿐이다. 클로버도 며칠 안 있으면 된서리를 맞을 즈음인데 하루는 현의 아내가 그의 모교인 M여전 운동장이 클로버투성이인 것을 생각해 냈다. 그 길로 고개를 넘어 모교에 다녀오더니, 학교에서는 해마다 사람을 사서 뽑는데도 당할 수가 없어 잔디를 버릴까 봐 걱정이니 제발 뜯어라도 가라는 것이라 한다. 현은 입맛을 쩍쩍 다시다가,

"당신이 가기 싫음 내가 가리다. 오륙이 멀쩡해 가지구 미물이라두 기르던 걸 굶겨 죽여야 옳우?"

하는 아내의 위협에 아내가 홑몸도 아닌 때라, 또 다른 곳도 아니요, 저희 모교 마당에 가서 토끼밥을 뜯고 앉아 있는 정상이 어째 정도 이상으로 가긍하게 머릿속에 떠올라, 그만 대팻밥모자를 집어 쓰고 동저고리 바람인 채 고무신을 끌고, 막 학교에서 돌아오는 큰 녀석에게까지 다래끼를 하나 둘러메어 가지고 고개를 넘어 M여전으로 왔다.

운동장에는 과연 잔디와 클로버가 군데군데 반반 정도로 대진이 되어 있었다.

'나야 이렇게 동저고리 바람에 농립을 눌러 썼으니 누가 알아볼라구…… 또 알아본들 현아무개란 하상…….'

하학이 된 듯 운동장에는 과년한 여학생들이 설멍하니[13] 다리들을 드러내고 발리볼을 던지기도 하고 자전차를 타고 돌기들도 한다. 현은 남의 집 안마당에 들어서는 것 같은 어색함을 느꼈으나 수긋하고 한편 여가리[14]에 물러앉아 클로버를 뜯기 시작하였다.

"아버지?"

"왜?"

아들애는 아직 우두머니 서서 언덕 위에 장엄하게 솟은 교사와 여학생들이 자전차 타는 것만 바라보고 있었다.

---

13 설멍하다 : 아랫도리가 가늘고 어울리지 아니하게 길다.
14 여가리 : 옆의 가장자리나 언저리.

“우리 엄마두 여기 학교 나왔지?”

“그럼…… 어서 이 시퍼런 풀이나 뜯어…….”

이 아버지와 아들의 짧은 대화를 학생 두엇이 알아들은 듯,

“얘, 너희 엄마가 누군데?”

하며 가까이 온다. 현의 아들애는 코만 훌석 하고 돌아선다. 현은 힐끗 아들을 쳐다본다. 그 쳐다보는 눈이, 가끔 집에서 ‘떠들면 안 돼.’ 하던 때 같다. 아들애는 잠자코 제 다래끼를 집어다 클로버를 뜯기 시작한다.

“이거 뜯어다 뭘 허니?”

“토끼 메겨요.”

“토끼! 너희 집서 토끼 치니?”

“네.”

학생들은 저희도 뜯어서 현의 아들 다래끼에 담아준다.

“너희들 뭣 허니?”

현의 등 뒤에서 다른 학생들 한 떼가 몰려온다. 현은 자기까지 아울러 ‘너희들’로 불려지는 것같이 화끈해진다.

“우린 요쓰바[15] 찾는다누.”

딴은 그들은 토끼밥을 뜯어 주기 위해서가 아니라 저희들 ‘행복’을 찾기 위해서였다.

“나두, 나두…….”

그들은 모이를 본 새떼처럼 클로버에 몰려 앉는다. 현은 수긋하고 다른 쪽을 향해 뜯어나가며, 자기의 아내도 한때는 브라우닝의 시집을 끼고 이 운동장 언저리를 거닐다가 저렇게 목마르듯 ‘행복의 요쓰바’를 찾아보았으려니, 그 ‘행복의 요쓰바’와 함께 푸른 하늘가에 떠오르던 그의 ‘영웅’은 오늘 이 마당에 농립을 쓰고 앉아 토끼밥을 뜯는 사나이는 결

---

15 요쓰바 : よつば° 네잎, 네잎 클로버.

코 아니었으려니, 이런 생각에 혼자 쓴 침을 삼켜 보는데 무엇이 궁둥이를 툭 때린다. 넓은 마당에 까르르 웃음이 건너간다. 현의 각도로 섰던 발리볼 선수 하나가 볼을 놓쳐 버렸던 것이다.

*

현은 다음날 오후에도 큰 녀석을 데리고 M여전 운동장으로 왔다. 클로버는 아직도 한 댓새 더 뜯어갈 수가 있었다. 그러나 이날이 마지막이게 이날 밤에 된서리가 와버린 것이다. 현의 아내는 마침 김장때라 무청과 배추 우거지를 이 집 저 집서 모아들였다. 그러나 그것도 잠시 한 철이었다. 현은 생각다 못해 한두 마리씩이라도 없애 보려 대학병원에 그리 친치도 못한 의사 한 분을 찾아가 보았다. 십여 년째 대는 사람이, 그도 요즘은 한두 마리씩 더 갖다 맡기어 걱정이라는 것이었다. 현은 대학병원에서 돌아오는 길에 어느 책사에 들렀다. 양토법에 관한 책에는 토끼의 도살법까지도 씌어 있기 때문이다. 전에 아내가 빌려 온 책에서는 그만 기르는 법만 읽고 돌려보낸 것이다.

토끼를 죽이는 법. 목을 졸라 죽이는 법, 심장을 찔러 피를 뽑아 죽이는 법, 물에 담가 죽이는 법, 귀를 잡고 어느 다리를 어떻게 잡아당겨 죽이는 법, 동맥을 잘라 죽이는 법, 그리고 귀와 귀 사이의 골을 망치로 서너 번 때리면 오체를 바르르 떨다가 죽게 하는 법, 이렇게 여섯 가지나 씌어 있었다.

현은 먼지 낀 책을 도로 제 자리에 꽂고 주인의 눈치를 엿보며 얼른 책사를 나와 집으로 돌아왔다.

오는 길로, 옷을 갈아입는 길로, 토끼 한 놈을 꺼내었다. 묵직하고, 포근하고, 따뜻하고, 뼈들컹거리고, 눈을 똘망거리고……. 교미기가 지난 놈들이라 새끼 때의 화학물 감(化學物感) 박꽃 감은 이젠 아니요, 놓기는 커녕 웬만침 서투르게만 붙잡아도 뼈들컹하고 튕겨져 산으로 치달을 것만 같은 '짐승'이다.

현은 단단히 앙가슴과 뒷다리를 움켜쥐고 마루로 왔다. 딸년이 방에서 나오다가 소리를 친다.

"애들아, 아버지가 토끼 꺼냈다!"

큰 녀석 작은 녀석이 마저 뛰어나온다.

"왜 그류, 아버지?"

"병 났수?"

"마루에 가둬. 우리 가지구 놀게."

"이뻐서 그류, 아버지?"

딸년은 제 손에 들었던 빵쪽을 토끼의 입에다 갖다 댄다. 토끼는 수염을 쫑긋거리더니 빵쪽을 물어 떼려 한다. 현은 잠자코 아까 책사에서 본 여섯 가지 방법을 생각해 낸다.

"왜 그류, 아버지?"

"가, 저리들."

현은 그제야 소리를 꽥 질렀다. 아내가 부엌에서 나온다. 현은 아내의 해산달이 멀지 않았음을 깨닫는다. 현은 등솔기에 오싹함을 느끼며 토끼를 다시 안고 뒤꼍으로 왔다. 아내가 따라오며 그 역, 왜 그러느냐고 묻는다.

"뭣 허러 아이처럼 따라댕겨?"

아내는 얼른 물러나지 않는다. 현은 도로 토끼를 갖다 넣고 만다. 암만 생각하여도 그 목을 졸라 쥐고, 뻐들적거리는 것을 이기노라고 같이 힘을 쓰며 뒤여[16] 쓰는 눈을 내려다보고 숨이 끊어지기를 기다리는 노릇, 현은 그 목을 졸라 죽이는 법에 자신이 생기지 못한다. 심장이 어드메쯤이라고 그 폭신한 가슴을 더듬어 송곳을 들여박기는, 남의 주사침 맞는

---

16 뒤다 : 곧지 않고 틀어지거나 구부러지다.

것도 제대로 보지 못하는 현으로는 더욱 불가능한 일이요, 쥐처럼 덫 속에 든 것도 아닌 것을 물 속에 끌어넣기나, 귀와 다리를 붙잡고 척추가 끊어지도록 잡아 늘쿠는 것이나, 그 어린아이처럼 따스하고 발랑거리는 목에서 동맥을 싹둑 잘라 놓는 것이나, 자꾸 돌아보는 것을 앞으로 숙여 놓고 망치로 뒤통수를 때리는 것이나, 현으로는 생각할수록 소름이 끼치고, 지금 아내의 뱃속에 들어 있는, 마치 토끼 형상으로 꼬부리고 있을 태아를 위해 이런 짓은 생각만으로도 죄를 받을 것만 같았다.

*

김장철이 지나가자 토끼먹이는 더욱 귀해서 사람도 먹기 힘든 두부와 캐비지로 대는데 하루에 일 원 사오십 전씩 나간다. 이렇게 서너 달만 먹인다면 그 담에는 토끼 오십 마리를 한목 판다 하여도 먹이 값밖에는 나올 게 없다. 서너 달 뒤에 가서는 토끼 문제뿐만 아니다. 토끼 때문에 이럭저럭 사오백 원이 부서졌고, 김장하고 장작 두 마차 들이고, 퇴직금 봉지엔 십 원짜리 서너 장이 남았을 뿐이다.

'어떻게 살 건가?'

어느 잡지사에서 단편 하나 써달란 지가 오래다. 독촉이 서너 차례나 왔다. 단돈 십 원 벌이라도 벌이라기보다, 단편 하나라도 마음 편히 앉아 구상해 보기는 다시 틀렸으니 종이만 펴놓을 수 있으면 어디서고 돌아앉아 쓰는 게 수다. 하루는 있는 장작이라 우선 사랑에 군불을 뜨뜻이 지피고 '이놈의 토끼 이야기나 써보리라.' 하고 들어앉아 서두를 찾노라고 망설이는 때였다.

"여보? 어디 계슈?"

하는 아내의 찾는 소리가 난다. 내다보니 얼굴이 종잇장처럼 해쓱해진 아내는 두 손이 피투성이다.

"응!"

"물 좀 떠줘요."

"웬 피유?"

아내의 표정을 상실한 얼굴은 억지로 찡기어 웃음을 짓는다. 피투성이 두 손은 부들부들 떤다. 현의 아내는 식칼을 가지고 어떻게 잡았는지, 토끼 가죽을 두 마리나 벗겨 놓은 것이다. 현은 머리칼이 쭈뼛 솟았다.

"당신더러 누가 지금 이런 짓 허래우?"

"안 힘 어떡허우? 태중은 뭐 지냈수? 어서 손 씻게 물 좀 떠놔요."
하고 아내는 토끼털과 선지피가 엉킨 두 손을 쩍 벌려 내어민다. 현의 머릿속은 불현듯, 죽은 닭의 눈을 신문지로 가려 놓고야 썰던 아내의 그 전 모습이 지나친다. 콧날이 찌르르 하며 눈이 어두워졌다.

피투성이의 쩍 벌린 열 손가락, 생각하면 그것은 실상 자기에게 물을 요구하는 것이 아니었다. 현은 펄썩 주저앉을 듯이 먼 산마루를 쳐다보았다. 산마루엔 구름만 허옇게 떠 있었다.

쇼와 16년[17] 정월 11일

『문장』 1941년 2월호 『돌다리』(박문서관, 1943)에 수록[18]

---

17 쇼와 16년 : 1941년.

18 두 판본 사이에는 몇 군데 어휘와 문장을 다듬은 것 외에는 큰 차이가 없으므로 일제시대 작가의 퇴고를 거친 『돌다리』 수록본을 저본으로 했다.

사냥

심란한 것뿐, 무슨 이렇다 할 병이 있어서도 아니요, 자기 체질에 저혈(豬血)[1]이 맞으리라는 무슨 근거를 가져서도 아니었다. 손이 바쁘던 때는, 어서 이 잡무에서 헤어나 조용히 쓰고 싶은 것이나 쓰고 읽은 것이나 읽으리라 염불처럼 외어왔으나 이제 막상 손을 더 대이래야 대일 수가 없게 되고 보니 그것들이 잡무만이 아니었던 듯 와락 그리워지는 그 편집실이요, 그 교실들이었다.

사람이 안정한다는 것은 손발이 편안해지는 데 있는 것은 아니었다. 한은 한동안 문을 닫고 손발에 틈을 주어 보았다. 미닫이 가까이 앉아 앙상한 앵두나무 가지에 산새 내리는 것도 내다보았고 가랑잎 구르는 응달진 마당에 싸락눈 뿌리는 소리도 즐겨 보려 하였다. 그러나 하나도 마음에 안정을 가져오지 않을 뿐 아니라 신경을 날카롭게, 메마르게 해 주는 것만 같았다. 이번 사냥은 이런 신경을 좀 눅여 보려는 한갓 산책[2]에 불과한 것이었다.

한은 즐거웠다. 오래간만에 중학 때 친구 윤을 만나는 것은 반가웠다.

---

1 저혈 : 돼지피.
2 원문 : 산채이나 『춘추』 발표본을 따랐다.

편지 한 장으로 구정을 생각하여 모든 것을 주선해 놓고 부르는 그의 우정이 감사하였다. 오래간만에 촌길을 걸을 것, 험준한 산마루를 달려볼 것, 신에게서 받은 자세대로 힘차게 가지를 뻗은 정정한 나무들을 쳐다볼 수 있을 것, 나는 꿩을 떨구고, 닫는 노루와 멧도야지를 고꾸라뜨릴 것, 허연 눈 위에 온천처럼 용솟음쳐 흐를 피, 통나무 화톳불에 가죽째 구워 뜯을 짐승의 다리, 생각만 하여도 통쾌한 야성적인 정열이 끓어올랐다. 아무리 문화에 길들었어도 사람의 마음 한구석에는 야성에의 향수가 늘 대기하고 있는 듯하였다.

*

월정리(月井里)에서 차를 내리니 윤은 약속대로 두 포수와 함께 홈에 나와 기다리고 있었다. 윤은 한의 손을 잡고,

"그냥 만나선 어디 알겠나?"
하며 의심스럽게 쳐다보았다. 한 역시 한참 마주 들여다보지 않을 수 없었다.

"열다섯 해란 세월이 인생에겐 이렇게 긴 걸세그려!"

대합실에서 나와 포수들과 지면[3]을 하고 담배를 한 대씩 피워 물고 찻길을 건너 서북 편으로, 촌길로는 꽤 넓은 길을 걷기 시작하였다. 늙은 포수는 꿩 철 따위는 아예 재지도 않는다고 하였고 젊은 포수만이, 우선 저녁 찬거리라고 장만해야 한다고, 탄자[4]를 재더니 길섶으로만 꼬리를 휘저으며 달아나는 '도무'라는 개의 뒤를 따랐다. 전에는 황무지였으나 수리조합 덕에 개간이 되어 한 십 리 들어가도록은 뫼초리[5] 한 마리 일지 않는 탄탄대로였다. 여기를 걷는 동안, 한은 윤에게서 대서업자로서

---

3 지면 : 처음 만나서 서로 알게 됨.
4 탄자 : 탄알.
5 뫼초리 : 메추라기.

본 인생관이라고 할까 세계관이라 할까 단편적이나마 솔직하긴 한 이야기를 심심치 않게 들었다. 결국, 민중이란 어리석은 것이란 것, 이 어리석은 무리들에게 도의를 베푸는 손은 너무 먼 데 있는데, 그렇지 않은 손들은 그들의 주위에 너무 가까이, 너무 많이 있다는 것이다. 그래 그들은 행복하기가 쉽지 못하다는 것이다. 학창을 처음 나와서는 그들을 위해 의분도 느꼈었으나 자기 하나의 의분쯤은 이른바 홍로점설(紅爐點雪)[6]에 불과하였고 그런 모리배(謀利輩)들만의 촌읍 사회에 끼어 일이 년 생계를 에우는[7] 동안, 어느 틈엔지 현실에 영리해졌다는 것이요, 그 덕에 오늘에 이르러는 사무실 문을 닫고 이렇게 삼사 일씩 나와 놀아도 집에서 조석 걱정은 않게끔 되었노라 실토하였다. 그리고 읍 사람들은 너무 겉약고[8] 촌사람들은 너무 무지몽매하다는 것을 몇 번이나 한탄하였다.

차츰 엷게 눈이 깔린 산기슭이 가까워졌다. 동네를 하나 지나서부터는 논 대신 밭들이 나오며 길도 촌맛이 나기 시작했다. 꼬리가 점점 긴장해지던 도무란 놈이 그루만 남은 콩밭으로 뛰어들었다. 사람 눈에는 아무 것도 보이지 않는데 개는 코를 땅에 붙이고 썰썰 맴을 돌면서 내음을 해나간다. 젊은 포수는 총을 바투 잡고 바짝 따라선다. 일행은 길 위에 서서들 바라보았다. 불과 오륙십 보 안에서다. 아무 것도 보이지 않던 밭고랑에서 푸드득 하더니 수엽랑[9] 같은 장끼 한 마리가 뜬다. 날개도 제대로 펴기 전에 총부리에서 흰 연기가 찍 뻗더니 탕 소리와 함께 꿩은 그 순간 물체가 되어 밭둑에 툭 떨어지는 것이었다. 한은 꿩을 주우러 뛰어갔으나 개가 먼저 와 물었다. 한이 달래보았으나 개는 쏜살같이 저의 주인에게로 달아났다. 주인이 꿩을 받으니 개는 주인의 다리에 제 등어리

---

6 홍로점설 : 큰 화로에 눈을 조금 뿌린 것 같다는 뜻으로, '크나큰 일에 작은 힘이 아무 보람도 나지 아니함'의 비유.
7 에우다 : 다른 음식으로 끼니를 때우다.
8 겉약다 : 겉으로만 약은 체하지만 실상은 어리석다.
9 수엽랑 : 원문대로.

를 문대기며[10] 끙끙대며 기고 뛰고 하였다. 주인에게 충실하기만 한 것이 아니라 제 공을 되도록 크게 알리려는 공리욕도 개의 강렬한 근성인 듯 하였다.

꿩은 죽지 밑에 피가 좀 배어 나왔을 뿐, 그림같이 고요해 있었다. 푸드득 푸드득 공간을 파도를 치듯 하며 세차게 날던 것, 어느 불꽃이, 어느 솟는 샘이 그처럼 싱싱한 생명이었으랴만 탕 소리 한 번 순간에 이처럼 모든 게 정지해 버린다는 건, 분수없이 허무한 것이었다. 아무튼 사냥 기분은 이 장끼 한 마리에서부터 호화스러워지는 것 같았다.

*

장산들은 아직도 아득하더니 여기서도 시오 리나 들어가서야 이들의 근거지가 될 동네가 나타났다. 이발소가 있고 여인숙이 있고 주재소까지 있는 꽤 큰 거리였다. 뜨뜻한 갈자리[11] 방에 간소한 여장들을 끄르고 우선 꿩을 뜯고 국수를 누르게 하였다. 한은 시장했기도 했지만, 한 산기슭에서 자란 때문일까 꿩과 메밀이 그처럼 제격인 것은 처음 맛보았다.

점심을 치르고 나니 해는 어느덧 산머리에 노루꼬리만침밖엔 남지 않았다. 여기서도 오 리는 올라가야 해마다 해보아 몰이에 익숙한 사람들이 있는 산마을이 있고 그 마을 뒷등부터가 곧 노루며 멧도야지며 때로는 곰까지도 나오는 목이 산 갈피마다 무수히 있어, 대엿새 동안은 날마다 새 골짜기를 떨어볼 수 있다는 큰 사냥터라는 것이었다.

몰이꾼을 맡기러 늙은 포수만이 윗마을로 올라가고 한과 윤과 젊은 포수는 거리에 남았다. 꿩은 해가 질 무렵에도 내리는 것이라고 이들은 다시 꿩사냥을 나섰다. 과연 도무는 낮에보다는 꿩을 흔하게 퉁기었다. 총은 한 마리나 혹은 두 마리인 경우에는 으레 하나씩은 떨구었다. 그러나

---

10 문대기다 : 문지르다.
11 갈자리 : 갈대를 쪼개어 결은 자리. 삿자리.

십여 마리씩 떼로 몰린 데서는 개와 총이 사정(射程) 안에 들어서기 전에 어느 한 놈이고 먼저 날았고, 한 놈만 날면 우르르 따라 날아버렸다. 어둑스레해서 거리로 들어설 때는 눈발이 부슬부슬 날리었다. 기름진 까투리며 장끼며 다섯 마리나 차고 들고 신등에 눈을 털며 남폿불 빤한 촌방에 들어서는 정취엔 한은 도회에 남기고 온 몇 친구가 그리웠다. 발을 씻고 불돌을 제쳐놓고 싸리나무 불에 말리고 꿩을 볶아 저녁을 먹고, 주인집 젊은이를 불러내어 국수내기 화투를 치고, 자정이나 되어 이가 저린 동치밋국에 꿩과 메밀의 그 깔끄럽고도 미끄러운 밤참을 먹고, 밤국수 먹으러, 혹은 밤낚시질 다니다가, 혹은 딴 동네 처녀에게 반해 다니다가 도깨비한테 홀리던 이야기로 두 시가 넘어서야 잠들이 들었다.

눈들이 부성한 이튿날 아침은, 술 먹은 뒤처럼 머리가 터분하고 속이 쓰렸다. 한은 그것이 도리어 심리적으로는 구수하였다. 꿩 한 자웅에 사원이 넘는다는 말을 들으니 더욱, 진작 이런 촌에 와 밭날갈이[12]나 장만하고 총 허가나 맡았더면, 하는 후회도 났다.

자연 늦은 조반이 되었다. 눈은 겨우 발자국 나리만치 깔리었고 바람은 잔잔하여 사냥하기에는 받은 날씨라 하였다.

열 시나 되어 윗마을에 닿았다. 카랑카랑한 늙은 포수는 몰이꾼을 넷이나 데리고 일곱 시서부터 길에 나와 섰노라고 성이 나 있었다.

이내 산으로 들어섰다. 몰이꾼들은 듬성듬성 새를 두어 산기슭, 산 낮은 허리, 중 허리, 상 허리에 늘어서고 포수들과 윤과 한은 산등을 타고 넘어 두 골짜기 만에 가 목을 잡되, 가장 긴요한 목에 늙은 포수가 앉고 다음 목에 젊은 포수가 앉고, 잘못되어 처지면 이리도 짐승이 빠질는지도 모른다는 목에 윤과 한이 섰기로 하였다. 이들은, 만일에 짐승이 오는 눈치면 소리를 질러 다른 목으로 에워만 놓으라는 것이었다.

---

12 밭날갈이 : 며칠 동안 걸려서 갈 만큼 되는 밭.

거의 한 시간이 걸려서야 뚜 뚜 소리들이 들려왔다. 아래위로 맞받으면서 가닥나무를 뚜드리면서 산을 싸고 넘어왔다. 산비둘기가 몇 마리 날았을 뿐, 짐승은 나타나지 않았다. 포수들은 이번엔 다음 산의 자자분한 솔밭 속으로 들어서며 자귀[13]를 헤어 나가기 시작하였다. 늙은 포수는 이내 꽤 큰 노루의 발자국을 찾아내었다. 자국 난 데의 눈을 만져보더니 이날 아침에 지나간 것이 틀리지 않다 하였다. 한 등성이를 넘었을 때다. 갑자기 도무의 이악스럽게 짖는 소리가 났다. 늙은 포수가 아뿔싸! 하며 혀를 찼다. 개가 너무 멀리 앞질러 가 퉁긴 것이었다. 송아지 같은데 목과 다리만 날씬한 것이 벌써 꺼불거리고 다음 산비탈을 뛰고 있었다. 늙은 포수는 큰 사냥터에 꿩 사냥개를 데리고 왔다고 쩡쩡거렸다. 개는 임자가 불러도 자꾸 짐승만 다우쳤다.

"저 노룬 오늘 백 리도 더 갈 거요."

포수들은 그 노루는 단념하고 다른 데 몰이를 붙였다. 또 허탕이었다. 그 다음 산마루에서 불을 헤[14] 놓고 점심들을 먹을 때다. 한은 배는 아직 든든하나 다리가 아팠다. 담배를 한 대 피워 물고 꽤 높은 고개의 분수령에 앉아 멀리는 첩첩한 산등성이를 내려다보는 맛과 가까이는 아름찬 참나무들의 드센 가지들을 쳐다보는 것만도 통쾌하였다.

몰이꾼들은 베보자기를 끌러놓고 싯누런 조밥덩이들을 김치 쪽에 버무려 우적우적 탐스럽게 먹었다. 그 숫된 사나이들과 화톳불에 둘러앉아 인생의 한때를 쉬어보는 것도 즐거운 일이었다. 그들의 빈 보자기들이 다시 그들의 꽁무니에 채워지고 곰방대들을 꺼내 물 때다. 포수 하나가 무어라고인지 소리를 꽥 질렀다. 몰이꾼의 하나가 총을 집어 들고 만적거린 것이었다.

"그 사람이 총 묘린 몰라서요?"

---

13 자귀 : 짐승의 발자국.
14 헤다 : 켜다.

"알구 모르구."

"그 사람이 노룰 다 쐈는걸요."

"노루를 쏘다니?"

하는데, 침이 지르르한 두터운 입술이 빈죽거리며[15] 얼굴이 시뻘개진 당자가 불 앞으로 왔다. 혼솔[16]이 희끗희끗 닳았으나 곤색 양복 조끼를 저고리 위에 입은 것이나 챙이 꺾이었으나 도리우치를 쓴 것이나 지까다비를 신은 것이나 몰이꾼 패에서는 이채였다. 그러면서도 얼굴만은 어느 쪽에서 보든지 두리두리한 것이, 흰자위 많은 눈이 공연히 실룽거리는 것이라든지 기중 어리석해 보이는 사람이었다.

"아, 자네가 언제 총을 뇌봤나?"

늙은 포수가 물었다.

"왜 난 쏘믄 총알이 안 나간답디까?"

우쭐렁한 대답이었다.

"이런 젠장 누가 총알이 안 나간댔어! 언제 뇌봤느냐지?"

그는 아이처럼 흐하하 웃었다. 그리고 대뜸 신이 났다.

"사람 쏠 뻔하던 얘기할까유?"

"어디 들어보세."

"아! 하마틈 맹꽁이쇨[17] 차는 걸……."

"요 아래 참나뭇굴서 그랬대지?"

"그럼유! 아, 꿩만 보구 냅다 쏘구 났더니 바루 그쪽에 숯 굽는 패가 둘이나 섰는 걸 금세 보군 깜박 야저먹었지?[18] 가만 보니까 사람이 둘이나 간 데가 없군요! 맞았음 쓰러졌지 별수 있겠나유? 집으루 삼십육곌 부르랴는데 아, 한 녀석이 도낄 잔뜩 들구 성큼성큼 내려오지 않갔나유?

그땐 다리가 떨려 뛸 수두 없구…… 예끼 결칠[19] 이왕 저눔 도끼에 죽느니 총으루 한 방 먼저 갈겨나 본다구 총을 바짝 쳐들었죠. 저눔이 소릴 지를 것만 같아서 겨냥을 할 수가 있어야쥬. 그냥 어림만 대구 잔뜩 들구서 가까이만 오길 기다렸쥬. 아, 수염이 시커머뭉투룩헌 여간 감때[20]가 아니쥬! 저만큼 오길래 방아쇨 지끈 당겼죠. 아, 귀에선 앵 소리가 났는데 총이 구르지두 않구 연기두 안 나가구 저눔은 그냥 털레털레 앞으루 다 왔짰나유! 탄잘 얼결에 재지두 않구 방아쇠만 댕겼으니 나가긴 뭐 나가유! 아, 인전 이눔 도끼에 대가릴 찍히구 마는구나! 허구 앞이 캄캄해지는데 얼른 정신을 채려 보니까 그잔 벌써 쇠고삐 한 기장은 지나서 나려가구 있지 않갔나유? 보니까 한 손엔 숫돌을 들구 개울루 도낄 갈러 가는 걸 모루구……. 흐하하…….”

한바탕 산마루에 웃음판이 벌어졌다.

“아니, 총은 웬 총인데?”

그의 사촌이 한때 면장으로 총을 가지고 있었다는 것이었다. 그는 아직도 너머 동리에서 볏백이나 걷어 들이고 산다는 것이었다.

*

이날은 오후 참에도 결국 탕 소리를 못 내어보고 내려오고 말았다. 다음날도 노루 한 마리와 도야지 한 마리를 퉁기고도 몰이꾼들이 몰린 덴 너무 몰리고 뜬 데는 너무 띄어 어느 한 마리도 총목에 몰아넣지 못하고 말았다.

사흘째 되는 날은, 윤이 아침결에 나가더니 꿩을 두 마리나 쏘아 와, 한은 기운도 지치고 하여 점심에 국수나 눌러 먹는다는 핑계로 혼자 거리에 떨어지고 말았다.

---

19 원문 : 정칠.
20 감때 : 보통 ‘감때사납다’로 쓰인다. 생김새나 성질이 억세고 사납다.

저녁상이 나오도록 사냥꾼들은 돌아오지 않았다. 상을 물리고 거리 길에 나서 어정거리는 때였다. 쿵 소리가 시커먼 병풍처럼 둘린 뒷산 어느 갈피에서 울려나왔다. 연이어 또 한 방 쿵 울리었다. 한은 궁금했으나 기다리는 수밖에 없었다. 포수들은 그 후 두 시간이나 뒤에 나타났다. 황소만한 멧도야지를 잡았다는 것이다. 참나무를 베어 그 위에 얹어 싣고 끄노라니 제대로 내려올 리가 없었다. 옆으로 굴러 한번 도랑에만 떨구면 여간해 끌어올릴 수가 없었다. 겨우 윗동네 앞까지 와서는 몰이꾼들도 허기가 져 모두 흩어졌다는 것이다. 윤은, 한더러 오늘 밤 안으로는 피가 식지 않을 것이니 올라가자 하였으나 한은 저녁 먹은 것도 그저 뭉클한 채요, 어둡고 춥기도 하였고, 또 꼭 저혈을 먹기 위해 온 소위 피꾼도 아니요, 포수의 말에 의하면 식은 피라도 중탕을 하여 데우면 조금도 다를 것이 없다 하므로 이튿날 식전에들 올라가기로 한 것이다.

세수들만 하고 해돋이에 윗마을에 올라왔다. 동네 사람들은 벌써 허옇게 나와 둘러싸고 있었다. 그 속에서 몰이꾼 하나가 불거져 뛰어오더니,

"뭔지 변이 생겼습니다."

했다.

"무슨?"

"어떤 눔이 밤에 와 밸 온통 갈러 필 죄 쏟아놓구 열[21]은 떼두 못 가구 터뜨려만 놓구, 살두 여러 근이나 떼갔군요!"

가보니 정말 그대로였다. 빛깔이나 털의 거침부터 짐승이라기보다 여러 백년 된 고목의 한 토막 같은 게 쓰러졌다. 도적은 그 배만 가르지 않고 뒷다리 살을 썩둑썩둑 베어갔다. 그것을 총질한 늙은 포수는 입술이 파래졌다.

"이건 이 동네 사람 짓이 틀림없죠."

---

21 열 : 쓸개.

하더니 구장 집을 물었다.

"구장은 찾어 어떻게 허시료?"

"가만들 계슈. 내게 맡기슈."

늙은 포수는 구장을 시켜 동네 젊은 사람들을 모조리 구장네 사랑으로 모이게 하였다. 모두 칠팔 인밖에 안 되는데 그 중에 네 사람은 이들의 몰이꾼들로, 그 도끼 갈러 내려가는 숯쟁이를 총으로 쏘았다는 곤색 양복 조끼짜리도 물론 끼어 있었다. 이 간 방에 쭈욱 둘러 좌정이 되기를 기다려 늙은 포수는, 한 편 어금니는 빠졌으나 말은 야무지게 입을 열었다.

"이게 한 사람의 짓이지 두 사람의 짓두 아닌 걸 가지구 이렇게 동네 여러분네를 오시란 건 미안헌 줄두 모르지 안쇠다만, 사세 부득 이쯤 된 게니 잠깐만 용서들 허슈……. 내 방법이란 한 가지밖엔 없쇠다. 쥐인장 물을 뒤 대야만 뜨끈허게 데워 내오슈……. 고기에 탐내 그랬겠수 쓸개에 탐이 났지만 어둬서 쓸개는 터뜨리기만 해놓구, 왔던 김이니 고기두 떼간 게지……. 아무튼 그 고길 오늘 아침에 삶어놓구 뜯어먹구 왔을 게요. 뱃속을 보선목이니 뒤집어보잘 순 없는 게구……. 뜨건 물에 손을 담거 봄 고기 주무른 사람 손이면 뜨는 게 있습넨다……."

좌중이 일시에 눈들이 서로 손으로 갔다. 모두 둘씩은 가진 손이었다. 모두 울툭불툭 마디들이 험한 손이었다. 선한 일이고 악한 일이고 시키는 대로 할 뿐인 죄 없는 손들이었다. 더구나 꾀로 살지 않고 힘으로 살기에 도회지 사람들의 발보다도 더 험해진 그 순박한 손들에게 이런 야박스런 모욕이란 생후 처음들일 것이었다. 한은 한편이긴 하나 늙은 포수가 오히려 알미웠다. 이 자리에 한 손도 그 죄의 기름이 뜨는 손은 없길 바랐다. 그러나 데운 물그릇이 나오기 전에 여러 사람의 시선을 혼자 쪼이는 손이 있었다. 곤색 양복 조끼의 손이었다. 깍지도 껴보고, 무릎 밑에 깔아도 보고, 허리춤을 긁적거려도 보고 나중엔 완전히 떨리어 곰방대를 내어 담배를 담았다. 눈치 빠른 늙은 포수는 얼른 끼고 앉았던

화로를 내밀었다. 담뱃불을 붙이느라고 길게 뺀 고개가 어딘지 어색할
뿐 아니라 불에 갖다 대는 대통이 덜덜 떨리었다. 늙은 포수는 버럭 소
리를 질렀다.

"저 사람이 담밸 붙여, 뭘 붙여?"

양복 조끼는 그만 입에서 놓쳐버린 곰방대를 화로에서 집노라고 쩔쩔
매었다. 늙은 포수는 옴팡한 눈으로 그를 할퀴듯 쏘아보았다. 그만 양복
조끼의 얼굴은 화로보다도 더 이글거렸다. 늙은 포수는 문을 열어젖뜨리
며 안으로 소리를 쳤다.

"쥐인장? 물 데 내올 것두 없쇠다."

그러고,

"한 사람만 남구 죄없는 분들은 하나씩 일어나 나가슈."
하였다. 끝내 못 일어서기는커녕, 고개도 못 들고 남아 있는 것이 이 양
복 조끼였다. 늙은 포수는 어느새 철썩 그의 귀때기를 갈겼다.

결국 구장이 나와, 자기 동리에서 생긴 불상사를 사과하였고, 이쪽의
처분을 기다리노라 하였다. 늙은 포수에게서는 이내 계산이 나왔다.

"피가 그 돼지헌테서 다섯 사발만 나왔겠소? 소불하 다섯 사발 치구두
오십 원허구, 쓸개가 어제 저 사람 입으루두 사십 원짜린 염려 없을 게
라구 그랬소. 사십 원허구, 뒷다릴 함부로 썰어놨으니 가죽이 못 쓰게 되
잖었소? 가죽값 십 원만허구, 백 원만 물어노슈. 오늘 이 지경 됐으니 사
냥헐 맛 있게 됐소? 오늘 하루두 우린 손해요."

"참, 손해가 많으시군요! 허나 이 사람이야 단돈 십 원을 해낼 주제가
어디 되나요. 요 너머 이 사람 사춘이 한 분 계시니 내 넘어가 의논하구
과히 억울치 않두룩 마련하오리다. 아무튼 주재소에만 알리지 말구 내려
가 기다려주시기요."

늙은 포수는 주재소 말이 저쪽에서 나온 김이라, 오후 세 시까지 기다
려서 소식이 없을 때는 주재소에 고소를 한다고 하였고,

"저따위 덜된 자석은 몇 해 가막소 밥을 멕여야 사람 구실을 할 거요."
하고 을러메었다.

아무튼 도야지를 각을 떠 석 짐이나 지워 가지고 거리로 내려왔다. 식전에 십 리 길을 걸은 속이라 모두 시장했으나 한 사람도 고기 맛이 있을 리 없었다. 뒷일은 늙은 포수에게 맡기고 한과 윤은 젊은 포수를 데리고 꿩 사냥을 나갔다가 어스름해서야 돌아와 보니, 일은 더욱 상서롭지 못하게 번져 있었다. 양복 조끼의 사촌형이 돈 삼십 원을 주며, 이 돈만으로는 포수가 들을 리 없을 것이니, 또 주재소에서도 소문으로라도 벌써 모르고 있을 리 없을 것이니, 주재소로 가서 때리는 대로 맞고, 그저 죽을 때라 잘못했노라 하고, 이 돈 삼십 원밖엔 해 놓을 수가 없으니, 이 돈으로 무사하게 처분해 달라고 빌라고 일러 보냈는데 돈 삼십 원을 넣은 이 양복 조끼는 주재소로도 포수에게로도 나타나지 않았다. 밤이 이슥해서는 그가 월정리역에서 어디로 가는 것인지 차표 사는 것을 보았다는 소문까지 퍼지었다.

사냥은 이렇게 마치고 말았다.

*

차가 창동을 지나니 자리가 수선해지는 바람에 한은 깜박 들었던 잠을 깨었다. 집이 있는 서울이 가까워온다. 그러나 한은 조금도 반갑지 않았다.

그는 생각하였다. 단돈 삼십 원으로도 달아날 수 있는 그 양복 조끼에게는 세상이 얼마나 넓으랴! 싶었다.

『춘추』 1942년 10월호, 『돌다리』(박문서관, 1943)에 수록[22]

---

22 두 판본 사이에는 몇 군데 어휘와 문장을 다듬은 것 외에는 큰 차이가 없으므로 일제시대 작가의 퇴고를 거친 『돌다리』 수록분을 저본으로 했다.

지하련

체향초(滯鄕抄)

종매(從妹) ─ 지리한 날의 이야기

양

지하련 (1912~1960?)

경남 거창에서 태어나 마산에서 성장했다. 일본의 소화고녀, 도쿄여자경제전문학교를 다녔고 1929년에는 근우회 동경지회 회원으로 활동했다. 1936년에 시인인 임화와 결혼하여 두 아이를 키우면서 1940년 「결별」로 활동을 시작하여 1943년까지 모두 6편의 단편소설을 발표하는 왕성한 창작활동을 보였다. 남녀의 연애문제를 다루면서는 남성의 자기중심주의와 현실 타협적 자세를 비판하고 나아가 일제 말기를 살아가는 지식인의 자세를 문제로 삼을 때는 쓸모 없는 삶을 선택하고 사회로부터 자신을 유폐시킨 우울하고 절망적인 삶을 그렸다. 해방 전 작품의 주인공들의 해방 후의 행적을 다룬 『도정』을 포함하여 1948년 소설집 『도정』을 내었고 이때를 전후하여 월북한 듯하다. 이후의 활동은 알려진 바가 없다.

<h1 style="text-align:center">체향초(滯鄕抄)</h1>

1.

　삼희[1]가 친가엘 갈 때면 심지어 이웃 사람들까지 더할 수 없이 반가이 맞아 주었다. 물론 여기엔 아직 어머니가 살아 계시는 외딸이란 것도 있을지 모르고 또 그의 시집이 그리 초라하지 않다는 이유도 있겠지만 아무튼 이러한 대우가 그의 모든 어렸을 적 기억과 더불어 고향에 대한 다사로움을 언제까지나 그에게서 가시지 않게 하는 것인지도 모른다. 그랬는데 이번엔 어머니를 비롯해서 어린 조카들까지,

　"아주머니."

하고는 그냥 말이 없을 정도다.

　이럴 때마다 삼희는 거의 무의식적으로 그 홀쭉해진 뺨이나 턱에 손을 가져가지 않으면 빠지지 하고 진땀이 솟는 이마를 쓰다듬고[2], 애매한 웃음을 지어보거나, 또 괜히 무색해 하는 것이 버릇처럼 됐다.

　이래서, 그가 친가로 온 수일 동안은 그를 너무 앓는 사람으로 극진히

---

1 이 이름은 처음 발표 된 『문장』본에는 '삼히' 해방 후의 지하려 창작집 『도정(道程)』(백양당, 1948)에는 '삼히(三熙)'로 되어 있는데, 여기서는 현재의 한자음을 따랐다.
2 원문 : 쓰담고.

해주는 고마운 마음들이 도리어 중병자를 만든 셈이다.

"이게 웬일이냐. 글쎄."

하고는 미기[3] 울음을 참는 시늉으로 손을 잡는 숙모들이라든가,

"어, 그 젊은 애들이 무슨 병이람."

하고 연상 한약을 권하는 숙부들이라든가, 이밖에 연일 문병차로 드나드는 친척 지지들, 또 조석으로 곁에 와서 울멍울멍 간호하려 드는 어머니의 얼굴, 이러한 것에 그는 거반 지쳐서 사흘 되던 날 아침 끝내 '산호리'로 옮기게 됐던 것이다.

어머니껜 결코 이처럼 중병이 아니라는 것, 너무 앓는 사람 대접하는 게 도리어 나쁘다는 것, 산호리는 조용해서 거처하기 가장 적당하다는 것을 말씀드린 후 곧 산호리 오라버니에게 의논하려 했던 것인데 오라버니께선 삼희가 말하기 전 먼저 자기가 말하려고 했다면서 대단히 기뻐했다.

산호리에 있는 오라버니는 삼희가 어렸을 적부터 유난히 따르던 오라버닐 뿐 아니라, 형제들 중 제일 몸이 약한 분인데다 한 때 불행한 일로 해서 등을 상우고 그래서 지금은 이렇게 시가지와 떨어진 산 밑에서 나무와 짐승을 기르고 날을 보내는 셈이다. 이러고 보니 전에도 어쩐지 이 오라버니에게 대해서는 상구도 그의 감상벽이 가시질 않고 그 어딘지 차고 잠잠한 것 같은 생활표정이 이상하게 그의 마음에 언짢음을 가져다 줄 뿐 아니라, 그 언짢은 마음은 또 어렸을 적 그가 따르던 것과는 달리 별난 의미의 관심을 가지게 해서, 이래서 이젠 그의 다정한 고향 바다와 산과 들을 생각할 때마다, 먼저 나무와 꽃이 우거지고, 양과 돼지와 닭들이 살고 있는 양지바른 산호리, 그 축사와 같은 작은 집에 살고 있는 얼굴 흰 오라버니를 잊을 수는 없게 되었다.

아무튼 그의 마음이 이런 터전이라 그랬는지 처음 그가 왔을 땐 오라

---

3 미기 : 오래지 않아.

버니뿐 아니라 올케도 그를 즐겁힐 것이면 뭐든지 하려고 했다. 그가 가던 그날로 도배를 말짱히 했고, 뜰에 놓인 나무토막이라든가, 철사 나부랭이도 죄다 치이게 하고, 또 그를 위해 광선의 드나듦이 가장 알맞고, 바다가 잘 보이고 하는 이러한 좋은 조건을 가진 방을 그에게 주었었다. 처음 이 방에서 삼희는 정말 즐거웠다.

오월이 어쩌면 이처럼 오월다울 수가 있고, 어쩌면 구름이 이처럼 한가로울 수가 있을까? 그는 온종일 어린애처럼 서성대고, 사브랑거렸다.

그런데 하나 이상한 것은, 삼희가 이리로 온 후 날이 갈수록 그는 웬일인지 점점 오라버니가 알 수 없어졌다. 전에 그렇게 상냥하던 오라버니가 웬일로 몹시 까다롭고, 서먹서먹해 갔다. 생각하면 이 두 남매는 퍽 어렸을 때 나누인 셈이다. 그때 오라버니가 스물넷 나던 해였으니 삼희가 사뭇 소녀시절이다.

그 후 오라버니가 없는 동안 그는 자라서 시집을 갔고, 오라버니가 다시 돌아왔을 때 그는 애기를 가진 셈이다.

물론 그 후라도 그가 친가엘 온 적은 있었지만 아버지 제사 때라든가, 동생이 장가 갈 때라든가, 꼭 이러한 때 왔었기 때문에 말하자면 그동안 수년을 격해 있는 세월을 서로 말하고 알려줄 기회는 없었다. 그래서, 이것이 혹 그동안의 오라버니와 누이가 서로 알려지는 형태인지도 — 특히 두 사람에게 있어 이렇게 까다롭게 나타나는 것인지도 모르나 — 아무튼 삼희로 앉아 생각하면 몹시 유감되고 섭섭할 일이다. 오라버니는 지금도 역시 어렸을 때 오라버니여서 좋았기 때문이다. 그래서, 이따금 역부러 가벼운 마음을 가지고 오라버니에게 말을 건네 볼 때도 있었지만 암만해도 전날 오라버니 같지는 않았다.

2.
어느 날 오후다.

삼희는 뒤 층층대를 올라 축사엘 들러 그는 멋모르고 돼지 물주는 바가지를 들었다가 별안간 꽥꽥 소리를 치고 덤비려는 돼지들에게 혼을 떼이고 쫓겨내려 오려니까 오라버니가 온실 옆에서 배춧잎 같은 선인장을 모래판에다 심고 있다가, "너 돼지헌테 혼난 게로구나." 하고 여전히 모래판을 보고 말했다. 삼희는 겁을 먹은 그대로,

"오라버니 그 왜 그래요? 왜 돼지가 나보고 야단이래요?"

하고 물었다. 그랬더니, "돼진 본대 하이카라[4]를 보면 그렇게 덤비는 거란다." 하고 말했다.

마침 고 옆 샘가에서 물을 긷고 있던 올케가 듣다가 웃으며 돼진 사람이 옆에 가면 먹을 것을 달라고 그렇게 야단이라고 하면서,

"그 바가지를 건디렸다니 여북했을라구."

하는 것을 듣고 삼희는, "응, 그래." 하고 신기해하면서도 그는 어쩐지 조금 전 저를 '하이카라'라고 하던 오라버니의 말이 꺼림칙하니 불쾌한 감정을 일으켰다.

그는 오라버니 바로 옆 온실 유리창에 기대선 채 제법 눈을 가지런히[5] 하고는 무수한 상록수와 백일홍과 또 그 위를 날아다니는 새들과 바다와 산과 들을 바라보면서,

"오라버니 자랑스러 하네."

하고 말해봤다.

"뭘루?"

"이렇게 사는 걸루요."

"그런 걸까?"

"내 보니께 그렇데요. 괜히 남이 해도 될 걸 손수 허고 헐 땐 지나치게 열중해 뵈고……."

"그게 자랑이란 말이지?"

오라버니는 모래판으로부터 손을 떼고 삼희를 쳐다봤다. 삼희는 전부터 곧장 말을 잘하다가도 남이 바로 쳐다보면 괜히 귀가 먹먹한 게 무슨 말을 하는 것인지 죄다 잊어버리는 차라 이번에도 얼굴을 돌리고 머뭇거렸다. 그러나 또 한편 속으론 이제 나도 애기를 가졌고 또 나이도 먹을 만치 먹은 어른이라는 생각이 용기를 주기도 해서,

"자기가 하는 일에 열중한다는 것은 남의 간섭이나 침범을 허락지 않는 것이고 또 이것이 생활태도라면 그 곳엔 반드시 자랑이 있을 것 같아서요."

하고 그는 무슨 연설을 하듯 딱딱한 태도로 된둥 만둥 말해 봤다. 오라버니는 웬일인지 제법 소리를 내고 웃었다.

이래서, 삼희는 제 말이 오라버니의 웃음거리가 됐다는 불쾌감보다도, 오히려 제 말이 오라버니가 평소 자긍하던 그 무엇의 급소를 찌른 게라고 그래서 오라버니가 웃은 것은 말하자면 뭐라고 할 말이 없이 웃은 것이라고, 이렇게 생각이 들고 보니 천상 오라버니가 웃는 것이라든지 또 저를 하이카라라고 하던 그 태도가 새삼스럽게 비위를 상해 주는 것이다. 그래서,

"그건 일종 '태'라는 거래요. 오라버니가 여기서 태를 부려보세요. 얼마나 보는 사람에게 콧등을 치는 냄새를 풍기겠는가[6]를요."

하고 발칵 했다.

"그래 네가 말하는 그런 태라는 게 나도 싫어서 이렇게 일을 하는 셈인데도 또 말썽이니 그럼 어떻게 해야 한담."

하고 오라버니는 여전히 모래판을 보고 말했다.

"그것도 별 게 아니거든요. 불쾌하다니께요."

---

6 원문 : 품기겠는가.

하고 삼희도 여전히 대거리를 했다. 그의 말을 듣고 있던 오라버니는, 이번엔 제법 후뚝해서 한참 그를 보고 있었다. 그러더니 거반 싱거우리만치 쉽사리,

"그래 맞았다 네 말이."

하고 말하는 것이다.

삼희는 제가 꺼낸 말이면서도, 오라버니가 정말 불쾌한 생활을 한다고는 어느 모로 보나 제 마음이 긍정키 어려운 사실이다. 그래서,

"왜요?"

하고는 아니라는 말이 나오기 바라는 것처럼 오라버니를 쳐다봤다. 그러나 오라버니는 다시 모래판으로 손을 가져가며,

"그건 아까 오라버니는 자랑스러 하네 하고 묻던, 너처럼 자랑을 느낄 수도 없고, 또 태일 군처럼 내 생활을 완전히 무시할 수도 없기 때문에."

하고 말했다.

물론 삼희는 지금 오라버니가 말하는 태일 군이 누군지 왜 이 사람이 오라버니 생활을 무시하는 것인지 모를 일이었다. 그래서 이것을 오라버니도 알았던지,

"태일 군. 내가 요즘 만나는 사람으로선 제일 똑똑한 친구지."

하고 혼잣말처럼 말을 했다.

삼희가 처음 말을 시작키는 오라버니의 이러한 생활에 오히려 존경이 가는 것을 전제로 한 후, 이를테면 저를 하이카라라고 한 오라버니에게 저도 한번 성미를 부려 보자는 심산이었으나 의외에 오라버니의 태도가 그에게 뜻하지 않은 쓸쓸한 정을 가져다 주어서 한동안 말을 잃고 섰으려니,

"태일 군 같은 사람은, 너허군 다르지만 아무튼 날 거짓부랭이로 산다고 한단다. 하지만 내가 큰집 사랑방에서 단지 나 혼자 누워만 있던 때와는 달러서, 이리로 와서부터는 첫째 나와 상관되는, 내가 간섭하지 않

으면 안 될 내 소유물, 즉 내게 따른 것들이 있으니 비록 도야지와 함께 하는 살림이래도 생활이 있을 것 아닌가? 그래서 이 내 살림의 모습이 이제 네가 말하는 태라는 것인 모양인데 이러한 '태', 즉 자세라는 것은 어느 생활에서도 볼 수 있는 것이지만 단지 그것이 콧등을 친다든지, 이 마빼기를 치는 것이 다를지 모르나 아무튼 이 자리에선 이것도 내 알 바 못 되는 것인지도 모르고…… 그러니, 네가 말하는 그대로 듣고 있을 수밖에 어디 도리가 있니?"

오라버니는 이것도 저것도 아닌 무심한 얼굴로 그를 봤다. 그러고는 다시,

"내가 태일 군 말을 옳게 여기는 것은 첫째 내게 아이가 없고, 흙에 소문(所聞)이 없고, 인간이 있질 않으니, 말하자면 이건 생활이라기보다도, 단지 '내'가 살어 있다는 것뿐이겠는데, 본시 이러한 곳엔 아까 네가 말한 그러한 자랑이란 건 있지 않을 게고, 또 자랑이 없는 사람은 흔히 맘이 헛불[7] 수도 있어. 가령 뭘 헛부게 생각하면서도 죽지 못해 앓는 셈치고, 네가 말한 그런 태를 부리고 산다는 건 그리 유쾌치 못할 게니 어쨌든 결국은 네 말이 꼭 맞었지 뭐냐."

말을 마치자 오라버니는 모래판을 들고 일어섰다. 온실 안으로 들어가려는 오라버니를 발견하자,

"애기를 가지면요?"

하고 삼희는 당황히 말을 건넸다.

"거긴 하나의 생활이 있을 수 있기 때문에 사람에겐 그러한 길도 있을 테니 말이다."

오라버니는 곧 온실 안으로 들어갔다. 그 후 사오 일 동안 삼희는 오라버니와 이야기할 길을 갖지 못했다.

---

7 헛부다 : '허프다'(?), '허하다', '허전하다'는 뜻인 듯.

삼희가 식후 모종밭에서 서 있을 때라든가, 또 종일 방에서 누워만 있을 때라든가, 오라버니가 그의 거취를 몰랐을 리 없을 건데도 오라버니는 대체로 무심했다. 기껏 해서,

"열이 있니?"

라든가,

"게서 뭘 허니?"

가 고작이었다. 물론 삼희도 이러한 물음으로 이야기가 이뤄질 수 없으리 만치, 차차 오라버니에게 무심하려 했지만, 그러나 마음속으로는 오라버니의 일거일동을 놓치지 않고 바라보는 것이 어쩐지 점점 흥미 있어 갔다.

볼라치면 오라버니는 종일 일을 하는 때도 있었다. 진흙이 말라서 다시 먼지가 되어 누런 빛깔을 한층 더 짙게 한, '염천'에선 보기만 해도 숨이 막힐 것 같은 노동복을 입고는 김매고 모종하고, 또 밭에 있는 식목을 분으로 옮기고 순 자르고, 돼지물, 닭의 모이까지 챙긴 후 물통을 메고 온실 식물에 물을 줄 때면 거반 하루해가 다 갈 때다.

이렇게 일을 몹시 하는 날이면 더욱 오라버니는 말이 없어진다.

쉴 새 없이 손등으로 떨어지는 땀을 수건으로 한번 씻는 법도 없고 애써 그늘을 찾으려고도 하지 않았다. 또 이러한 땐 삼희가 일찍이 보지 못한, '이마' 복판에 일자로 내리뻗은 어데난 혈맥이 있어서, 이것이 무서운 인내나, 아집을 말할 때처럼 일종의 이상하게 섬찍한 인상까지 주었다.

삼희가 흔히 야릇한 적의를 갖고 얼굴을 찡기며 제 자리로 돌아올 때가 이러한 때이기도 하지만 아무튼 이러한 때의 오라버니는 어딘지 횡포[8]해 보인다. 이상한 자기 주장이 반드시 남을 해치거나 간섭하거나, 남

---

8 원문 : 횡폭.

의 세계를 헝클어 놀 것이다.

3.

어느 날 삼희는 흔히 하던 버릇으로 저녁을 마치자 곧 제 방에 돌아와 모기를 내쫓고는 얼른 철망을 친 창문을 닫았다. 그러고는 가로지[9]로 그냥 누워 있으려니,

"뭘 허니?"

하고 의외에 오라버니가 문을 열었다. 삼희는 이날 낮부터 또 하나 이상한 감정을 오라버니에게 갖고 있었을 뿐 아니라 전에라도 이렇게 자리에 들어서 오라버니가 온 적은 통 없었기에 그는 좀 당황히 일어나 앉았다. 삼희가 일어나 앉는 것을 보고 오라버니는,

"누웠었구나."

하고는 별로 말도 없이 그냥 나가버렸다. 인차 오라버니 방에서는 낯선 음성의 이야기 소리도 들려오고 오라버니의 낮은 웃음소리도 들려오고 했다.

삼희는 다시 자리에 누운 채,

'손님이 온 모양인데 무슨 일로 왔을까?'

하고 생각하면서도 한편, 딴전으로 머리속엔 문득 낮의 일이 떠올랐다.

이날도 오라버니는 종일 일을 했다. 일이 거반 끝난 후, 오라버니는 어느 날보다도 몹시 피곤했던지 사무실 옆에 의자를 놓고 앉아서 담배를 피우고 있었다.

몹시 파란 얼굴을 하고는 전신에 맥이 확 풀렸을 때처럼 아무 표정 없는 얼굴이 일찍이 그가 보지 못하던 얼굴이었다.

이때 마침 웬 청년 둘이서 젊은 여자들을 데리고 맞은 편 백일홍 나무

---

9 가로지 : 종이나 천 따위의 가로로 넓은 조각.

께서 한참 뭘 수군수군 하더니 머뭇머뭇 이리로 왔다. 삼희는 그 중 한 청년이 예년에 죽은 자기 동무의 동생이요, 이 시가지에선 제일 큰 지주의 아들인 것을 곧 알았다. 그리고 그 젊은 여자들도 여염집 여자들인 것을 곧 알았을 뿐 아니라 객쩍으리만치 그는 속으로 '저 여잔 저 사람의 부인인 게고, 저 여잔 이제 시집간 사촌이나 일갓집 동생인 게고, 또 저 흰 저고리 입은 여자는 그 여자의 동생인 게고, 그리고 저 남자는 어제 '새신랑'인 게다.' 하고 생각해 봤다. 그러자 오라버니도 담배를 문 채, 별로 이렇다 할 아무것도 없이 그저 인사를 받았다.

그런데 이 청년이 왜 그리 못나게도 수줍게 구는 것인지, 오긴 무슨 화초를 사러온 모양인데, 무엇 무엇을 사러왔단 말도 똑똑히 못할 정도로 주변이 없었다. 오라버니는 한참동안 멀거니 앉아서 흡사 청년의 거동에 미기 실소라도 할 듯한 얼굴이더니, 무슨 마음으론지 곧 몹시 상냥한 얼굴을 하고 일어섰다. 그러고는 연상 무슨 설명을 하고 또 같이 온실 안으로 들어가고 했다.

얼마 후에 청년은 분에 심은 화초를 꽤 여러 개 산 모양인데, 또 어째 그것을 손수 들고라도 가겠다는 것인지 오라버니가 뭘 굳이 만류를 했고, 또 그 사람들이 돌아가려고 했을 땐 바깥문께까지 나가 허리를 사뭇 굽히고 절도 했고, 그러고는 또 오라는 말, 고맙다는 인사까지 했다. 오라버니는 어떠한 훌륭한 사람이 왔을 때도 이러한 전례가 없었다. 오라버니가 다시 의자에 와 앉았을 땐, 역시 아까와 같은 지친 표정이었으나, 어쩐지 삼희 눈엔 그것이 우스운 피에로의 모습 같았다기보다도 웬일인지 한낱 음침한 인간에게서 받는 일종의 흉물스런 인상을 어찌할 수가 없었다.

'오라버니는 자기가 완전히 주장될 때, 비로소 양보하는 거다.'

삼희의 이러한 것은 제법 노골적인 적의로 나타났기 때문에, 그는 곧 자기 방으로 돌아오고 말았다.

　삼희가 이러한 생각을 되씹고 있을 때, 계집아이가 등잔에 석유를 넣어왔다. 불을 켜지 않은 것을 아이는 석유가 없는 것으로 알고, 기름을 넣어 온 모양이다. 그는 물론 아이가 드나드는 것을 아득히 몰랐다.

　"불을 켜요?"

하고 물었을 때, 비로소 관두라고 한 후 무슨 맘으론지 그는 올케 방으로 건너갔다. 올케는 무슨 책인지 들고 누워있었다. 그러나 어쩐지 그에겐, 올케도 책을 보고 있는 게 아니라, 괜히 뒤적이고만 있는 것처럼 생각이 되는 것을, 역부러,[10]

　"시험 공부허우?"

하고 물어봤다.

　둘이는 한참 동안 나란히 누워있었으나 별반 말은 없었다. 만일 이때 삼희에게 무슨 말이 있었다면,

　"성, 쓸쓸하지 않우?"

하고 묻고 싶은 꽤 주책없는 말이었을지도 모르나, 어쩐지 제가 이 말을 하면 올케가 몹시 불쾌해 할 것 같아서 그는 그저 잠자코 있었다. 올케도 이러한 침묵이 거북했던지,

　"저이 누군 줄 알우?"

하고 오라버니 방에 있는 이를 가리켜 말했다. 이래서 삼희는 그 사람이 바로, 전일 오라버니가 말하던 '태일'이란 분인 것을 알았고, 그는 새로이 이분에 대한 궁금한 생각이 더해가는 것을 느꼈다. 그래서,

　"그 사람 뭐하는 사람이우?"

하고 물어도 보고, 또,

　"아직 젊은이라지?"

하고 말을 건네도 봤으나, 올케가 전하는 바—촌에서 이사 온 부잣집

---

10 역부러 : 일부러.

사촌이란 것, 또 학교를 나온 후 별반 하는 게 없다는 것, 보기에도 예사 사람이 아니겠더라는 것 — 이러한 것으로 그의 죽순처럼 뻗어나가는 맹랑한 호기심을 풀어줄 수는 없었다.

"그 사람 얘기 오라버니한테서도 들었다우."

"뭐라구?"

"분명한 사람이라고…… 그러면서 이 댐 오거든 한번 보라나."

삼희는 어쩐지 제 풀에 얼굴이 붉어지려고 해서 말을 끊고 올케를 잠깐 봤다. 다행히 올케는 별로 아무런 표정도 없이,

"보랬다지만 어떻게 보누. 문구멍을 찢고 볼까?"

하고 웃었다. 삼희도 따라 웃으며 맥없이 속으로 아까 오라버니가 온 것이 혹 이것 때문인지도 모른다는 이런 되잖은 생각을 해보고 있으려니 정말 이래서 온 것 같은 생각이 들기도 하는 것이다. 또 이렇게 생각이 들고 보니 영락없이 꼭 그런 것 같기도 했다. 삼희는 뭘 더 헤아릴 것 없이 오라버니 방으로 갔다. 문 밖에 가선, 서문 없이,

"오라버니 아까 무슨 일로 왔어요?"

하고 시치밀 떼고 물었다.

"무슨 일로 오셨나 해서…….."

한 번 더 그 온 이유를 밝히려니까 그제서야,

"응, 별것 아니다."

하고 대답했다.

삼희가 갑자기 몹시 얼울한[11] 정이 들어서 되도록 빨리 돌아오려고 했을 때다. 별안간 문이 열리며,

"놀다 가렴."

하고 오라버니가 말을 했다. 삼희는 웬일인지 더 뭐라고 말하기도 싫어

---

11 얼울하다 : 일이 어그러져서 마음이 불안하다.

져서,

　"일 없어요."

하고 그냥 돌아오려고 했으나 또 모를 일은,

　"놀다 가래도."

하고 오라버니가 거듭 말을 해서 그는 덮쳐서 난처하기까지 했으나, 한편으론 제가 생각해 볼 때도 이러한 때 이런 얄궂은 제 기분만 쫓으려는 것이 더 쑥스러울 것도 같아서 그는 끝내 오라버니가 하라는 대로 조금 후 올케와 건너가기로 했었다.

　4.

　삼희가 태일이란 사람에게서 처음 느낀 것이 있다면 그건 이분에게 비해서 오라버니는 훨씬 편협하단 것이었고, 또 이것은 삼희의 그리 사람 좋지 못한 눈으로 본다면, ― 이 분에 비해 오라버니는 훨씬 선량하단 것도 되는 것이었다. 그는 처음 저보다 나이 적을지도 모르고 또 남편과도 면식이 있다기에, 제법 애기어머니처럼 의젓하게 대했었다. 그랬는데 무슨 자기보다는 나이 사뭇 어린 여학생을 대하듯 외람히 구는 폭이란 도무지 가당치도 않았다. 굳이 쳐다볼 바도 말을 건넬 바도 없이 오라버니와의 이야기를 계속하는 모양인데, 이따금 오라버니보다도, 훨씬 나이 들어 보였다. 삼희도 그저 잠자코 앉아 있으나 조금도 양보하려고는 않았다.

　조금 후에 청년은 삼희에게, 온 지 얼마나 되었느냐고 물어서, 잘 모르겠다고 대답했더니 그는 웃었다. 오라버니와의 이야기는 다시 청년의 친구 되는 김 군이란 사람에게로 옮겨갔다. 이 사람의 이야기가 나오자, 오라버니는,

　"당신 그 김 군이란 사람과 친한 건 내 암만 생각해도 모르겠습디다."

하고 거반 신경질적으로 말을 가로 챘다. 청년이 웃으며,

“왜요?”

하고 도로 물으니까,

“어떻게 친해지냐 말이오. 아무튼 불쾌하게 된 사람인 게, 한낱 부랑자거든 파렴치했으면 그뿐이지 그렇게 비굴할 건 또 뭐겠소?”

하고 오라버니는 청년을 봤다. 오라버니의 말을 듣고 있던 청년은 여전별로 이렇다 할 표정도 없이,

“그 비굴이란 건 대체 어떤 거요?”

하고 물었다. 오라버니는 잠깐 동안 피우던 담배 토막을 비빈 후,

“글쎄 그렇게 말하면 별개지만, 아무튼 옳은 건 옳고, 그른 건 그른 것아니겠소. 비굴이란 역시 비굴한 걸 게요.”

하고, 말을 했다.

한동안 둘이는 별반 말이 없었다. 조금 후에 청년은,

“우열한 사람보다도 사람을 우열하게 하는 것이 더 우열한 게요.”

하고 비교적 사람이란 말에 힘을 주어 말하면서 이번엔 훨씬 농조로,

“형이 그 사람을 몰라 그렇지, 그 사람 참 좋은 사람이오. 제일 본받기쉬운 어린애 마음이 세상에서 제일 곱다는 그리스도 말에 비쳐 본다면그 사람 천사 같은 사람일 겁니다. 세상 그렇게 솔직한 사람 없거든.”

하고 웃었다. 오라버니도 따라 웃었으나 대체로 청년의 말이 마땅찮은모양이었다. 청년도 이것을 알았던지,

“형이 어느 의미로서는 고인(古人)일지 모르나 그러나 형 같은 좀 이상한 고인보다는 우리 김 군이 바른 말하기로나 선량한 폭으로나 훨씬 위일걸요?”

하고 말했다. 오라버니도 듣다가 역부러 손을 젓고 따라 웃으며,

“그만 둡시다. 당신 험구 내 아는 바고 하니 우리 그만 둡시다.”

하고 말하면서도 일종 불쾌한 감정을 없애든 않았다. 그러나 이번엔 청년이 제법 나꿔 채는 형식으로,

"날 험구란 건 편벽된 말인 게, 형이 이 군을 좋은 사람이라고 하기나, 내가 김 군과 친하기나 일반인 것 아니겠소?"

하고 오라버니를 쳐다봤다. 이 군이란 바로 오늘 꽃을 사간 청년인 것을 삼희는 곧 알았다. 오라버니가 약간 후뚝 해서,

"내가 이 군을 좋은 사람이라고 허는 것 말이지?"

하고, 말했을 때,

"이 군이 못났기 때문이오?"

하고 청년이 물었다.

청년은 이마가 드높은, 꽤 이쁜 얼굴을 한 사람이라고 삼희는 다시금 생각했다. 웃지 않으면 제법 엄숙한 얼굴이면서도 웃으면 순결해 보이는 것이 거반 얼굴의 특징이었다.

청년이 돌아간 후, 꽤 야심해서까지 삼희는 그를 두고 생각해 봤다. 생각해 볼수록 그 청년이 꼭 겹으로 된 인간 같았다. 한 겹을 벗기면 또 속이 있고, 또 벗기면 속이 있어 어떠한 사람이고 그 겹겹에서 능히 허용될 수 있고 받아들일 수 있는— 또 달리는, 어떠한 사람과도, 어떠한 사태와도, 그 스스로가 허하지 않는 한, 결코 타협할 수 없는— 가장 독한 인간으로 생각되었다. 그래서 이것이 만일, 이중성격이니 표리부동이니 하는 상식적인 어의의 한계를 넘어서, 진정한 사람의 깊이를 말하는 것이라면, 이 청년은 장차 제법 걸물일 게라고까지 생각해 봤으나, 그러나 삼희는 또 한편 이러한 제 모습이 어째 수다한 것처럼 일종 불쾌한 인상이 들기도 해서 곧 벽을 향하고 다시 돌쳐[12] 누웠다.

5.

어느덧 오월도 지나 유월이 제격으로 들어섰다. 산호리엔 이달부터 비

---

12 돌치다 : 방향을 바꾸어 돌아서거나 되돌리다.

교적 일이 적어졌다.

아침에 밭에 심었던 화초를 끊고, 청대콩, 오이, 이런 것들을 따서, 저자로 내보내는 것, 봄에 이식해 둔 식목에 조석으로 물을 주는 것, 또 온실에 있는 식물을 태양에 조절시켜 주는 것, 봄에 꽃을 본 초화의 구근을 말리는 것, 이밖에 가축을 살피는 그리 힘들지 않는 지지한 일뿐이었다. 그런데, 삼희가 이리로 온 후부터는, 그리고 그가 제법 손님을 맞아 이야기라도 할 수 있단 것을 안 후부터는 비교적 젊은 여자들의 출입이 잦았다.

그의 사촌이라든지, 정월에 가지[13] 결혼한, 동생의 댁 같은 사람은 거의 격일로 오다시피 했다. 이러한 그의 동무들이 올 때면 오라버니는 별로 좋아하지 않았다.

오라버니가 밭에서 일을 하는 것을 여자들은 자못 신기하게 바라다 봤고, 또 오라버니는 이 신기하게 보는 것이 더 싫은지, 이따금 몹시 까다로운 얼굴을 했다. 그러던 것이, 이지간[14]부터는 일이 적어지기도 했지만, 설사 일이 있대도 그의 동무들이 올 때면 곧잘 자기 방에 가 나오질 않았다.

오라버니 방에는 꽤 숱한 책이 있었지만, 또 오라버니는 이러한 때가 아니래도 종일 방에만 있는 때가 있었지만, 삼희는 오라버니가 특별히 공부하는 것을 보지 못했을 뿐 아니라, 혹 이런 말이 나올 때라도,

"무슨 공부를."

하고 그냥 말을 끊어버리기 때문에 그는 이따금 속으로,

'공부도 않으면서 종일 뭘 하누?'

하고 '기틀'[15] 볼 때도 있었지만, 아무튼 이렇다는, 공부를 않는 게 분명

---

13 가지 : 금방 또는 처음으로.
14 이지간 : 이사이. 이제까지의 비교적 짧은 동안.
15 기틀 : 기회나 낌새.

했다. 이래서, "오라버니가 얼마나 지독히 공부를 허기에 지난 겨울에도 전집 한 질을 옥편 놓고 밤새가면서 다 뗐다우." 하고 말하는 올케를 거짓말로 알 수밖에 없었다. 이날도 낮에 끝에 올케랑 사촌이랑 찾아왔다. 또 이날은 공교롭게도 직접 그의 동무로서 순재, 문주까지 합쳐서 그러니 육칠 인의 젊은 여자들이 한 곳에 모인 셈이다.

이 여자들도 처음 삼희가 이리로 왔을 때처럼 괜히 흥분하고 괜히 모두 신기해했다. 더러는 잣나무에 기대서도 보고, 더러는 괜히 선인장에 손을 찔리고 아파하기도 했다. 또 삼희처럼 돼지에게 혼을 떼이고 쫓아 내려오기도 했다. 삼희는 돼지에게 혼이 난 순재가 제가 오라버니에게 물은 말과 꼭 같은 말을 저한테 묻는 것이 하도 우스워서,

"돼진 본시 하이카라를 보면 그런단다."

하고 오라버니가 하던 말을 그대로 순재에게 옮겨봤다. 그랬더니,

"나보다는 돼지가 하이카라던데?"

하고 말을 받아서 둘이는 웃었다.

해가 떨어질 무렵 해서 더러는 가고 더러는 밤까지 남았었다. 문주는 아직 시집가지 않은 선생님이니 말할 것 없고, 순재는 벌써 아이가 커다란 부인네라 저물면 돌아가야 할 법도 했지만, 밥 짓는 애도 있고, 또 호붓[16]한 살림일 뿐 아니라, 저한테 놀러왔다가 하루 저녁 늦었다기로 그리 야단할 것 같은 남편도 아닐 성싶어서, 삼희가 굳이 잡은 셈이다. 여자들은 달이 거반 하늘 복판에 오도록 바깥문께서 놀았다. 밤에 찬이슬을 맞으면 몸에 나쁘다는 통에 삼희는 한 번도 밤늦게 밖을 나가 보지 못했다. — 얼마나 고운 밤인가? 달이 은하에 기울어 산은 아련하고 바다는 호수처럼 다정하다. 삼희는 여태, 바깥을 나와 보지 못한 제가 불쾌하게 생각되리만치 거의 변으로 황홀했다.

---

16 호붓 : 원문대로. '오붓' 또는 '홀'의 의미인 듯.

"순재야, 너 오래 살고 싶니?"

삼희는 순재를 보고 물었다.

그 강가무레[17]하니, 이쁜 눈을 아래로 내리 뜨고는 풀잎으로다 뭔지 손장난을 치고 있는 순재가, 그는 무척 아름다워 보였다. 그래서 어쩐지 오래오래 살면서 이러한 밤을 맞아주어야 할 사람 같은 우스운 생각이 들기도 해서 물어본 말이었으나 순재는,

"오래 살구 싶지 않어."

하고 삼희를 보며 정갈하게 웃었다. 삼희는 쓸쓸했다. 조금 후에,

"넌 오래 살고 싶니?"

하고 순재가 도로 물었다.

"나? 그래 오래 살았으면 싶다."

하고 삼희가 대답을 하려니까,

"나두 오래 살았으면 해, 뭐니뭐니 해두 살구 볼 일이지 죽으면 그 뭐야."

하고 문주가 짜장 삼희 말을 옳다고 하는 것이다. 삼희는 이 만년을 명랑하기만 한 귀여운 '선생님'의 말에 어쩐지 웃음이 나서,

"그래 네 말이 맞었다. 맞었어."

하고 웃었다.

"넌 네가 오래 살지 못할 것을 꼭 아니?"

하고 순재가 제 말을 계속했다.

"왜 묻니?"

"오래 살어 봤으면 싶다니 말이지."

하고 순재는 말끝을 흐렸다. 삼희는 얼굴에 남은 웃음을 지우고 잠깐 순재를 쳐다봤으나, 그는 어쩐지 이러한 분위기가 폐로웠다. 그래서,

"늬가 오래 살기 싫다니, 헌 말이지 뭐."

---

17 강가무레 : 원문대로. '가무스레'의 뜻인 듯.

하고 말하면서도 한편,

'사람이 누구에게나, 무엇에나, 가장 성실해 보고 싶은 순간이 있다면, 그건 가장 성실할 수 없는 것을 안 순간이 아닐까?'

싶어져서 어쩐지 외로웠다.

"문주 노래 좀 하렴. 있지 왜, 네가 잘하는 거."

하고 삼희는 짐짓 웃으며 말끝을 돌렸다. 이래서 문주가 노래를 하고, 또 같이 따라 하기도 하면서 여자들은 이슬에 축축해진 얼굴을 다시 샘가에서 씻고, 훨씬 이슥해서 헤어진 셈이다.

동무들을 보낸 후 삼희가 제 방엘 들어서려니, 웬일로 오라버니가 그의 책상 앞에 앉아서 기다리고나 있은 것처럼 대뜸,

"내일 월영으로 가거라."

하고 말을 했다. 월영이란 어머니가 계시는 월영동 큰집을 말함이다. 삼희는 오라버니의 너무 돌연한 말에 멀쑥해서 더욱 서먹서먹, 앉으려니까,

"넌 앓는 사람이 아니니까. 놀템 월영집이 훨씬 좋을 게다."

하고 다시 말을 했다. 그는 조금 전 샘가에서부터 코밑이 확확 하고 몸이 오슬오슬하던 것이 방엘 들어오자 갑자기 떨려오기도 했지만, 사실은 이것보다도, 이러한 오라버니의 말이 웬일인지 몹시 서럽고, 또 한편 야속하기도 해서, 뭐라고 말을 하려고 했으나, 도무지 잘 생각이 나질 않고 별로 얼굴에 찬 기운이 쏴, 하고 오는 것 같아서 벽에 기대앉은 채 그는 약간 머리를 뒤로 떨어뜨렸었다. 이때 오라버니가 좀 당황해 하는 것을 그는 알았으나, 역시 잠자코 있을 수밖엔 없었다. 삼희는 이 이상 더 정신을 잃지는 않았으나 자리에 든 후, 꽤 오래도록 그는 영문 없이 울었다. 제법 소리를 대고[18] 느꼈던지 올케도 오고……. 이래서 그는, 이날 밤으로 그 후 사오 일 동안이나, 감기로 누웠었고 이러는 통에 두 남매

---

18 대고 : 무리하게 자꾸. 또는 계속하여 자꾸.

는 웬일인지 비교적 정다워진 셈이다.

어느 날, 삼희가 안마당 등나무께다, 의자를 놓고 앉아 있으려니, 오라버니가 사무실 바로 앞에서, 바깥문에다 백묵으로 동그라미를 그리고는, 새총으로다 그걸 맞추느라고, 영 정신이 없었다. 수없이 되풀이하는 총알이 위로 아래로 또 옆으로 흩어져, 좀체 동그라미를 맞힐 성싶지 않았으나, 오라버니는 그저 겨누기에 정신이 없었다. — 대낮이 납덩이처럼 내려앉아서 바람 한 점 새 한 마리 얼씬하지 않았다. 이상한 정적이 마치 준령을 넘을 때처럼 괴로웠다. 삼희는 끝내 오라버니에게로 달려가면서,

"오라버니 그 뭘 한대요?"

하고 물어봤다.

오라버니는 거반 부자연할 정도로 얼굴에 긴장을 풀며,

"응…… 심심해서."

하고 말했다. 심심해서 하는 노릇이라는 바에야 삼희로서도 더 뭘 물어볼 말도 없고 해서 그냥 잠자코 뒤로 가 서려니까,

"너두 한번 놔 봐라. 재미 있을 테니……."

하고, 알을 재운 채 총을 삼희 앞으로 내밀었다. 삼희는 얼결에 총을 받으면서도, 여전 오라버니의 기색을 살폈으나, 역시 이날도 전에 달리, 몹시 단순한, 그저 유쾌한 얼굴이었기에, 그도 지극 가벼운 마음으로 오라버니가 시켜주는 그대로, 겨냥을 조심해서 쇠를 다렸다.

이 모양으로 몇 번을 거듭했으나 물론 맞혀질리는 없었다. 나중에는 의자를 갖다 놓고 그 위에다 총대를 걸치고 놔 봤다. 과연 그랬더니 훨씬 힘이 들지 않았다.

그랬는데, 희한한 일은, 어쩐 일로 그 동그라미를 삼희가 맞춘 것이다.

이래서, 오라버니도 용타고 칭찬했거니와 삼희는 영 그만 신기해서, 당장 '날 포수'가 된 것처럼 이번엔 정말 새를 잡아 보겠다고 식목밭으로 갔다. 오라버니도 웃으며 곁으로 와서 그가 하는 양을 보고 있었다.

그러나, 의자를 갖다 놓지 않고는 도저히 새를 잡을 가망이 없음을 그는 곧 알았으므로, 뒤뜰 감나무에 까치가 앉은 것을 보고도 그는 총대를 오라버니에게 돌리고 말았다.

파란 매실이, 올망졸망한, 매화나무 밑에 서서, 까치와 총 끝을 번갈아 보며, 이마에 돋는 땀을 씻으려니, 그는 그제사 숨이 막힐 것 같은 더위와, 팔이 후둘후둘 하는 피곤을 깨달았다.

조금 후, 그가 하도 더워서, 잣나무께로 나와 볼까 하고 돌아섰을 때다. 마침 그 뒤에 태일이라는 오라버니 친구가, 언제 왔는지, 머엉 하니 서있질 않는가?

삼희는 맥없이 놀랐다. 그러나 이러면서도, 그는 또 한편, 이러한 됨됨에 반발하려는 얄궂은 맘 때문에, 지나칠 정도로 공손히 절을 한 후 그는 태연히 앞을 지나오려고 했다. 그랬는데 그의 이러한 풍모가 거반 면목 없게 된 것은 — 삼희가 사뭇 허리를 굽혀 절을 했는데도 청년은 인사를 받는지 마는지 그저 버언히 보고만 있었다. 또 그 태도가 결코 한 가닥으로 모여지지가 않아서 저편을 힘껏 무시한 것도 같은 또는 한껏 신뢰한 것도 같은 또 달리는 무엇에 몹시 항거하는 것도 같은 — 이상한 것이었기 때문에 아무튼 어느 것이든 삼희는 당황하지 않을 수 없었고 좌우간 불쾌했다.

삼희가 잣나무께로 나와, 숨을 내쉴 때쯤 해서, 피뜩 머릿속엔, 조금 전 청년의 얼굴이 지나갔다. 그는 다시금 불쾌했다. 그래서 '도무지 되잖다!' 하고 몇 번 마음에 이르면서 그저 머엉 하니 서 있으려니 오라버니가 청년과 이야길 주고 받으며 이리로 왔다. 삼희는 역부러 그편을 보지 않았으나,

"뭐든 적중한단 건 — 맞힌단 건 — 분명 유쾌하지 않소?"
하는 청년의 말을, 조금 전 곁결에서 들은,

"좋은 장난입니다."

하던 말과 함께 한 마디도 놓치든 않았다. 오라버니는 삼희 앞으로 다가
오자,

"늬가 저거 맞혔다니 저 분이 거짓말이랜다."

하고 웃으며 말을 했다. 삼희는 뭐 별다른 낯빛도 없이 그저 오라버니를
보고 돌아섰으나, 좀 당돌하리 만큼 정면으로 잠깐 청년을 쳐다봤다. 청
년은 아까 삼희가 가졌던 총을 집고 서서는 역시 버언히 보고만 있었다.
그러더니 피식이 웃으며,

"다시 한 번 봐 보십시오."

하고 말을 했다.

삼희는 웬일인지, 등에 송충이가 든 것처럼 징하고, 무슨 까닭인지 또
몹시 역해져서 잠자코 오라버니 옆으로 가 섰다.

조금 후에 오라버니가 낚시질을 좋아하느냐고 물으니까, 청년은 좋아
하지 않는다고 했다. 다시 장기나 바둑을 좋아하느냐고 물으니, 청년은
좋아한다고 했다.

"그럼 낚시질도 좋아할 게요."

하고 오라버니가 말을 했을 때,

"그 원 갑갑해서 어디."

하고 청년이 말을 했다.

"재미를 못 붙여 그렇지, 아무튼 도박입넨다. 그 이상 재미있는 도박
이 없습넨다."

"정말 그러면 한 번 나서볼 일이게."

둘이는 제법 소리를 내고 웃었다. 삼희는 저도 모르게 얼굴을 찡그렸다.

어쩐지 징이 울릴 때처럼 소란하고, 심리적으로 이상하게, 일종 송구
한 정이 들어서, 흐지부지 인사를 한 후, 곧 제 방으로 돌아오고 말았다.
이날 저녁, 오라버니와 삼희는 오래도록 이야기를 하고 놀았다. 아까도
말했지만 두 남매는 누이가 수 일을 앓는 동안 훨씬 의가 좋아진 셈이어

서—아무튼 이지간 오라버니는 별루 까다롭지가 않아졌다. 어느 날 삼희가 이것을 오라버니에게 물어봤더니,

"그건 설사 '내'가 '너'란 사람과는 이제 처음 만나는 거라고 한대도 너는 역시 내 '동생'인 게고 또 이제 너는 병을 앓을 재주밖에는 없으니까 말이다."

하고 웃었다.

이날 저녁에도 오라버니는, 삼희가 묻는 말이 자기의 '내면'과 상관되지 않는 한, 다 받아주었을 뿐 아니라, 조만간 지금 하고 있는 생활을 그만둘지도 모른다고 하면서,

"역시 태일 군 같은 사람이 살아있는 사람일지두 몰라."

하고 말했다. 삼희는 그분의 말이 나오자 거반 까닭없이 격해오는 감정을 경험하면서도,

"살어있는 사람이라니요?"

하고 제법 무심하게 물어 볼 수가 있었다.

"'자랑'을 가졌으니까. 생명과 육체와, 또 훌륭한 사나이란 자랑을 가졌으니까."

하고 오라버니는 말했다. 삼희는 오라버니의 이러한 말에, 진작 대척[19]이 없이 맘속으로 '사나이', '생명', '육체'하고 되풀이 해봤으나, 그렇다고 이것이 그에게 별다른 감동을 주지는 않았다. 오라버니는 다시,

"그는 저와 상관되는 일체를 자기 의지 아래 두고 싶은 야심을 가졌으면서도, 그것을 위해 스스로 비열하지 않고, 아무것과도 배타하지 않는 이를테면 풍족한 성격일 뿐 아니라, 이러한 성격이란 본시 남성의 세계이니까."

하고 말하면서,

---

19 대척 : 말대꾸.

"그러기에 이러한 사나이의 세계란, 가령 어떠한 사정이나 환경에서 패하는 날이래도, 혹 딴 것일지는 몰라도, 결코 비참한 건 아닐 거다."
하고 말했다. 삼희는 오라버니의 이러한 말이 전부 마땅하게도, 그렇다고 전연 마땅찮게도 들리지 않았으나, 또 한편 그분을 두고 오라버니가 너무 이상화하는 것도 같고, 또 이것은 오라버니로서, 자기 약점에 대한 일종 반역 같기도 해서,
"내 생각엔 그분을 두고 너무 과장해서 생각지 않나 하는데…… 아무튼 전 잘 모르겠어요."
하고, 말을 끊었다. 오라버니는 그의 말에,
"잘 몰라?"
하고 되짚으면서,
"모르겠음 알고구싶지 않니?"
하고 이번엔 제법 놀리듯 쳐다봤다. 삼희는 맥없이 당황했다. 오라버니의 이러한 말이나 태도가, 저로서 결코 당황해 할 것이 못 된다는 것을 알수록, 그는 거반 성미가 나도록 얼굴이 확확 했다. 그래서,
"과장이란 본시 유치한 감정일 것 같애요."
하고 그는 정말 성미를 부리고 만 셈이다.

7.

어느 날 오라버니는 낚시질을 간다고 했다. 낚시질은 삼희도 올케도 그의 동무들도 다 좋아하는 터전이다.

섬에 나가 조개를 잡고 멱을 뜯고 고기를 낚는 것은, 바닷가 사람들의 고향처럼 그리운 놀이다. 달마다 보름이 되면 바닷물은 만조가 되고 이것을 '한시'라고 해서 한시가 되면 조개도 고기도 잘 잡힌다. 이 날 삼희도 올케들과 함께, 포구 앞 방파제로 낚시질을 갔다.

고기가 더 잘 잡히고, 더 신명이 나는 섬을 버리고, 방파제로 정하기

는, 물론 삼희를 위해서이지만, 고기 낚이에는 본디 날물과 들물이 있어, 이들 일행도 오정이 지나자 곧 달려온 셈이다.

삼희는 물을 대하자, 괜히 숭얼대고 바다처럼 활짝 자유롭기만 하려는 마음을 간신히 붙잡은 채, 낚싯대를 던졌다.

바닷물이 사뭇 줄어, 길길이 뻗은 미역 새로 고기들이 놀고, 그것이 거울 속처럼 들여다 보이고 하면, 사람들은 그만 애들처럼 즐겁기만 하고 한껏 천진해진다. 그러기에, 아무리 모르는 사람이라도 크고 묘한 고기를 낚으면 마치 형제간이나 된 것처럼 머리를 맞대고 즐기는 것이 낚시터의 풍속인지도 모른다. 오라버니도, 삼희 편에서 고기를 낚아 올리면 쫓아와서 낚시도 빼주고,

"얼마나 큰가?"

하고 물어도 주고 했다. 또 오라버니 친구 되는 분도 이러했고, 삼희 편에서도 이러해서, 큰 고길 때엔 좋아라고 물에 담가도 보고 했다.

일행은 날이 거반 저물고, 또 비도 올 것 같은 날씨였지만, 끝내 돌아가지 않고 '선창'가에 있는 조그마한 음식점에서 생선국을 먹고는, 다시 물가로 나왔다. 하늘이 흐려서 충충하고 시커먼 바다가, 기선이 지날 때마다, 비늘이 돋혀서 괴물처럼 꿈틀거렸으나, 사람들은 조금도 무서운 줄을 몰랐다.

밤이 점점 제격으로 들어설수록 고기는 자꾸 물렸다.

사람들은 낮에 말이 많은 것과는 달리 점점 말이 없어지고, 이상하게 긴장해 갔다.

밤엔 떠들면 고기가 오지 않는다는 이유도 있었지만, 또한 사람들이 제풀로 말이 없어지기도 했다. 삼희는 진작부터 오라버니가 준 웃옷을 걸치고 앉았는데도, 어째 바람이 싫고 자꾸 피곤해지려고 해서, 조금도 자리를 갈지 않은 때문인지 그의 가까이는 오라버니도, 올케도, 또 다른 사람들도 있지는 않았다. 그는 끝내 낚시질을 그만두고, 바람을 피해서,

방파제가 뚫어진 돌 틈을 찾아 앉았다. 삼희가 이렇게 얼마 동안을 앉아 있는 동안 오라버니가 와서,

"그만 돌아가자."

하고 숱한 말을 했고 다른 사람들도 이러했지만, 그는 오라버니가 낚시 질을 무척 좋아한단 걸 알고 있었을 뿐 아니라, 다른 사람들도 아직 돌아갈 마음이 없는 것을 알았으므로, 간곡히 말을 해서 도로 보냈다. 사람들을 보낸 후, 삼희가 혼자 무심히 앉아 있으려니,

"차지 않어요?"

하고 누가 뒤에서 말을 했다. ─ 태일이었다.

삼희가, 추운 것이 아니라는 듯이, 좀 풍성히 앉으면서, 괜찮다고 말했더니 청년은 그의 이러한 말에는 별로 대답도 없이, 그와 조금 떨어진 돌이 무너지지 않은, 옆으로 와 앉았다. 청년은,

"바다가 좋아요?"

하고 삼희에게 물어서 삼희가 좋아한다고 했더니, 자기는 별루 좋아하지 않는다고 하면서,

"난 훨씬 산이 좋두군요."

하고 말했다. 조금 후에 청년은,

"내가 어떻게 봬요?"

하고 별안간 물었다. 대단히 난처한 질문이었다. 이러한 때 그는 정말 비위를 상해도 좋을 법했다. 그러나, 그는 어쩌자고 제법 친숙한 사람에게 말하듯, 약간 농조로,

"좋은 분이라고 생각합니다."

하고 말해 봤다. 청년은 웃었다.

얼마 후에 청년은 다시 이것을 굳이 물어서, 삼희는 이렇다는 별 이유도 없이, 그저 얼핏 나오는 말로 ─ 그러니 반 장난삼아 ─ '외인부대' 같다고 했더니,

“오라버니는요?”

하고 청년이 다시 물었다. 삼희는 더욱 뭘 따져볼 것 없이,

“오라버니두요.”

하고 대답했다. 청년은 의외에 이러한 말을 꽤 진실하게 듣는 모양이어서 삼희의 대답이 있은 후, 그는 한참 동안 잠자코 있었다.

아래를 내려다 본 채, 한참 동안 말이 없던 청년은,

“무서운 일이올시다. 어째서 그런 생각을 했어요?”

하고 혼잣말하듯 하면서 삼희를 쳐다봤다.

삼희야말로, 웬일인지 저를 보는 청년의 얼굴이, 이상하게 무서워지기도 했지만, 또 한편 이러한 곳에서 ‘외인부대’니 뭐니 하고 괜히 히뜩 펀뜩 번거롭게 구는 제 모양이 어째 스스로 불쾌한 인상을 주기도 해서 되도록, 수상하지 않게 거취를 가지며 일어났다. 청년도 따라 일어섰다. 이때, 맞은 편 등대의 불빛이 청년의 파란 얼굴에 찬물처럼 쏟아졌다. 청년은 곧 바다를 향해 돌아섰으나 약간 머리를 숙인 채, 그는 언제까지나 다시 돌아서진 않았다. 삼희는 어쩐지 그가 훌륭해 보였다.

갑자기, 몹시 보드라운 마음으로 그 돌아선 얼굴이 보고 싶어졌으나, 그는 끝내 오라버니가 있음직한 왼편쪽 길을 걸었다. ― 문득 바다가 설레고, 바람이 거칠어진 것처럼, 그는 가슴에 오는 야릇한 위압을 느끼며,

“그만 돌아갔으면.”

하고 생각해 봤다. 삼희는 다시 제법 소리를 내고,

“어서 돌아갔으면 좋겠다.”

하고 중얼거렸다.

8.

어느 날 아침이었다. 삼희가 채 일어나기도 전인데, 오라버니 방엔 진작부터 태일이가 와 있었다.

둘이는 아침을 먹은 후, 거의 오정이 되도록 오라버니 방에서 이야기를 하고 놀았고, 점심을 치른 후에도 뒷산 잔디밭에서 해가 떨어질 때까지 있었으나, 청년도 삼희도 오라버니도, 아무도 알은 척하지는 않았다. 청년이 돌아간 후, 저녁을 먹은 다음에도 오라버니는 이날따라 자기 방안에만 있었다. 삼희는 끝내 오라버니 방엘 가 봤다. 오라버니는 책상에 턱을 괴고 앉아서, 연필로다 뭘 정신없이 끄적대고 있었다.

그 앉은 모양이라든가, 얼굴 표정으로 보아 시방 오라버니가 뭘 맘 들여 하고 있지 않단 것을 그는 곧 알았다. 삼희는 미닫이를 닫고 들어서면서 한 번 더,

"오라버니 뭐 허우?"

하고 짐짓 속삭이듯 물어봤다. 오라버니는 여전히 입으로만,

"응? 어."

하고 그저 대답했을 뿐, 정신이 통이 이리론 없었다. 삼희는 방 가운데선 그대로, 고개를 기다랗게 하고는, 책상 위에 있는 종이쪽과 오라버니가 끄적이고 있는 것을 번갈아 살펴봤다. 종이쪽은 그냥 연필로 그린 누구의 초상인 듯해서, 자세히 보려니 — 어느 비옥한 평야를 임해 아무렇게나 앉아있는 거창한 청년이 — 바로 태일이었다. 청년은 머리칼이 거칠고 수염이 짙어, 굴속처럼 깊어 뵈는 눈알이 더욱 빛나 있었다.

그러나, 힘없이 거둬져 있는, 얼마나 징한 조화를 잃은 큰 손인가? 삼희는 얼굴을 찡기며 다시 오라버니 앞에 놓인 종이쪽을 봤다. 이번엔 아무 배경도 없이 그냥 백판에다 지독히 안정을 잃은 초라한 남자를 앉혀 놓았었다.

그는 볼수록 초라한 이 청년을 꼭 어디서고 본 것만 같아서 찬찬히 바라다 보니, 과연 이 머리빡이 크고 사지와 수족이 병신처럼 말라빠진 우스운 사나이가 영낙 없는 오라버니가 아닌가?

삼희는 한편 놀라면서도 웬일인지 터져나오는 웃음을 참을 수가 없었

다. 이래서, 삼희가 소리를 내고 웃었을 때 놀라 돌아다 보던 오라버니도 그만 소리를 내고 따라 웃은 셈이다. 얼마 동안을 이렇게 웃고 났는데도,

"오라버니, 그 나 온 참……."

하고 삼희는 자꾸 웃었다. 조금 후에 오라버니는, 두 그림을 나란히 들고는, 일부러 멀찌감치 해서 자기도 바라보면서,

"그래 어떠냐? 잘 그렸지?"

하고 물었다.

"잘 그리고 뭐고, 무슨 사람들이 그렇대요?"

하고 그가 여전히 웃고 있으려니,

"이건 내가 그린 게고, 이건 태일군이 그린 건데. 요즘 다시 '도동'[20] 헌다구 말하자면 그 자화상을 내게 준 셈이란다."

하고 오라버니는 그림을 든 채 약간 장난조로 설명을 했다. 삼희는 오라버니를 잠깐 흘겨보면서,

"이따금 오라버니네들은 꼭 어린애 같아."

하고 말했다. 오라버니는 그림을 놓고 삼희 편을 보고 돌아앉으며,

"어린애? 그래 어린애지. ─ 하지만 그 어린애라는 것이 혹은 어리석다는 것이 ─ 이를테면 지극히 넓은 것, 완전히 풍족한 것과 통하는 것이라면?"

하고 말하면서,

"이런 건 다 너희들 적은 창조물들이 알 순 없을 거다."

하고 여전히 농조로 웃었다. 삼희는 어쩐지 불쾌했다. 무슨 모욕을 당했을 때처럼 갑자기 불쾌했다기보다도 오라버니에게 대한 이상한 의심이 일종 야릇한 불쾌를 가져왔다. 그러고 보니 그런지, 어째 얼굴이 희고 몸이 가냘픈 거라든지, 손발이 이쁜 것까지 모두가 의심쩍었다. 그래서,

"지극히 어진 이가, 스스로 그 어진 바를 모르듯, 오라버니도 응당 몰

<hr>

20 도동(渡東) : 일본 동경으로 감.

라야 할 것을, 이미 안단 것은 어찌된 일이에요.”

하고 그도 짐짓 농조로 말을 해봤다. 그랬더니, 오라버니는 거반 싱거울 정도로,

“그럼 나두 그 적은 창조물의 하나란 말이지?”

하면서,

“그럴지도 몰라.”

하고 말했다. 조금 후에 삼희가 자기 방으로 돌아오려니 머릿속에 퍼뜩, 오라버니의 이상한 모습이 떠올랐다.

이른바 ‘거인’도 죽고 ‘천사’도 가고 없는, 소란한 시장의 아들로 천상 태어나 적고 초라하게 자라서, 한 올에도 능히 인색한—그러면서도 상구 ‘고향’을 딴 데 두어 더욱 몰골이 사나운—우스운 형상으로 나타났다. 그러나 삼희는 어쩐 일인지, 이 우스운 모습에 오히려 정이 가는 것을 어찌할 수가 없었다.

9.

어느 날 오후였다. 그 동안 태일이는 일절 오지 않았기 때문에 오라버니도 이따금,

“가기 전 한번을 올 텐데…….”

하고 기다렸고, 삼희도 어쩐지 궁금했었다. 그랬는데 이날 순재 조카를 통해서, 그가 어느 싸움을 말리다가 머리에 중상을 내고, 방금 입원해 있다는 것을 알았다. 사촌은 오라버니가 묻는 말에,

“총손 아들이 술에 취해서 권투 선수하고 싸우는 것을 보구 말리려다 얻어 맞었대요.”

하고 대답했다.

총손 아들이란 일전에 말하던 그 ‘김 군’이란 사람인 것을 삼희는 곧 알았다. 오라버니가 다시,

“태일이란 사람도 같이 먹다 그랬다디?”

하고 물으니까, 조카는,

“네.”

하고 대답했다. 마침 옆에 올케가 서서 듣다가,

“되잖은 군들허고 몰려다니다간 예사지.”

하면서,

“그 챙피하게 피해버리지 못허구, 그 모양이 뭐람.”

하고는 이 얌전하고 조촐한 부인네가 제법 불쾌한 표정으로,

“당신도 그 사람 쫓어다니다간 큰 코 다치리다!”

하는 것처럼 이번엔 오라버니를 처다봤다. 오라버니는 잠자코 일어서 곧 옷을 챙겨 입고 나갔다. 삼희는, 오라버니가 병원으로 가는 게라고 생각 하면서 또 한편, ‘오라버니는 올케에게 무심하다.’는 이런 것을 생각하고 있으려니,

“내 그저께 거리에 나갔더니, 모두들 그 사람 보구, 상당한 학교를 나 왔어, 사람이 그만해, 왜 일찍 자리잡어 앉지 못하고, 괜히 흥청 벙청 돌 아다닌다고, 말들 헙디다.”

하고 올케가 다시 말을 했다.

올케가 말하는 ‘그 사람’이란 물론 태일이란 사람이다. 삼희는 올케가 하는 말을 잔조롬이[21] 들으면서도 다른 한편, ‘어저께까지도 “보기에 예 사 사람이 아니겠더라.”고 한 올케 마음과 지금의 것을 어떻게 얽어 봐 야 하누.’

하는 우스운 생각을 해보면서 짐짓,

“옛날부터 남의 싸움 가로채면 의리 있는 사람이라면서?”

하고 말해봤다. 그랬더니,

---

21 잔조롬이 : 원문대로. ‘잠잠히’, ‘잠자코’의 뜻인 듯.

"그 따위 의린지 뭔지 나 같음 돈 주고 허래도 안 허겠네."
하고 여전히 못마땅해 했다.

오라버니가 돌아오기는 훨씬 저물어서였지만, 의외에 오라버니와 함께 태일이도 같이 왔었다.

어제 '퇴원'했다고 했다. 청년은 머리에 붕대를 동인 채 얼굴이 좀 수척했을 뿐, 여전한 모양이었다. 삼희도 전에와 달라 좀 어리둥절해서 쳐다봤고, 올케도, 얄궂이 맨숭맨숭 쳐다볼 정도였으나, 청년은 비교적 예사였다. 오라버니가,

"아무튼 일수 사나웠어."
하고 말했을 때, 그는 좀 어색한 웃음을 지으며,

"그 그만 돌아왔을 건데 그 자가 자꾸 뒤에서 부르니 그냥 두고 올 수도 없고……."

"그래서 한판 쳤단 말이지?"

"판이나 쳤음 좋게."
하고 둘이는 웃었다. 듣기에 하도 우스운 말들이라 삼희는 간신히 웃음을 참고 자기 방에 오려니, 올케가 그 나오는 김피[22]를 알았던지,

"좀, 놀다 가구려……."
하고 말을 했다.

"있다가 갈게."
하고 삼희는 돌아 나오려는데,

'어리석은 사람이 그분이라면, 그럼 약은 사람은 올캔가?'
하는 생각에, 그는 다시금 실소하려는 마음을 걷어잡은 채 얼른 미닫이를 닫았다.

그 후 삼희는 오라버니를 통해서, 청년이 떠났다는 것을 알았다.

---

22 김피 : 원문대로. '기미', '낌새'의 뜻인 듯.

어느 날 삼희는 제 방에 있던 종려죽의 잎이 누렇게 된 것을 보고, 그 대신 다른 것을 가져올 양으로 온실 앞으로 가려니까, 오라버니가 사무실에 앉아서 꽤 기다란 편지를 읽고 있다가,

"태일 군이 너헌테 안부하랬다."

하고 말했다. 삼희는 맥없이 무안해지려고 해서 그냥 온실 안으로 들어오고 말았으나, 그는 곧 이러한 제가 도무지 되잖은 것 같은 생각이 들기도 하고, 또 한편 궁금한 생각이 없는 것도 아니라서 그는 다시 오라버니 옆으로 가며,

"그 분 뭘 헌대요?"

하고 물어봤다.

"아직은 놀고 있대."

"장차는요?"

"장차는? 연구실로 들어가든지, 그게 마땅찮으면, 사관학교를 다니겠대."

이러한 오라버니 말에 삼희가 의아할 동안,

"그 사람 중학교 때부터 장교가 젤 좋았다니까."

하고 오라버니가 말을 했다.

"그렇게 잘 들어갈 수 있나요?"

"들어갈 수야 있겠지. 허지만 왜 그렇게 곧추 묻니?"

하고 이번엔 정말 놀리듯[23] 쳐다봤다.

"사관학교는 좀 걸작인데요."

하고 삼희는 짐짓 피식이 말하면서, 되도록 무심한 낯빛을 하려고 했다. 그랬더니 오라버니는 제법 얼굴을 붉히고,

"너 그런 태도가 하이카라라는 거다. 어떻게 그처럼 모든 데 싸늘할 수가 있고, 완전히 바라다만 볼 수 있니?"

---

23 원문 : 올리듯.

하고 나무라는 것이다. 삼희는 한편 억울하기도 했지만, 너무 의외 꾸지
람이라 한동안 말을 잃고 섰으려니,

'자기 약점을 남에게서 발견하고 노한다는 건 대체 무슨 까닭일까?'
싶어져서 삼희야말로 노여운 정이 들었다. 그래서, 그는 오라버니가 뒤
에서 부르는 것을 못 들은 척, 곧 제 방으로 돌아오고 말았다. 조금 후에
오라버니가 와서,

"노했니?"

하고 물었으나 삼희가 별 대책이 없는 것을 보고,

"너 이렇게 노하길 잘하는 것도 결국 하이카라라는 거다."

하고 농을 섞어가며,

"그래 내 잘못했으니 관두자."

하고 말을 했다. 삼희는 어쩐지 아까 가졌던 노여움이 풀어지질 않았다.
그래서,

"오라버니만 '바라다 보구' 남은 바라다 보면 못쓴단 법 어디 있어요?"

하고 말을 했다. 오라버니는 잠자코 있더니,

"그게 좋은 거면 모르지만, 나쁘니 말이지. 난 이러한 것을 남에게서
보면, 영 기가 차고 우울해서……."

하고 말끝을 흐렸다. 삼희는 이러한 오라버니의 말이 안되게 생각되면서
도 그는 끝내,

"그래도 오라버니 태도로는 횡포[24]하고 비겁한 것 같애요."

하고 말했다. 오라버니는 쉽사리,

"그럴지도 몰라."

하고 말했다. 삼희는 어쩐지 맘이 언짢았다.

'공연히 그랬다.'

---

24 원문 : 횡폭

하는 후회가 나기도 해서,

　"괜히, 내가 잘못했어요."

하고 말을 하더니, 어쩐지 어색하고 부끄러운 정이 들려고 해서, 아래를 본 채 말끝을 흐렸다. 그랬더니 오라버니는 웬일인지 갑자기 변으로 불쾌해 하는 것이다. 오라버니는 끝내,

　"그런 말 하는 것 아니다."

하고는 그냥 자기 방으로 돌아가고 말았다.

　오라버니가 돌아간 후, 삼희는 여러 가지로 생각해 봤으나, 오라버니는 역시 '몰골'이 사나웠다. 그러면서도 그는 어쩐지 이러한 오라버니의 방황하는 모습에 오히려 존경이 가는 것을 어찌할 수가 없었다.

10.

　칠월 접어들면서부터 조석으로 서늘한 기운이 돌던 것이 이지간은 제법 나뭇잎이 바스락거렸다. 진작부터 가을이 오면 돌아갈 것을 생각하고 있은 때문이기도 하지만, 아무튼 삼희는 날로 아이가 보고 싶고 집이 그리웠다. 이따금, 아침에 일찍 일어나 샘가에 나가 얼굴을 정갈히 씻고는 크림을 바르고, 연지도 찍어 보고 한다.

　그러나 역시 여윈 얼굴일 때, 그는 한층 더 스며오는 '향수'를 어찌할 수가 없다.

　생각하면 어머니가 있고, 오라버니가 있고, 그가 자라난 하늘과 바다와, 산과, 들이 저와 함께 있는데도, 그는 대체 누굴 그려 어느 고향을 따르려는 것인지, 알 수가 없었다. 어느 날 삼희가 샘가에 그저 망연히 앉아 있으려니 오라버니가 옆으로 오면서,

　"너 언제 가니?"

하고 물었다.

　"……."

“쉬, 가거라.”

“왜요?”

“애기는 저녁이 되면 집으로 와야 하고, 아내는 가을이 되면 돌아와야 하니까.”

하고 말을 해서 둘이는 웃었다. 삼희는 끝내 칠월 마지막 날 떠나기로 했다.

그는 전부터도 어데서고 떠날 땐 곧잘 그믐날로 정하는 버릇이 있었다. 별 다른 이유가 있는 것도 아니면서, 그저 그러하고 싶어서 그날이 좋아진 셈이다. 그는 마중을 가도 좋다고 하는 남편의 호의를, 가서 보는 게 더 반가울 것 같아서, 그만두게 한 후, 그대신 오라버니가 삼포령까지 배웅해 주기로 했다. 삼희는 떠나기 전 며칠을 어머니가 계시는 월영집에 와 있었기 때문에, 이날은 가족이 한데 모인 제법 조촐한 오찬을 단란하게 마친 후, 삼희는 네 시 차로 고향을 떠났다.

차가 서면을 지나 ‘진포’를 접어들 때까지 두 남매는 별반 말이 없었다.

뭘 굳이 말을 않으려고 든 것도 아닌데, 그저 별로 적당한 말 없이 이렁저렁 하는 동안 잠자코 있은 셈이다. 이 때 마침 오라버니와 삼희가 앉아 있는 맞은편에 아직 젊은 여자 한 사람과 한 육십 가까이 뵈는 노인이 와서 앉았다. 두 사람은 무슨 송사엘 갔다 오는 셈인지 앉기가 바쁘게 여자가 노인을 몰아셌다. 말하는 거취를 봐서 여자가 노인의 딸인 모양인데, 암만해도 딸치고는 기가 차게 망나니다.

“그리 축구노릇 하믄 사람 값만 몬가지. 우짠다꼬 오늘도 몬 받았소?”

“그렇기 말이다. 참 무서운 놈에 세상이제.”

“와 세상이 무섭노? 이녁이 축구지.”

하고 딸이 골을 내여도 노인은 그저,

“그렇기 말이다.”

하고 말했다. 삼희는 속으로,

‘이 노인이 “그렇기 말이다.” 하는 말 밖에 할 줄을 모르는 게 아닌가?’ 하면서 보고 있으려니, 과연 여자는 똑똑하게 생겼다. 그 얼굴하고 옷 입은 맵시까지 조약돌처럼 닳아서 반드랍기 한량이 없었다.

‘저렇게 똑똑하게 되자면, 그 ‘마음’이 얼마나 폐해를 입었을까?’ 하고 생각을 하자니, 어쩐지 그 일거일동 말하는 내용까지 모두가 그 폐해 받은 상처 같기도 해서, 삼희는 얼굴을 숙였다. 노인은 다음 역에서,

“어서 오소!”

하고 주장질[25]을 치는, 딸의 뒤를 따라 내려갔다.

조금 후, 두 남매는 뭐라고 말을 건네려고 했으나, 역시 잠자코 말았다. 어느덧 어둠이 짙어왔다. 마침 기차가 지나는 서쪽으로 멀리 낙동강이 보였다. 강물이라기보다는 너무 망망한 물결이다.

“삼희야, 너 강물을 좋아하니?”

하고 오라버니는 별안간 말을 건넸다.

누이가 미처 대답을 못하고 주저하려니,

“난 참 좋더라.”

하고 말을 했다. 강물은 점점 가까이 와 드디어 안전에서 넘실거렸다.

강물은 마치 대맹이 지날 때처럼 징하고 끔직했다.

그러나 질펀히 퍼대진 평야를 뚫고 말없이 흐르는 강물은 또한 얼마나 장한 ‘풍족’한 모습인가?

두 남매는 차가 삼포령을 거진 다다를 때까지 아득히 멀어지는 강을 보고 물었다.

『문장』 1941년 3월[26]

---

25 원문 : 주정질. 두들겨 때리거나 몹시 꾸짖으며 야단을 치거나 하는 일.

26 『문장』 발표본과 비교하여 해방 후 작품집 『도정』에 실린 것은 부분적으로 퇴고한 수준으로 큰 차이가 없다. 여기서는 일제시대의 것인 『문장』 발표본을 저본으로 했다.

석희(奭熙)[1]가 집으로 돌아온 지 한 반달쯤 되었을까, 어느 날 그는 숙모가 전하는 종매(從妹) 정원(貞媛)의, 편지를 받았다. 더욱 의외인 것은 방금 병을 몹시 앓는 어떤 화가(畫家)와 함께 운각사(雲閣寺)라는 절에 나와 있다는 사연이었다.

그가 편지를 읽는 동안,

"애야, 어떻게 된 일이냐? 종희가 겉봉을 보고 어느 절간에서 낸 편지라고 하니 그 무슨 일이냐?"

하고 참다 못해 숙모가 말을 건넸다.

"운각사라는 절에 나와 있는 모양인데, 무슨 일로 어떻게 나와 있단 말은 통이 없고, 절 보구 곧 좀 와 달라는, 오면은 뭐구 다 알거라는 말뿐예요."

그는 편지를 접으며 우정 천천히 조용조용 대답을 했는데도 숙모는 펄쩍하였다.

"온 별일두, 그래 몇 년만에 만나는 오라범인데, 당장 뛰어 못 오구 앉

<hr>

1 원문은 '석히'이나 현재의 한자 발음을 따랐다.

어서 오라범 보구 오라니 그런 버르쟁이가 어딨단 말이냐."

그는 딸의 허물을 이렇게 말하는 숙모 마음이 어쩐지 정다웠다. 여기엔 어려서 어머니를 여읜 그로서 원의 어머니인 숙모의 따뜻한 마음을 받고 자라온 소치도 있겠지만 아무튼 시방 숙모의 말이 의미하듯, 석희는 속으로 은근히 자기가 나오기 전 먼저 원이 귀국하여 기다려 주리라 믿었었고, 또 이러한 기대가 어그러졌을 때, 몹시 섭섭했던 것도 사실이나 그러나 이제 이렇게 편지를 읽고 보니, 이런 저런 논의할 것 없이 대뜸 그리 유쾌한 일이 아니었다. 첫째, 사정이야 어떻게 되었던 간, 과년한 처녀가 방학하면 곧 집으로 올 일이지, 더군다나 절간 같은데서 이런 종류의 편지를 내고 달코 하는 것이 도대체 신통치가 못하였다. 그러나 신통치가 못하든 어쨌든, 이를테면 신통치가 못하기 때문에 더욱 그로서는 이대로 앉아 누이의 소행을 가만히 보고 있을 수는 없는 것 같은, 이상하게 갈라진 심사를 겪으면서, 그는 끝내,

"제가 일간 가 보기로 하겠습니다. 그 대신 작은어머니는 누구 보구 암 말씀 마십시오."

이렇게 잘라서 말을 하였던 것이다.

석희는,

"글쎄 말을 허긴 어데다 대구 헌단 말이냐……. 너희 삼촌께서 아시는 날엔 큰 거조가 날거다."

하고 무얼 먼저 나서 쉬쉬하는 숙모에게, 우선 집안에서들 이상하게 생각지 않도록 이번 방학엔 시험 때문에 나오지 않는다고 이르라는―이런 종류의 몇 가지 부탁을 더 드린 후 돌려보낸 셈이다.

집안에서는 진작부터, 큰형서껀 어느 조용한 절로 가 몸을 쉬라는 부탁도 있었고 해서 그가 운각사로 간댔자 아무도 의심할 사람은 없을 것이었다. 이래서 숙모가 돌아간 후 그는 곧 형수에게 내일 길 떠날 채비를 부탁한 후 그대로 번듯이 누운 채, 어디가 닿는 아무런 관련도 없이, 그저

막연하게 '연애'란 것에 대하여, 찌금찌금 생각을 굴리고 있는 참인데,

"되련님 옷, 여름 것만 챙겨요?"

하고 둘째 형수가 들어왔다.

"아무렇게나 하슈."

그러나 형수는 바로 나가는 게 아니라, 옆으로 와 앉으며,

"안의 댁 처녀 되련님 보셨소?" 하고 은근히 물었다.

그가 약간 어리둥절해서 바라다 보려니까,

"신식 처녀래두 참 얌전하대요. 미인인데도 요즘 색시들과는 다르대요."

하고 건너다보는 것이었다.

석희는 형수가 꼭 원의 일을 눈치 채인 것만 같아서 싫었을 뿐 아니라, 필경 이런 말을 나오게 한 것이, 방금 자기가 무료히 누워 있는 때문일 거라고 생각이 되자, 이러한 형태로 나타나는 가족들의 호의가 어쩐지 거반 느끼할 정도로 싫었다.

"그러니 그 색시가 어쨌단 말이오?"

이렇게 무뚝뚝한 대답을 하는데도 이 사람 좋은 형수는,

"또 괜히 이러시지. 삼십을 바라보는 총각이 그럼 색시 이야기가 싫단 말요?"

하고 이번엔 제법 농조로 말을 받는 것이었다.

그는 더 참을 수가 없었다. 물론 색시 이야기가 싫지 않을지도 모른다. 허나 문제는 시방 말을 하는 사람과, 그 말을 받아들여야 할 사람과의 극히 미묘한 심리적인 어떤 거리(距離)에서 오는 야릇한 불쾌감 때문에, 마침내 그는 눈을 감은 채 자는 척 해 버릴 수밖에 도리가 없었다. 형수가 나간 후 그는 정말 자고 싶어져서 자리를 펴고 드러누웠으나, 그러나 정작 자려니까 또 잠이 오지 않았다. 머릿속엔 두서없는 생각이 함부로 떠올랐다. 생각하면 석희가 집을 떠나 있는 동안 현실과 차단된 그 어두운 생활에서 이따금 마음속으로 제일 다정하게 만난 사람이 있었다면 그

건 누이 원이었고, 누이와 자라난 고향의 기억들이었다.

어느 여름이었다. 내년에 서울 학교를 가야 할 시험준비를 게을리 한다고, 중형에게 종아리를 맞은 후 화나는 판에 또 무슨 마음이 내켰던지 작은 댁엘 가서 원이를 데리고 강가로 나온 적이 있었다. 그때 원이는 얼굴도 예뻤고 또 무남독녀이고 해서, 참 귀염을 받았다.

석희는 아무리 화가 날 때라도 강가로 나와 천어(川漁) 새끼를 쫓고 모래성을 쌓고 하면 그만이었다.

원이를 강변에 앉힌 후 조그만씩한 돌을 주워다가 앞에 놓아 주면서,

“오빠가 올 때까정 이것 가지고 놀믄 착하지.”

하고 제법 의젓한 수작을 하다가 제 바람에 열적었던지,[2] 다시 선머슴이 된 채 물 속으로 뛰어 들어갔다. 얼마동안 곤두박이도 하고, 뒤집어 뜨기도 하면서, 한참 재주를 부리는 판인데, 퍼뜩 원이 생각이 나서 그 편을 보았을 때다, 웬일일까? 원이가 있지 않았다. 단걸음에 뛰어 나와, 고의 춤을 여미는 듯 마는 듯, 사면을 둘러보았으나 보이지 않았다. 별안간 ‘원이가 물에 빠졌다.’는 생각과 함께, 그는 그만 으악 소리를 치고 울었다. 뒤미처 방금 물속에서 죽으려고 하는 모양이 보이고, ……아무래도 그냥 둘 수는 없었다. 석희는 옷을 입은 채 물 속으로 들어가면서, 자꾸 넘어졌다.

“게 누구 없어!”

하고 구원을 청하여 한 번 더 사면을 둘러봤을 때다. 아찔아찔 어지러워서 잘 분간할 수는 없었으나, 까마득한 모래밭 저편, 바로 뚝 밑에서 새까만 머리빡이 아른거리는 것 같았다. ― 원이었다.

원이는 제대로 괸 물에서 장난을 치느라고, 생쥐처럼 젖어 있었다.

“너, 너, 여기 있었니? ……여게 있었구나!”

---

2 열적다 : ‘열없다’와 같은 뜻.

그는 영문을 몰라 쳐다보는 원이를 잡고, 자꾸 흔들며 안아 주었다.

돌아올 때, 오라범은 원이가 벌써 업혀 다닐 나이도 아닌데, 조그마한 도랑이 있어도 업고 건넜고, 또 도랑이 아니라도, 자꾸 업고 갔으면 싶었다. 또 이날 저녁에는 제가 가졌던 좋다는 것이란 죄다 원이를 주고 하였다.

그 후 자라갈수록 두 남매는 의가 좋았을 뿐 아니라 원이 동경으로 오던 해, 불행히 석희가 동경을 떠나야 하던 해였고 보니, 지난 삼 년 동안 석희로서는 원이를 두고 염려한 것이 하나둘이 아녔던 것이다.

*

차가 은주(銀州)에 닿기는 오정이 훨씬 넘어서였다. 여기서 원이 있는 운각사까지 가려면 다시 자동차로 세 시간 가량이나 가야했다.

그는 별로 시장하지는 않았으나 다소 갈증이 나는 것도 같았고 또 이왕 점심을 먹으려면 이곳에서 치르는 것이 좋을 것 같아서, 역전 큰 길 옆으로 화양요리라고 쓴 누르께하게 생긴 이층집으로 들었다.

그랬는데 내부는 바깥과는 사뭇 달라 식사를 하는 곳이라기보다는 훨씬 더 술을 마시는 곳 같았다.

그가 되도록 구석지로 가 앉으려니까, 맞은 편 테이블에서 술을 마시고 있는, 눈이 변으로 툭 나온 남자의 시중을 들고 있던 여자가,

"게짱, 오갸꾸 사마."[3]

하고 손님이 온 것을 알리었다. 이내 이층으로부터 인기척이 나더니 콧노래와 함께 게짱이란 여자가 나타났다.

그는 여자에게 맥주를 청한 후 담배를 붙이고 앉아 있는데, 조금 후 여자가 술을 가져와 따라 놓고는 옆으로 와 앉았다. 그런데 여자가 무척

---

3 "게짱, 손님."

철따구니가 없어보였다기보다도 입을 호, 벌린 채 앉아 있는 모양서껀, 꼭 제 정신 빼어 매달아 놓고 사는 사람 같았다. 그는 거듭 잔을 비우며 너무 말이 없는 것에 쑥스러운 생각이 들어, 그러니까 쉬운 말로다, 술을 먹을 줄 알거든 먹으라는 격으로, 병과 잔을 여자 앞으로 밀어주었다. 그랬는데 여자가 지금 취했노라고 대답을 해서, 이래서 그는 여자가 역시 취했던 것이라고 생각하면서 식전부터 무슨 술이냐는 것처럼 싱겁게 웃었다. 그랬더니 여자는 속알치[4]도 없이 해죽해죽 웃으면서,

"모르겠어요, 그저 먹어 버렸어요."

하고는 때글때글 웃었다. 이것은 그의 웃음에 대한 비상히 적절한 대답이었다.

석희는 여자의 놀랄 만큼 민감한 것을 느끼며, 일방 이렇게 식전부터 술을 먹는 여자가 보매에 결코 흉악한 느낌을 주지 않는 것이 오히려 이상하여 여자의 헤일빠진[5] 말에 연해 실소를 머금은 채 그대로 앉아 있었다.

조금 후에 그는 별다른 의미도 없이, 그러니까 지나가는 말로다 고향이 어딘가 하고 물어보았다. 그랬더니 그저 먼 데라고만 할 뿐 잘 말하려 들지 않았다.

그는 마음속으로 싱거운 수작이라고 생각하면서,

"먼 고향에서 멀 허러 여기까지 왔소?"

하고 다시 물어봤다. 그랬더니,

"그렇게 되고 이렇게 돼서, 그만 여기까지 왔어요."

하고는, 그것도 어느 유행가의 곡조 같은 그대로를 함부로 재잘대면서, 이번엔 변덕쟁이처럼 호, 하고 한숨을 내쉬었다.

석희가 점심 대신 맥주를 마시고 돈을 치를 무렵 해서,

"고향이 어디세요?"

---

4 속알치 : 소갈치(?). '소갈머리, 소견머리'의 뜻인 듯.
5 헤일빠지다 : '흘게빠지다'의 뜻인 듯. 정신이 똑똑하지 못하고 흐릿하거나 느릿느릿하다.

하고 여자가 도로 물었다.

석희는 순간 이상하게 귀찮은 생각이 들기도 해서,

"나도 고향을 잘 몰루."

하고 대답한 후 곧 밖으로 나왔다.

*

신작로의 손님은 늘 붐비는 모양인지, 자동차는 잔뜩 만원이었다. 뒤 칸에는 옆으로 학생복에 파나마를 쓴 젊은이가 앉고, 그 옆으로 역시 학생 같은 여자가 앉고, 또 그 옆으로는 삼십오륙 세쯤 나 보이는 여자가 앉고, 이렇게 한 칸에 네 사람씩, 차 안은 용납할 틈이 없었다. 그런데 석희는 차가 은주를 떠날 때부터,

'저 젊은 여자가 나이 먹은 여자와 동행이 아니었으면……'

하고는 공연히 초조해 하였다. 스스로 참 오지랖이 넓다고 퇴박을 주었으나, 그러나 이러할수록 마음은 자꾸 그리로 다가가, 모르는 결에 고개를 기다랗게 하고, 연성 나이 먹은 여자 편을 살피곤 하였다. 아무리 보아도 이 여자는 천상[6] 뚜쟁이가 아니면 그런 종류의 무엇이다. 그 능청맞고 해반닥[7]스런 얼굴 표정이라든가, 짙게 화장한 솜씨라든가, 또 살빛이 푸르고 기골이 장대한 것까지 모두가 하나같이 빈틈이 없었다. 더욱이상한 것은, 비단 이 여자 앞에 내려진 이 여자의 생애를, 이 여자의 방식으로 살아 온, 어느 '욕된 세월'이 끼치고 간 흉한 흔적뿐만이 아니라이 여자에게는 어떤 천래의 망측한 혈류가 있는 것만 같았다. 그러나 십분, 이십 분, 한 시간, 이렇게 올 때까지, 뒤 칸에 앉은 네 사람은 또 변으로 아무와도 말을 나누지는 않았다.

차가 질령재라는 고개를 타고 쏜살같이 내달았을 때, 비로소 청년이

---

6 천상 : 천생.
7 해반닥 : 원문은 '헤변덕'. 눈을 크게 뜨고 흰자위를 한 번 반득 움직이는 모양.

젊은 여자에게 말을 건넸다.

석희는 모르는 결에 숨을 내쉬며, 차창으로 얼굴을 돌렸다.

차는 어느새 고개를 넘어 이젠 아득한 평야를 헤치고 달아났다. 들로 가득한 자운영을 바라보며 그는 한 번 더 입가에 싱거운 웃음을 지었다.

"서울 가 닿으면 먼저 어디로 가야 해?"

이번엔 젊은 여자가 말을 건넸다.

"내 하숙으로 가야지."

여자는 더욱 적은 목소리로 다시 뭐라고 말을 건넸으나,

"그래도 먼저 그렇게 할 수밖에……."

하는 청년의 목소리 이외는 알아들을 수가 없었다.

석희는 여전히 들을 내다보며,

'서울을 가자면 어디로 이리를 해 가나?'

하고 객쩍은 생각을 해보는 것이었다.

두 젊은이는 뭔지, 저희들이 저지른 일이 아직 힘에 너무 크고 벅차다는 것처럼, 기를 펴지 못한 채 자꾸 딱딱해져서 누가 보아도 모르는 사이 같았다.

거반 운각사로 가는 길목이 얼마 남지 않았을 때쯤 해서 두 사람은 다시 말을 건넸다. 무얼 여자가 언짢아하는 기색이라도 있었던지,

"자꾸 그러믄 난 어쩌라구?"

하면서,

"이제 가면 동무도 있고, 뭐구 다 일없어."

하고 청년이 말을 했다. 순간 청년의 얼굴엔 몹시 순되고 간절한 데가 있었으나 두 사람은 다시 아까와 같이 말이 없어졌다.

어느새 해도 지고…… 소를 몬 마을 애들의 걸음이 빠를 때다. 마을도 산 그림자도 한껏 적막하고, 어설프기만 해서, 바로 나들이 갔던 애들이 불현듯 집이 그리울 때다. 석희는 청년에게 뭐라고 말을 건네 보고 싶어

졌으나, 결국 잠자코 말았다.

*

책이 든 적은 가방은 손수 들고 간다 치고도, 큰 것은 부득이 사람을 시켜야 했으나, 원체가 외딴 곳이어서 적당한 사람이 없었다. 좌우간 짐은 주막에 부탁하는 한이라도, 먼저 길을 떠나기로 하였다.

오릿목이라는 데서 운각사까지는 다행히 그리 멀지 않았으나, 길을 알려 주던 주막집 노인이,

"원 길이 험해서…… 어데 혼자 가겠는가요?"

하고 염려해 주었다. 그가,

"뭘요, 괜찮습니다."

하고 말을 하니까,

"어데요, 아닙네다. 잘못하다간 초행에 욕볼 겝네다."

하고 노인이 거듭 만류했다. 또 그로서도 길이 헷갈려 괜한 욕이라도 본다면 부질없는 고집일 것 같은 생각이 없지도 않아서 그대로 우물쭈물하려니까,

"내라도 가지요."

하고, 선뜻 노인이 따라나섰다.

석희는 연상 막걸리 냄새를 풍기는 맘씨 좋아 보이는 이 노인이 처음부터 싫지 않았을 뿐 아니라 더욱 이렇게 동행을 해주는 데는 어쨌든 고맙지 않을 수가 없었다. 그가 미안하다는 뜻으로 말을 하니까, 노인은, 절 아래 여관집 주인도 아는 터전이고 또 중들 가운데도 친지가 있어서, 자고 내일 아침에 와도 된다는 것과, 전에라도 심심하면 곧잘 절로 올라가 놀다 올 때도 있다고 하면서,

"어데 몸이 불편해서 가십니까, 공부를 하러 가십네까?"

하고 물었다.

그래서 몸도 좀 쉴 겸 구경도 할 겸 왔다고 했더니,

"그 좋습니다. 각처에서 해마다 많이 옵네다. 한 여름만 예서 나시면 가실 땐 딴사람이 될 겁네다."

하고 연상 자랑을 했다.

두 사람이 꼬불꼬불한 논길과 언덕길을 돌아서 큰 느티나무가 서 있는 데서부터 별안간 물소리가 들리고, 좌우로 산을 낀 으늑한 골짜기로 길이 뚫어졌다. 초행이라 그런지 고작 오 리 남짓하다던 길이 십 리가 실히 되고도 남는 것 같았다.

석희는 바른 편에 시내를 낀 등산길[8]을 바위벽에 새겨진 부처들의 이름과 염불을 뇌어보며, 잠자코 걸었다. 차차 골이 깊고 물이 맑아 그런지, 이상하게 생각이 외고질[9]로 쏠리는 것 같았다. 문득 누이의 일이 생각킨다. 뒤미처, 저 새까만 산고비만 돌아가면 원이가 있다는 것과, 자기는 오래지 않아 누이를 만난다는 사실이 똑똑히 알아진다. 그러나 산모퉁이를 돌아가면 또 산이 가려있고, 이 모양으로 절은 좀체 나오지 않았다.

"금년에도 손님이 많이 왔습니까?"

"네, 금년엔 아직 별루 없습네다."

노인은 이편을 보지 않은 채, 깨진 담배통에 성냥[10]을 그었다.

"그래 한 사람도 없어요?" 하고, 그가 물어볼 판인데, 그제사 노인은,

"일전에 웬 학생이 앓는 사람을 데리고 올러갔지요……. 남매간인 모양인데, 그 원 부모나 있는지……."

하고 혼잣말처럼 중얼거렸다.

그는 '왔구나' 하고, 생각하면서 한편 남매간이란 말이 어쩐지 유쾌하지 못하였다. 그러나 이것을 노인 앞에 내색할 수도 없고 해서,

---

8 원문 : 등살길.
9 외고질 : '외곬'의 뜻인 듯.
10 원문 : 석양.

"병인이 아직 젊은 사람입디까?"

하고 예사로이 말을 건넸다.

"아 젊고말고요. 새파랗게 젊으신 네가 인물도 준수하고 아주 얌전하던데요."

노인은 묻지 않은 말까지 전해주면서, 딥다[11] 왜 그렇게 자세히 묻느냐는 것처럼 바라다보았다. 그는 우정 건너편으로 시선을 옮기며, 잠자코 걸었다.

점점 어두워져서, 근녘[12]을 잘 분별할 수 없었으나 차츰 길이 넓어지고, 수목이 짙은 것을 보아, 절이 얼마 남지 않은 것을 알 수 있었다.

과연 몇 발걸음 가지 않아서 불빛이 보이고 인기척이 나고 하였다.

석희는 먼저 절 아래 있는 음식점에 들러, 술이랑 저녁을 노인에게 대접한 후 얼마간 노자를 주고 큰절을 올라왔다.

그는 누이와 만난 후 방을 정하고, 짐을 헤치고 하여, 부피게[13] 굴 것을 피하려고 먼저 중을 찾아 거처할 방부터 정하기로 하였다.

어린 중이 방을 쓸고 훔치고 할 동안 '원이가 혹 뜰에 나와 있지나 않나?' 싶어서 그는 몇 번 주위를 살피고 하였다.

중이 다소곳한 합장으로 편안히 쉬라는 인사를 하고 나간 후, 여구를 풀어 제자리에 놓고 그는 잠깐 그대로 앉아 있었다. 고대 막 황혼이었건만 주위는 야심한 듯 적요하였다. 석희는 웬일인지, 이 밤으로 누이를 찾아볼 흥이 나지 않았다.

그는 곧 일어나 요를 펴고 다시 베개를 바로한 후 일부러 손을 가슴 위에 단정히 얹고는 눈을 감았다.

---

11 원문 : 뎁다. '들입다'의 준말. 자꾸 세차게.
12 근녘 : 가까운 언저리.
13 부피다 : '붐비다'는 뜻.

*

　아직 창살이 뿌연 새벽인데도 절간으로선 그렇지도 않은지, 오래 전부터 늙은 중의 염불 소리가 법당에서 지처[14] 나왔다.

　뭘 질정한 것도 없이, 석희는 밖으로 나왔다.

　정면으로 대웅전을 끼고 사방 입구자로 된, 절간이 어젯밤 볼 때처럼 그리 웅장하지도 않았고 또 마당도 그리 넓은 폭은 아니었으나, 바른 편 담장 너머로 대밭이 장관이었다. 그는 절문을 나서 기역자로 꺾어진 정갈한 축대를 밟고 있었다. 상긋한 약초 내음새를 풍기는 이른 아침 공기가 콧날이 찌릿하도록 맑았다.

　차차 안개가 걷히고 바른 편으로 적은 길이 보였다.

　그는 풀섶[15]을 쫓아 조그마한 석탑에 기대어 잠깐 걸음을 멈췄다. 맞은 편 하늘이 연자홍으로 밝고, 머리 위에 파르르 적은 새들이 날 때마다 자꾸 손등으로 이슬이 굴러 떨어졌다. 이때였다. 맞은 편 언덕 밑으로, 바로 길녘에 있는 우물가에 원이 세수를 하고 있는 것이 보였다. 이번엔 수건으로 얼굴을 훔치고, 다시 머리를 풀어 매만지고 하였다.

　원이는 삼 년 전에 볼 때나 별로 다를 게 없었다. 여전 목이 가느다랗게 여위 뵈고 서먹서먹 사람을 보는 그 눈이 어디론지 지향 없는 것 같았으나, 아직 짙은 색 봄옷을 입고 있어 그런지 얼굴이 몹시 희게 보였다.

　석희는 여전 움직이지 않은 채, 극히 가라앉은 목소리로 누이를 불러 보았다. 그러나, 원이 이 얕은 음성을 가려내지 못한 채, 마지막 축대를 올라섰을 때다.

　"원아."

　그는 커다랗게 누이를 불렀다.[16]

---

14 지처 : 원문대로.
15 풀섶 : 풀숲.
16 문맥상 이 부분과 다음 문장 사이에 빠진 대목이 있는 것 같으나 발표 당시의 원문을 확인할 수가 없

사흘째 되는 날 아침, 석희는 누이가 만류하는 것을 물리치다시피, 도로 자기 방에서 식사를 했다. 철재라는 화가 방에서 원이와 함께 먹는댔자 다 같은 절밥이지만, 그저 한자리에서 먹자는 것이 두 사람의 희망이었고 또 자기로서도 굳이 이것을 거절할 아무 것도 없어서, 그저 되는 대로 버려 둔 것이었으나, 그러나 누이와 철재라는 사람의 사이가 어떠한 관계이든, 이 두 사람이 지금껏 가지고 온 그 분위기를 자기로서 건드리기가 어쩐지 꺼림칙했다. 이래서 결국,

"번번이 가고 오고, 그 귀찮어서 어디……."
하고, 말을 끊었던 것이다.

청년과 원의 사이는 지난 사흘 동안 보고 느낀 바로는 좀체 요량하기가 어려웠고, 요량하기 어렵기 때문에 더 난처해지기는 자기 처신인지는 모르겠으나, 아무튼 아이 중이 밥상을 내어간 후, 가방 속에 그냥 들어 있는 책들을 꺼내어 여기저기 놓으면서, 이를테면 얼마를 이곳에 있게 되든지 있을 동안은, 자기 생활의 질서를 세워야 하겠다고 마음먹은 것이었다.

바로 원이 들어왔다.

그는 여전 책을 들추면서,

"응."

그저 애매한 대답을 하는데,

"오빠."

하고 원이 다시 불렀다. 그런데 이번엔 그 부르는 소리가 어째 간절한데가 있는 것 같아서 그는 책을 놓으며 누이를 보았다.

원이는 그와 가까이 하느라고 굽혔던 자세를 약간 바르키며,[17] 오라버니를 바라보았다. 이것은 전부터 원이 항용 사람을 대하는 눈이었다. 이

어서 그대로 둔다.
17 바르키다 : '바로하다'는 뜻인 듯.

상하게 인정에 부닥치면서도, 몹시 서어한 듯 서먹서먹 보는 것이 원의 눈이었다. 그러나 이 전일과 조금도 다르지 않은 눈자욱[18]에서 그는 무턱대고 — 원이 나를 의심하는 것이라고, 즉 제가 한 바 그 행위를 내가 비난한다고 생각는 눈이라고 — 이렇게, 대뜸 넘겨짚으면서,

"너 언제부터 날 의심하니?"

하고 툭 잘라 묻고 말았다.

사실은 이제 누가 의심하는 것인지 모를 일이나, 지금까지 그는 아무리 마음을 짚어본대도, 참 한 번도 누이의 소행을 비난한 적은 없다고 생각는다. 이건, 자기가 삼촌이 아닌 이상, 뭘 도덕적으로 비난할 건덕지[19]도 있지 않았던 것이고, 또 누이란 으례 자라서 제 갈 데로 가는 법인 바에야 가사, 어머니나 오라버니가 제일이던 그때 누이가 아니라고 해서, 굳이 불평을 품을 모책[20]도 없는 것이었다.

그러나 이제 이렇게 언턱[21] 없는 말을 별미쩍게 쑥, 내놓고 보니 흡사, 지금껏 애매하였던 어느 마음 귀퉁이에 불만이 한꺼번에 쏟아진 것처럼 그는 다시,

"네가 무슨 짓을 하든, 나를 의심하란 법은 없지 않어?"

하고 자기도 모를 말을 중얼거렸다.

원이는 눈이 퀭, 해서 오빠를 보고 있더니, 이번엔 그 서먹서먹한 눈에 눈물이 글썽해서 얼굴을 떨어뜨렸다.

그는, '대체 얘가 왜 이렇게 잘 우느냐?'는, 지금까지와는 다른 갈래로 생각을 짚어 보면서,

"왜 우니?"

하고 물었다.

---

18 눈자욱 : 눈자위.
19 건덕지 : 원문은 '끈덕지'. 건더기.
20 모책 : 어떠한 일을 처리하거나 모면할 꾀.
21 원문 : 연덕. 남에게 무턱대고 억지로 떼를 쓸 만한 근거나 핑계.

“…….”

“말을 해야지 않어?”

그가 한 번 더 채쳤을 때, 원이는 이 말에 대답 대신,

“그분 좋은 이예요.”

하고 말하는 것이었다.

“좋은 이라니? 그래서 운단 말이냐?”

“아무튼 그분 보면 맘이 언짢어요.”

“왜?”

“가엾어요.”

석희는 잠자코 물러 앉아 담배를 붙였다.

원이에게 이른바 그 정신적인 데가 있었다기보다도 말하자면 그리 건전치 못한 감상(感傷)이 있는 것을 그는 전부터 잘 알고 있다. 이래서 이것이 이제 한 사람의 불우한 청년 위에 전적으로 표현된 것뿐이라고 한다면, 이러한 감상이 주관적으로는 어느만한 높이의 것이든, 말든, 아무튼 어느 모로 보나 원이보다는 어른이어야 할 철재로서, 이것을 아무 고통 없이 받아들일 수 있은 점에 대하여 그는 내염(內念) 가벼운 비난의 감정을 가져보는 것이었다.

잠깐, 그대로 앉아 있노라니, 이번엔 맹랑하게도 피뜩, 뇌리를 스치는 ― 내가 선량(善良)하지 못한 사람이라는, 생각이 꽤 매듭[22]저 모지게 부딪는 것이었다. 이제 만일 누이와 청년의 사이가, 그 소위 연애관계가 아닌, 단순한 동정에서나 혹은 한 소녀의 ‘감상’이 얽어 놓은 사이라면, 이러한 동정이나 감상이, 반드시 ‘소녀의 세계’에만 있으란 법도 없는 것이며, 또한 제가 누이를 사랑할 바에야 누이가 동정하는 사람을 저도 동정해서 못쓰란 법도 없다. 뿐만 아니라 만일 이제 철재라는 사람이, 누이로

---

22 원문 : 매딤.

인연해서가 아니라도 능히 그와 친해질 수 있는 사람이라면, 굳이 누이와 친하다고 해서 그와 못 친하란 법도 없다.

석희는 여태껏 옆에 가까이 가, 말 한마디 다정히 건네 본 적이 없는, 철재라는 화가의 여윈 얼굴을 눈앞에 그려보았다.

그러고는, '이렇게 몹시 앓는 사람 앞에, 이렇게 냉정할 수가 있단 말인가.' 하고 생각해 보는 것이었다.

좌우간 다 그만두고, 방금 원이 가엾다 생각하면 제일 간단했다. 만일 이러한 것을 '이해'라고 한다면, 이제 집안에선 자기 이외 아무도 원이를 이해하고 도와줄 사람은 없지 않은가 싶었다. 이래서, 결국 그는,

"아무튼 지금 집에선 야단들 났다. 허니까 넌 기회 보아 집에 다녀오기로 하고 그리고 병인은 내가 간호해 보마."
하고 잘라 말을 해 보았다.

그랬더니, 원이는 아주 날 것처럼 좋아하면서, 병인도 대단히 기뻐할 것이라고 했다.

"남의 총각하고 산 속에 와서 울고 하는 색시, 무슨 색시가 그런 색시가 있어?"

이리 되면 그는 우정 웃어 보일 밖에 별도리가 없었다.

*

석희가 철재 방으로 옮아온 지도 벌써 여러 날 되었다. 밤에 물을 떠오고 우유를 끓여 먹이고 하면서, 그는 몇 번인지, '이제 위선이라는 게 아닌가?' 하고 생각해 보는 것이었다. 아닌 게 아니라 어찌 생각하면 위선인 것도 같았다. 첫째, 그가 이리로 온 후 제일 처음 느낀 것이 있다면, 그건 거반 역정이 나도록 거추장스러 보이는 철재의 인생살이였다. 가족도 없고 돈도 없고, 병만 죽어라고 앓고, 세상 이렇게 폐로운 생애가 있을 수 없었다. 이리 되면 결국 이 사람이 살아가기 위해서는, 사람 상호

간에 지워지는 일정한 부담의 정도를 지나서, 반드시 어떤 타(他)의 희생
이 필요할 것이며 또 이건 결코 그리 용이한 일이 아니었다.

그러나 이제 석희는 모든 것을 이렇게 따져 보려는 자기에게 어쩐지
싫은 생각이 들었다. 이렇게 까다로운 자기가 역시 못 좋은 사람 같은
일종의 '강박관념'이 앞을 서기도 해서다. 이래서, 그저 쉬운 생각으로
병자란 보아주는 사람이 없으면 곤란한 법이고, 또 자기의 이러한 것이
남의 곤란한 때를 살펴주는 마음이 될지도, 또 이러한 마음이란 사람에
게 있어 그저 조건 없이 좋은 마음에 속하는 것이라면, 이제 저라고 세
상에 났다가 좋은 일 한번 해서 못쓰란 법도 없었다. 그리고 또 하나 용
기를 주는 것은 철재가 싫은 사람이 아닌 것, 석희 자신 당금에 별로 할
일이 없는 사람이라는 것이었다.

어느 날 밤이었다. 석희는 벽을 향하고 누운 채, 이번엔 철재의 마음을
더듬어 보기 시작하였다. 자기가 이 방으로 왔을 때, 철재는 물론 좋아하
였다. 그러나 암만 해도 이것만으로 그의 마음이 무사하지는 않았다. 그
래서 이런저런 생각을 들추고 있는 참인데, 이때 철재도 자지 않는 모양
인지 여러 번 몸을 뒤척이고 하는 것이었다.

그는 잠을 자지 않는 상대방이 암만 해도 꺼림칙해서, 끝내 왜 자지
않느냐는 것처럼 돌아다 보았다. 철재도 그가 깨어 있는 것이 반가운 것
처럼 마주 보았다. 그런데 그 웃는 얼굴이 극히 단순하고, 선량하였다기
보다도 완전히 '희게' 느껴지는 어떤 순수한 '고독'의 그림자가 순간 이
상하게 '심정'에 와 부닫는[23] 것이었다. 이래서 그도 따라 시무룩이 웃으
며 왜 자지 않으냐고 물어보았다. 그랬더니, 병인은 늘 이렇다는 것을 말
하면서, 지금까지는 잠이 아니 올 때라도 자는 척해야 했기 때문에, 이
잠 아니올 때 자는 척이란 여간 곤란한 일이 아니더라고 말을 하는 것이

---

23 부닫다 : '부딪치다'는 뜻인 듯.

었다.

　석희가 잠자코, 그저 그렇겠노라는 얼굴을 하고 있으니까,

　"이젠 형도 옆에 계시고, 또 열도 차차 좋아지고 하니까, 어떻게든 꼭 낫게 하겠습니다."

하고 다시 말을 하는 것이었으나 석희가 생각할 때, 이런 종류의 말이란 혼잣말이 아니라면, 완전히 저 편을 '신뢰'할 때 있는 말이었다.

　그는 역시 조금 전 철재의 웃는 얼굴에서와 같은, 이상한 것을 마음으로 느끼며,

　"그래, 얼른 낫게 합시다."

하고 말을 받으면서, 일변 좀 더 다정한 말이 있을 것도 같아서, 잠깐 머뭇거리고 있는 참인데, 별안간 어색하였다. 이래서, 별 생각도 없이, 그저 얼결에 옆에 놓여진 손을 잡아보았다. 그러나 다음 순간 그는 난처하였다. 물론 처음부터 이렇다는 격조로 잡은 것은 아니지만, 막상 잡고 보니, 철재와의 이러한 교섭은 지금이 처음일 뿐 아니라, 그는 본시 누구와도 이러한 경우에 이런 행동이 잘 있을 수 없는 위인이었다.

　다음 순간 이것을 철재도 알았던지, 그의 손을 들어 제 손과 비교해 보면서,

　"내 손보다 더 여윕니다."

하고 웃었다.

　두 사람은 이상 더 말을 건네지는 않았으나, 석희는 철재가 좋게 생각되었다. 자기 병에 대해서 절대로 무관심한 그 태도도 좋았거니와, 또 하나, 이렇게 마음이 거래될 때 볼라치면 전혀 앓는 사람 같지가 않았다. 자기보다도 오히려 침착하고 초연한 데가 있어 보였다.

　마침내 그는 사람이 병을 앓는다는 게 참 재미있을 것 같았다. 눈 감고 가슴에 손 얹고 무작정 누워서, 귀찮아지면 죽을 것을 궁리하고, 그 반대일 경우엔 살 것을 궁리해 보고…… 얼마나 인생에 대한 유한 배포

이냐 싶었다.

이래서 그는 어디 가 닿는 말인지도 모를 말을,

"사람이 병을 앓는다는 건 분명히 편하고 유쾌하지 않소?"

하고 툭 잘라 물어보았다. 그러고는 제바람에 흠칫했다. 무슨 생각에서 이런 말이 나왔든지 간에, 방금 앓는 사람에게 들리는 말로는 좀 가혹한 말이었기 때문이다.

그러나 철재는 극히 평범한 얼굴로,

"허지만 사람이 건강하다는 건 훌륭한 자연을 몸소 느끼고 만져 보듯 즐거운 일일 겁니다."

하면서,

"역시 사람은 앓지 말어야지요."

하고 웃었다.

*

어느 날 세 사람이 점심상을 받고 앉았는데, 늙은 중이 목기에다 '산딸기'를 치먼이[24] 가지고 와서,

"이게 우리 절에선 한철 유명한 겁네다. 병인에게도 썩 좋지요. 체할 염려가 없게스리 수건에 짜서 물을 먹으면 음식이 아주 잘 내립네다."

하고 말을 했다.

중이 돌아간 후에 딸기를 먹고 앉았는데, 원이 버쩍 뒷산으로 딸기를 따러가자는 것이었다. 산에는 독사가 있고 길이 험해서 도무지 갈 데가 아니라고 타일렀으나 끝내 고집을 부렸다.

마침내 원이를 주저앉힐 도리가 없어서, 석희는 누이를 따라 뒷산으로 올라갔다. 산은 별로 높지 않았으나 수목이 짙고 질번해서[25] 배후에 태

---

24 치먼이 : '넘칠 정도로 가득'이라는 뜻인 듯.
25 질번하다 : '질펀하다'는 뜻인 듯.

산을 낀 풍모였다.

딸기는 나무가 많고 칡넝쿨 다래넝쿨 이런 것들이 무성한 데 많이 있는 게 아니라, 돌너드랑[26] 쪽으로, 혹은 잔디밭 쪽으로 많이 있었다.

딸기가 많아질수록 원이는 정신이 없었다.

석희는 돌너드랑에 걸터앉은 채 누이의 하는 양을 보고 있었다. 그러노라니 퍼뜩, 지금껏 한 번도 똑똑히 물어본 일이 없는, 또 원이로서 구태여 설명하려고 않은 '원이 같은, 이를테면, 못난 성질로서 어떻게 처음 철재와 알게 됐을까? 혹은 어째서 이리로 같이 오게꺼정 되었을까?' 하는, 말하자면 그 '마음의 자초지종'에 대한 궁금한 생각이, 머리를 드는 것이었다.

"원아."

그는 먼저 누이를 불렀다.

누이가 볕에 얼굴이 빨개서 돌아다 봤을 때,

"유쾌허냐?"

하고 물었다. 원이는 대답 대신 고갯짓으로 웃어 보였다.

"저번엔 울기만 하더니."

"저번엔? 오빠꺼정 오핼 하니까 그랬지."

"오해라니?"

"사람들이 생각하는 것처럼 그렇게만 알거든……."

"왜 그렇지 않단 말 못했어?"

"그런 걸 말해서 되나. 말하게꺼정 되면 발써 오해한 건데."

"뭘루 그렇게 잘 알었니?"

"오빠가 묻지 않는 걸루."

말을 마치자 원이는 잠깐 오라버니를 건너다 보았다.

---

26 돌너드랑 : 문맥상 '너럭바위' 정도의 뜻인 듯.

“철재 언제부터 알게 됐었니?”

그는 끝내 묻고 말았다.

원이는 한 번 더 오라버니의 기색을 살피면서,

“동경서 지난 겨울에 첨 알았어요.”

하고 대답했다.

석희는 누이의 말투가 약간 존칭으로 변하는 것을 보아, ‘긴장’하는 것을 곧 알았을 뿐 아니라 전부터도 이렇게 태도가 딱딱해지기 시작하면 원이는 말을 잘 못했다. 이래서 그는 되도록 정면으로 보기를 피하며, 짐짓 농조로,

“그래, 내라도 뭐 헐 텐데 네게 그런 좋은 교우가 있었다니…….”

하고 웃으면서,

“이럴 게 아니라 우리 딸기 따면서 이야기 좀 하자꾸나.”

하고 일어섰다.

이 모양으로 시작된 원의 이야기는 그리 간단치가 않아서, 정희라는 학교 동무를 통하여 알게 되었다는 것으로부터, 처음엔 유망한 화가라는 데 호기심이 갔고, 다음엔 중한 병을 앓는다는 데 놀랐고, 이래서 가보기까지 되었다는 것인데, 그런데, 한 번 가본 후로는 도저히 그냥 모른 척하고 있을 수가 없었노라고 하면서,

“아무튼 의사도 그대로는 살지 못한다구 했으니까. 그리고 옆에 누구 한 사람 있어야 말이지.”

하고 말하는 것이었다.

“친구도 없디?”

“있었는데 오빠 같은 일로 다들 가고 없었어요.”

“여긴 어떻게 해서 오게 됐니?”

“여긴? 의사도 귀국하라고 했고 또 병인도 이 절로 오구 싶어 해서, 그래서 생각해보니까 마침 하기휴가고, 집에 나가는 길에 여기 들렀다

가면 될 것 같아서 나왔지.”

“철재가 이 절을 어떻게 알고?”

“중학 때 지리산엘 가면서 들렀었대.”

“그럼 그는 그렇다 하고, 왜 집엔 오지 않았니?”

“오느라고 병이 더해져서 갈 수 있어야지. 꼭 죽는 것만 같으대. 그래서 오빠 와 달라고 집에다 편질 했지.”

석희는 누이의 이야기를 들으면서 몇 번인지 실소를 했다. 세상 철을 몰라도 푼수가 있었다.

“집에서 알면 큰 야단이 날 걸 몰랐니?”

“알긴 알았어. 하지만 아니면 그뿐 아냐?”

“아니면 그뿐이라? 그래 맞었다, 네 말이…….”

석희는 끝내 웃고 말았다.

*

원이 ‘아무 것도 아니면 그뿐 아니냐.’고 큰 소리하는 것과는 달리, 철재와 원의 감정은 그 시초부터 결코 아무 것도 아닌 것은 아니었다. 단지 죽는다는, 혹은 죽을 사람이라는, 이 커다란 사태 앞에, 두 사람은 조금도 옆을 돌아볼 여유가 없었던 것뿐이고, 결국 ‘아무것도 아닌 것’으로밖에 표현되지 못한 것뿐이었다.

이것은, 앓는 사람의 병이 점점 차도가 있어 감을 따라, 반대로 차차 멀어지는 두 사람의 관계를 보아 잘 알 수가 있었다. 요컨대 이것은 ‘산다’는 데서, 비로소 ‘죽는다’는 사실 앞에 양보한 ‘자기’들을 각기 찾으려는, 어떤 잠재한 의식의 표현 같기도 했다.

날이 점점 더워져 성한 사람도 나른할 때가 많았으나, 신기할 정도로 철재는 날로 차도가 있었다. 무엇보다도 열의 상태와 수면의 시간이 월등히 좋아져서, 아침이면 제법 자기 손으로 세수를 할 수도 있었고, 또 유독 기분이 좋은 날은 아침이 아니라도 곧잘 일어나, 이따금 우스운 얼굴을 그려서는 사람들을 유쾌하게 만들어 주기도 하였다. 또 원이는 원이대로 마음이 내키면 곧잘 공부도 하고, 이따금 얼굴이나 몸치장을 할 때도 있어서, 제법 오라버니를 따라 산간에 와 있는 '누이'의 모양을 갖출 때도 있었다.

어느 날 석희는 주막집 노인이 은주에 가서 사흘이나 묵고 사온 등의자를 제일 전망이 좋고 통풍이 잘 되는 절문 밖 은향나무 밑에다 갖다 놓은 후 철재를 데려다가 앉히고는 아주 만족해하였다. 정말, 병인이 오래간만에 '자연'을 대하고 신기해 하는거라든지, 만족해 하는 것은 또 유별난 것이어서, 그도 덩달아 괜히 웃고 떠들고 하였다. 이때 누가 뒤에 섰는 것 같은 인기척이 있었으므로 두 사람은 모르는 결에 뒤를 돌아다보았다. 그랬더니 그곳엔 원이가 별로 싱글 해서 꺼뚝 서 있는 것이었다. 그 서 있는 모양이 하도 우스워서,

"왜 그렇거구 있니?"

하고 오빠가 물어보았다. 그랬는데도 원이는 이 말엔 별 대척도 없이, 이상하게 쭈뼛쭈뼛 두 사람을 번갈아 보고 하더니, 그대로 들어가 버리고 말았다.

이날 저녁에도 원이는 별로 말이 없을 뿐 아니라 전 같으면 방도 치워 주고, 수건에 물도 축여왔을 게고, 또 직접 철재에게도, 뭐고 제게 시킬 일이 없느냐고, 물어도 보고 했을 텐데, 일절 이런 일 없이 그냥 제 방으로 가버렸다.

원이 나간 후 석희는 모기장을 치면서,

"곤할테니 오늘은 일찍 잡시다."

하고 자기도 누웠다.

조금 후 철재가 불쑥,

"육친이란 어떤 거요?"

하고 물었다.

"글쎄."

석희는 우선 애매한 대답을 하면서, 철재의 기색을 살폈다. 그러고는,

"원이 처음엔 육친 같았는데, 이젠 좀 달려졌단 말 아니오?"

하고 도로 물어보았다. 그랬더니, 철재는 이 말에 대답 대신 그저 시무룩이 웃을 뿐이었다.

석희는 요즘

"나보담도 오빠가 더 동무지 뭐."

하고 곧잘 말하는 원이를 생각하면서,

"남성끼리는 친하면 혹 당신 말대로 육친이란 걸 느낄 수 있을지 모르나 이것이 이성일 땐 좀 다르리다."

하고 짐짓 피식이 웃으며 건너다보았다.

철재도 여기엔 별반 말없이, 그저 그렇겠노라는 듯이 듣고 있더니 조금 후에,

"아무튼 당신 말대로 하면 이성과의 사귐이란 너무 편협해서 그 어디……."

하고 말하는 것이었다.

"허나 사나이들의 사귐이 편협해지지 않기 때문에, 편협한 '이성'과의 사귐보단 훨씬 평범한 것이 아니겠소? ……아무튼 당신은 그림쟁이니까, 나보다 더 잘 알리다."

석희가 짐짓 농조로 말을 받아서, 두 사람은 제법 소리를 내고 웃었다.

*

어느 날 절에는 '재'가 든다고 북적하였다. 그곳에서 한 사십 리가량 되는 '연성' 사람의 재라는데, 이 근녘에선 제일가는 '지주'일 뿐 아니라, 금년 스물일곱에 난 아들이 죽은 제사라고 해서, 아무튼 이 절로선 드물

게 맞는, 대사였으므로 며칠 전부터 절엔 중들이 득실거렸다.

물론 석희로서도, 앓는 벗을 위하여 염려하지 않은 바가 아니었으나, 마침내 철재가 도저히 이 소란통을 큰절에 앉아서 겪어낼 수는 없다고 야단을 해서, 더욱 난처하였다.

이렇다고 갑자기 딴 데로 갈 수도 없는 판이고, 또 이것을 철재로서도 응당 알고 있음직도 한데, 이처럼 심한 불평으로 옆에 있는 사람을 불안하게 하는 것이 한편 미흡한 생각이 들기도 하고, 또 사실 성가신 일일지도 몰랐으나, 또 달리 생각해보면, 철재로서 이만한 체면쯤 지키려면 훌륭히 지킬 수 있을 것임에도 불구하고, 정말 '육친'인 것처럼 믿고, 조그마한 마음의 불평도 숨겨두지 않는, 그 '버릇'이라고 할까, 병인다운 고집이라고 할까 — 아무튼 자기로서 이런 것을 좋게 받으려면 얼마든지 좋게 받을 수 있는 일일 것도 같아서, 이래서 생각한 나머지 평소 비교적 친숙히 군, '우담'이란 대사를 찾아 상의해 보았던 것이다.

그랬더니, 대사는 그 뒤 '암자'에 빈 방이 있을 것이라고, 다행히 주선을 해 주었다.

이래서 석희는 내일 구경을 보겠다고 벌써부터 몰려와 웅성대는 사람들 틈으로 철재를 데리고 암자로 옮아왔다. 암자는 큰절 왼편으로 죽림(竹林)을 끼고 더 산 속에 있어, 한적한 폭으로는 큰절에 비길 바가 아니었다. 더욱 늙은 보살이 암자를 지키고 있었으므로, 오히려 편리로운 점이 많았다.

저녁상을 받고 앉아서 두 사람은 약속이나 한 것처럼 옆에 원이 없는 것을 느꼈다.

"큰절보다 저녁이 이르지?"

철재가 먼저 아는 척을 하니까,

"원인 저녁을 먹나?" 하고 오빠가 말을 받아서,

두 사람은 멋없이 웃었다.

이때 간둥 간둥 층계를 밟으며, 원이 들어섰다.

"호랭이도 제 말하면 온다더니……."

오빠가 제법 반가이 맞으려니까, 원이는 이 말엔 별 대척도 없이, 방금 큰절에는 사람이 어떻게 많이 왔는지 물 끓듯 설렌다고 하면서,

"사흘 동안이나 계속한대."

하고 말을 했다.

과연 원의 말마따나, 그 후 큰절의 재는 굉장한 것이었다.

재가 끝나는 날 밤 원이는 일찍부터 오빠를 찾아와 구경을 가자고 졸랐다. 밤중에 '바라'를 치고, 늙은 중이 염불을 외우고, 또 옆에 죽은 이의 아름다운 아내가 죽은 이로 더불어 슬피 우는 모양은 어째 신비하기까지 하다고 하면서, 자꾸 떼를 쓰는 통에 석희는,

"그래 영혼이 뵈이디?"

하고 누이를 따라 일어섰다.

두 남매가 죽림을 끼고 좁은 길을 지나려고 했을 때다.

어린 중이 웬 청년을 데리고 이리로 오다가,

"손님 오셨삽내다."

하고, 앞으로 달려왔다.

그는 얼른 생각해서 자기를 찾아 올 사람이 없었을 뿐 아니라, 벌써 어둠이 짙고 또 오래 보지 못한 벗이라, 종내 태식인 것을 알아보지 못한 채, 오는 사람을 보고 있었다. 이때, 청년은 그의 앞을 다가서며,

"날세, 얼마나 고생을 했었나?"

하고 손을 잡았다. 석희는 그제사

"아, 자네던가? 난 누구라구."

하면서 거듭 반가워하였다.

태식이는 그가 동경에서 사귄 친구다. 얼핏 보아 그 성격이나 취미가 정반대인 편이었으나, 어쩐지 두 사람은 친한 폭이었다. 석희가 주변이

없고 비교적 '내성적'이어서 좀 침울한 성격이라면, 태식이는 이따금 '웅변'이요 '개방적'이어서 화려한 데 속하였고, 강한 자기 주장이 있으면서도 표현에 있어 그리 강경하지 못한 데 비해서도 반대일 뿐 아니라, 심지어 말소리가 번화하고 취하면 놀기를 좋아하는 것까지 서로 맞지 않았으나, 석희에게 침울한 일면 어딘지 화려한 곳이 있었고 또 태식이에게도 어딘고 석희의 일면이 있는 것처럼 두 사람은 이를테면 서로 반대되는 곳에 이상한 애착이 있었는지도 모른다.

아무튼 오래간만에 만난 그리던 친구라, 이야기가 그리 간단할 수 없었다. 석희는 처음, 도로 암자로 갈까 생각하였으나, 태식이와 철재는 면식이 없을 뿐 아니라 모르는 사람 앞에서 수작을 하고 또 모르는 사람의 수작을 보고 할, 어색한 분위기를 두 벗을 위해 피하고 싶었던지, 그냥 큰절을 향하고 걸었다.

태식이는 일방 길을 걸으면서, 그가 나온 소식을 듣고 곧 집으로 찾아갔더란 이야기를 하면서,

"역시 동경 시절이 제일 좋았어……. 그때 기억이 젤 남는 것을 보면."
하고 웃었다.

절문 가까이 이르자 등촉이 낮과 같이 밝았다. 석희도 따라 웃으며, 자주 벗의 얼굴을 보았다. 오래간만이라, 처음은 잠깐 눈 설어 보였으나, 얼굴이 홀쭉해 보이고 꺼칠한 것이 어딘지 장년티가 나 보였다.

석희는 이 빛깔이 희고 깨끗하게 생긴 벗의 얼굴이 지금도 보매 흡족한지,

"자네도 좀 여위었나? ……역시 그때가 좋았지?"
하고 새빠진[27] 소리를 하면서, 막 절문을 들어서려고 했을 때다.

뒤에서 원이 오빠를 불렀다.

---

27 새빠지다 : 말이나 생각, 행동 따위가 가볍고 일정한 주견이 없다.

그는 비로소 원이와 약속하고 나온 길임을 생각해 낸 듯이,

"응, 너?"

하고 돌아다보았다. 그러더니 이번엔 청년을 향하여,

"내 누일세."

하면서, "나와 친한 분이다." 하고 말을 했다.

이날 밤 석희는 태식이와 큰절 원이 방에서 자고, 원이는 암자로 가 보살 노인과 함께 잤다.

문득 요란한 바라소리가 뚝 그친 법당으로부터, 외질[28]로 찬찬한 염불 소리가 호젓이 들려왔다. 석희는 밤이 으슥해진 것을 깨달으며, 지금쯤 아무 영문 모르고 자기를 기다리고 있을 철재를 생각하며, 일어섰다.

"자네 곤하지? 나 이 뒤 암자에 잠깐 다녀옴세."

석희가 말을 하니까, 암자에 누가 있느냐고, 태식이 물었다. 그래서 어떤 앓는 친구와 같이 있노라고 대답을 했더니, 태식이는 별로 고개를 끄덕이며, "아, 그런가? 응, 그래?" 하고 그 말의 억양과는 달리, 아주 무심한 얼굴로 대답을 했다.

조금 후 석희는 죽림을 끼고 암자로 향해 걸으면서, '그만 아까 이리로 올 것을……' 하는 막연한 후회를 하였다.

석희가 암자로 들어서니까, 이번엔 철재가 제법 어리둥절해서 이편을 보았다. 그 얼굴이 꼭 '대체 누가 왔길래 왜 이렇게 왔다 갔다 부산하냐?'는 것 같아서, 그는 모르는 결에 어색하게 웃음을 띤 채,

"나허구 친한 사람인데…… 원이에게 얘기 들었지? 하도 오래간만이라 그동안 얘기도 좀 하고, 그럴라니까, 이리로 오면 당신헌테 언짢을지도 모르고 해서……."

하고 기다랗게 말을 늘어놓았다.

얼마 후에, 그는 별 표정 없이 그저 좋도록 하라는 철재를 두고, 다시 큰절로 오면서, 한 번 더, '그만 처음부터 저리로 갔으면 좋았을걸.' 하는 아까와 같은 막연한 후회를 하였다.

그랬는데 이번엔 그가 방엘 들어서자 대뜸,

"앓는 사람이란 누군가?"

하고 태식이 말을 건넸다. 이래서, 그는 되도록 간단하게, 그리고는 좋게 스리 이야기를 하면서, 거기다 또 군덕지[29]까지 붙여서,

"자네도 보면 곧 친해질 걸세."

하고 건너다보았다.

그러나, 이 말에는 별 대답이 없이,

"자네 매씨와 친한 분인가?"

하고 태식이는 제 말을 계속하는 것이었다.

어디로 어떻게 옮든지, 아무튼 석희는 철재와 같이 있어야 한다고 생각을 했으나, 그 후 큰절에 재도 끝나고, 방도 있고 했지만 어찌된 셈인지, 철재와 원이는 암자에 있게 되었고, 석희는 태식이와 큰절에 있게 되었다. 하긴 철재가 암자를 좋아했기 때문에, 굳이 그가 철재와 같이 있으려면, 태식이도 암자로 오든지, 혹은 원이와 태식이가 큰절에 가 있어야 할 판이었다. 하지만 그는 태식이를 데리고 암자로 오길 꺼릴 것보다도 더 원이를 큰절로 보내기 주저했기 때문에 그냥 그대로 눌러 있는 셈이 었으나 그러나, 사정이야 어떻게 되었든, 그는 철재에게 때로 미안한 생각이 없지 않아서, 이래서 큰절에서는 잠만 잤을 뿐이지, 낮의 대부분은 암자에서 지나는 셈이었다.

물론 태식이도 석희를 따라 곧잘 암자에 왔고, 또 철재로서는 뭘 까다롭게 대하려고는 않았으나, 어쩐지 두 사람의 교우(交友)는 웬일인지 이곳

---

29 군덕지 : '군더더기'라는 뜻인 듯.

에서 한걸음 더 들어서지는 않았다.

이날도 그는 암자에 갔다가 오정이 넘어서야 큰절로 돌아왔다.

마침 태식이가 있지 않으므로 방 한가운데 퇴침을 베고 누운 채 낮잠을 자볼까 생각을 하다가 방안이 이상하게 답답하고 무더운 것 같아서, 도로 밖으로 나와 은향나무께 앉아 바람을 쏘이고 있었다. 이때 저 아래서 태식이가 싱글벙글 웃으며 올라왔다. 이즈음 태식이는 그가 암자에 가 있는 동안 이렇게 절 근방을 곧잘 돌아다니는 모양으로, 윗도리는 그냥 셔츠 바람인데다 지팡이까지 짚어서 젊고 건강한 모습이 더 한층 눈에 띄었다. 태식이는,

"뭘 그렇게 정신을 놓고 앉어 있나?"

하고 가까이 오면서,

"혼자 어데를 다니나?"

하는 그의 말엔 별 대답이 없이, 저편 냇가에 원이와 철재가 있더란 말을 전하면서

"지팡이가 아니면 연성 쓰러질 것 같어서 옆에 서 있는 정원 씨가 다소 가여웠지만, 먼데서 보기엔 제법 성한 사람 같으데."

하고 말을 하면서 웃었다.

석회는 약간 조소적인 벗의 말과 태도가 뭔지 몹시 싫었으나 이것보다도 이젠 철재가 걸어다닐 수 있다는 것이 반가웠을 뿐 아니라, '연성 쓰러질 것 같다'는 말에 어쩐지 고소가 나기도 해서 그대로 따라 웃으며 두 사람은 큰절로 돌아왔다.

얼마 후, 막 점심상을 물리려는데,

"오빠 좀 오래."

하고 원이 들어왔다.

그는 철재가 물가에서 자기를 부르는 것을 짐작하면서, 일어나 밖으로 나오니까,

"나도 곧 감세."

하고 태식이가 말을 했다.

그러나 절문 밖 우물께를 돌아 나오면서 여러 번 뒤를 돌아다보았으나, 태식이는 그만두고라도, 웬일로 원이까지 나오는 기척이 좀체 보이지 않았다.

석희는 나온 지 한참 만에서야, 원이와 태식이 냇가로 나왔다. 그런데 하나 이상한 것은, 가령 태식이와 철재 이 두 사람의 사이는 이렇게 직접 서로들 만나면 제법 좋은 얼굴들이어서 태식이도 비교적 무관하게 이야길 하고 또 이따금 노래도 부르고 했거니와, 철재도 그저 하는 대로 보고 있어, 웃고 즐기고 하는데, 그런데 원이와 태식이 사이는 이것과는 훨씬 달랐다. 석희가 볼 때 두 사람은 결코 싫은 사이가 아닌 것 같음에도 불구하고 기실 서로들 대할라치면 이상하게 태식이는 태식이대로 뻣뻣하고, 원이는 원이대로 팩팩했다.

지금도 이 두 사람은 뭘 다투기나 한 사람들처럼, 태식이는 별나게, 흥! 하는 얼굴이고, 또 원이는 원이대로 뭔지, 되잖다!는 표정이다.

두 사람이 가까이 오자 석희는 짐짓 화한 목소리로,

"이리와 자네 그 '먼 쌘따루치아'나 좀 들세그려."

하고 웃어 보였다.

"노래는 무슨 노래를."

이렇게 태식이도 따라 웃으며, 뭐가 열적은 것처럼 우물쭈물 옆으로 와 앉았으나, 그렇다고 뭘 구태여 사양하려는 눈치도 아니었다.

본시 노래란 장소에 따라선 웬만치만 불러도 즐거워지는 모양인지, 노래가 끝났을 땐 석희도 철재도 다만 격찬했을 뿐인데, 따로 원이만이 배식이[30] 앉은 채 잠자코 있었다.

---

30 배식이 : '비슥이'라는 뜻인 듯. 한쪽으로 약간 기울어져 있는 듯이.

  석희는 남의 앞에 이처럼 반지빠른 누이의 태도를 이제 처음 보는 것
처럼 잠깐 아연하였으나, 그러나 태식이는 짐짓 피식이 웃을 뿐,
  "얼마 안 가 내 생일인데."
하고 화제를 돌렸다. 그러고는 그날 단단한 턱을 받아야 하겠다는 석
희 말에,
  "암 턱이 있어야지."
하고 대답하면서, 다시 농조로 웃었다.

*

  태식이는 큰절로 가고, 석희는 철재를 데리고 원이와 함께 암자로 왔다.
  먼저 철재를 눕게 한 후 한동안 방 가운데 우두커니 앉아 있었으나,
냇가에서 서늘하게 있다 온 까닭인지 방안이 더 무더울 뿐 아니라, 아직
저녁때도 엇빠르고[31] 해서 원이를 데리고 다시 물가로 나왔다. 그러나 따
지고 보면 일부러 나온 셈이기도 해서, 그는 아래로 제법 큰 여울물이
돌아 내려가는 널따란 반석 위에 가 앉기가 바쁘게,
  "너 왜 태식이 앞에서 그런 태도 취하니?"
하고 누이를 바라보았다.
  원이는 뭔지, 난 모른다는 태도로,
  "그럼 어떻거라고?"
하면서 딥다 건너다보았다.
  "어떻거다니?"
  "……그 사람 이상한 사람이에요."
  "이상한 사람이라니?"
  "……."

---

31 엇빠르다 : 조금 빠르다.

"뭐가?"

"아무튼 싫은 사람이에요."

그는 기가 막혔다.

조금 후 오빠는 되도록 느릿느릿 말을 시작하였다.

"가사 그 사람이 이상한 사람이건 싫은 사람이건, 네가 그 사람으로 해서 이상한 사람이 될 필요는 없지 않니?"

원이는 여전 같은 태도로, 그러나 약간 '내가 뭐가?'라는 듯이, 오빠를 보았다.

"보니까 요즈음 너 이상하던데. 있지 왜, 네가 싫어하는 여자. 난 이따금 네게서 이런 여자가 발견될 때 참 섭섭하더라."

그는 여전 속삭이듯 가만 가만히 말을 했다.

원이는 역시 잠자코 있었다.

"너 집에 가고 싶니?"

원이는 가고 싶다고 대답했다.

"왜 가고 싶니?"

"……."

"그럼 내일이라도 가게 할까?"

"싫어요."

두 남매는 다시 말이 없었다. 그러나 석희는 이 가기 싫다는 이유 속에는 자기도 철재도 들어 있지 않다는 것을 잘 알았다. 분명히 태식이라는 횡포[32]한 청년(원이는 이렇게 느끼는 것이었다) 앞에 도망하기 싫다는, 지기 싫다는 꽤 강경한 고집인 것을 그는 곧 알았다.

쟁평한[33] 여울물 위로 알록알록한 산새 한 마리가 나지막이 날아갔다.

"어떠한 경우에라도 '내' 마음에 무리가 있어서는 못 좋다고 생각는

---

32 원문 : 횡폭(橫暴).
33 쟁평한 : 원문대로.

데…… 가령 무리란 원체가 어떤 약점 위에 서는 것이기 때문에 말이다.”

그는 ‘네가 태식이라는 청년을 싫어하는 게 아니라 오히려 좋아하지 않느냐?’는 물음을 이렇게 원방으로 돌려 구구한 형태로 물어보면서, 누이의 기색을 살피었다.

원이는 여전 잠자코 있었으나 인차 제법 의젓한 태도로 말을 받았다.

“오빠 말대로 그러한 마음의 무리가 있어 좋다는 게 아니라, 내 말은 단지 옳지는 않으나 있을 수 있단 것뿐예요.”

그러나, 그는 이 순간 누이의 얼굴에서 이상하게 노한 표정을 보았기에 얼른 말을 계속하지 않았다.

조금 후 두 남매는 산기슭에 미끄러지듯 쩨레렁, 하고, 멀어지는 저녁 종소리를 들으며, 물가에서 절로 들어오려면, 도토리나무가 성히 서 있는 적은 길을 걷고 있었다.

“이제 막 네가 옳지는 않으나, 있을 수는 있단 말을 했는데, 가령 그렇게 된다면 그 마음의 곤욕을 어떻게 겪나? 그리고 또 몹시 곤란하다는 것은 몹시 괴롭다는 말도 될 수 있어서, 이 괴로움이란 정도를 넘으면 되돌처 반항으로 변하기도 쉬운데, 그러나 이러한 종류의 반항이란 항시 밝은 사람의 것은 아닐 거다.”

그는 여전히 ‘네가 무엇이고 실수할까 무섭다’는 말을 이렇게 장황한 말로다 조심조심 건네는 데도 누이는 그의 말이 떨어지자, 거반 신경질 적으로,

“밝음으로 해서 사람의 어려운 경우를 완전히 피할 수가 있다면, 세상 엔 ‘불행’이나 ‘고통’이란 말들이 소용없게……?”
하고 역정을 내었다. 그는 속으로 ‘앗차!’ 하였다. 분명 이 말은 어떤 반항의 태세임에 틀림이 없었다.

“네 말대로 한다면, 돌부리를 밟은 사람은 다 넘어져야 한다는 격인데, 이러구서야 어데 세상에 장한 것이나, 귀한 것이 있겠니? 그리고 ‘인생’

이란 네 말과는 반대되는 의미에서 좀 더 엄숙한 것일지도 모른다.”

오라버니도 여기엔 잠깐 언성을 높였다.

다음 순간 잠자코 있는 누이를 발견하자 그는 이상하게 언짢은 생각이 들었다. 지금까지의 그 천진하던 원이는 어디로 가고, 극히 침울한, 어디까지 무표정한 얼굴 전체가 무슨 커다란 질곡을 겪는 것처럼 찼다.

‘역시 원이는 현대(現代)에 살고 있는 거다!’

그는 드디어 마음속으로 중얼거렸다. 거진 길이 암자와 큰절로 나뉠 무렵 해서, 원이 말을 건넸다.

“내가 말한 것은 단지 그렇게 말할 수도 있다는 것뿐이고, 또 나보구 요즘 이상해졌다지만, 난 어쩐지 그분이 좋지가 않아서, 그렇게 봤는지도 모른다우.”

하면서,

“퍽 좋은 분이래도 사람에 따러선 흔히 싫어하는 수도 있잖우 왜.”

하고는 우정 웃어 보이기까지 하였다.

그는 누이가 지금 자기 앞에서 조금도 정직하지 못한 것을 알았으나 잠자코 누이를 따라 그저 웃어 주었다.

*

더위의 한 고비를 넘어들면서부터 산간에는 비가 잦았다.

석희는 근자에 들어 비교적 혼자인 시간을 갖고 싶어하였다. 물론 이렇다고 해서 갑자기 철재에게 대한 성의가 줄어진 것도, 또 뭘 태식이에게 떠비한[34] 정을 느낀 것도 아니었으나, 말하자면 철재가 점점 나아감에 따라, ‘남’을 위해 열중해 보려는 마음의 긴장이 풀어진 소치인지도, 혹은 철재의 병으로 하여 이루어졌던 어떤 공동한 생활 분위기로부터 이

---

34 떠비한 : 원문대로 ‘떠비’에는 ‘멍청이’란 뜻이 있는 것으로 미루어 ‘맹목적인’ 정도의 뜻인 듯.

젠 각기 '자기 처소'로 돌아가야 할 때가 왔기 때문인지도 몰랐다. 그러나 불행히도 이 두 사람의 '자기 처소'란 햇빛 하나 드리우지 않는 몹시 어둡고 서글픈 곳이었던지, 이렇게 혼자인 시간을 갖고 싶어 한 이후부터, 두 사람의 얼굴은 날로 우울해 갔다.

단지 태식이만은, 좀 더 보람 있는 인생살이를 해 보려는 심산이었으나, 어쩐지 그의 눈엔 다 하나같이 너절하게만 보였다.

석희는 종일 책에 몰두할 때도 있었다. 그러나 결국 허무하기 짝이 없었다. 이러할 때마다, 그는 무엇이고 '산 문제'에 한번 부딪쳐 보고 싶은 —이렇게 하기 위해선 살인이라도 감당할 것 같은— 고약한, 그러나 이상한 저력으로 육박해 오는 야릇한 '의욕' 때문에 머릿속은 다시금 설레기 시작하였다.

이날 밤도 그는 혼자이고 싶었다. 옆에 태식이가 귀치않다기보다도 무어라고 말이 있을 것이 주체스러워서 눈을 감고 돌아누운 채, 아침 나절 철재와의 애기를 들쳐 보고 있었다. 별로 마음이 내키지도 않는 것을, 어제 저녁 들르지 않은 것이 꺼림칙해서, 그는 일찌감치 암자로 갔었다. 식전까지도 보슬비가 내리는 날씨라 여전 골짝엔 뽀얀 구름이 아득히 서려 있었지만, 오랫동안 비에 갇혔던 마음이 울적하다는 것처럼, 철재는 혼자 뜰에 나와 축대에 심어진 초화들을 무심히 보고 있었다.

"뭘 그렇게 보고 있소?"

철재는 대답 대신 웃었다.

자리를 나란히 한 후 한참 만에,

"가을엔 우리 마구 돌아다닙시다."

석희가 건넨 말이었다.

철재는 그저 시무룩이 웃을 뿐 잠자코 있더니,

"바깥엔 다녀 뭘 하겠소."

하고 여전 시무룩이 웃으며 건너다봤다.

“하긴 그래.”

그도 우정 농조로 따라 웃었으나 결코 농이 아닌 것은 두 사람의 맥없이 어두워지는 마음이었다.

이야기는 단지 이것뿐이었으나 돌아올 때 그는 철재도 자기처럼 가슴 속 어느 한 곳에 무엇으로도 메울 수 없는 커다란 구멍이 하나 뚫어져 있는 것이라고 생각하였다.

얼마를 이러고 있는데, 건너편에 앉아서 제법 머리를 동이고 뭘 쓰고 있던 태식이가,

“자나?”

하고 별안간 말을 건넸다.

석희는 대답 대신 이편으로 몸을 돌렸다.

“자네 언제까지 여게 있으려나?”

“글쎄 가을까지나 있어 볼까.”

석희는 왜 묻느냐는 듯이 건너다보며,

“웬만하면 한 십 년 있어도 좋고…….”

이러한 실없는 대답을 하며 옆에 있는 담배를 집어 불을 댕겼다.

“자네 몸이 약해진 까닭도 있겠지만 아무튼 전보다는 많이 달러졌어.”

“뭘 보니까?”

“아무렇기로 자네가 산 속에서 십 년을 살아서야 어데 쓰겠나.”

“쓰다니 어데다 써?”

“그럼 못 써야 허나?”

그도 태식이를 따라 웃고 말았으나, 태식이는 곧 다시 말을 이었다.

“아무튼 나는 곧 서울로 가기 작정했네. 그래서 한번 세상과 싸움을 해 볼 작정일세.”

“돈을 한번 모아 보겠단 말이지?”

“맞었네. 우선 내가 먼저 살어야 한다고 생각했네.”

“타락할걸세. 관두게나.”

“아니야, 자신이 있어.”

“자네 어리석으이,”

“내가 ‘우물’이란 말이지?.”

태식이는 담배를 집어 불을 댕기면서,

“그럼 자네는 뭐겠는가?”

하고 건너다보았다.

“나? 난 ‘악한’이구…….”

태식이는 거진 폭발적으로 웃음을 터뜨렸다.

조금 후 석희는, 결국 ‘자유를 위한 용기’가 아니거든 치우치지 말 것을 역설하였으나, 태식이는 좀체 수그러지지 않았다. 심해서는 석희의 이야기를 허영이요, 도피요, 자기 못난 것에 대한 합리화라고까지 말을 했다.

야심한 후에도 석희는 쉽사리 잠을 이루지 못하였다. 자기의 이러한 마음의 상태가 태식이 말대로 단순한 건강의 소치라면 또 모르겠는데, 만일 그렇지 않은 것이라면 두 사람의 생각은 너무도 거리가 먼 것이었다. 가령 옳든 그르든, 한 사람은 정열과 희망을 가지려는 대신, 같은 시간과 같은 하늘 아래 살면서 오히려 따로 ‘절망’하는 마음이 있다면, 이것은 어찌할 수 없는 하나의 두려운 사실이었다.

*

지루하던 장마도 그치고, 어느덧 칠석도 지나갔다.

석희는 태식이 생일날 몇 잔 마신 술의 여독으로 이튿날 온종일 누워 있었다. 하긴 몇 잔이라고 하지만 기실 톡톡히 취했던 것이, 처음 생일턱을 시작키는 암자에서였는데 또 이날따라 맥주가 왜 그리 독했던지, 채 서너 병도 못 가서 그는 부산을 피웠다. 결국 자기 손으로 철재를 눕

게 한 후,

"당신은 자야지. 자야 허니까……."

하고는 자라고 주지박질[35]을 한 후 술병을 쳐안고 큰절로 와, 자정이 넘도록 남은 술을 다 치운 폭이 되고 보니, 몇 잔이란 도무지 당치 않은 말인지도 모른다.

그날 밤 물론 철재도 석희의 주정을 즐겨 받았을 뿐 아니라, 취한 사람들을 염려하여 원이를 보내기까지 하였다. 그러나 석희는 웬일인지 종일 암자가 궁금했다. 공연히 '철재가 뭘 불쾌하지나 않았나.' 하는, 이러한 생각으로 해서 '저녁엔 가 보리라.' 했던 것인데, 막상 저녁을 먹고 보니 다시 몸이 풀어지고 자꾸 눈이 감기려고 해서, 그는 끝내 자리에 눕고 말았다.

얼마 후에 그는 심한 갈증으로 해 눈을 떴다. 마침 태식이가 있지 않으므로 아이 중을 불러 냉수를 떠오라고, 마신 후 멀뚱히[36] 천장을 향한 채, 조금 전 잠결엔지 꿈결엔지 원이 온 것도 같아서, 그것을 더듬고 있는데, 문득 어제 술을 먹던 장면이 기억났다. 정말 눈앞이 아리송송할 무렵, 원이 들어오던 일, 원이 노하던 일, 두서없이 나타났다. 그런데 이제 석희로서 두 사람의 말의 내용을 가려낼 수는 없다 치더라도, 아무튼 태식이의 그 한껏 순조롭지 못한, 무례한 거동만은 역력히 알 수가 있었다.

석희는 다시 눈을 감았으나, 잠이 올 것 같지도 또 그냥 누워 있기도 거반 싫증이 나서 끝내 일어나 밖으로 나왔다.

아직 초저녁인지 바깥엔 두런두런 사람들이 서성대고 있었다.

그는 대밭을 끼고 올라가면서 문득 '태식이가 암자에 있나?' 하는 생각과 함께, 이상한 불안을 느끼며, 걸음을 빨리했다.

그러나 역시 태식이는 암자에 있지 않았다.

석희가 방으로 들어가니 조그마한 가위로다 뭘 저미고 있던 철재가 아주 반가워하였다.

"그냥 누워 있으우."

했더니,

"난 괜찮오. 당신 누우."

해서 둘이는 웃었다.

조금 후 철재가,

"원이는 뭘 하느냐?"

하고 물어서

"큰절에 있노라."

대답한 후,

"그런데 태식이가 여기 오지 않았소?"

하고 도로 물으면서 다음 순간 그는 이 희한한 거짓말에 스스로 실소하지 않을 수가 없었다.

"꽤 오래 전에 혼자 나간 모양인데 어델 갔을까? 또 전 '모주'가 되어 넘어지지나 않았나?"

이리되면, 거짓말은 여반장이었다.

"나 저 아래 주막에 가 보고 오리다."

석희는 곧 밖으로 나왔다.

초여드레 달이 제법 달밤의 모습을 갖추고 근녘을 비추었다.

그는 가르마 살 같은 도토리밭 길로 무턱대고 두 사람을 찾아 나온 셈이나, 문득 자기의 이 착하지도 악하지도 않은 — 단지 '어릿광대' 같은 모양을 누가 옆에서 본다면 얼마나 우스울까 하는 생각과 함께, 가사 이제 두 사람이 자기의 예감한바 그대로라 한 대도 '대체 뭘 하러 누구를 찾어 가느냐?'는 생각에 부딪자, 그는 끝내 가던 걸음을 멈추고 고개를 들었다.

바로 이때였다. 일전 자기와 누이가 앉아 있던 반석 위에 역시 두 사람이 앉아 있었다.

비교적 가까이 앉아 있었으나, 별로 무슨 이야기를 하는 것 같지는 않았다.

그는 도토리나무에 기대어 선 채, 종시 자기태도를 망설이고 있었다. 하긴 그냥 털고 들어서서 '무슨 이야기들이냐?'고 한다면, 또 그것으로 그뿐일지도 모르고, 혹은 두 사람의 자유로운 의사로서의 처결을 꼭 바라고 싶은 욕심이라면, 그대로 버려두고 돌아와도 좋을 것을 그가 여전 뭘 결단하지 못하고 주저했을 때, 잠자코 앉아 있던 태식이가 말을 건넸다.

"그건 결국 내가 정원 씨 앞에서 무례하게 굴었다는 말인데, 글쎄올시다 어떻게 예의를 지켜야 하는 것인지, 나는 잘 알 수가 없었던 모양입니다."

다분히 조소적인 말이었으나, 극히 얕은 침착한 음성이었다.

"아무튼 나로서도 말을 헐라면 할 말이 있는 게, 정원 씨는 처음부터 나를 싫어했을 뿐 아니라, 나도 아예 좋게 생각하리라고 믿지 않았기에, 가령 내게 대한 당신의 친절한 태도에서도 나는 '우롱'을 느껴왔던 것입니다."

말을 마치자 태식이는 정면으로 원이를 보았다. 그러나 이 말엔 원이도 가만 있지 않았다.

"'우롱'을 당한 사람은 나예요."

역시 낮은 음성이었으나 싸늘했다.

"혹 내 성격의 약점이 그렇게 보였는지는 모르겠으나, 난 꿈에도 정원 씨를 농락했다고는 생각지 않습니다."

두 사람은 잠깐 말이 없었으나, 원이는 끝내,

"……제가 태식 씨 앞에 겁을 먹고 도망을 가든지, 혹은 전연 분별을 않게 되었더라면 통쾌하실 것을, 결국 그렇지 않은 것이 괘씸하단 말씀이겠는데, 허지만 조금도 무섭지가 않았습니다.”

하고 꽤 차근차근 말하면서 일어났다.

청년은 뭘 더 말하려고 들지는 않았다. 그러나 다음 순간, 극히 맹렬한 형세로 원의 어깨를 안았다. 결코 애정의 표시가 아닌 더 많이 미움에 가까운 심히 조포[37]한 그 고집을 원이 패밭듯[38] 뿌리쳤을 때, 석희는 방금 청년이 여자에게 따귀를 맞은 것이라고 ‘착각’하며 망연히 서 있었다.

곧 원이는 이편으로 오고, 조금 후엔 청년도 윗길로 해서 큰절을 향하고 천천히 걸어갔다.

석희는 원이 암자로 가자면 자기가 서 있는 길목을 지나갈 것을 알았으나, 여전 도토리나무에 기대선 채 움직이지 않았다. 또한 원이 역시 그가 서 있는 것을 모를 리 없을 것인데 굳이 옆을 돌아볼 배도 걸음을 멈출 배도 없었다.

석희는 누이의 뒤를 따라 서서히 발길을 옮겼다.

문득 눈앞에 원의 얼굴이 떠올랐다. 역시 가냘프고 맑은, 서먹서먹 사람을 대한 눈을 가진 얼굴이다. 그러나 다음 순간, 얼마나 고약한 또 하나의 모습인가? ― 인색하다기보다는 훨씬 탐욕적인 그 용모는 아무리 보아도 숭없었다.[39]

그는 끝내 얼굴을 찡기고 돌아섰다.

*

그 후[40] 사오 일 동안 석희는 누이와 별로 말이 없이 지났다.

뭐라고 굳이 건넬 말도 없었거니와, 또 원이, 방에만 꼭 들어 있어 잘 나오지 않았기에, 더욱 말이 있을 수 없었는지도 모른다.

---

37 원문 : 조폭(粗暴). 행동이나 성격이 매우 거칠고 사납다.
38 패밭듯 : 원문은 ‘페밭듯’, ‘패밭다’는 ‘뱉다’와 같은 뜻.
39 숭없다 : 남 보기에 부끄럽고 창피하다.
40 원문 : 그는.

이 밖에 철재는 철재대로 통이 이런 데는 둔해 보였고, 태식이도 뭘 내색하지 않았으므로, 네 사람의 절간 생활은 겉으로 보기엔 전과 그리 다를 게 없었다.

어느 날 오후였다. 태식이도 낮잠을 자고, 또 별로 암자엘 가고 싶은 생각도 없어서, 그는 혼자 샘가엘 나와 세수를 한 후, 뭘 질정한 것도 없이 아래를 향하고 걷고 있었다. 이때 문득 바른편으로 잡초를 가르고 빤히 뚫어진 적은 길이 보였다.

길이 뚫어져 딴 곳으로 연한 데가 없는 것을 보아서도, 이 의젓한 반석이 놓여 있는 늙은 홰나무 밑이 이 절에서는 꽤 한몫을 보는 모양이었으나, 석희는 이 절로 오던 첫날 아침 우연히 이곳을 들어와 보았을 뿐, 그 후 한 번도 이 길을 걸어 보지는 않았다.

그는 홰나무 밑까지 와서 걸음을 멈추었다. 그리고는 좌우에 밀집한 나무들과 무성한 잡초들을 언제까지나 보고 있었다. 얼마를 이러고 있었던지, 뒤에서 누군지 이리로 오는 기척에, 그는 비로소 머리를 돌렸다. 오던 사람은 원이었다. 언제 그의 옆에 왔던지 바로 뒤에서 서먹서먹 오라버니를 건너다보고 있었다.

"오빠!"

석희는 반석 위에 걸터앉으며 여전 잠자코 있었으나, 그가 대단히 좋아할 누이의 이러한 눈을 이제 그로서 어떻게 대해야 할지, 딱히 엄두가 나지 않았다기보다도, 한편 이상하게 폐로운[41] 나머지 그는 얄궂은 역정이 나기도 해서,

"왜? 왜 그래?"

하고 약간 거친 대답을 했다.

"나 집에 갈래요."

---

41 폐롭다 : 성가시고 귀찮다.

“왜?”

“……..”

“안 가겠다더니 왜?”

그는 다소 언성을 높였다.

“이젠 갈래요.”

“……이젠?”

그는 누이를 한순간 정면으로 바라보았으나, 그러나 드디어 잠자코 말았다. 원이 수 일 내로 드러나게 파리해진 얼굴이라든가, 더 상글하니 까풀이 진 눈이라든가, 까시시 마른 입술이 이상하게 언짢은 마음을 가져왔다기보다도 그는 갑자기, 뭐가 몹시 귀찮아져서, 끝내 더 말할 흥미를 잃고 일어났다.

바로 이때였다. 별안간 건너 숲에서 요란한 쟁투가 일어났다.

수풀 속이라 잘 분간할 수는 없었으나, 무엇인지 쫓고 쫓기는 기세만은 분명했으므로 두 사람은 모르는 사이에 그곳을 향하고 긴장했다.

이윽고 한 놈이 오색 빛깔로 찬란히 깃을 치며 쫓기던 놈을 박차고 호기 있게 날았다. ‘장끼’였다.

그러나 남은 한 놈은 아무리 기다려도 다시 수풀에서 나오지는 않았다. 정말 어데 가 그대로 죽은 것처럼 영 기척이 없었다……..

“언제 가니?”

“…….”

“내일 가거라.”

조금 후에 두 남매는 각각 헤어졌다.

석희가 우물 앞까지 왔을 때, 문득 절 종이 울려왔다. 늘 들어오던 종소리에서 그는 새삼스럽게 싫은 음향을 가려내고 잠자코 걸었으나 그러나 점점 멀어질수록 그것은 기막히게 싫은 소리였다.

웅얼웅얼, 허공에서 몸부림치다가, 어느 먼 산기슭에 머처지는[42] 육중한 음향은 마치 대맹(大蟒)[43]이 신음하듯, 어둡고 초조한 그런 것이었다.

　순간 그는 마음속으로 당황히 손을 저어 철재를, 혹은 태식이를, 그 외 누구누구를 황망히 찾아보았으나, 그러나 아무도 '내로라!' 대답하는 힘찬 손길은 있지 않았다.

　점점 눈앞엔 어둠이 몰리고, 산이 첩첩하여 오로지 절벽이 천지를 닫은 것만 같았다.

창작집 『도정』, 1948년[44]

---

42 머치다 : '머물게 하다'의 뜻.
43 대맹 : 대망. 이무기, 큰 구렁이.
44 창작집 『도정』(백양당, 1948)에 수록된 작품 중에서 「종매」만이 그 처음 발표지가 아직 알려지지 않은 상태이다. 그래서 『도정』 수록분을 저본으로 삼았다.

양(羊)

노가리[1]로 있는 국화를 분으로 옮겨 심다 말고 성재(聖在)는 방으로 들어왔다. 오래 햇빛을 받고 있은 때문인지, 별나게 방안이 어둡고 또 변으로 조용하기까지 해서 한동안 눈앞이 아리송송 하고, 귓속이 왱 하니 울린다.

퇴침을 집어 들고 되도록 구석지로 가서 벽을 향하고 드러누운 것은, 이러한 때 빛이란 어둠보다도 더 어둡기 때문이다. 그는 두통이 나는 것도 같고 졸음이 오는 것 같기도 해서 일부러 눈을 감았으나 그러나 쉽사리 잠이 오는 게 아니다. 먼저 머리에 떠오르는 생각은 요 며칠 내로 바짝 더 번거롭게 구는 정래(晶來)와의 교우관계다. 허기야 가족들의 심한 반대에도 불구하고 끝내 정래와 손을 맞잡고 수뭇골 산비탈로 올라와 짐승[2]과 화초를 키우고 살아보기로 작정한 것만 보더라도 두 사람이 얼마나 가깝고 친하단 것을 알기는 그닥 어렵지가 않다. 그러나 친하면 그저 친했지 뭘 이대도록[3] 번거로워하고 피로해하는 것인지 단지 알 수 없는

---

1 노가리 : 씨를 흩어뿌려 심는 일.
2 원문 : 김생.
3 이대도록 : 이다지, 이토록.

양 | 345

것은 이 점이다. 이래서 그는 이따금 뭐고 꼭 틀린 게 있을 거라고……
그 올가미를 잡고 풀지 않고는 백 년을 사귄대도 헛것이고 또 단 하루를
마음을 놓을 수가 없을 게라고 생각지 않은 바도 아니었으나, 첫째 어느
모를 뚫고 헤쳐야 그 올가미가 나올는지 그에겐 종시 엄두가 나지 않았
을 뿐 아니라 또 이렇게 다가서 생각을 정하려 들면은 이번엔 어쩐지 모
든 게 한껏 부피고[4] 귀찮게 느껴지는 생각이 먼저 용기를 뺏아가기도 해
서 이래서 결국 그냥 저냥 오늘까지 미뤄 온 셈이다.

　워낙 구석지에 머리를 박고 드러누운 때문인지 모기 한 마리가 제법
풍경을 잡히고 볼때기에 내려앉는다. 그는 모르는 결에 철썩 뺨을 한 번
갈기고 눈을 떴다. 뻐끔히 손바닥을 들여다보니 그놈의 형체는 거의 간
곳이 없고 오디 빛이 나는 피만 한 덩이 나뒹군다. 그는 무슨 더러운 것
이나 씻어버리듯[5] 그것을 진흙이 더덕더덕 묻은 바지에다 썩썩 문질러
버린 후 다시 손을 겨드랑이에 꽂았다. 아까와는 달라 방안이 무척 밝다.
밝아도 이만 저만 밝은 게 아니라, 아주 소란하고 허술해서 어디 붙일
곳이 없도록 밝다. 그는 몸을 좀 더 오그려 바싹 벽에 다가 누우며 다시
눈을 감았다. 그러고는, '무엇이 틀렸든, 뭐가 얽혔든, 아무튼 그 올가미
를 잡고 좌우간 해결을 지어야지.' 하는 이러한 생각을 오래도록 되풀이
하고 있었다.

　얼마를 이러고 있었는지 문득 아래 축사에 있는 양을 무엇이 물어 놓
은 바람에 그는 새로이 정신이 번쩍 났다. 자세히 보니 애목[6]을 아주 구
멍이 빵 뚫어지도록 물어 놓은 것이다. 그 옆에 정래가 덤덤히 앉았다가
일어나며,

　"필시 범이 문 거요. 아니고야 요충[7] 애목을 요 모양으로 작살 낼 놈

이 어디 있겠소.”

한다. 하도 억색해서[8] 한동안 그대로 서서 보고 있노라니, 그놈이 평소에도 유독 빛깔이 희고 키가 성큼하니 커서, 그저 어리석어만 보이던 놈이 덜컥 애목을 물리고 휘둘려 놓았으니 이젠 아주 정신머리 다 빠진 놈처럼 눈을 번히 뜬 채 피만 퍽퍽 쏟고 있다. 시가지에 내려가 의사를 데리고 온대도 두 시간은 걸릴 것, 이놈이 그 때까지 지탱하리라고는 명을 하늘에 매었대도 바랄 수 없는 일, 성재는 그만 가슴이 메도록 애연하고 기가 찬다.

“천지 같은 놈아, 그래 백주에 끽 소리 한마디 못 지르고…….”

그는 양의 잔등에 덥석 손을 얹은 채 어찌할 바를 몰랐다. 기왕 죽을 테면 얼마나 아픈지 소리나 좀 질렀으면 차라리 시원할 것 같다.

마침내 그는 애꿎이 그놈을 잡아 흔들듯이 뭐라고 소리껏 고함을 치다가 그만 잠을 깨었다.

눈을 떠, 멍 하니 천정을 향한 채, 그는 거듭 신기하다. 꿈은 분명히 꿈인데 아무렇기로니, 세상에 이처럼 시원하고 다행한 일이 있을 수가 없다. 방금 그 끔찍하던 사실이 단박에 이처럼 무사할 수가 있다니, 참 용케도 된 노릇이다. 허나 다음 순간 그는 맥없이 느껴지는 그놈에 대한 불안한 생각 때문에 끝내 일어나 밖으로 나오고 말았다. 좌우로 뗏장이 깔리고 고 너머로 백합, 스위트피, 아네모네, 이러한 초화들이 하늘거리는 가리마살 같은 마당길이 대낮을 받아 조는 듯 고요하다. 문턱에서 졸고 있는 수탉이 깃을 치고 일어나는 바람에 그는 맥없이 놀라며, 온실 앞까지 나오려니까 조금 전에 옮겨 심어 놓은 국화분에 볕이 쨍쨍이 들어있다. 그는 속으로 ‘김 군이 어디를 갔기에 저것을 그대로 두었을까.’ 하는, 이러한 생각을 하며 그것을 그늘 밑으로 들여다 놓은 후 막 축대

---

8 억색하다 : 몹시 원통하거나 슬퍼서 가슴이 눌리고 숨이 막히는 느낌이 있다.

를 밟으려는 참인데, 피뜩 옆으로 나무의 순을 자르다 말고 나지막씩한 향나무 그늘을 시렁 삼아 앙천(仰天)하고 잠을 자는 정래가 눈에 띈다. 이 래서, ‘역시 정래도 피곤했든 게라.’고 문득 실소하려는 그의 눈에 이번 엔 실로 고독하고 고집스런 또 하나의 모습이 커다랗게 나타난다.

마침내 그는 이 잠자는 벗의 얼굴로부터 야릇한 압박과 불안을 느끼는 것처럼 외면하며 급히 층대를 밟기 시작했다.

늘 외로이 축사를 지키고 있는 젊은 양은 주인을 보자 짐짓 외면을 하 며, 애물 애물 풀을 삭이고 있다. 역시 아무 일도 없었던 거다. 그는 잠 자코 가까이 가 앞에 그득히 놓인 클로버를, 그 중에서도 제일 난들난들 하고 맛있어 보이는 대목을 골라 가만히 입가에 대어 주었다. 그러고는 싱겁게 볼기를 한 번 툭툭 쳐주고는 물러선다. 헌데, 이놈은 무슨 버릇인 지 멀리서 보면 — 가령 모종밭에서 치처다볼 때라든가 저편 밭둑에서 건너다 볼 때라든가 — 이러한 때는 곧잘 저도 제법 귓전을 치며 마주 보 아주면서, 이렇게 가까이 와 들여다만 볼 양이면, 영무가내로 외면이다. ‘무슨 까닭일까?’ 그는 한 손을 호주머니에 꽂고, 어정어정 위의 축사로 가면서도 여전히 알 수 없다. 그러나 그가 위의 축사로 와서, 웅기중기 설레고 있는, 숫한[9] 면양들을 들여다보고 있었을 때는, 벌써 그놈의 생각 은 멀어진 때다. 그런데, 뭣보다도 오늘따라 이곳이 꼭 돼지우릿간 같아 서 그는 이상하다. 옆으로 몸을 구부정히 하고 한참 동안 그것들을 보고 섰노라니, 이번엔 못 견디게 싫은 생각이 마침내 덜미를 잡고 다가선다.

면양이란 원체 배때기가 부르고 다리가 짧아 털이 긴 놈도 볼품이 그 닥 시원치 못하다. 헌데 항차 엊그제 털을 깎아 낸 놈의 그 누덕누덕 고 약을 바른 꼴이란 — 그렇거고는 돌아다니고 풀을 먹고 하는 형상이란 참말 괴이쩍고 우스꽝스럽다기보다도 차라리 무안쩍어 얼굴이 따가운

---

9 숫하다 : 순박하고 진실하다.

불쾌를 금할 수 없다.

조금 후 그는 뒤 곁 산림(山林)쪽으로 걸음을 옮기면서, '면양은 죄다 팔어 버려야지.' 하고 마음먹는 것이나.

*

정오에 가까운 숲 속은 더욱 그늘이 짙다. 역부러 고개를 지쳐본댔자, 쉽사리 햇빛을 볼 수 없는 무척 잡목이 짙은 산림이다. 그는 굼테기[10]가 몹시 패인 소나무가 서있는 바위 턱까지 와서는 그곳에 자리를 잡았다. 그러고는 그 앞에 성히 돋아 있는 고비풀이 신기한 것처럼 그것을 이모 저모로 만져보고 또 뒤쳐보기도 하면서, 이런 종류의 남국 식물을 연상 하고 있었다. 그러노라니 그것은 어느 잡초들 틈에서도 쉬 가려낼 수 있 는 윤이 흐르고 살진 것이어서 그는 새로이 신기하다.

이따금 마을 색시들이 이리로 드나드는 것을 그는 보았고 산채를 꺾으 려니 생각기도 했으나, 이곳에 고비가 나는 줄을 몰랐다. 그러나 이러고 보니, 이곳이 꽤 깊은 골짜기이기도 하려니와, 골 안에는 '오 장군'의 고 총이 있어 수목이 짙기로도 유명하다.

성재는 그대로 앉은 채 잠깐 주위에 밀집한 수목을 우러러본다. 그러 고는, '내가 뭣허러 이것을 샀을까?' 하고 다시금 생각해 본다. 사천육백 평이나 되는 울창한 산림을 아무짝에도 소용이 없이 그저 좋아서 샀다는 것은 말이 안 되고 설사 말이 된대도 이건 결코 그리 떳떳치 못한 이유 임에 틀림이 없다.

'왜 이렇게 모든 것이 도시 떳떳치가 못한 것일까?'

그는 못내 서글픈 생각이 들기도 한다.

뒤에서 무슨 인기척이 나는 것 같아서 성재는 그곳을 버리고 일어섰

---

10 굼테기 : 원문대로.

다. 잠깐 주위를 둘러보았으나, 다시 아무런 기척도 없다. 그러나 왼 편 풀섶을 쫓아 몇 걸음 내딛지 않아서 그는 맞은 편 댑싸리 밭에 정래가 있는 것을 보았다. 정래는 웬일로 삼대처럼 촘촘히 들어선 싸리 목을 헤치고 나는 듯이 달아나고 있다. 멀리서 보아도 눈에는 안광이 돋은 것 같고 온몸이 긴장하여, 그것은 꼭 무슨 짐승 같은 모습이었다. 드디어 정래는 보이지 않고 어디서인지 꽝 하는 총 소리가 들려왔다. 총은 본시 형이 쓰던 것으로 이리로 온 후 장난삼아 가지고 노는 것이었으나, 그는 순간 야릇한 흥분으로 해서 모르는 결에 그편으로 달음질쳤다. 가까이 이르자 그는,

"뭐요? 어떻게 됐소?"

하고 가쁘게 물었다. 정래는 그제사 긴장을 풀고 돌아서며,

"꿩이 앉은 것 같아서 와 봤더니 도무지 날러야지."

하고 시무룩이 웃었다. 정래 말을 들으면 꿩은 날아야 잡기가 쉽지 기면 어렵다는 것이다. 성재는 저도 따라 숨을 들이키며 이번엔 객쩍게 '자기보다 두 살 아래인 나이로는, 훨씬 노숙해 보인다.'고, '땀에 젖은 약간 검고 기름한 얼굴이 몹시 아름답다.'고 생각하는 것이었다. 정래는 멍뚱이 서서 저를 보고 있는 성재가 이상한지 수건을 내어 땀을 씻으며,

"참 손님이 왔던 것을……."

하고 말했다. 그러고는 누가 왔더냐고 물어볼 틈도 주지 않고 벌써 저만큼 앞서 걸었다. 그런데 무척 걸음이 빠르다. 기척도 없이 그저 성큼성큼 걷는 걸음인데 휘파람이 나도록 빠르다. 그는 저도 일부러 빨리 걸어 보았으나 암만해도 따를 수가 없었다.

조금 후 그는 제풀에 아까보다도 더 천천히 내려오면서 이젠 보이지도 않는 그 뒷모양을 다시 한 번 눈앞에 그려보는 것이었다.

*

아래 축사에 들러 그는 한 번 더 그놈의 등을 쓰다듬어 주었다. 아무리 보아도 착하고 귀하게 생긴 놈이다. 그러나 하도 먼 곳에 고향을 둔 놈이라 그런지, 어딘지 몹시 쓸쓸한 데가 있어, 흡사 외로움이 찌들어 흰빛을 더한 것도 같다. 그러나 이러한 부질없는 생각이 스스로 쑥스러웠던지 막 발길을 돌리려는 참인데 마침 봉아가 깨득깨득 웃고 올라온다.

"오빠 뭐 허우?" 하고 다가서면서,

"아버지가 오빠 오랬어. 꼭 와야 헌대. ……나더러 꼭 데리고 오랬어." 하고 뭐가 몹시 재미있는 것처럼 횡설수설 덜렁댄다.

"아버지가, 뭐 허시려?"

그는 일방 의아해하면서도 여학교 이 학년에 다니는 재종매의 상기된 두 볼을 향해 놀리듯 웃어준다.

"몰라 몰라, 아무튼 오빠 오랬어."

봉아는 뒷짐을 지고 고개를 살레살레 저어, 시치미를 떼면서도 여전 뭘 해죽해죽 웃고 있다.

그는 봉아를 데리고 축사를 내려오면서 '무슨 일일까.' 하고 중얼거려 보는 것이었으나, 부르면 갔지 별 수가 없다. 집안에 어른이라고는 어머니 당숙밖에 없을 뿐 아니라 어머니께서 무슨 일이든 당숙과 의논하고 처단하는 터이었으므로 당숙이 부른다면 곧 집에 무슨 일이 생겼나 짐작한다.

"큰댁 아즈머니께서 어디가 편찮으시디?"

그는 마당을 들어서면서 한 번 더 물었다.

"아니야, 그런 것 아니래두."

봉아는 여전히 해롱댄다.

하긴 요즈막에 와서 어머니나 당숙의 태도가 다소 달라진 건 사실이다. 전처럼 성재가 이런 산마루에 와서 고생 ─ 고생이라고 했다 ─ 하는 것을 몹시 반대하는 나머지 무슨 역정으로 해서 불러내리는 게 아니라 이를테면 백 살을 먹어도 '장가'를 가지 않으면 어린애라고, 성재의 이런 철따구니 없는 짓을 막기 위해 자꾸 장가를 가라고 졸랐다. 허나 이곳엔 그로서 지난한 일이 한두 가지가 아니어서 뭐보다도 선을 보라고 닦달이 는 데는 딱했다. 본시 위인이 되기도 그렇게 할 주제가 없거니와 또 그 '선'이란 것을 보고는 암만해도 장가가 잘 가지지 않을 것 같아서, 그는 결국 귀찮아지고 만다. 이래서 '보지 않아도 좋으니 아무데고 정하라' 고 말을 했다면 이건 참 그로서 큰마음 먹고 한 한껏[11] 나는 승낙인데도 웬 일인지 이렇게만 되면 집안에선 맥없이 겁을 먹고 파혼을 시켰다.

　그는 일할 때 입는 양복바지를 다른 것으로 바꿔 입을까 하다가 우선 귀찮기도 하려니와, 옆에 봉아도 있고 해서, 그냥 그 위에다 잠바를 걸치 고 단추를 잠그면서 '혹 장가 말이 나오거든 이번엔 선을 보겠다구 해야 지.' 하는 이러한 생각을 하고 있는 참인데,

　"아이 숭해라 저게 뭐야."

하고 별안간 봉아가 핀잔을 준다.

　"숭없긴…… 뭐가?"

　"꼭 군밤장사 같으네."

　봉아는 짜장 오라범의 복색을 까탈하는 것이다. 성재는 그제사 제 모 양을 굽어보며,

　"이만했으면 됐지, 숭없긴…… 이댐에 남편이나 모양내 줘라."

하고 놀려주었다. 그랬더니,

　"오빠 꼭 저런 말만 하지."

하고는, 아주 눈을 째지게 흘기면서,

　"오빠 어떤데 그래. ……가만히 있으니께루, 아아주 좋아서……."

---

11 원문 : 흔껏.

하고는 뭔지 조소하듯 배식이 웃는 것이다. 이래서 그는 역부러 시치미를 떼고,

"내가 어떻긴, 왜? 너처럼 시집간댔니?"

하고 지릿[12] 떠봤더니 아니나 다를까, 봉아는 아주 발칵해서,

"내가 언제 시집간댔어, 거짓부렝이. ……지금 색시가 기두르고 있는 사람은 누군데 그래?"

하고 바로 직통을 내뿜는 것이다.

성재는 이상 더 뭘 물어볼 흥미도 그렇다고 딴말을 꺼낼 멋도 잠깐 나지 않아서 한동안 방 가운데 멍청히 서 있었다.

봉아는 차츰 제가 무슨 잘못이나 저지른 것처럼 뭔지 불안한 얼굴로 변해갔다. 하도 우스워서,

"난 안 간다. 너 혼자 가거라!"

하고 말을 했더니, 봉아는 정말 낭패하면서, 나는 모른다고, 어떻게 할까 부냐고, 덤벼들었다.

나중에 이야기를 자세 듣고 보니, 봉아는 극비밀리에서 성재를 꼭 데려올 것과, 무슨 수로든지 옷을 갈아입게 할 것, 그리고 될 수만 있으면 면도라도 하게 만들라는 실로 중대하고 어려운 사명을 띠고 왔다는 것이다.

조금 후 그는,

"그래 수단이 짜장 고것뿐이었구나."

하고 봉아를 놀리면서도 봉아가 시키는 대로 옷을 입은 후 같이 집으로 내려왔다.

*

열 시가 훨씬 넘어서야 성재는 산으로 돌아왔다. 혼자만 집에 가서 식

---

12 지릿 : 원문대로. '짐짓'의 뜻인 듯.

사를 하게 된 것이 정래에게 미안해서 닭볶이와 포도주를 사서 들고 올
라왔다.

옆으로 침정 동백 이러한 나무들이 열을 지어 서있는 바깥 문께를 들
어서자 그는 먼저 정래 방에 불이 켜진 것이 눈에 뜨인다. '혹 손님이 왔
나?' 하고 지음하면서[13] 그는 마당으로 들어섰다. 요즈막엔 성재 방에서
두 사람이 거처했기 때문이다.

가까이 이르자 힐끗 방안의 동정을 살펴봤더니, 과연 손님이 오긴 왔
는데, 다른 사람이 아니라 과연 정래 누이 정인이다. 두 남매는 다소 머
리를 숙인 채 무엇인지 꽤 흥분된 얼굴로 가만 가만 이야기를 나누고 있
었다.

성재는 먼저 그리로 들어갈까 하다가 돌이켜 자기 방으로 들어오고 만
다. 방안은 휑뎅그레하니 냉기가 돌고 불도 없이 두었으나 그는 별로 불
을 켤 생각도 없이 그대로 아무 곳에나 몸을 던졌다. 그는 다소 피곤했
다. 색시 선을 본다는 극히 평범하고 또 아무 것도 아닌 행사가 그에겐
몹시 폐로웠던 셈이다. 첫째 그 '당사자'라는 사람들을 무슨 목탁처럼 앞
에 놓고 그 주위에서 몇 번 오락가락 설레다가는 나중 무슨 이유로 해서
든 용케 빠져나가 버리는 대목으로부터 곰곰이 생각을 해보면, 참말 요
절을 할 일이 한두 가지가 아니다. 아무튼 언제 누가 이런 기묘한 법을
생각했는지는 모르나, 대단히 천덕스런 노릇임에 틀림이 없다.

옆의 방에서는 여전히 이야기를 계속하고 있다. 무슨 말인지 몹시 얕
은 음성이어서 잘 분간할 수 없었으나, 그 말의 억양이라든가 분위기로
부터, 내용이 다소 어렵고 복잡하다는 것을 그는 곧 알 수가 있었다. 이
리하여 이번엔 조금 전 창 너머로 엿본 정인이란 색시의 얼굴을 그는 더
듬기 시작했다. 물론 그는 정인이란 색시가 구두를 신는 것을 일찍이 본

---

13 지음하면서 : 원문대로. '짐작하면서'의 뜻인 듯.

일이 없다. 길다랗게 머리를 땋아 늘인 채 검정치마나 쪽빛 치마에 반호장 저고리를 즐겨 입었기에 그의 머릿속에는 단지 옛날과 함께 있어 온 '처녀' 이외 아무 것도 아닐지 모른다. 그러나 '여학교도 다닌 모양인데 무슨 취밀까?' 하고 그가 실없이 무시해 버리기엔 지나치게 흥미를 끄는 처녀다. 시방도 그는 몹시 신선한 — 다정한 곳이 있는 것도 같아 그곳을 헤치고 들여다보노라면, 이번엔 극히 배타(排他)하는 어떤 거항(拒抗)에 부닥쳐 어지럽다.

성재가 등잔에 불을 켤 때쯤 해서 정래가 건너왔다.

"언제 오셨소?"

하고 들어서면서,

"그래 어떻게 되셨소?"

하고, 묻는다. 그러나 성재가 뭘 흥 없어 하는 김피[14]를 채자, 곧 말끝을 돌려,

"형도 어서 장가를 드시고, 정인이도 빨리 시집을 보내야지……."

하면서 훨씬 농을 섞은 혼잣말투로 중얼거린다.

성재가 잠깐 어리둥절해서,

"무슨 말이요?"

하고 물으니까,

"아니, 정인이헌테도 좋은 신랑이 나섰다니 말이요."

한다.

성재는 어쩐지 이 말에 대답을 미처 못 했으나, 다음 순간 엉뚱하게도, 지금 제가 무엇에 꼭 조롱을 당하고 있다는 이런 당찮은 생각으로, 마침내 몹시 불쾌했다. 정래는 곧 밖으로 나가 누이를 데려다 주려고 그 채비를 하는 모양이다. 채비가 다 되었는지,

---

14 김피 : 원문대로. '기미' 또는 '낌새'의 의미인 듯.

“내 잠깐 다녀오리다.”

하고 정래가 문을 연다. 성재는 그러지 않아도 두 남매에 대한 맹랑한 ‘반발’이 솟구치는 판이라 무슨 턱에 닿는 말인지 도시 요령부득인 말로다,

“그 뭘 그렇게 유별나게들 구요? 아무데서나 어때서…… 지금이 몇 신데…… 어째서 모두 그렇게 까다롭다는 거요?”

하고 마치 뭘 패밭듯[15] 내던지고 말았다.

정래는 한동안 어처구니가 없는지 그대로 잠깐 서 있더니 문을 닫고 자기 방으로 건너가면서 이번엔 지나치리 만큼 커다란 그러나 무척 사람 좋은 목소리로,

“정인아! 너 그만 예서 자거라.”

하고 말하는 것이다. 그러고는,

“너무 늦어서 온…… 너 예서 자면 내일 고비도 꺾고 재미있을 게다.”

이런 말도 하는 것이다. 하지만 이건 생트집을 받아주는 것도 분수가 있지, 아무리 늦기 아니라 우밤중이래도 처녀가 집으로 돌아가지 않고 남의 총각이 살고 있는 산마턱[16]에 와서 밤을 새다니 온당치 못하다. 정말 친구의 말을 쫓아도 분수가 있다. 그러나 성재는 천장을 향해 턱을 고이고 앉아 생각을 하니 일이 난처하기 짝이 없다. 만일 두 사람이 승부를 따지고 본다면 이건 자기가 져도 뭐 이만저만 진 게 아니다.

마침내 그는 못 견디게 불쾌한 감정으로 해, 한동안 어찌할 바를 몰랐다.

*

[17]성재는 외톨 소나무가 비스듬히 서있는 맞은편 잔디밭에 엎드려 오랫동안 무엇을 주저하고 있었다.

---

15 원문 : 패밭듯. ‘패밭다’는 ‘뱉다’와 같은 뜻.
16 산마턱 : 원문대로. ‘산마루턱’, ‘산마루터기’의 뜻인 듯.
17 『도정』판에는 ‘이튿날 아침’이 추가되어 있다.

지난밤에 정래는 누이를 자기 방에서 자게 한 후 곧 성재 방으로 건너왔고 와서도 정말 아무렇지 않은 양, 먼저 자리를 편 후 성재보고도 고단해 보이니 빨리 자라고 권했다. 그는 여전 뭐가 찜찜해서 도시 유쾌하지가 못했으나 그러나 이 이상 역정을 내기는 더 싫은 일이어서 그저 권하는 대로 자리에 든 셈이다. 그러고는 가지고 온 술을 나누어 마시기로 했다. 원체 성재는 술을 좋아했으나 정래는 그닥 좋아하지 않았으므로 찻종으로 두 잔을 마시더니 제법 얼굴이 붉었다. 성재는 정래가 평소 과묵한 대신 취하면 훨씬 다변한 것을 안다. 이래서 남아 있는 한 잔을 정래에게 권하며 이번엔 장차 있을 이야기에 대한 기대와 흥미를 가만히 가져보는 것이었다.

조금 후 정래는 과연 말이 많아져서 나중엔 그의 수 없는 여정(旅程) — 정래는 이 말을 즐겨 썼다 — 에서 만난 아름다운 연인[18]의 이야기까지 하는 것이었으나 기실 지금 성재가 기다리고 있는 근처엔 쉽사리 가려고 않는다. 그는 거반 진력이 나는 것을 지그시 참는 일방, 방금 이야기가 모두 처음 듣는 이야기임에 다소 놀라며,

"당신은 이야기를 얼마나 지녔소?"

하고 물어봤더니, 정래는 이 말에 대답은 없이 다못[19] 소리를 내어 조금 웃을 뿐이었다. 성재는 그 웃는 얼굴이 몹시 아름답다고 생각하며, 이번엔 그곳에 야릇하게 끌리고 있는 자기를 발견했다. 그는 전에라도 이렇게 가깝게 접근하게 되면 늘 무엇인지가 불안했다. 이것은 끝내 저편에 대한 경계를 새롭히던 것이다.

잠깐 건너다보고 있던 정래가,

"뭘 생각소?"

하고 물으면서 이번엔 제법 정색으로,

---

18 『도정』판에는 '연인'이 '여자들'로 되어 있다.
19 다못 : 다만.

“우리 이 일 이젠 관둡시다.”

한다.

“어찌된 말이오?”

하고 성재가 물으니까,

“당신은 내게 자꾸 속는 것 같은 일종의 공포가 있지 않소. 이건 나도 꼭 같습니다. 요컨대 자기 이외 아무 것도 신뢰하지 않는 사람들이 ‘남’과 접촉을 가진다는 것은 대단 위태로운 일일 거요.”

하면서 성재 말에 대답이라기보다도 자기 생각을 말하는 것이다.

“신뢰 없이 친한 법도 있소? 우리는 누가 보아도 가까운 사이가 아니오?”

성재는 일방 말을 하면서 정래의 기색을 살폈으나 정래는 이 말에도 대답은 없이, 그대로 제 말을 계속했다.

“이런 사람들에게 제일 두려운 일은 역시 ‘애정의 문제’인데…… 가령 이 사람들이 누구를 사랑해 보구려, 얼마나 진력이 날 노릇인가.”

말을 마치자, 정래는 가벼이 웃었다. 성재는 모르는 결에 정래 말을 가쁘게 쫓으며,

“진력이 날 노릇이라니, 웬 말이오?”

하고 마주 보았다.

“당신은 나보구 무턱대고 믿으라고 명령하지 않소? 그러고는 ‘화해’하라고, ‘타협’하라고 명령하지 않소? 허지만 그처럼 ‘고집’하는 당신을 내가 어떻게 믿고 화해허냐 말이오.”

역시 성재가 물어본 말과는 다소 동떨어진 대답이었으나, 그는 한순간 기가 막혔다.

이것은 바로 정래에게 하고 싶었던 자기의 말이었기 때문이다.

“내가 뭘 고집했기에 허는 말이오.”

성재가 어이없어 이렇게 물었는데도 정래는 조금도 주저하는 빛 없이,

“‘고독’이오. 어떠한 평화도 욕망도 정열까지도 이곳에 들어오면 살아나지 못하는 고독이란 괴물이오.”

하면서,

“사람이 노하지[20] 않는단 건 — 아무 곳에도 격하지 않는다는 사실은 실로 두려운 일일 겝니다.”

하였다.

성재는 한동안 잠자코 있었다. 역시 잘 연락이 닿지 않는 말들이다. 허나 다음 순간 그는 ‘노할 줄 아는 사람이 노하지 않는다는 건 얼마나 차단된 고독한 상대인가.’[21] 싶었다기보다도 지금껏 자기가 제일 싫어하고 괴롭게 여긴 것이 정래가 고집하는 이 ‘고독’이 아니었던가 싶다. 그러나 이것을 지금 정래도 자기에게서 꼭 같이 느낀다고 한다. 만일 이렇다면 아무 것도 살아나지 못한다는 이토록 무서운 고독을 두 사람은 어쩌자고 이처럼 고집해 온 것인지……. 그는 한순간 하나는 동으로 오고, 하나는 서로 와, 어느 십자로에서 후딱 튀어나와, 맞서게 된 두 개의 도깨비를 보는 것도 같은, 이상하게 섬뜩하고 싫은 생각에 눌려 여전 말을 잃고 누워 있었다.

“이러한 것은 정인이에게 있어서도 꼭 같을 겝니다.”

별안간 정래가 다시 건넨 말이다.

“그분에게 있어서도 꼭 같다니?”

“아, 정인이가 당신을 좋아했기 하는 말이오.”

그러나 이건 더욱 어려운 말이다. 잘 믿어지지 않는 말이나, 만일 이것이 정말이라면 조금 전 그를 위해 좋은 신랑이란 누굴 두고 한 말이며, 꼭 같단 건 또 뭐가 꼭 같다는 말인가? 종시 요령부득이다. 그러나 이렇

---

20 『도정』판에는 ‘노하지’가 ‘감동하지’로 되어 있다.
21 『도정』판에는 ‘누구보다도 잘 감동할 줄 아는 사람들이 아무 곳에도 감격하지 않는다는 사실은 얼마나 차단된 고독한 상대인가’로 되어 있다.

게 갈팡질팡하는 자기를 저편에 보이기가 어쩐지 싫어서, 그는 우정 느릿느릿한 말투로,

"그야 어찌됐든 아까 신랑이 나섰다고 했는데 그 사람은 누구요?" 하고 물어봤다.

"당신도 알지 않소 왜. 삼각정에서 양품점 하는 박이라는 청년 말이오."

정래는 조금도 거침이 없다.

모든 것을 오리무중으로 돌린다면 그뿐이겠으나. 그는 웬일인지 이 말을 듣자 황망히 박이란 청년을 기억 속에서 찾고 있었다. 하긴 제법 해구찮을[22] 데가 있는, 꽤 다부지게[23] 생긴 청년이다. 그러나 어딘지 상되고 비속한 데가 없지 않아 정인이란 색시의 배우자로는 암만해도 부족한 데가 있었다.

"그래, 그 사람을 매씨가 좋아헌단 말이지?"

지나치게 가라앉힌 말소리다. 그러나 정래는 무표정한 웃음을 띠운 채,

"잘 알 수 없단 말 아니오?"

하고 도로 물으면서,

"정인이가 그 사람을 좋아한다면 그건 단지 그 사람이 하천(下賤)한 사람이라는 것, 그래서 안심할 수 있다는 것 이것 때문일 거요."

하고 말했다.

일이 이렇게 되었다면, 가사 성재로서 오랫동안 정인이를 연모해 온 터이라 해도, 더 뭐라고 할 말이 없게끄름 된 셈이다. 그러나 다음 순간 그는 이처럼도 고집하는 두 남매를, 이대로 영원히 놓쳐 보낼 수는 도저히 없다. 이건 무슨 애정이나 미련에서라기보다도, 훨씬 자조에 가까운 역시 그 '고집'에서다. 마침내 그는 어떻게 해서든지, 정말 무슨 수로 해서든지 꼭 잡아 보고 싶은 꽤 조폭하고 끈기 있는 욕망에 괴로웠다.

---

22 해구찮을 : 원문대로.
23 『도정』판에는 '똑똑하게'로 되어 있다.

"내가 당신헌테 요구한 것을 당신이 나헌테다 요구를 해서, 내가 그것을 완전히 들어줄 수 있다면, 일이 어찌 되겠소?"

조금 후 성재가 건넨 말이다. 이 말을 듣자, 정래는 시무룩이 웃으며,

"그런 명령이야 나도 당신헌테 많이 했지 않소."

하고 대답하는 것이었으나 역시 조금도 요동이 없는 싸늘한 말이다. 마침내 성재는 몸을 일으키며,

"정말은 내가 매씨를 사랑하고 있었다면, 그리고 매씨가 '안심'할 수 있는 그러한 '하천'한 사람이 될 수도 있다면, 일이 어떻게 되겠소?"

하고 다잡았다.

"잘 믿지 않을 거요."

성재는 이 말을 듣자 이상하게 괴로웠다. 사람과 사람끼리인데, 더구나 이렇게 사랑하는 사람끼린데, 무엇이 이처럼 여지없는 절벽[24]을 가져왔나 싶다.

"여보! 이건 지옥이오!"

마침내 그는 자기도 모르는 말로 당황히 벗을 바라다보았다. 순간 정래도 뭔지 괴로운 얼굴이다. 그러나 역시 그 이윈 아무 것도 아니었다.

성재는 도로 자리에 누웠다. 몹시 피곤하다.

조금 후 정래는 극히 낮은 목소리로,

"정인이에게 대한 이야기는 형이 직접 물어보시오."

하면서 이번엔 사뭇 혼잣말투로,

"우리 훨씬 늙거든 어데서고 만납시다. 그래서…… 그곳에서…… 우리도 그 '승천(昇天)'이란 것을 하게 합시다."

하고 말하는 것이었다.

---

24 『도정』판에는 '장벽'.

*

²⁵마침내 성재는 산림을 향하고 걷기 시작했다. 한걸음 내닫기 시작하자 웬일인지 그는 옆도 뒤도 돌아보지 않고 날음질치듯 수풀을 헤치고 깊이 자꾸 깊이로만 들어갔다. 단 몇 천 평밖엔 되지 않는 산릍 속이 수천만 평이나 되는 대 산림 속인 것처럼 어지러운 착각을 일으키며 그는 집요히도 정인이란 색시를 찾아 방황했다. 그러나 그 처녀는 결코 그리 어려운 곳에 숨어있지는 않았다. 전일 성재가 머물렀던 바위 턱에 오뚝하니 앉아 어데론지 먼 곳을 바라보고 있었다.

성재는 잠깐 걸음을 멈추었으나 곧 다시 걷기 시작한다. 이젠 바로 한 걸음 앞에 있다. 그러나 웬일인지 처녀는 그가 오는 줄을 조금도 모른다. 최후였다. 그는 드디어 이름을 불렀다. 그것은 결코 그리 큰 음성이 아니었으나, 놀랄만큼 그것을 크게 느끼며 그는 한 번 더,

"정인 씨."

하고 불러 본다. 하지만 대체 무슨 까닭으로 돌아보는 그 얼굴에다 대고 이렇게 거듭 불러 씌우는 것인지 이것은 참말로 아무도 모르는 일이다.

정인이는 성재로부터 이름을 불리우고 곧 일어섰다. 그러나 처녀는 비교적 평정해도²⁶ 그것은 극히 희미한 촌시의 것이었고…… 그러고는 전과 조금도 다름없는 그저 겸손하고 다정한 얼굴이었다.

성재는 별로 얼굴에 찬 기운을 느끼며, 그 굼테기가 몹시 패인 소나무에 기대인 채, 잠깐 정인이의 눈을 지키고 있었다. 그러나 그 다정한 눈은 역시 그에게 생소한 것이었고 타인의 것이었다.

다음 순간 그는 심한 현기로 해 잠깐 눈을 감았으나 그러나, 신기하게도 눈 안에는 아무 것도 없었다. 가사 지금 이 한 꺼풀 밑에 또 하나 다른 정인이의 눈이 초조히 성재를 기다리고 있대도 그는 이 이상 어떻게

---

25 『도정』판에는 '외톨 소나무가 서있는 산비탈에 오래도록 누워 있던'이 추가되어 있다.
26 『도정』판에는 '처녀는 다소 놀라는 표정이었으나'로 되어 있다.

더 행동할 도리는 없었다.

조금 후 그는 앞에 다소곳이 서 있는 여자가 무서웠다기보다도, 제 자신이 무서웠다. 이처럼 '아집'하고 '거절'하는 사람들을 그는 일찍이 상상할 수가 없었던 것이다.

그는 몸을 바르켜[27] 가까스로 한걸음을 다가서며,

"무슨 나물을 뜯습니까? ……고비는 저 아래턱 많이 있던데."

하고, 빈 웃음을 지어본다.[28] 여자도 따라 꼭 같은 웃음을 지으며 나물을 잘 알거든 알으켜 달라고 말했으나, 웬일인지 그는 이 말에 대답을 잘 못하리만큼 심한 두통과 역기를 느끼며, 그대로 서 있었다.

마침내 그는 그곳을 떠나, 조금 후엔 지향 없이 산 속을 걷고 있었다. 어디를 들어왔는지, 문득 길이 막히고 앞에 높은 언덕이 가로 놓인다. 잠깐 망설이고 있노라니 어데서인지 솔방울 하나가 잡목 틈으로 바시시 굴러 떨어진다. 하도 나뭇잎같이 나는 것이라 집어봤더니, 그것은 마치 적년의 것인 듯 좀이 먹고 거미줄이 얽힌, 가볍기 허깨비 같아서, 완전히 썩은 것이었고, 죽은 것이었다. 꼭 딱쟁이[29] 같았다. 이미 저 거대하고 오만한 체구엔 손톱만치도 필요치 않은 무슨 종기에 딱쟁이와도 같은 그러한 것이었다.

성재는 손에 묻은 거미줄과 좀티[30]를 털고 돌아섰으나, 다시 사방은 죽은 듯 고요하고…… 목을 조르는 듯 다가서는 애매한 초조 때문에 그는 뿌리치듯 황한 걸음으로 급히 언덕을 오르고 있었다.

언덕 너머엔 바로 '고총'이다.

무척 잔디가 고왔다.

성재는 그곳에 자리를 잡고 아무렇게나 주저앉았다. 몹시 피곤하

---

27 바르켜 : 원문대로. '바로하다' 정도의 뜻인 듯.
28 『도정』판에는 이 자리에 '만사는 끝이 난 셈이다.'가 추가되어 있다.
29 딱쟁이 : 딱지.
30 좀티 : 나무좀이 쏠아놓은 먼지처럼 아주 잔 부스러기를 가리키는 듯.

고…… 자꾸 졸음이 오는 것 같다. 자고 싶었다. 잠을 자면은, 자꾸 무수히 잠을 자면은, 어쩌면 여게도 혹 태고와 같은 '편안'이 찾아와 줄지도 몰랐다.

차츰 동공이 졸아들어 시야가 쉴 새 없이 명멸한다. 모든 물체가 한낱 허공을 그린 채 소실되는가 하면, 다시 집중되어 다가서는 강한 '빛'으로 해서 그는 자주 현기를 느낀다.

마침내 그는 깊은 졸음 속으로 흘려들며 '그래서 …… 그곳에서 '승천'을 하게 되면 해도 좋고…….' 라고 …… 벗의 말도 그의 말도 아닌 먼 곳에의 이야기를, 가만히 입속으로 외어보는 것이었다.

『춘추』 1943년 5월호

임순득

가을의 선물(秋の贈り物)

임순득(1916~?)

1916년 전라북도 고창에서 태어났다. 1937년 「일요일」로 활동을 시작했고 여성의 문제를 사회 속의 여성의 문제로 보면서 여성문학이란 기존에 틀 지워져 있는 여성성이나 모성의 허구성 억압성을 폭로하고 해체하고 개념을 바꾸는 데까지 나아가야 함을 주장하는 평론과 거기에 부응하는 소설작품을 발표했다. 끝까지 해방에의 전망을 포기하기 않고 새로운 삶을 모색하는 그룹에 속해 있던 임순득은 일제 말기 민족의 해방과 여성의 해방을 함께 추구하는 「대모」와 같은 작품을 썼다. 해방 이후 북에서 작품 활동을 하다가 1950년대 중반 정치적 이유로 더 이상 활동을 하지 못하였다.

<h1 style="text-align:center">가을의 선물(秋の贈り物)*</h1>

햇빛이 가득한 마당가에서 나는 박고지를 만들 작정으로 아직 덜 익은 박을 따고 있었다.

올 들어 처음으로 서리가 내린 날이었지만 따뜻한 봄날 같은 날씨였다. 양지바른 마당에서는 톡톡 콩깍지가 벌어지는 소리와 함께 귀엽게 윤이 나는 검은콩들이 튀어나오고 있었다.

순수라는 관념 형태를 사물의 모습으로 묘사한다면 검은콩이 튀는 모양을 바라보는 맑은 가을날의 하루가 아닐까라는 생각을 하고 있었다.

그러자 왠지 마음이 포근해졌다. 오랫동안 시골을 멀리하고 지냈던 나의 짧지 않은 청춘기의 방황과 고독도 시골이라는 것이 주는 친숙한 따뜻함에 정리되고 이끌리는 느낌이었다.

싹둑싹둑 가위를 움직이고 있으려니 마음도 가벼워졌다.

'멀고 먼 함경도로 시집을 간 친구는 박고지 조림을 넣고 만든 김밥을 좋아했다. 최근 일이 년 동안 그 친구에게 전혀 소식을 전하지 못하고 지냈다. 친구에게 이 햇박고지를 보내면 어떨까.'라는 생각이 문득 들었

---

* 이 소설은 일본어로 발표되었고 원제는 '秋の贈り物'이다. 김미란이 번역했고 이상경이 조금 더 다듬었다.

다. 아마 깜짝 놀라며 기뻐할 것이다.

그녀는 눈이 작은 사람이었다.

아랫입술이 튀어나오고 주근깨가 있는 조그만 얼굴이지만 누구에게나 매우 친절한 성품을 가졌다.

두 번째에도 연이어 딸을 낳자 은행원인 남편은 눈에 띄게 실망하는 눈치지만 자기는 앞으로도 딸만 다섯은 더 낳고 싶다는 편지를 써 보낼 정도로 장난스럽고 재미있는 친구였다.

'박고지 덕분에 자기를 떠올리리라고는 꿈에도 생각지 못할 거야…….'

하나도 상하지 않고 박을 전부 땄을 때는 너무 행복했다. 좋은 일이 있을 것만 같은 예감이 들었다. 그래. 오늘은 짝수 날이지. 우편배달부가 올지도 몰라.

또 다른 친구인 림(琳)이 작년 겨울부터 쓰기 시작한 장편소설을 곧 탈고한다고 했다. 그 원고가 도착할지도 몰라.

삼백 장이 넘는다니 소포로 오겠지. 오늘은 먼저 소포 통지서가 도착할 것이다. 내일 아침이면 읍내 세무서에 근무하고 있는 옆집의 세리야마 상에게 소포 도착 통지가 갈 것이다. 아무래도 저녁까지 못 기다리겠다. 내가 읍내로 나가야지. 친구가 힘들여 쓴 소중한 원고를 읽기 위해서라면 왕복 4리 정도는 아무것도 아니지. 읍내까지 간 김에 우리 집에서 딴 대추와 밤을 소포로 보내줘야지.

모파상, 수고했어! 라며 그녀의 노고를 충분히 치하해야겠다.

그래, 내가 림이를 모파상이라는 애칭으로 부르기 시작한 것이 언제부터일까?

그녀가 공무원 생활이 고달프다고 하소연하면서도 부지런히 소설을 쓰기 시작한 때부터이다. 그녀는 게다가 가정교사까지 하고 있었다. 오후 4시에 퇴근을 하고 저녁 6시부터 10시까지 세 아이를 가르쳤다. 그 이후부터가 림의 시간이었다. 그래서 그녀는 곧잘 이렇게 말하곤 했다.

내가 화가였다면 밤 시간을 쪼개어 창작을 할 수도 없었을 거라고.

그녀가 이처럼 밤늦은 시간까지 피곤에 절어 쓴 작품에 대해 난 감히 비평이라는 명목으로 폭언을 서슴지 않았다.

'이것은 소설 장르에 속할 수 없어. 산문시라고 한다면 모를까.

아무나 도스토에프스키의 「지하실의 수기」 같은 수법을 흉내 낼 수 있을 것 같아?

시각적인 아름다움 말고는 아무것도 보이질 않아.

'동포'의 소리가 없으면 나는 인정할 수가 없어. 지열과 같은 인간의 소리. 소리가 없을 바에는 차라리 신음이나 오열이라도 상관없어. 그냥 슬픔이라고 해도 괜찮아. 죄의 심연이 결여된, 조그마한 재주로 요령 좋게 정리된 작품은 종방(鐘紡)[1]의 진열장을 바라보는 거나 마찬가지야.' 등등.

림은 나의 이런 요설을 가감해서 들을 만한 귀를 가지고 있었고 나의 폭언 속에 무언가 배울 만한 점이 들어있다는 것을 느낄 만한 아량을 지니고 있었던 것이다.

언젠가 그녀가 이렇게 말했다.

"너무 처절해서 진실을 쓸 수가 없어."

나는

"과장이 심할지 몰라도 라오콘을 바라보는 눈으로 묘사하라."
하고 충고했다.

나의 격려에 그녀는 삼백 장이 넘는 장편에 도전하기로 한 것이다.

그 삼백 장이 과연 빛을 볼 수 있을까?

저널리스트는 먼저 그녀가 유명한 작가가 아니라고 마땅치 않게 생각할 것이다. 그리고 여러 가지 트집을 잡을 것이다. 분량이 너무 많아서 한 번에 게재할 수 없겠다는 등.

---

1 종방 : 종연방적.

그래도 림은 갖가지 꿈을 간직하고 있을 것이다.

'삼백 장의 원고료가 들어오면 우리 두 사람 봄에 경주에 놀러가자…….

돌아가신 어머니를 위해 비석을 하나 세워야지.

너에게는 슈트 한 벌 사 줄게. 너는 말랐으니까 낙타색 나사(羅紗)[2] 계통 옷이 어울릴 거야…….'

그러자 나는 림에게 말했다. 그녀의 꿈을 깨뜨리지 않도록 조심하며 긴급한 문제를 지적했다.

'먼저 림의 안경을 바꿀 것. 너의 근시가 더 이상 악화되지 않도록…….'

나는 이런 생각들을 하면서 박 세 개를 잘게 썰었다.

그리고 빨랫줄에 널었다.

파란 하늘 아래 하얗고 부드러운 박이 아름답게 조화를 이루며 매달려 있었다.

모든 것이 풍성해 보였다.

살아 있다는 것을 사무치고도 겸허한 마음으로 맛볼 수 있는 무언가 깊은 것이 끊임없이 솟아나는 날이었다.

배추밭에 쪼그리고 앉아 벌레를 잡고 있는 듯한 어머니의 하얀 모습을 발견하고 나는 큰 소리로 말을 걸었다.

"엄마! 북쪽 지방 사람들은 박고지를 안 먹는대요. 박을 먹으면 나병(癩病)에 걸린다고 절대 안 먹는다네요."

"그건 처음 듣는 소리구나. 여기서도 박 속이 입으로 들어가면 뭐가 난다고 하는데 그게 와전(訛傳)된 건가?"

"호호호…… 와전되었다고요? 엄마도 유식한 문자를 알고 계시네요."

"저런 저런. 엄마를 놀리는 딸이 어디 있어?"

아버지께서 서재의 문을 열었다.

---

2 나사 : 포르투갈어 raxa, 두꺼운 모직물의 통칭.

아침부터 뭔가를 쓰시느라 바스락바스락 얇은 종이 소리를 내고 있던 아버지도 우리들의 말소리에 끌렸던 모양이었다.

"정말 날씨가 좋구나. 안에서 꽃이 필 정도야."

아버지는 그렇게 말씀하시며 서재에서 매화 화분을 안고 나오셨다. 다음에는 소나무 분재를, 그 다음에는 선인장. 그리고 난 화분 등을 마루에 나란히 꺼내 놓고 돋보기 너머로 가만히 바라보고 계셨다.

온 마을이 정적에 잠겨 있었다.

정말 마을이 텅 비어있을지도 몰랐다.

그저께부터 여자들까지 몸뻬 차림으로 총동원되어 벼 베기 공동작업을 하기 시작했던 것이다. 아마 온 가족이 남아 있는 집은 이 동네에서 우리 집 하나뿐일 것이다.

오늘 같은 오후의 평화로운 한 때가 자주 있는 것은 아니라는 생각이 들었다.

만약 이게 서리가 내린 추운 어느 초겨울의 하루라고 치자.

아마 지금 나는 나 자신의 삶의 방식을 거듭 회의하는 암울한 기분으로 가라앉아 혼자 방안에 틀어박혀 어느 나라의, 어느 시대의 인테리겐차를, 그 죄상을…… 슬픈 필름을 감는 것처럼 마음을 조이며 돌려볼 것이고, 양 옆방에 계신 노부모의 서글픈 여생의 하루하루에 소리 없이 한없는 눈물을 흘리고 있을지도 모른다.

나는 계속 문 쪽에 신경을 쓰고 있었다.

우편배달부의 발소리가 너무도 기다려졌다.

그러자 타다닥 하는 발소리와 함께 서너 명의 국민학교 아이들이 달려오는 소리가 들리는가 싶더니 우리 집 문 앞 울타리에서 서성이기 시작했다.

내가 말을 걸었다.

"얘들아. 무슨 일이니?"

그러자 네가 먼저 들어가, 아니 네가 먼저 들어가 하면서 서로 주저하는 듯한 소리가 들렸다. 나는 이상해서 대문 밖으로 나가 보았다.

옆 동네에 사는 아이들인 모양으로 내가 본 적이 없는 얼굴들이었다.

"무슨 일이지?"

아이들은 여전히 주저주저했지만 그 중에서 가장 나이가 많은 소년이,

"상처에 바르는 약을 조금 얻으러 왔어요."

라고 말하며 손에 쥐고 있던 조개껍데기를 내게 보였다.

"누가 다쳤니?"

"예. 얼굴을 물렸어요."

"물려? 누가? 어디에 있니?"

"우생(偶生)이라는 아이예요. 저기 있어요."

한 아이가 마을 우물가 포플러 나무 아래를 가리켰다. 나는 달려갔다. 우생이라는 아이가 얼굴 상처에 아주까리 잎을 대고 두 손으로 누르고 있었다.

손가락 사이로 피가 흘러나와 하얀 무명 윗도리까지 빨갛게 적시고 있었다. 나는 우생을 집으로 데리고 와서 머어큐롬을 발라주었다.

졸졸졸 내 뒤를 따라 들어온 아이들 중 한 아이가,

"학교에도 이런 약이 있을까?"

라고 말하자,

"있을 리가 있냐? 요오드팅크 밖에 없을 거야. 그래서 지난번에도 문삼이 녀석이 꼴을 베다가 다쳐 뼈가 보였는데 읍내에 갔더니 빨간 약만 발라주고 하얀 붕대로 감아줬대. 그런데 90원이나 받았다잖아."

라고 말했다.

"이리 왔으면 좋았을 걸."

하고 다른 아이가 안타깝다는 듯이 말하는 것이었다.

나는 웃으면서,

“나도 90원 받아야겠다.”

라고 말하자 아이들은,

“와, 너무 비싸다.”

하며 일제히 웃음을 터트렸다.

지금까지 아무 말이 없던 우생이,

“정말이어요?”

하며 내 얼굴을 걱정스럽게 바라보았다.

나는 그 걱정스러운 눈을 본 순간 아차 했다.

이 어린 아이는 상처의 아픔보다는 상처에 바른 약값으로 돈이 든다는 현실에 억눌린 표정으로 나를 바라보고 있지 않는가.

별 뜻이 없는 아이들의 대화에서도 가난한 그들 부모들의 생활이 그대로 드러나고 있었다.

S읍까지는 겨우 2리 정도밖에 안 된다 해도 부근의 마을을 합해 100호 정도의 C부락 일대는 무의촌의 불편함을 절실하게 느낄 수밖에 없었다.

작년 가을, 부모님이 시골로 이사 올 때 병원에 다니는 집안 청년이 구급약품을 마련해 준 것이 있었고 또 아버지께서 한방에 취미가 좀 있으셨기에 가벼운 환자에게는 간단하게 처방을 해주고 조그만 상처는 머어큐롬을 발라 치료해 주기도 했다. 그 때문에 마을 사람들은 우리 집을 그런 대로 병원 대신으로 여기는 모양이었다.

지난여름 무더위가 계속되면서 이질 환자가 발생하여 어린 아이 둘이 죽고, 위경련을 일으킨 젊은 청년이 허무하게 죽었으며, 모자 셋이 장티푸스로 죽는 등, 도회지 사람들은 상상도 할 수 없는 무의촌의 비극을 나는 철저하게 눈으로 확인해야 했다. 의사가 있는 마을이라고 해도 그런 정도의 비극은 일어날 수 있다고 빈정거리며 생경한 역설을 내뱉는 사악한 무리는 없을 것이다.

“어쩌다가 이렇게 물렸니?”

눈에 보이는 천을 찢어 붕대 대신 감아주며 우생에게 물어보았지만 우생은 말없이 하얀 이를 내보이며 싱긋 웃을 뿐이었다. 나는 약간 안심을 했다. 얼굴을 물려 피가 철철 나오는 데도 웃는 우생을 앞에 두고 그 원인을 캐물을 필요는 없었던 것이다.

'너희들 싸웠구나? 물고 뜯고 싸우는 것도 좋지. 그래서 소년다운 투지를 키우는 것도 좋을 거야. 한 쪽 구석에 조그맣게 웅크리고 있어서는 안 돼. 상대가 없으면 돌담을 향해서라도, 마을의 커다란 나무를 향해서라도 도전을 하고 발산하는 것이 좋아.'

나는 아이들이 모두 돌아간 후에도 이런 생각을 하고 있었다.

그 날 저녁을 먹고 멍하니 난로 옆에 앉아있는데 마당에서 인기척이 났다.

장지문을 열고 보니 소년이 도망치듯이 대문 밖으로 뛰어나가는 것이 보였다. 이상하게 여기고 마루로 나오니 발밑에서 뭔가가 굴렀다. 집어 들고 방에 들어와 펼쳐보니 석류 세 개가 반쯤 벌어져 그 아름다운 속을 보이고 있었다. 나는 석류를 손에 든 채로 생각에 잠겼다. 누굴까? 우생이 치료비 대신 놓고 간 모양인가?. 우생이보다는 조금 큰 아이인 것 같았는데 그렇다면 조개껍데기를 보여주었던 나이 든 소년일까? 또는 우생이를 깨물었던 소년이 미안한 마음을 대신해서 선물을 나에게 가지고 온 것일까? 누구이었든 소년의 숨은 마음에 나는 한없는 감동을 느꼈다. 집에 있는 약을 발라준 것뿐인데 이렇게 예쁜 선물을 받아도 되는지 모르겠다고 나는 얼굴을 붉히며 흥분하고 있었다. 이 석류는 분명히 주인이 안 보는 사이에 땄을 것이다. 나는 불빛에 반짝이는 석류를 한없이 바라보다가 한 알 두 알 따서 펜 접시 위에 굴려 보았다. 은 쟁반은 아니어도 아름다운 소리가 났다.

나는 이 아름다운 오늘의 일을 럼이에게 알려야지 라고 생각하고 붓을 쥐었지만 답답할 정도로 도저히 씌어지지 않았다.

그러나 이것을 읽어주실 독자들 중에 이런 분들이 있으신지요?

— 시골에서 태어나, 시골에 고향이 있고, 유년기는 그렇다 치고, 그 소년시대에 싹터 오르는 정신을 고 방정환 씨의 수많은 아름다운 이야기들로 보낸 그대 — 그런 그대들은 처음으로 피가 용솟음치는 것을 깨닫고 인생에는 감동할 만한 많은 아름다움이 있다는 데에 눈을 뜨고 행복으로 전율한 기억이 틀림없이 있으시겠지요.

그대들은, 자신의 인생을 더럽고 탁한 것에 물들이지 않고 살아가기 위해 언제나 마음의 창인 자기 눈동자의 초점을 모으고 계시겠지요.

그대들은 지금 어디서 어떤 생업을 하고 계시며 어떤 생활을 하고 계십니까? 저는 끝없는 그리움으로 미지의 그대들을 부르고 싶은 그런 행복한 환희를 가슴 가득 느끼고 있습니다. 펜 접시 위에 있는 아름다운 석류 알갱이를 바라보노라면 그대들 한 분 한 분의 열의가 담긴 나날의 생활 감정이 몸 가까이 느껴집니다.

저는 웅크리고 있을 수 없습니다.

맑고 차가운 가을 달밤에, 할 수 있다면 우리는 고비 사막보다도 더 넓고 넓은 초원에 모여 지내면서 환향가(還鄕歌)라도 함께 부르며 춤추고 싶습니다. 그러면 제가 소년의 석류 열매 알갱이를 우리들의 맑은 청춘에 던져 넣으면 어떻겠습니까.

『매일사진순보(每日寫眞旬報)』 제305호, 1942년 12월 1일

해설

일제 말기 파시즘에 맞선 혼의 기록

일제 말기 파시즘에 맞선 혼의 기록

1. 머리말

일제 말기에도 작가들은 작품을 쓰고 발표했다. 일제가 중일전쟁을 일으키고 파시즘으로 치달으면서 강압적으로 내선일체의 동화정책을 실시하게 된 이후, 문학계에서라면, 특히 1939년 10월의 <조선문인협회>의 결성 이후, 일제는 조직적으로 작가들에게 '국책'에 적극 협조하라고 강요하고 각종 선전에 작가를 동원하였다. 또한 일본의 지식인들 사이에는 세계정세의 변화에 따라 '일본 정신' 또는 '동양 정신'에로의 '전향'이 유행처럼 되었다. 조선의 지식인 중에서도 일본 측의 '전향'의 논리를 원용하며 시류에 따르면서 자기 해방의 논리를 모색하고 이를 현란하게 표현하는 경우도 나타났다. 그렇지 않은 작가들은 엄혹한 검열을 우회하면서 일제 말기의 파시즘에 갖서는 여러 방법을 모색했다. 검열이 엄혹한 만큼 그것을 우회하는 경로도 다양하고 복잡하기에 이 시기에 쓰인 작품들을 읽을 때는 특히나 더 그것들이 어떤 상황을 배경으로 해서 쓰인 것인지를 면밀히 따지면서 행간을 읽어야만 그 의미, 작가가 자기 시대 독자에게 하고 싶었던 말, 나누고 싶었던 대화를 제대로 알아들을 수 있다.

일제 말기에는 총동원 정책에 의해 여러 가지 억압적인 정책과 제도가 시행되었는데, 그중 작가들의 상황과 관련해서는 창씨개명(1940. 2. 11), 민족지라고 불리던 조선일보, 동아일보의 폐간(1940. 8. 10), 각각 순문학지와 종합교양지로서 높은 평가를 받던 한글 잡지 『문장』과 『인문평론』의 폐간(1941. 4), 국책 잡지인 『국민문학』의 창간(1941. 11), 한글을 연구하고 보급하는 데 앞장섰던 <조선어학회>에 대한 탄압(1942. 9), 그리고 문학인 동원 조직인 <조선문인보국회의> 결성(1943. 4. 17)을 눈여겨보아야 한다. 언어를 가지고 자기를 표현해온 작가의 경우, 모어에 대한 직접적인 탄압, 발표 지면의 축소 혹은 지면 성격의 변질, 일상적인 생활에서는 물론이고 작품에까지 강요된 총동원으로, 지식인으로서 생활인으로서의 존재 유지 자체가 엄청나게 위협을 받게 된 것이다.

이런 시대에 작가들은 여러 가지 방식으로 그런 상황에 대응하거나 적응해 나갔다. 일제가 강요하는 논리를 자기 자신의 것으로 내면화시켜 그것을 글로 표현하고, 대중 동원의 선전 선동에 앞장을 선 작가도 있다. 반면에 어떤 작가들은 일제가 내세우는 총동원 논리의 허구성을 꿰뚫는 지성, 억압에 굴하지 않는 의지, 명랑과 건실을 요구하는 파시즘에 맞서 쓸모없는 생활을 자처하는 고집 등을 매우 은밀하고 복잡한 방식으로 드러내고 있다. 여기에 실은 김사량, 김남천, 한설야, 이태준, 지하련, 임순득 등의 작품이 그러하다. 일제의 강요와 시대의 논리를 일견 받아들이는 듯하면서도 단어와 문장의 갈피갈피에 그와는 다른 의미를 담는 것, 일상의 사소한 일이 바로 당대의 삶의 방식에 대한 알레고리가 되는 것, 내면으로 침잠하면서 약하고 병든 세계로부터 벗어나는 새로운 차원을 꿈꾸는 것. 이런 식으로 이루어진 이 시기의 작품들은 그 작품이 디디고 서 있는 현실, 기반하고 있는 논리의 갈피를 꼼꼼하게 살피는 섬세한 읽기를 요구하고 있다.

2. 김사량의 「풀숲 깊숙이」

일본에서 일본어로 쓴 작품을 가지고 등단한 김사량은 "일본어로 조선의 현실을 충분히 써보고 싶다."는 창작 동기를 피력한 바 있다. 일본인과 조선인의 혼혈로 태어난 대학생 미나미가 마찬가지로 혼혈인 한 소년을 만나 조선인으로서의 정체성을 뚜렷하게 하는 과정을 '빛 속으로' 나아간다고 상징한 작품(김사량의 등단작 「光の中に」)으로 일본문단에 피식민지인의 정체성 문제를 물었던 그는 「풀숲 깊숙이(草深し)」에서 일제의 문화정책의 모순을 극명하게 드러낸다.

대학생 인식이는 화전민들의 질병을 조사하고 치료하러 가는 길에 군수로서 산동네 사람들에게 어설픈 일본어로 색의를 장려하러 나온 숙부와 그의 통역으로 따라다니는 코풀이 선생을 만난다. 과거 조선어 교사였던 코풀이 선생은 학교에서 쫓겨난 후 일본어를 조선어로 통역하면서 산동네 사람들에게 '색의장려'를 한답시고 흰옷에 먹칠을 하는 식민통치 기구 최말단의 하수인이 되어있었다. 코풀이 선생은 자기 부인의 옷까지 먹칠을 해서 집에서 쫓겨나는 수모를 겪으면서도 색의장려에 열성이었다. 그 마을을 거쳐 인식이는 화전민 마을을 찾아들어가다가 백백교의 종교의식을 목격했다. 세월이 흐른 뒤 백의를 숭상하고 정감록의 구절을 외우면 천국에 갈 수 있다는 감언이설로 사람들을 꾀어 그들의 재물과 목숨을 빼앗은 백백교 사건이 보도되었을 때 인식은 화전민 마을에서 만났던 이들을 떠올리고 코풀이 선생도 색의를 장려하러 그들에게 갔다가 죽음을 당한 것이 아닌지 하는 슬픈 생각에 잠긴다.

백의의 비위생성이나 비효율성을 지적하면서 색의를 장려하는 논의는 대한제국기에 시작된 것이지만 그것이 백의를 탄압하고 색의를 강요하는 강제적 정책으로 시행된 것은 1930년대부터이다. 일제는 백의폐지를 농촌진흥운동 및 자력갱생운동의 주요 목표로 삼고 <색복장려회> 등의 관변조직을 만들었다. 이런 조직이 백의 폐지를 주도하고, 도지사, 부윤, 군수, 면장 등 총독부 관료조직이 적극개입하면서 색의장려는 식민지 조선의 민중에게 고통을 가중시키는 정책이 되었다. 소설에는 코풀이 선생 같은 식민지 말단 하수인이 흰옷에 먹칠하는 행패가 반복적으로 묘사된다. 그러나 실상 민중들의 흰옷은 이미 흙색으로 변해 흰옷 같지도 않고, 정작 진짜 비효율적인 흰옷을 입은 자는 일본인 내무주임뿐임을 강조함으로써 작가는 위생과 효율을 내세운 '근대'의 폭력성과 허구성을 드러낸다. 그리고 그 폭력성과 허구성은 백의를 비롯해 백색을 숭상한다는 교리를 내세운 '전근대'적인 백백교에서도 마찬가지인 것을 함께 드러낸다.

이 소설에서 대학생 인식이가 경험하는 시간은 작가 김사량 자신의 경험 시간과 거의 겹쳐서 전개된다. 소설 속에서 인식이가 "중학교 5학년 2학기"의 동맹휴교로 퇴학당했다고 하는 것은 김사량의 연보와 그대로 일치한다. 김사량은 평양고보 5학년이던 1931년 11월 배속 장교와 교사들에 대한 배척운동을 주도하여 퇴학당했다. 1936년 4월 동경제국대학 독문과에 입학한 뒤에는 여름 방학 때 귀향해서 화전민 조사활동을 벌이기도 했다. 1937년 4월에는 백백교의 만행이 『조광』 잡지에 보도되면서 세상에 알려졌는데 교주 전용해는 간부 18명과 함께 모두 314명을 죽인 혐의로 기소되었다. 1940년 3월부터 백백교 사건 관련자에 대한 공판이 시작되어 이들 중 12명이 사형선고를 받았다. 백백교에 대한 공판이 진행되는 시점에서 소설 「풀숲 깊숙이」가 발표되었다.

김사량의 이 작품보다 앞서 박태원이 백백교 사건을 소재로 『우맹(愚氓)』(『조선일보』 1938. 4. 7~1939. 2. 14, 뒤에 『금은탑(金銀塔)』으로 개작)이라는 소설을 썼는데 거기서는 백백교 사건의 사회적 의미에 대한 비판적 성찰보다는 백백교 교주의 아들로 설정된 인물의 인간적인 고민에 초점이 놓이고, 백백교 사건 자체는 그런 고민을 낳는 엽기적이고 우연적인 사건으로만 다루어지고 있다. 이에 비하면 김사량은 코풀이 선생을 통해 색의장려정책과 백백교 사건을 바로 연결을 지음으로써 그것의 사회적 의미까지 묻고 있다.

「풀숲 깊숙이」에 대한 기존의 연구들은 주로 군수의 서툰 일본어에 초점을 맞추어 군수가 조선인이면서도 굳이 일본어로 연설하는 것, 의 일본어는 매우 서툴 수밖에 없고 실권은 일본인 내무 주임이 가지고 있는 것, 군수는 그 정도의 일본어 실력으로 다른 조선인들을 깔본다는 것 등에 주목하여 식민자와 피식민자 사이의 동화와 차별의 문제에 주목해왔다. 군수는 자기를 일본인과 동일화하는 동시에 조선인과는 차별화함으로써 일본인이 되고자 하지만 군수가 아무리 색의장려에 앞장서고 일본어로 연설을 하면서 식민지 본국을 흉내 내어도 그는 결코 식민지 본국과 동일화될 수 없다. 우선 그의 일본어는 서툴고 군수로서 행사하는 실권이나 얻는 수입 모두 부하인 일본인 내무 주임보다도 적다. 결국 그는 군수직을 유지하느라 진 빚을 다 갚지도 못하고 군수직에서 떨려나 토지브로커 노릇을 한다. 이런 군수의 행태를 통해 동화와 차별이라고 하는 식민주의의 균열이 드러난다는 것이다.

그런데 이 작품에서 더 눈여겨보아야 하는 것은 색의장려 같은 강압적인 식민정책에 당하기만 하던 민중들이 식민정책에 맞서거나 회피하는 심정으로 찾아간 정감록의 세계와 백백교 역시 구원은커녕 죽음의 길이었다는 것, 식민의 땅에서 구원은 식민자가 주도하는 근대에도, 거기에 대한 기계적 반발로서 백백교 같은 전근대의 세계에도 있지 않다는 것, 그것을 넘어서는 세계를 아직 찾지 못한 인식의 '슬픈 생각'이다.

"흰옷을 입고 ×××××××××라고 외우면 그걸로 구원을 받는

다.”고 믿는 사람들과 색의장려정책은 정면으로 충돌한다. 거기에는 색의장려정책으로 상징되는 일제의 강압에 의한 근대화에 맞서고 저항하는 정신이 들어 있지만 색의장려정책을 비판한다고 해서 그러한 백의를 피식민지인의 상징으로 삼아 전근대적인 세계로 가고자 하는 것에 대해서는 더 비판적이다. 색의장려나 백의숭상 둘 다 코풀이 선생이나 화전민 모두에게 고통과 죽음을 가져다주는 그런 것일 뿐이다.

3. 김남천의 「경영」과 「맥」

김남천의 「경영(經營)」과 「맥(麥)」은 동아일보 조선일보의 폐간과 『문장』, 『인문평론』의 폐간 사이시기에 발표된 연작으로 ‘전향’ 논의가 분분하던 당시 일본과 조선의 지성사를 염두에 두고 읽어야 하는 작품이다. 「경영」의 오시형으로부터 버림받은 뒤, 「맥」에서 이관형을 발견하고 자기를 찾아가는 최무경이란 여성의 연애 이야기이면서, 출감한 경제학자 오시형이 재판정에서 전향론으로 피력하는 동양론을 영문학자 이관형이 그 근거 없음을 비판하는 모습을 띤 지식인 소설이다.

「경영」의 오시형은 사회주의운동을 하다가 투옥되었고, 최무경은 오시형과의 관계를 반대하는 홀어머니의 뜻을 거스르면서까지 그의 옥바라지를 한다. 집을 나와 아파트 사무원으로 취직하여 오시형의 옥바라지를 하면서 그를 보석으로 석방시키기 위해 백방으로 노력하는 것이다. 최무경의 노력으로 출감한 오시형은 자신이 가졌던 서구 근대 사상에 대해 회의를 표하면서 최무경을 버려두고, 그 이전에 저항해 마지않았던 아버지의 품으로 돌아가 버린다. 그 아버지는 평양 부회의원과 상업회의소 회원으로 사회주의운동을 하는 아들을 못마땅하게 여겨 그동안 편지

한 장도 없었던 사람이다. 그런데 오시형은 출감하면서 "경제학으로부터 철학에의 전향, 일원사관으로부터 다원사관에의 전향"을 하고, 무경이로부터 아버지가 평양에 마련해 놓은 처녀에게로 향해 간다. 그 전향이란 부패하여 몰락하고 있는 서구 정신으로부터 새로운 동양학의 세계로 나가간다는 것이다. 일본 지식인 사이에서 전향의 논리로 유행하던 동양학이란 근대, 서구, 개인주의, 자유주의에 대비되는 개념으로서 근대 이후, (일본으로 대표되는) 동양, 전체주의, 파시즘을 내세웠다. 오시형은 사회주의 이념을 버리고 파시즘이라는 현실에 편입해 들어간 것이다. 이제 최무경은 "의지하였던 것도 믿었던 것도 사랑하던 것도 희망하던 것도 일시에 없어져 버린" 상태이며, "산다는 것의 의미와 생존의 목표"를 찾아볼 수 없는 상태가 되어버렸다.

「경영」의 속편 격인 「맥」에서는 이관형이란 인물이 등장하는데 그는 제국 대학의 영문학과 시간 강사에서 쫓겨나고, 무역상인 아버지의 집에서도 나와, 무경이가 근무하는 아파트에 세들어 온 인물이다(이는 김남천이 앞서 발표한 장편소설『낭비』에서 이미 설정된 상황이다). 그는 당시 유행하던 동양학 담론이 놓치고 있는 것, 빠질 수 있는 함정을 경계하는 회의적인 지식인으로 설정되어 있다. 오시형은 전향을 선언하는 공판정에서 니시다나 타나베 같은, 서양철학에서 출발하여 일본 정신으로 전향한 일본의 유명한 철학자 이름을 들먹이며 자신을 정당화하고자 했다. 이에 대해 이관형은 자유주의나 개인주의를 극복하자는 당시 서구의 담론은 자유주의나 개인주의가 갈 데까지 간 다음에, "이미 낡아서 자기네들의 정신에 의심을 품고 진보라는 개념 자체에 회의를 품는 시대"에 나온 것인데, 동양학 담론이라는 것은 그러한 본토의 역사성을 무시한 채 "구라파를 겉껍질로만 배운 데"서 나오는 것이라고 비판하는 입장이다.

이 두 남자를 지켜보는 무경이의 시선과 행로가 바로 작가 김남천이 이 시기에 고민하던 것, 말하고 싶은 것이었다. 이관형이 화가 고GM의 말을 빌어, "보리가 꽃을 피우기 위해서 흙 속에 묻히지 못하였단들 무슨 상관이 있으랴. 갈려서 빵으로 되지 않는가. 갈리지 못한 놈이야말로 불쌍하기 그지없다."고 허무주의를 피력하자, 최무경은, "마찬가지 갈려서 빵가루가 되는 바엔 일찍이 갈려서 가루가 되기보담 흙에 묻히어 꽃을 피워 보자."라고 되받는다. 그리고 이관형도 최무경에게 동의하면서, "보리알을 또 한 번 땅에 묻어볼까 한다."는 말로 소설은 마무리된다.

땅 속에 묻혀 고통스러운 현재를 견디면서 미래를 기약하는 것, 보리의 알레고리로 시간을 견디면서 작가 김남천은 어려운 한 시대를 버티어 가고자 했다. 이후 해방이 될 때까지 김남천은 「등불」, 「어떤 아침」 두 작품을 쓴 뒤 침묵으로 들어갔다.

4. 한설야의 「세로」와 「두견」

이들 작품은 조선일보, 동아일보의 폐간(1940. 8)과 『문장』, 『인문평론』 등 중요한 한글 잡지의 폐간(1941. 4)이라는 사건을 염두에 두지 않고서는 제대로 읽어낼 수 없다. 언어를 가지고 무엇인가를 하고자 했던 작가가 더욱 고통스러워진 현실에서 내는 신음 소리 같은 것이다.

한설야의 「세로(世路)」는 조선일보, 동아일보의 강제 폐간(1940. 8)이라는 사건에 즈음하여, 작가 자신이 1932~1933년 사이에 조선일보사 학예부에 근무했다가 쫓겨난 경험을 떠올리면서 삶의 자세를 다잡는 작품이다. 1932년 6월 조만식이 조선일보사 사장이 되었다가 곧 물러나고 금광으로 돈을 모은 방응모가 사장으로 취임했다. 방응모는 이광수를 부사장 겸 편집국장으로 데려오면서 진보적인 입장의 기자들 대다수를 쫓아낸 셈이다. 당시 한설야도 사직했다. 「세로」는 제목 그대로 그런 복잡한 상황 속에서 사람들이 취하는 다양한 처세술을 적나라하게 그린다. 실제의 사건과 인물을 거의 그대로 가져다 놓은 형국이다.

소설 속의 시점인 1933년 무렵은 민족개량주의 계열과 사회주의 계열 사이의 갈등이 심하던 때로 조선일보사 사건도 그 한 단면이었다. 부사장 겸 편집국장인 A는 이광수, 편집국장이었다가 A가 오면서 전무로 물러나게 된 H는 주요한, 이들이 속한 'ＸＸ회'는 동우회(同友會), 총무국 차장으로 '콩밥꾼들'의 중심인물인 M은 홍명희의 동생인 홍성희 정도로 설정되어 있다. 그리고 기회주의자 R을 두들겨 패어 권고사직을 당하게 된 E형식은 작가인 한설야 자신의 분신으로 주변의 압력과 거기에 맞서고자 하는 기자 의식과 생계를 걱정해야 하는 가장의 입장 사이에서 갈등하는 인물이다. 동우회는 안창호의 무실역행을 지도이념으로 하는 단체로 중심인물은 이광수였다. 1937년 6월에서 1938년 3월에 걸쳐 주요한, 이광수 등 관련자 181명이 검거된 세칭 수양동우회 사건 이후, 한설야가 이 소설을 쓰는 시점에서는 주요한이나 이광수 모두 앞장서서 친일을 부르짖는 입장으로 돌아서 있었다.

언론인으로서의 A와 H, 그리고 기회주의자 R에 대한 작가의 평가가 흥미롭고, 작가의 분신인 E형식이 보여주는 언론인으로서의 이상을 지키고자 하는 의지와 궁핍한 생활 현실 사이의 갈등, 그리고 시골로 내려가기로 하는 결심은 1940년 8월 조선, 동아 두 신문의 폐간에 대한 한설야의 갈등과 다짐이기에 더 실감으로 다가온다. 그것은 이성이나 논리적으로 말하기는 어렵지만 삶의 경험으로 나오는 지혜와 확신이다.

"그래도 살아가겠지……. 신문살 그만둔 것도 실상 잘살기 위해서 그런 게지. 사람이 제 맘, 제 정신을 그대로 가지고 살려니까 그런 쌈도 하는 게고 쫓겨도 나는 게고 또 이런 고생도 겪는 게지……. 그게 사람 사는 게지 별건가."라고 하면서, "앞에 어두운 장막이 내려 덮이는 것 같으면서도 용하게 원고를 써낸다."는 자세는 일견 체념처럼 보이지만 단순한 체념은 아니고 오히려 삶의 어려운 고비를 여러 번 넘어온 사람의 달관 혹은 낙관이다.

그 낙관을 바탕으로 작품의 주제는 소설에서 "저는 저 이외의 아무 것도 되고 싶지 않았다. 지금의, 있는 그대로의 제가 역시 제일 좋았다. 저 자신에게 대해서 이 순간만은 아무 불만도 없었다. 동시에 그는 알 수 없는 강심과 희망이 유연히 몸속에서 솟는 것을 느꼈다. 해직사령을 받고 민민하던 그것이 한 개 그림 속의 일 같이 아름답게도 보이는 것이었다."라고 하는 대목에서 뚜렷해진다. 가장 어려운 시절을 맞이하면서 과거 어려움을 헤쳐 나왔던 경험을 돌이켜 보고 다시 자신을 다잡는 지식인 한설야의 지조 혹은 강심이 배어있는 작품이다. 덧붙여 신문사에서 동지였는데 어느 틈에 사장 편에 붙어버린 R에 대해 느끼게 된 거리감을, '아무런 사정이 있더라도 (…중략…) 그 옛날로 다시 돌아갈 수 없'게 멀어져 버렸다고 하는 데서 해방 이후 벌어진 일련의 사태에서 한설야가 취한 강경한 자세를 예감하게 한다.

「두견(杜鵑)」의 제목인 두견은 잘 알려져 있다시피 두견새, 소쩍새, 혹은 진달래를 가리키는 말이다. 원통하게 죽은 혼이 두견이라는 새가 되어 밤마다 애끊는 소리로 목구멍에서 피를 토하며 울고 또 울었고, 그 피가 떨어진 자리에 피어난 꽃이 두견화 곧 진달래꽃이라고 하는 전설을 담고 있다. 이 소설은 중요한 한글 잡지였던 『인문평론』의 폐간호에 발표된 것으로 『문장』과 『인문평론』의 폐간에 대한 조사로 쓰인 것이다. 구체적으로는 한설야가 한글학자 신명균의 원통한 죽음을 추도하면서 그 죽음으로부터 피어날 고통스럽지만 아름다운 꽃에 대한 기대를 담은 글이다. 소설 속 안민 선생은 신명균(申明均, 1889~1941)을 모델로 했다. 신명균은 주시경의 조선어강습원에서 김두봉(金斗奉)·이규영(李奎榮)·최현배(崔鉉培)·이병기(李秉岐) 등과 함께 공부하면서 평생을 한글 연구에 힘쓴 비타협적 민족주의자이다. 1921년 <조선어연구회>의 창립 동인이 되어 동인지 『한글』의 편집 겸 발행인으로 일하였고 <조선어연구회>를 발판으로 1931년 <조선어학회>가 조직되자 회원으로서 기관지 『한글』 등을 통하여 「한글마춤법통일안」 제정 사업에 앞장섰다. 1933년 『조선어문법』을 간행하였고 그 뒤 중앙인서관(中央印書館)을 경영하면서 『시조전집』, 『주시경집』, 『가사집(歌詞集)』, 『소설집』, 『백옥루』 등을 펴냈다. 한글학자로서 뿐만 아니라 출판을 통해서 민족문화를 정리하고 발전시키는 데 온 힘을 쏟았는데, 창씨개명, 한글 신문 폐간, 한글 잡지 폐간 등으로 그러한 일들이 너무 어렵게 되자 자살하였다.

소설에서 안민 선생이 근무했던 S여학교는 동덕여학교를 빗대었다. 신명균은 국어학자 이윤재의 뒤를 이어 1930년 9월~1934년 4월까지 동덕여고보 교사로 있으면서 조선어 및 습자를 담당했다. 1931년 6월 6일 교사신축문제 및 전무이사 교체를 핵심요구조건으로 한 학생 맹휴가 일어났다. 당시 동덕여고보에는 이관술(李觀述)이 지리 및 역사 교사로 재직하고 있었다. 두 교사는 민족의식에서 의기투합했고 학생자치회 설치를 응원하기도 했다. 결국 4학년 박진홍(朴鎭洪, 1914~?)의 주도로 학생들은 맹휴를 일으켰다. 학생들의 징계에 반대하여 동료 교사였던 이관술, 박성환과 함께 사표를 내었다. 이 맹휴로 해서 학생 두 명이 퇴학당한 것으로 되어 있다. 당시 교사들의 사표는 반려되었고, 신명균은 1934년 4월까지 재직했다. 이관술은 1933년 1월 반제동맹 사건 관련으로 검거되면서 학교를 그만두었다.

이렇게 당시의 신문 기사를 참고해 보면 안민 선생은 신명균, 조문을 온 젊은 여인은 박진홍 정도로 그려볼 수 있는데, 소설이 당시의 사실을 그대로 담고 있는 것은 아니다. 안민 선생이 징계에 반대하여 사표를 내고 바로 학교를 그만두었다든지, 학생 세 명이 퇴학당했다든지, 그 학생들이 다른 학교에 편입했다든지 하는 것은 소설적 허구화를 거친 것으로 읽어야 할 것이다. 하지만 소설 말미에 갑자기 안민 선생의 제자라고 젊은 여인을 등장시켜 안민 선생의 죽음에 원통함을 토로하게 하면서 동시에 그녀가 누구보다도 아름다웠다고 지나치다 싶을 정도로 미화한 것은 신명균의 제자 박진홍을 통해 일제 말기까지 지속되었던 경성꼼그룹의 중심의 지하운동에 대한 작가 한설야의 돌려 말하기가 아닐까. 박진홍은 동덕여고보를 퇴학당한 뒤 공장노동자로 적색노동운동에 헌신하면서 이재유를 중심으로 하는 경성꼼그룹의 일원으로 되었고 여러 차례의 체포와 석방을 거쳐 1944년에는 국문학자 김태준과 함께 연안으로 망명한 인물이다.

이런 이야기를 대놓고 할 수 없는 시대였기에, 소설 속의 화자 세형은, 안민 선생의 죽음에 대해 정신에 이상이 생겼다고 하는 사람들이야말로 오히려 "제 정신이 똑똑한 사람의 일 같지 않은" 경우가 많다고 개탄하면서, 안민 선생의 죽음의 원인은 "그 외에 또 정녕 무엇이 있을 것이다. 그러나 아무리 생각해 봐도 모를 일이었다. (…중략…) 하나 가만히 생각하면 원시 모를 일도 아닌 것 같았다. 모를 일이야 물론 모를 일이지만 그 모를 일이란 것이 벌써 한 개 알 일인 것 같았다. (…중략…) 이것은 알 일 같은데 모를 일이요, 모를 일인데 알 일 같"다고 선문답을 하면서 갑갑해 한다. 당시 이 작품을 읽는 독자는 대부분 신명균을 연상하며 그 원통함과 애절함, 답답함을 공감했을 것이다.

이런 사정들을 알면서 드러내놓고 쓸 수 없었던 상황에서 한설야는 「두견」으로 누구보다도 한글을 사랑했던 타협을 모르는 민족주의자 신명균의 죽음을 애도하면서 새로운 세대의 지하운동에 기대를 걸었던 것이다. 이렇게 끝까지 자기를 지키려는 노력을 보여준 한설야는 해방 직전의 마지막 시기에 또 한 번 감옥살이를 했다.

5. 이태준의 「토끼이야기」와 「사냥」

　이태준의 「토끼 이야기」는 소설 「토끼 이야기」를 쓰게 된 경위를 설명하는 구조 속에 동아일보와 조선일보의 폐간이 당대 지식인에게 던진 충격과 절망을 처참한 모습으로 담고 있다. 작가의 분신인 소설가 현은 결혼 후 아내와의 생계를 유지하기 위해 신문연재소설을 쓰기 시작했고 여전 문과 출신으로 문학과 미술을 즐기던 아내는 세간 늘리는 것에 맛을 들였다. 그러나 현은 예술욕이 있어 신문연재소설 쓰는 것을 괴로워하던 중인데 그 신문이 폐간되어 생계유지조차 기약할 수 없게 되었다. 퇴직금으로 토끼 사육을 시작했으나 점점 먹이 구하기가 어려워져 아내의 모교에 가서 토끼풀을 뜯어다 먹이기까지 했다. 그러나 그것도 한계에 달하여 결국은 토끼를 죽여서 고기는 먹고 껍질은 내다 팔기로 하는데 주인공은 도저히 토끼를 죽일 수 없다. 그러자 옛날 여전을 다니면서 행운의 네잎 클로버나 찾았을 아내가 지금은 태중의 몸으로 그 토끼를 잡는다. 그러고 잡지사의 독촉에 이런 토끼 기르기에 실패한 과정을 써서 보내게 되었다는 것이다.

　그런데 두 신문의 폐간은 작가에게는 생계유지의 문제만은 아니었다. 토끼를 기르는 일이 '시대가 메가폰으로 소리쳐 요구하는 명랑하고 건실한 생활'이라고 자조하면서, '송장의 주머니에서 턴 것 같은, 가슴이 섬뜩한 퇴직금'으로 토끼를 사들였다고 하는 서술에는 현실에 대한 비판보다는 예술가로서의 무력감, 절망감이 강하다. 현보다 먼저 토끼 사육을 시작한 피아니스트의 피아니스트답지 않게 거칠고 풀물이 든 시퍼런 손이나 토끼를 도살한 예술가 아내의 피 묻은 손 앞에서 현은 막막할 따름이다. "새 사조가 지나갈 때마다 많으나 적으나, 또 그 전 것을 위해서나 새 것을 위해서나 반드시 희생자는 났다. 그 사조가 거대한 것이면 거대한 그만치 넓은 발자취로 인류의 일부를 짓밟고 지나갔다. 생각하면 물

질문명은 사상의 문명이기도 하다. 한 사상의 신속한 선전은 또 한 사상의 신속한 종국을 가져오기도 한다. "예전 사람들은 일생에 한 번이나 겪을지 말지 한 사상의 난리를 현대인은 일생 동안 얼마나 자주 겪어야 하는가."라고 하는 현의 심정은 그런 시대의 변화와 '신체제'를 따라잡을 의지도, 따라잡을 능력도 없이 막다른 골목에 몰린 예술가의 신음 소리이다. 이런 사상의 변화를 앞서 본 김남천은 논리의 문제로 따지고 들었는데, 이에 비해 이태준은 생활 감각의 문제로 다룬 것이다.

한글 신문의 폐간에서 나아가 이태준이 주재하다시피 하던 『문장』이 폐간되었을 때 작가의 절망은 커졌다. 『문장』이 폐간된 이후의 실제 상황으로 읽히는 「사냥」은 이태준의 절망을 보여주고 있다. 여러 사람이 어렵게 멧돼지를 잡았는데 밤사이에 누군가가 그 돼지고기 일부를 훔쳐 갔다. 도둑을 잡기는 했는데 그는 친척에게서 얻은 변상금 삼십 원을 가지고 도망가 버린다. 소설 속 작가의 분신인 한은 단돈 삼십 원을 가지고도 달아나서 새로운 생활을 도모할 수 있다고 생각하는 양복 조끼짜리가 부럽다.

"단돈 삼십 원으로도 달아날 수 있는 그 양복 조끼에게는 세상이 얼마나 넓으랴!"라는 한의 말은 곧 한에게 세상은 너무 좁다는 탄식이다. 아무 데로도 달아날 수 없게 갇혀 있다고 하는 절망. 이태준의 이런 과정에는 새 시대의 논리가 새로운 생활을 줄 것 같다는 기대가 없는 것은 당연하지만, 현실을 논리로 극복하고자 하는 지성이나 현실을 견딜 수 있을 것이라는 자신감, 어떻게든 견뎌내겠다고 하는 의지 같은 것도 보이지 않는다. 생활의 압력에 내몰려 가는 지식인의 처참한 일상과 절망을 담담한 필치로 보여준 것, 이것이 일제 말기 이태준의 소설이다. 더이상 어디 피해 있을 수도, 도망갈 수도 없는 처지라고 생각했을 때 이태준은 몰려서 『대동아 전기』를 번역하는 데로 간 것이 아닌가. 스스로 지저분하다고 생각한 일을 했던 부끄러움으로, 이태준은 해방 후 해방 전의 자신과는 다르게 적극적으로 진보적 문학단체 활동에 나선 것이리라.

6. 지하련의 「체향초」, 「종매」, 「양」

지하련(池河連)은 이미 일제가 전시 총동원 체제를 구축하기 시작한 이후인 1940년 12월에 『문장』지의 추천으로 등단하였다. 그래서 지하련의 소설은 발표된 시기가 1940~1943년임을 염두에 두고 읽어야 하는 암호 투성이의 글이다. 특히 그 시대를 살아가는 지식인의 자세를 다룬 「체향초(滯鄕抄)」, 「종매(從妹)」, 「양(羊)」은 시대를 우회하는 발언으로서 섬세한 독해를 요한다.

『문장』 폐간 직전호에 발표된 「체향초」에 나오는 산호리와 월영리라는 지명은 당시에는 창원군 소속이고 지금은 마산시가 된 지역으로 지하련과 그의 가족들의 연고가 있는 곳이고, 오빠가 감옥살이를 했다거나 삼희가 혼자 친정에 와 있다는 설정 등은 자전적 색채를 짙게 풍긴다. 나머지 작품들에도 모두 여성 인물과 오빠, 오빠의 친구 등이 등장하는데, 이들에게는 지하련과 그녀의 오빠인 이상조나 이상북, 그리고 남편이었던 임화의 일제 말기의 삶의 모습이 깔려 있다. 지하련의 오빠와 언니 남동생이 모두 사회주의 운동과 관련하여 경찰서 문을 드나든 이력을 가지고 있는데, 지하련 자신도 1928~1929년 일본 유학생으로 근우회 동경 지회의 열성적 회원이었다. 일본 유학 당시의 이름은 이현욱(李現郁)이었다. 둘째 오빠인 이상조(李相祚, 1905~?)는 치안유지법, 출판법 위반으로 1933년 4월 20일 징역 4년형을 선고 받았고 바로 위의 오빠인 이상북(李相北, 1907~?) 역시 조선공사주의자협의회 부산경남대표부 사건으로 1931년 피검되어 1933년 5월에야 받은 재판에서 징역 3년을 선고받고 1935년 말쯤 출옥한다. 이상북의 혐의 중에는 제1차 카프검거사건의 고

경흠에게 출판 자금을 지원한 죄목이 들어 있다. 동생인 이상선(李相鮮, 1913~?)도 1930년과 1935년 두 번에 걸쳐 피검되어 각각 징역 1년씩을 선고받았다.

「체향초」에서는 삼희의 눈으로 오빠와 태일이를 비교한다. 오빠는 생활이 없고 편협하며 그의 분위기는 '여성적'이다. 반면에 오빠의 친구 태일이는 생활인이며 성격은 풍족하고 '남성적 세계'를 구축하고 있다. 오빠와 태일이 사이에서 삼희는 태일에게 끌리기도 하나 그것은 위압감을 동반한 것이었고, 그 태일이 사관학교에 간다는 것을 삼희가 조소하는 것으로 이 소설은 작가의 입장을 분명히 드러내고 있다. 삼희는 오빠가 자기와 같이 조소적 방관적인 것이 싫으면서도 '존경'이 가는 것을 느낀다.

「종매─지리한 날의 이야기」서 석희는 수년 간 감옥살이를 하고 나온 인물이다. 어렸을 때부터 친하게 지낸 사촌누이 정원이는 방학이 되었는데 집으로 오지 않고 운각사라는 절에 철재라고 하는 병든 화가 청년을 데리고 와서 섭생을 시키는 중이었다. 철재의 건강이 조금씩 회복되면서 정원이와 철재의 사이는 약간 서먹해지고 석희와 철재가 더 친해진다. 그때 석희의 친구 태식이가 나타나는데 태식이는 석희와 정반대의 성격이다. 석희는 주변이 없고 내성적이고 침울한 반면 태식이는 웅변이고 개방적이고 화려하다. 석희는 강한 자기 주장은 있지만 겉으로 강하게 표현하지는 않는 편인데 태식이는 내놓고 표현한다. 철재는 병약하기도 하거니와 석희와 유사한 성격으로, "가슴 속 어느 한 곳에 무엇으로도 메꿀 수 없는 커다란 구멍이 하나 뚫어져 있는" 상태이다.

여러 가지 암시로 보아 철재나 태식이나 석희 모두 1930년대 중반까지 사상운동에 관여했던 인물인데 이제 석희(가 돌보는 철재를 포함하여)와 태식은 일제 말기의 시점에서 세상을 대하는 두 가지 상반되는 태도를 대표하고 있다. 소설 속의 표현을 빌면 쓸 데가 있는 삶과 쓸 데가 없는 삶이다. 「양」에서 정인이와 정래, 성재와 정래, 정래의 누이동생 정인은 모두 '아집'하고 '거절'하는 사람들로 서로 간에 교감도 어려운 지경이다.

파시즘의 시대에 쓸모가 있는 삶과 쓸모가 없는 삶 중에서 지하련은 쓸모가 없는 삶에 애정을 기울이고 있다. 희망과 절망 중에서 절망 쪽이 진실하다고 생각한다. '같은 기간과 같은 하늘 아래 살면서' 전혀 상반되는 두 가지 삶의 자세가 있다고 하는 것이 일제 말기 가장 힘든 시기에 작품 활동을 시작한 지하련의 문제의식이다. 삶의 태도로서 희망 / 절망은 쉽게 어느 한편이 더 옳거나 더 진실하거나 더 좋다고 말할 수 없는 것이다. 그러나 이런 문제를 제기하는 시기가 일제 말기라는 것은 좀 더 특수한 독해를 요구한다. 파시즘으로 치달으면서 병, 나태, 어두움, 절망 같은 것들이 '악덕'으로 치부되는 시기에 철저한 절망을 이야기한다는 것은 그러한 파시즘에의 저항 혹은 적어도 비협력의 의미를 내포하기 때문이다. 반면 건강하고 밝고 약삭빠르게 쓸모 있는 삶을 살겠다는 인물은 당시의 시대 분위기에 발맞추어 혹은 잘 적응하며 사는 인간군상이다.

이렇게 「체향초」, 「종매」, 그리고 「양」에서 이들의 유폐된 삶은 '승천'을 꿈꾸는 이무기에 비유되고 있다. "강물은 <u>대맹</u>이 지날 때처럼 징하고 끔찍했다. 그러나 질펀한 평야를 뚫고 잠잠히 흐르는 강물은 또한 얼마나 장한 풍족한 모습인가?"(「체향초」), "웅얼웅얼, 허공에서 몸부림치다가, 어느 먼 산기슭에 머처지는 육중한 음향은 마치 <u>대맹</u>이 신음하듯, 어둡고 초조한 그런 것이었다."(「종매」), "마침내 그는 깊은 졸음 속으로 흘러들며 '그래서 그곳에서 '<u>승천</u>'을 하게 되면 해도 좋고……'(「양」)라는 식이다. 대맹이란 이무기로서 민담에만 나오는, 용이 미처 못된 구렁이이다. 그는 용이 되어 승천하기를 천년 동안이나 기다리고 있는 존재이다. 민담 속에서 이무기는 욕심을 버리고 용이 되기도 하고, 공력이 미치지 못해 하늘로 반쯤 오르다가 떨어져 죽기도 한다. 유폐되어 초조하게 승천을 기다리는 존재로서의 이무기는 지하련의 소설에서는 엄혹한 시기

를 양심을 지키며 살아가고자 하는 약한 지식인의 자기 상징이다. '승천'
에 필요한 '여의주'를 못 가지고 있거나 혹은 두 개나 가지고 있는 지하
련이 어떤 이무기를 염두에 두었는지를 텍스트 안에서 알 수 없지만 일
제시대 발표된 마지막 작품「양」에서 '승천'을 꿈꾸는 것은 현재 처해 있
는 곳이 '지옥'임을 강조하는 반어법이 아니었을까.

「양」에서 성재는 꿈에서 양이 범에게 물려 피를 쏟고 있는 것을 보고,
"천치 같은 놈이, 그래 백주에 끽소리 한 마디 못 지르고", "기왕 죽을
테면 얼마나 아픈지 소리나 좀 질렀으면 차라리 시원할 것 같다." 고 안
타까워한다. 소리조차 지르지 못하고 격리되어 죽어가고 있는 자신에 대
한 혐오와 절망인 것이다. 이런 점 때문에 지하련의 해방 이후 작품『도
정』에서 주인공은 해방 전의 자신을 '악덕'했다고 자기 비판했을 것이다.

7. 임순득의「가을의 선물」

임순득은 평론가로서 일제 말기 남성 중심의 문단이 만들어낸 '여류문
학'을 비판하고 여성작가 또한 남성들이 만들어준 '여류작가'의 공간에
안주할 것이 아니라 억압받고 있는 여성의 현실을 직시하고 해방을 지향
하는 '부인문학'을 건설하자는 여성문학이론을 주장했고 또한 소설가로
서 작품 창작으로 자신의 이론을 실천한 작가이자 평론가였다.

임순득의「가을의 선물(秋の贈り物)」은 가장 어두운 시대에 간직된 맑
은 정신을 보여준다. 늦가을의, 차갑지만 쨍 하고 맑은 날 박고지를 만드
는 평화로운 풍경 속에는 차가운 날씨 같은 생활의 고통과 차가워서 더
맑게 느껴지는 그날처럼 맑은 영혼들이 있다.

아들을 바라는 시집 식구들의 성화에도 의연히 딸만이라도 다섯은 더
낳고 싶다는 친구, 없는 시간을 쪼개 밤을 새워 가며 장편 소설을 쓰고,

손재주가 아닌 처절한 진실을 쓰라고 비평하는 화자를 그 진심을 이해하고 사랑해 주는 친구, 가난해서 병원에 가지 못하고 와서 소독약을 얻어 간 뒤 몰래 석류 열매를 던져두고 간 소년. 그들은 억압적인 주변 환경에도 짓눌리지 않고 맑은 정신을 간직하고 있는 이들이다.

1942년의 어느 늦은 가을날의 삶의 아름다운 풍경을 그리는 것 같은 이 소설에도 시대의 그늘은 무겁게 드리워져 있다. 쨍 하고 맑은 날은 또 "여자들까지 몸뻬 차림으로 총동원되어 벼 베기 공동작업을 하기 시작"하는 그런 계절이다. 그리고 소설 속 화자가 처해 있는 상황은 "만약 이게 서리가 내린 추운 어느 초겨울의 하루라고 치자. 아마 지금 나는 나 자신의 삶의 방식을 거듭 회의하는 암울한 기분으로 가라앉아 혼자 방안에 틀어박혀 어느 나라의, 어느 시대의 인테리겐차를, 그 죄상을……슬픈 필름을 감는 것처럼 마음을 조이며 돌려볼 것이고, 양 옆방에 계신 노부모의 서글픈 여생의 하루하루에 소리 없이 한없는 눈물을 흘리고 있을지도 모른다."라고 한 것처럼 매우 고통스러운 것이다.

임순득 자신 학생 맹휴로 이화여고보든 동덕여고보든 제대로 졸업을 하지 못했다. 여학교 시절의 친구 중에는 결혼해서 평범한 일상을 누리는 사람이 있는가 하면 또 다른 친구들은 지하운동에 뛰어들어 어려가지로 어려움을 겪으면서 버티고 있었다. 여러 상황으로 미루어 보건대 임순득은 박진홍이나 이순금 같은 동덕여고보 출신의 경성꼼그룹 사람들과 연관되어 있었고, 둘째 오빠 임택재는 수차례의 투옥과 고문 끝에 결국 죽었다고 하는 가족사를 가지고 있다. 그런 환경에서 작가는 삶의 무게에 짓눌리지 않고, 평론가로서 좋은 작품이란 조그만 재주로 요령 좋게 정리된 시각적인 아름다움이 아닌, "'동포'의 소리", "지열과 같은 인간의 소리", "소리가 없을 바에는 차라리 신음이나 오열"이 흘러나오는 것이어야 한다고 주장한다. 또 방정환의 아름다운 이야기를 읽으면서 성장한 세대, 즉 한일합방 이후에 태어났고, 일제 말기에 아직 한창 청춘인

이들이며, 세상사나 억압에 덜 오염되어 맑은 정신을 간직하고 있을 자기 시대의 동료들에게 손을 내민다.

1942년 12월이라고 하는 그 어두운 시간에 이런 쨍쨍한 맑음을 상상하는 것이 이 시기를 견뎌낸 작가 그리고 문학의 힘이다.

8. 맺음말

이상에서 살펴본 작품들은 문학사에서 한때 '암흑기'라고도 불렸던 시대를 견디고 그 시대에 맞섰던 빛나는 작가 정신의 기록이다. 이들 외에도 많은 작품들이 그 시대를 기록하고 있다. 이들 작품을 그것을 그렇게 써야한 했던 작가들의 생활 현실과 작가 정신 사이의 고투로서 한 줄 한 줄 섬세하게 읽어내는 것은 그런 정신을 자산으로 받은 후학의 몫이 아니겠는가.

편자 **이 상 경**

1960년 부산에서 태어났다. 서울대학교 국어국문학과에서 공부하면서 한국근대문학사의
전개과정을 전체적으로 조망하는 데 관심을 가지게 되었다. 그 이전까지의 문학사 서술
의 틀을 바꾸는 『한국근대민족문학사』(공저)를 썼으며, 학위논문을 보충하여 『이기영 – 시
대와 문학』, 『강경애 – 문학에서의 성과 계급』 등을 펴냈다. 이후에는 특히 여성 작가들의
작품을 발굴하고 의미망을 구축하는 데 관심을 두어 왔다. 『강경애 전집』, 『나혜석 전집』
을 펴냈고 『인간으로 살고 싶다 – 영원한 신여성 나혜석』, 『한국근대여성문학사론』 등의
책을 썼다. 현재 한국과학기술원 인문사회과학부 교수로 있다.

식민주의와 문화 총서 9

일제 말기 파시즘에 맞선 혼의 기록

초판 인쇄 2009년 3월 20일
초판 발행 2009년 3월 30일

엮은이 이상경
펴낸이 이대현
편　집 이소희 추다영
펴낸곳 도서출판 역락
　　　　서울 서초구 반포4동 577-25 문창빌딩 2층
　　　　전화 02-3409-2058(영업부), 2060(편집부)
　　　　팩시밀리 02-3409-2059
　　　　이메일 youkrack@hanmail.net
　　　　등록 1999년 4월 19일 제303-2002-000014호

ISBN 978-89-5556-663-5 93800
정　가　20,000원